dtv

LIV WINTERBERG

Im SCHATTEN *des* MANGROVEN-BAUMS

Historischer Roman

dtv

Ausführliche Informationen über unsere Autorinnen und Autoren und ihre Bücher finden Sie unter www.dtv.de

Von Liv Winterberg
sind bei dtv außerdem erschienen:
Vom anderen Ende der Welt (21451)
Sehet die Sünder (21627)
Der Klang der Lüge (21731)
Elisabetta (28086)

Ungekürzte Ausgabe 2020

Umschlaggestaltung: buerosued.de
unter Verwendung eines Fotos von
Trevillion Images/Ayal Ardon
Satz: Greiner & Reichel, Köln
Gesetzt aus der Arno Pro 10,5/13,1'
Druck und Bindung: Druckerei C.H.Beck, Nördlingen
Printed in Germany · ISBN 978-3-423-21927-3

Die Hoffnung ist es,
die die Liebe nährt.

Ovid, *43 v. Chr., †17 n. Chr.,
römischer Dichter

Personenübersicht

Lillian Markers, 25 Jahre, verheiratet mit

Joseph Markers, 39 Jahre, Handelsagent der East India Company, in zweiter Ehe mit Lillian verheiratet. Seine erste Frau Alice starb in Singapur

Elliot Wilberforce, 33 Jahre, Botaniker, bester Freund von Joseph

Ruth Lloyd, Schwester von Joseph

Kapitän Johnson, Kapitän der HMS Maryanne

Thomas, auch der Pestküsten-Mann genannt, Matrose der HMS Maryanne

Henrik, auch Goldlöckchen genannt, Matrose der HMS Maryanne

Ed und ***Andrew,*** Marinesoldaten, die im Auftrag der East India Company die HMS Maryanne begleiten

Andris, ein Malaie, der in Singapur im Hause des Ehepaares Markers arbeitet

Bintang, die Frau von Andris, Köchin im Hause der Markers

Radja Sulang, Oberhaupt eines Batak-Dorfes im Norden Sumatras

Panjang, er lebt in einem Batak-Dorf im Norden Sumatras

Aninda, sie lebt in einem Batak-Dorf im Norden Sumatras

Der Roman wird im Anhang um ein Glossar und ein Nachwort zum historischen Hintergrund ergänzt.

Prolog

Sie hob den Kopf und sah Haare.

Offensichtlich hatte ihr Zopf sich gelöst.

Dunkel schienen die Strähnen über und neben ihrem Kopf zu schweben. Dahinter, weit über sich, konnte sie – überraschend hell – die Wasseroberfläche erkennen.

Sie schob die Arme empor, als wollte sie sich in die Höhe ziehen, und spürte, dass diese kleinen Bewegungen nichts gegen die Wassermassen auszurichten vermochten. Über- und Unterrock hatten sich in ein Geflecht aus Stoffbahnen verwandelt, das ihre Waden fest umschloss und jede Bewegung nahezu unmöglich machte. Luftblasen quollen aus ihrem Kragen hervor und trieben dem Licht entgegen, während sie weiter in die Tiefe sank.

Warum hatte ihr nie jemand das Schwimmen beigebracht? Sie sah die zahlreichen Monate ihres Lebens, die sie an der Küste verbracht und in denen sie stets das Wasser gemieden hatte, im blaugrauen Halbdunkel an sich vorbeiziehen.

Für einen Moment riss sie den Blick vom Licht los und ließ ihn schweifen, ob sie irgendwen entdecken konnte. War noch irgendwer ins Wasser gestürzt? Irgendeiner der Männer des Schiffes, der ihr vielleicht per Handzeichen mitteilen würde, was zu tun sei?

Doch um sie herum war nichts.

Nicht einmal Fische.

Unvermittelt spürte sie die Kälte des Wassers. Gleichzeitig begriff sie, dass sie die Luft nicht mehr ewig würde anhalten können.

Und das war der Augenblick, in dem die Wut sie überkam. Rasende Wut, die siedend heiß durch ihren Leib schoss. Abrupt stieß sie die Arme in die Höhe und strampelte die Beine aus dem Stoffgewirr, bis sie kraftvoll ins Leere traten.

Nein!, schrie es in ihr. Das kann nicht alles gewesen sein, so wird mein Leben nicht enden!

Vom großen Auftritt der Liebe

Sicher, es ist eine berechtigte Frage, wie Lillian Markers in eine derart missliche Lage geraten konnte. Aber trotz aller Panik, die sie durchlebte, war es ein erhebender Moment, an den zumindest ich mich gern erinnere. Denn Hoffnung äußert sich nicht immer milde, gelegentlich ist sie auch schmerzhaft und wild.

Bevor ich mich an einer Erklärung dafür versuche, warum eine junge Frau in den Tiefen des Indischen Meeres um ihr Leben kämpft, möchte ich gleich vorweg anmerken, dass dieses Unglück einer gehörigen Portion Naivität geschuldet war. Es ist generell erstaunlich, wie naiv die Menschen sind. Immer ist es die Liebe, auf die sie allesamt hoffen.

Auch Lillian Markers war dieser irrigen Annahme erlegen und hatte sich auf eine Reise über die Weltmeere gemacht.

Wäre sie nur in London geblieben, hätte sie dort nur weiterhin von der Liebe geträumt, die dem Leben einen Sinn geben und selbst die Ewigkeit überdauern soll. Die Grenzen zu überwinden, zu retten und zu heilen vermag – ich kann kaum aufzählen, was noch alles in sie hineingedeutet wird.

Was waren das für Zeiten, als das Zusammenleben von Mann und Frau noch ohne diese gefühlige Aufladung auskam!

Warum erkennt ihr nicht, wie wankelmütig diese allseits herbeigesehnte Liebe ist? Wie schnell sie sich abwendet, wenn es ihr langweilig wird? Die Liebe, sie bevorzugt den großen Auftritt, in die Niederungen des Alltags will sie sich selten hinablassen. Jeder Mensch, der wahrhaft liebt, wird wissen, wie viel Anstrengung es kostet, dieser flatterhaften Gefühlswallung ein Fundament zu schaffen, um sie im Alltag zu bewahren.

Nicht dass jetzt der Eindruck entsteht, ich wolle hier einen Abgesang auf die Liebe halten oder ihre tatsächlich immense Kraft schmälern. Wolle die gelungenen Seiten ihres Schaffens nicht anerkennen, nein, dem ist nicht so.

Einig sind wir uns sicherlich in der Feststellung, dass denjenigen Erfüllung beschieden ist, denen sie ihre dauerhafte Gunst schenkt.

Doch seien wir ehrlich: Wie oft tut sie das?

Sehen wir uns nur die Weltliteratur an – wie oft endet die Liebe als Desaster?

Im Drama?

Gar tödlich?

Man sagt, die Liebe mache blind, ich kann euch versichern: Sie selbst ist blind!

Nicht im wörtlichen Sinne, eher auf eine übertragene Weise, denn sie würde nie sehen, welche Schneisen der Verwüstung sie das eine oder andere Mal gezogen hat und auch heute noch immer wieder zieht. Sich jetzt zurückzulehnen und zu sagen, diese Blindschleiche sei für das Elend, das sie oft hinterlässt, ganz allein verantwortlich, ist allerdings zu kurz gegriffen.

Denn das Elend ist hausgemacht.

Von euch und euren Erwartungen, versteht ihr?

Ihr Menschen erwartet, dass euch alles in den Schoß gelegt wird. Und was wollt ihr dafür tun?

Nichts!

Ihr erwartet Großartigkeit, Vollkommenheit und Einzigartigkeit von der Liebe. Wenn sich der anfängliche Rausch anders als erhofft entwickelt – sich meist als banaler, kleiner und enttäuschend entpuppt –, dann wendet ihr euch mir zu. Nicht wenige liegen dann auf Knien vor mir und flehen mich an.

Mich, die Hoffnung.

Und ich soll es dann richten.

Manchmal bin ich es leid.

Ich kann dieses Liebesgesäusel nicht mehr hören.

Gut, das war jetzt ein wenig hart formuliert, aber auch ich habe mal einen schlechten Tag.

Natürlich gibt es Momente, in denen die Liebe und ich Wundervolles bewirken. Im Kleinen wie im Großen. Aber meist bin ich es, die ihr den Weg weisen muss, während sie – aufpoliert und blendend schön – herumrauscht. Die Zusammenarbeit mit dieser Gefühlswallung ist derart anstrengend, davon kann sich niemand eine Vorstellung machen. Die Lorbeeren erntet aber immer sie. Von mir erwartet sie, ihr Erscheinen mit all meinem Können vorzubereiten. Wenn ihr Auftritt misslingt (oh ja, Pfusch ist bei ihrem Wirken keine Seltenheit), habe ich dafür zu sorgen, dass noch ein wenig Hoffnung bleibt, damit die Verzweiflung nicht zugreift. Denn die Liebe kann diese Widersacherin nicht ausstehen. Weil sie ebenfalls mächtig ist. Sobald jedoch die Verzweiflung mal schneller ist als ich, darf ich mir anhören, ich könnte mich ein wenig mehr ins Zeug legen, anstatt herumzunörgeln.

Ich und herumnörgeln!

Nur weil ich die Dinge realistisch betrachte!

Auch das kann die Liebe nicht ausstehen.

Also muss selbst im gebrochenen Herzen noch ein Türchen offen bleiben, damit unsere Schöne, wenn es ihr passt, noch einmal vorbeischauen kann.

Mir ist klar: Ich muss konkreter werden, um das Zusammenspiel mit der Liebe zu verdeutlichen. Mit der eingangs erwähnten Lillian Markers habe ich ein Beispiel herausgegriffen, das nicht schon auf Tausenden Papierseiten ausgebreitet und mit zahlreichen Tränen eifriger Leserinnen übergossen wurde.

Wir werden also, wenn es euch recht ist, auf jene Zeit schauen, in der die aus rationalen Beweggründen geschlossene Vernunftehe zunehmend verdrängt und die Heirat zu einem neuen Betätigungsfeld der Liebe wurde. Aber auch ihr unterlaufen – wie bereits angedeutet – hin und wieder Fehler. Und bei Lillian und ihrem Gatten leistete sie sich einen erheblichen.

Doch gehen wir zurück bis zum Anfang.

Von der Maßlosigkeit

In den Jahren von 1791 bis 1800 wurden in London 18 767 Menschen geboren. Pro Jahr waren das also gut 1 876, womit im Schnitt fünf Kinder pro Tag das Licht der Welt erblickten. Eine mickrige Zahl, mag jetzt die eine oder der andere denken, aber seinerzeit lebten nur eine Million Menschen in der Hauptstadt des Britischen Empires.

Der 21. Februar 1793 sticht aus den Geburtslisten der dreiundneunzig Kirchspiele heraus. Jener Tag, an dem in London sechzehn Kinder geboren wurden, von denen zwölf Mädchen waren. Zehn der zwölf Mädchen entstammten einfachen Verhältnissen oder jenen Kreisen, die wir heute als bürgerliche Mittelschicht bezeichnen würden. Sieben von ihnen sollten das fünfte Lebensjahr nicht erreichen:

Zwei raffte eine Scharlachepidemie dahin, die anderthalb Jahre später durch die Gassen dieses an der Themse gelegenen Molochs jagte und reichlich Kinder mit sich riss.

Ein weiteres erlag einer anderen Kinderkrankheit, eines starb an Wundstarrkrampf.

Ein Mädchen, ein ohnehin sehr zartes Wesen, erkrankte an einem Durchfall unbekannter Ursache und verreckte elendig.

Nicht minder grauenvoll war der Tod einer Kleinen, über die eine Postkutsche hinwegrollte.

Der Siebten war es vorherbestimmt, bei einem Hausbrand das Zeitliche zu segnen. Leider konnten die Flammen von den Nachbarn erst eingedämmt werden, nachdem das Kohlenmonoxid das Schicksal der schlafenden Familie besiegelt hatte, aber immerhin früh genug, um ein Übergreifen auf umstehende Häuser zu verhindern.

Das Leben jener eingangs erwähnten Lillian entwickelte sich unter gänzlich anderen Umständen. Sie war eines der zwei Mädchen, die es besser getroffen hatten.

In jenen letzten Jahren des achtzehnten Jahrhunderts nahm die Industrialisierung ihren Lauf, und die Menschen drängten in die Städte. London, dessen Einwohnerzahl sich binnen hundert Jahren fast versechsfachte und daranmachte, die Sieben-Millionen-Marke zu überspringen, war inzwischen zur größten Stadt der Welt geworden. In manchen Zeiten überlebte in diesem Elend nur jedes zweite Kind die ersten fünf Lebensjahre. Es war, als würde die Stadt ihre Kinder fressen.

Doch Lillian entging diesem unbändigen Appetit.

Sie stammte aus gutem Hause und wurde mit anderthalb Jahren – durch einen beruflich bedingten Umzug ihres Vaters, des Reverends James Brandon – aufs Land gebracht. Genau genommen verschlug es die Familie in die Grafschaft Hampshire. Niemand kann behaupten, dass diese Gegend in irgendeiner Form beeindruckend war, Ackerflächen und Weiden mit Vieh prägten das Bild. Doch immerhin mussten die Bewohner dieses Landstriches, der in einer der Kornkammern des Landes lag, nicht hungern. Niemand musste die Hälfte seines Monatslohns für Brot ausgeben. In London war dies durchaus immer wieder der Fall, wenn es zu Lebensmittelengpässen kam.

Am Rande eines der Dörfer zwischen Winchester und

Basingstoke bezog die Familie ein stattliches Haus mit Seitenflügeln. Neben zwei Aufenthaltsräumen, sieben Schlaf-, einem Studier- und vier Ankleidezimmern gab es Wirtschaftsräume und den großzügig angelegten Park, der das Haus zu umarmen schien. Abgerundet wurde das Idyll durch einen gut bestellten Garten und Ställe, in denen allerlei Getier gehalten wurde, das den Speiseplan bereicherte. Zudem gab es genügend Personal, nicht einmal die Kutsche musste vom Reverend selbst gelenkt werden, und den weiblichen Familienmitgliedern stand ein Mädchen zur Verfügung, das beim An- und Auskleiden half.

Der Reverend zählte nicht zu jenen Erneuerern der Kirche um John Wesley – einen Namen, den ihr euch nicht merken müsst –, die nach einer Stärkung der Religiosität riefen. Der gestrenge Vater unserer Lillian gehörte zu den weltlichen Glaubensmännern, die ein Studium absolviert hatten und an ihrer Tätigkeit schlichtweg das sichere Einkommen schätzten.

Seinerzeit war es durchaus üblich, Kinder nur wenige Monate nach der Geburt in die Obhut von Pflegeeltern zu geben, die, meist im selben Dorf lebend, den Nachwuchs betreuten, bis dieser aus dem Gröbsten herausgewachsen war. Eleonore Brandon, die resolute Gattin des Reverends, konnte sich dafür nicht erwärmen. Gemeinsam sorgten die Eltern dafür, dass die Kinder, neun an der Zahl, von ihnen selbst erzogen wurden: Die fünf Jungen wurden in den ersten Jahren vom Vater unterrichtet und erhielten eine überdurchschnittliche Ausbildung, an die ein Schulbesuch anschloss. Später besuchten sie das St. John's College in Oxford. Zwei von ihnen gingen sogar auf Kavaliersreise durch Europa, eine Bildungsreise, die ihre Erziehung abrundete.

Die Mädchen wiederum besuchten ein Pensionat in Reading, das Teil eines Klosters war. Gegen ein reichlich bemessenes Schulgeld erwarben sie eine solide Bildung, die allerlei Nützlichkeiten umfasste wie Grundkenntnisse der französischen Sprache, Tanz, Gesang, Stickerei, das Schneidern von Hemden, die Reinigung der Kleidung, die Vorbereitung eines Dinners oder auch das Harfenspiel. Sie konnten allesamt lesen und hatten arithmetische Kenntnisse, wussten das Personal anzuweisen und verstanden sich auf die Führung eines Haushaltes, der – die Bediensteten mit einbezogen – ohne Weiteres aus zwanzig Personen und mehr bestehen konnte.

Die solchermaßen auf das Leben vorbereiteten Mädchen waren als Frauen in der Lage, bei der täglichen Arbeit mit anzupacken. Sie behielten sich aber häufig vor, ihr Augenmerk, neben ein wenig Handarbeit, auf die Ausgaben für die Haushaltsführung zu richten, damit sie die Kosten vor ihrem Ehegatten belegen und rechtfertigen konnten.

Die Erziehung von Mädchen wohlhabender Eltern zu Beginn des neunzehnten Jahrhunderts hatte also ein klares Ziel, dem sich auch der Reverend nebst seiner Gattin verschrieben hatte: eine künftige Ehefrau zu erschaffen, die sich in den gehobenen Kreisen mit Anmut zu bewegen wusste. Dies gelang den Brandons bei drei Töchtern ausnehmend gut, die frühzeitig heirateten und in vorbildlichen Ehen aufblühten.

Bei Lillian lag der Fall anders.

Vielleicht ist dieser Umstand darauf zurückzuführen, dass man ihr, dem jüngsten Spross der Familie, erlaubte, die Bibliothek zu nutzen. Nach Lillians Rückkehr aus dem Pensionat meinten die Eltern, mit den mehr als sechshundert Büchern könne die Tochter sich die Zeit vertreiben. Da saß sie, las Buch um Buch, schrieb Brief um Brief, besuchte gelegentlich gezwungenermaßen Tanzveranstaltungen und wuchs zu einer nahezu mausgrauen jungen Frau heran.

Tatsächlich hatten sich die Demut und Bescheidenheit

ihrer derart angenommen, dass sie der Liebe und mir durchs Netz schlüpfen konnte. Über Jahre hinweg!

Ich glaube, Lillian nahm damals noch an, uns beiden würde etwas Anrüchiges anhaften. Der Versuch, auf Liebe zu hoffen, war für sie eine gedankliche Form der Maßlosigkeit. Als sie sich mit fünfundzwanzig Jahren erstmals darin versuchte, war sie fast doppelt so alt wie jene Backfische, deren kurzsichtiges Betteln nach Liebe mir sonst die Ohren verstopfte.

Das frühe Stadium: Verliebtsein

Das erste Mal begegnete ich Lillian im August 1818, und ich war überrascht, einer jungen Frau gegenüberzustehen, die von der Männerwelt bisher gänzlich unbemerkt geblieben war. Auch wenn sie auf den ersten Blick unscheinbar wirkte, war sie auf den zweiten Blick durchaus gefällig anzuschauen. Das dunkle, fast schwarze Haar schien, streng gesteckt, einen Rahmen um ihr blasses Gesicht zu bilden. Ihre Züge waren ebenmäßig, die Augenfarbe changierte zwischen Grau und Blau. Sie war mittelgroß, schlank und in allem durchschnittlich, auch ihre Kleidung war so unauffällig wie nur möglich. Das Kleid war unter der Brust geschnürt, jedoch hochgeschlossen, ohne den üblichen Ausschnitt. Obwohl es Sommer war, fehlte dem Stoff das Luftige und den Ärmeln das Gepuffte, Verspielte der Schulterpartie. Die Riemchenschuhe waren flach und bequem, so, wie es die Frauen jener Zeit schätzten.

Zweckmäßig wäre das Wort, das ich rückblickend wählen würde, um Lillian zu beschreiben. Alles an ihr wirkte zweckmäßig.

Die Familie war drei Wochen zuvor nach Bath aufgebrochen, um, wie es sich seinerzeit gehörte, die Sommermonate standesgemäß zu verbringen. Sie residierte, wie auch die Jahre zuvor, am Queens Square. Die Mutter und zwei ihrer Freundinnen waren zur Brunnenhalle aufgebrochen, um das Wasser zu trinken, dem eine heilende Wirkung bei Gicht nachgesagt wurde.

Da Lillian unpässlich war, blieb sie zu Hause. Später am Tag, als sie sich besser fühlte, nahm sie am Tisch Platz und betrachtete den Briefbogen, der dort lag. Schon mehrfach hatte sie den Federkiel in die Tinte halten wollen, um dann doch zu zögern. Einen Brief an ihre Freundin Ruth Lloyd wollte sie schreiben.

Die beiden Frauen trafen einander alljährlich in Bath, doch in diesem Sommer hatte sich ein Ereignis zugetragen, das Lillian geradezu verstörte. Ruth hatte einen älteren Bruder namens Joseph. Bisher war er stets in den Kolonien unterwegs gewesen, die rund um das Indische Meer gelegen waren, als Handelsagent im Auftrag der East India Company. In Gegenden, die Lillian auf einer Landkarte nie hätte finden können, weil sie sich die seltsam fremd klingenden Namen nicht hatte merken können. Verheiratet war er zudem, und so hatte sie nie sonderlich genau zugehört, wenn Ruth ihn erwähnt hatte.

Beim Dinner vor drei Tagen war er jedoch zugegen gewesen, und noch einmal tauchte Lillian in die Stunden dieses Abends ab.

Schräg gegenüber von ihr saß er am Tisch. Das Bild eines erfolgreichen Mannes, aus dem eine der grausamen Krankheiten – zumindest ließ er das alle glauben – in weit entfernten Ländern inzwischen nicht nur einen Witwer gemacht hatte. Aber ich will nicht vorgreifen. Vom Leben gebeutelt, sah er älter als neununddreißig Jahre aus, seine Haut war von der Zeit auf See und der ostindischen Sonne gegerbt. Ein Hauch Schwermut lag auf seinen Zügen, der, obwohl Joseph die Klaviatur der Konversation perfekt beherrschte, nicht schwinden mochte.

Schweigend lauschte sie seinen Geschichten, von denen eine fantastischer war als die andere: »Von Javas Ostküste aus begaben wir uns auf eine eintägige Reise und erreichten einen Ort, dessen Bewohner noch nie einem Menschen mit heller Haut begegnet waren«, erzählte er. »Sie reagierten verschreckt, als sie uns bemerkten. Einige der Frauen brachten ihre Kinder in Sicherheit, ganz so, als wollten sie ihnen schlechte Träume durch unseren Anblick ersparen. Nach und nach traten Männer vor und wollten wissen, was wir seien. Die Betonung liegt auf dem ›was‹, denn es erschien ihnen unvorstellbar, dass wir von ihrem Schlage sein könnten. Einige näherten sich mir, es waren die Mutigeren unter ihnen. Sie betasteten mein Haar, manche auch die Haut der Wangen oder Hände. Dann das Hemd, die Hose, nicht minder befremdet über das, was wir am Leibe trugen. Nach einer Weile wurden die Kinder zurückgeholt und in unserer Nähe auf den Boden gesetzt, wo sie uns, brav wartend, anstarrten. Auch Kranke wurden herbeigeschleppt, und es brauchte einen Augenblick, bis ich verstand: Ich sollte sie berühren. Erst nahm ich an, es wäre ein Ritual zur Begrüßung, aber bald dämmerte mir der wirkliche Grund: Sie hielten mich für eine Gottheit.«

Lillian schaute in die Runde, die Damen hingen an seinen Lippen, und die Männer konnten nicht verbergen, wie sehr die Geschichte sie beeindruckte. Wer konnte schon von sich behaupten, jemals als Gottheit verehrt worden zu sein?

»Hoffentlich dürfen wir dich weiterhin Joseph nennen«,

unterbrach Ruth ihn, und selbst Lillian stimmte in das gemeinsame Gelächter mit ein.

»Die anderen schon, du nicht, Schwesterherz«, konterte Joseph, und dieses Mal waren die Lacher auf seiner Seite.

Als er fortfuhr zu erzählen, hatte Lillian das Gefühl, selbst in Javas Dschungel zu stehen, den Monsun auf das Blätterdach trommeln zu hören und die regennasse Schwüle der Luft zu spüren. »Es war ein nicht endender Strom von Menschen, denen ich meine Hand aufs Haupt legen musste. Die Ernsthaftigkeit aller sprang auf mich über, und so kam es, dass wir alle die Zeremonie, die, genau betrachtet, keine war, feierlich erlebten.«

Das war der Moment.

Der, in dem ich spürte, es würde für mich bald etwas zu tun geben. Denn Lillians Blick glitt über seine Hände, die, in die Luft erhoben, seine Worte unterstrichen. Und mit einem Mal wünschte sie sich nicht mehr und nicht weniger, als seine Hände zu fühlen, auf ihrem Gesicht, dem Hals, den Armen. Sie errötete ob des Gedankens, nahm einen großen Schluck Wein und fürchtete sich.

Wovor, das wusste sie nicht.

Aber sie ahnte: Das Gleichmaß in ihrem Leben war in Gefahr. Und sie sollte recht behalten, denn die Wohltat des einförmigen Rhythmus war schon mit jenem begehrenden Aufflackern ins Wanken geraten.

So saß Lillian also wenige Tage später, die sich in ihrer Wahrnehmung endlos in die Länge gedehnt hatten, am Tisch und marterte sich. Der Bruder ihrer liebsten Freundin Ruth, Witwer dazu, ein Mann auf Durchreise in England, zog ihre Gedanken auf sich und verursachte in ihrem Unterleib prickelnde Unruhe. Wieder und immer wieder. Das Denken – es fühlte sich an, als würde sie etwas Verbotenes wagen.

Nach einer Weile hatte sie die Worte an die Freundin gefunden und sich damit arrangiert, einen Vorwand zu nutzen. Die Anfrage, wann die beiden einander wieder treffen könnten, vielleicht auf einen Tee oder einen Spaziergang, diente vornehmlich dem Zweck, Joseph wiederzusehen.

Vermutlich war es meine Gesellschaft, die sie ermutigte, zum Abschluss des Briefes nicht nur den üblichen Gruß an die Familie, sondern auch einen explizit an den Bruder mit aufzunehmen.

Mit zitternden Fingern schob sie das feine Papier in den Umschlag und rief den Dienstboten. Es war ein Bursche mit wachem Blick, eine Tatsache, die für ihn sprach. Er würde nicht vom Weg abkommen, wenn er auf seinesgleichen traf, er würde den Brief nicht in seine Hosentasche schieben, vergessen und irgendwo verlieren, es erst auf dem Heimweg bemerken und Geschichten ersinnen, wo er sich herumgetrieben hatte.

Kurz musterte sie seine Hände, ob sie sauber genug waren, den kleinen Umschlag in Empfang zu nehmen und im Hause Lloyd zu übergeben. Nachdem sie sich davon überzeugt hatte, räusperte sie sich. »Bringe das bitte zu Mrs Lloyd und beeile dich.« In Gedanken fügte sie hinzu: Denn an diesen Zeilen hängt mein zukünftiges Leben.

Die Voraussicht dieser jungen Frau bewies mir, dass die Liebe bereits vorbeigeschaut und eine Kostprobe ihres Wirkens hinterlassen hatte.

Das Verliebtsein.

Eine beeindruckende Gefühlswallung, die sie perfekt zu schüren versteht. Dementsprechend musste ich keinen besonderen Aufwand betreiben, denn im frühen Stadium des

Verliebtseins gibt es bei den Betroffenen in der Regel keine Zweifel oder Unsicherheiten. Die Emotionen bringen oft bis dahin unbekannte Seiten der Verliebten ans Tageslicht. Der Zaghafte wird waghalsig, die Angepasste zeigt sich rebellisch, der Grobian wandelt sich zum Weichling. Ich vermute, die meisten haben diese Beobachtungen in ihrem Umfeld schon einmal selbst machen können. Die so häufig auf den Rausch folgende Ernüchterung eingeschlossen. Aber dazu kommen wir noch. Lillian, durch ebenjenen wunderbaren Rausch befeuert, ertrug die Warterei auf eine Antwort. Erst am nächsten Nachmittag wurde sie erlöst.

Mit einem Schreiben, in dem sie zwei Tage später samt ihrer Familie zu einem gemeinsamen Picknick eingeladen wurde.

Ihr Herz machte einen Sprung, und ich seufzte.

Bevor ich aufbrach, um mich anderen Aufgaben zu widmen, erlebte ich noch – ein wenig gelangweilt, wie ich zugeben muss –, wie Lillian sich ihrem Äußeren widmete. Sie zerbrach sich den Kopf, mit welcher Flechtfrisur und in welchem Kleid sie zu einem Picknick gehen sollte und welches Schuhwerk das passende sein könnte. Sie führte sich erstmalig in ihrem Leben so auf, wie es Millionen anderer Mädchen und Frauen vor ihr bereits getan hatten und wie es Millionen anderer Mädchen und Frauen nach ihr noch tun würden, jede Einzelne mit der unverrückbaren Überzeugung, ihr Erleben sei einzigartig.

Zu gern hätte ich darauf verwiesen, dass nicht einmal feststand, ob Joseph überhaupt noch zugegen oder nicht längst nach London abgereist war. Und wenn er nach wie vor in Bath verweilte, ob er abermals an einem Treffen mit ihrer Familie teilnehmen würde. Schließlich war er ein gern gesehener Gast in den Salons des Ortes und musste sich seine Zeit gut einteilen, um allen Einladungen nachkommen zu können. Falls er beabsichtigte zu erscheinen, blieb fraglich, ob er sie überhaupt bemerken würde. Es war wenig charmant von mir dies anzunehmen, aber nichts ermutigte zu dem Gedanken, Lillian habe bei der ersten Begegnung einen bleibenden Eindruck bei ihm hinterlassen. So schürte ich, wider besseres Wissen, ein Fünkchen Hoffnung. Denn ich wusste: Sollte ich der armen Frau ihre Zuversicht rauben, würde dies wieder endlose Diskussionen mit der Liebe nach sich ziehen.

Wenn ich darüber nachdenke, kann man diese Gutmütigkeit meinerseits, die auch mit einem Maß Bequemlichkeit gepaart war, durchaus derart werten, ich hätte meinen Teil dazu beigetragen, Lillian in das Elend zu treiben, das sie erwartete.

Während also die einst so pragmatisch und zurückhaltend veranlagte Frau sich herausputzte, war sie mit einem Mal gewillt, das Gleichmaß ihres Lebens zu opfern.

Obwohl Joseph zum Picknick erschien, ahnte er nichts von den Gefühlswallungen der Freundin seiner Schwester, die auch sein Leben tief greifend verändern würden. Vielmehr war er, trotz seiner Anwesenheit, zu dieser Zeit innerlich meilenweit entfernt.

Vom Säen der Hoffnung

Wenn ich Hoffnung gesät habe – im Übrigen, eine Formulierung, die ich wenig schätze, denn sie vermittelt den Eindruck, mein Wirken würde aus lumpigem Saatgut bestehen, das ich beliebig um mich herum verstreue –, breche ich auf, um mich der nächsten Aufgabe zuzuwenden.

Doch ich spüre, wenn meine Hinterlassenschaft beginnt, in sich zusammenzufallen. Das oft erwähnte Schwinden der Hoffnung beschreibt genau jenen Verfallsprozess, der von mir nie unbemerkt bleibt.

Tatsächlich irritierte es mich, so kurz nach meinem Eingreifen erneut auf Lillian aufmerksam zu werden. Ihre Zuversicht schwand, auch wenn sie noch längst nichts davon ahnte oder vielmehr alles daransetzte, es nicht ahnen zu wollen.

Die Situation, in der ich das noch frisch vermählte Ehepaar Markers in London antraf, war nicht unüblich zu jener Zeit. Solltet ihr jetzt überrascht sein – seid ihr es zu Recht, denn tatsächlich hatten die beiden geheiratet, aber auch darauf komme ich später noch einmal zurück. Joseph saß also, bevor um zehn Uhr das Frühstück serviert wurde, mit einer Tasse chinesischen Tees, einer Sorte, die er von der letzten Reise mitgebracht hatte, im Schreibzimmer, darin vertieft, einen Brief zu schreiben:

Mein guter Elliot!

Die Zeit meines Aufenthalts in heimischen Gefilden fliegt nur so dahin, und gern hätte ich Dich öfter gesehen als bisher. Doch meine Tage sind einerseits ausgefüllt mit Verhandlungen und Gesprächen mit den Herren Direktoren der Company, andererseits nehme ich Einladungen wahr. Das heißt, ich eile von Dinner zu Dinner und gebe die Erlebnisse meiner Reisen zum Besten. Sosehr ich mich auch bemühe, den werten Zuhörerinnen und Zuhörern zu vermitteln, dass ich ein Kaufmann bin, dem sie beispielsweise den Pfeffer verdanken, mit dem sie just in diesem Moment ihre Speisen würzen, nehmen sie mich nicht als hart arbeitenden Mann wahr. Sie halten mich für einen Abenteurer. Einen, der das Weite gesucht hat und verantwortungslos durch die Häfen der Welt tändelt, an jeder Hand ein Liebchen. Dabei sehe ich in leuchtende Augen und stelle fest, mit welcher Gier sie jedes Wort, das ich aus der Ferne berichte, aufsaugen. Sie erhoffen sich alle, so scheint es mir, die alten, abgeschmackten Geschichten von halb nackten Wilden und Menschenfressern, garniert mit Bildern von blauem, spiegelglattem Meer, von Palmen, Sandstränden und süßesten Früchten, die niemand hier kennt. Nicht minder hoch im Kurs stehen Vorstellungen von Goldminen, deren Reichtum unter dünnen Staubschichten darauf wartet, von mir im Alleingang abgetragen zu werden. Was es bedeutet, Kolonien anzulegen, zu führen und zu erhalten, und das in diesen kriegsgetränkten Zeiten, will niemand hören. Jene Begebenheiten langweilen die Menschen schnell. Häufig ermüdet es mich, immer die gleichen Geschichten zu erzählen. Der Monsunregen, die Anstrengungen der Pfefferernte oder des Bergbaus, die mühseligen Verhandlungen mit den jeweiligen Stammesfürsten, sie interessieren nicht.

Erst gestern erreichte die Company eine Nachricht von Oberst William Farquhar aus Singapur, das sich zur Eingangspforte nach Ostasien entwickelt. Sicherlich hast Du vom Oberst gehört, er zählt zu Sir Stamfords Getreuen und ist von ihm als Kommandeur in Singapur eingesetzt worden. Ganz gleich, welche Geschichten diesen Mann begleiten, er ist ein Kenner der Region. Er hatte, so sagt man sich, großen Anteil an der Unterzeichnung der Verträge zur Errichtung der Handelsniederlassung. Er schrieb, seit der Gründung im Februar 1819 haben sich Tausende Menschen dort angesiedelt. Es sind überwiegend Chinesen, die sich an den Flussufern ihr Leben aufbauen. Während wir zwei hier in London unseren Geschäften nachgehen, entsteht ein Chinesenviertel, eng, laut und produktiv.

Täglich trotzen diese Menschen dem Dschungel Baum um Baum weitere Fläche ab. Sowohl Häuser als auch windschiefe Hütten schießen aus dem Boden wie Pilze nach einer Regennacht im Herbst. Trotz der Schnelligkeit verläuft dieses Wachstum nicht willkürlich, sondern durchdacht, zum Beispiel sorgt ein sorgsam geplantes Straßennetz für Übersicht.

Inzwischen haben sich die Gemüter bei der Company ob Sir Stamfords Vorstoß zur Gründung Singapurs ein wenig beruhigt. Auch wenn es immer wieder behauptet wird: Singapur wurde nicht besetzt! Es gab keine militärischen Auseinandersetzungen. Stattdessen erhielt diese Handelsaußenstelle das Recht, eine britische Enklave aufzubauen. Der Sultan streicht dafür Geld ein, jährlich mehrere Tausend spanische Dollar, und natürlich wird ihm Schutz durch unsere Soldaten zugesichert. Es war ein kluger Schachzug von Sir Stamford, diese Ansammlung von Fischerhütten zu einem freien Hafen ohne Handelssteuer zu erklären.

Offiziell erfolgt die Leitung der Außenstelle durch den Gouverneur von Bencoolen, also durch Sir Stamford. Bencoolen liegt auf Sumatra, also weit entfernt von Kalkutta, dem Sitz des Generalgouverneurs von Bengalen, der die Geschicke der Region verantwortet. Und so sorgt sich die Company, dass Sir Stamford weiter-

hin eigenmächtig handelt, es gibt auch Gerüchte, er sei erkrankt. Immer wieder ist von Cholera- und Fieberepidemien die Rede, die Hunderte von Opfern fordern.

Ganz nebenbei: Auch dies ist ein Thema, das geneigte Zuhörer lieben. Ich kann beobachten, wie sie sich schaudernd zurücklehnen, und ahne, wie sie ihr Paradies, das sie sich zurechtfantasiert haben, in seltsamsten Krankheiten untergehen lassen. Bizarr, sage ich Dir, manche dieser Gespräche muten bizarr an.

Aber zurück zum Thema: Unter uns gesagt, ich erkenne Sir Stamfords Handeln an. Bevor er die britische Flagge auf diesem Fleckchen Erde hisste, haben die Niederländer uns sehr zugesetzt. Sie kontrollierten den gesamten Archipel. Ihre Schutzzölle machten einen Handel in diesen Gefilden schwer, ja nahezu unmöglich, und so gab es tatsächlich Bedarf, Tatsachen zu schaffen.

Trotzdem war sein Vorstoß ein Wagnis. Was wäre geschehen, wenn der brüchige Frieden mit den Niederländern – trotz ihres Gebarens, unsere Geschäfte in den Kolonien einzudämmen – gefährdet worden wäre?

Die Company musste sich distanzieren, man sprach sogar öffentlich vom zügellosen Benehmen Sir Stamfords. Die Herren Direktoren warten nun auf eine Rückmeldung des Generalgouverneurs, denn der eigenmächtige Vertragsschluss mit dem Sultan soll rückgängig gemacht werden.

Wir beide ahnen: Nichts dergleichen wird vermutlich geschehen. Derzeit will man die Niederländer schlichtweg besänftigen. Mein Auftrag besteht darin, nach Singapur zu reisen und die Situation vor Ort in Augenschein zu nehmen. Dabei werde ich – wie gewohnt – als Handelsagent der Company auftreten, allerdings mit klaren Instruktionen ausgestattet, was zu tun ist, wenn die Situation sich anders darstellt als bisher mitgeteilt.

Mit weiteren Details will ich Dich nicht belasten. Für Dich ist es sicherlich wichtig zu erfahren, dass alles bleibt, wie wir es be-

sprochen haben. Sobald der Termin der Abreise feststeht, werde ich mich zeitnah an Dich wenden. Vermutlich werden wir Anfang November aufbrechen, und Du wirst auf unserer Fregatte mitreisen können. Im Laderaum wird Platz für Dich freigehalten, das habe ich bereits veranlasst. Dann kannst Du alles, was Du für Deine botanischen Studien benötigst, mit auf die Reise nehmen.

Zu guter Letzt möchte ich Dir noch etwas mitteilen, das Dich sicher beruhigen wird: Ich habe erneut geheiratet. Jetzt fragst Du Dich vielleicht, warum ich Dich darüber nicht früher informiert habe. Bitte wundere Dich nicht, selbst meinem Personal habe ich am Morgen nur eine Notiz mit dem Hinweis hinterlassen, sie bräuchten kein Frühstück vorzubereiten, da ich außer Haus sei, um zu heiraten. Wir haben in der New Church in Marylebone die Trauung vollzogen. Du siehst, eine Hochzeit ganz ohne gesellschaftlichen Vorteil und die meinem Stand zukommende Aufmerksamkeit. Meine Frau, Lillian, scheint mir zugetan. Sie ist weder jung noch sonderlich hübsch, aber ihren Aufgaben geht sie gewissenhaft nach, und mit ihrer Anwesenheit kehrt wieder ein wenig Leben in mein Haus ein.

Elliot, mein Guter, sobald es sich einrichten lässt, werde ich Dich aufsuchen, damit wir beide unsere Reise planen können. Es freut sich auf dieses gemeinsame Abenteuer

Dein treuer Freund
Joseph

Sicherlich ist es erhellend, daneben den Brief zu legen, den Lillian – und ich schwöre, dass es so war – zeitgleich an ihre Schwägerin schrieb. In Soho Square, im Hause ihres Ehemannes, ein Stockwerk über ihm, saß sie an einem Schreibpult und formulierte folgende Zeilen:

Liebste Ruth,

für einen Moment habe ich überlegt, Dich mit »Liebste Schwägerin« anzuschreiben, und ich musste lächeln bei dem Gedanken. Noch immer ist es für mich unglaublich, die Ehefrau Deines Bruders zu sein und nunmehr hier, in London, zu leben. Eine grässliche Stadt, sage ich Dir, so laut, so voll, so schmutzig, manchmal glaube ich, als Tochter eines Reverends hier vollkommen falsch zu sein. Aber das Haus ist wundervoll – ich erfreue mich immer wieder an dessen Eleganz und Josephs geschmackvollen Mitbringseln von seinen Reisen, die allesamt wilde Geschichten erzählen.

Joseph ist sehr beschäftigt und häufig außer Haus. Wenn er sich nicht mit seinen vielfältigen Aufgaben befasst, widmet er sich seinen Studien. Seinen Geist beständig zu schulen – es liegt ihm so viel daran, und ich bin so stolz auf ihn. Er ist, aber das wirst Du wissen, fleißig und schont sich nie.

Es ist wirklich schade, dass Euer Besuch sich nicht einrichten ließ, aber ich verstehe, dass Du auf Deine Gesundheit achten musst. Vielleicht ist es mir in den kommenden Wochen möglich, mich einen Tag meiner Pflichten zu entledigen und zu Euch zu fahren. Furchtbar gern würde ich erleben, wie Du mit Stolz Dein Kind unter dem Herzen trägst. Sollte sich ein Wiedersehen nicht einrichten lassen, verspreche ich Dir, werde ich Euch, sobald die Kleine das Licht der Welt erblickt hat, besuchen kommen. Ja, ich schreibe »die Kleine«, denn ich bin überzeugt, Du wirst einem Mädchen das Leben schenken. Meine Aufgabe ist es dann, sie mit Geschenken zu überhäufen. Dich auch, aber das verrate ich Dir jetzt nicht …

Allerdings ist mein Besuch nur unter der Voraussetzung möglich, dass ich noch in London weilen werde. (Die Geschenke werden die Kleine und Dich aber trotzdem erreichen, dessen kannst Du Dir sicher sein.)

Sicherlich wirst Du Dich fragen, wo ich sonst sein sollte?

Meine Eltern besuchen? Weit gefehlt!

Bei meinem Lieblingsbruder vorbeischauen? Um Himmels willen, seine Frau redet ohne Unterlass.

Um es nicht länger spannend zu machen: Joseph und ich brechen im November nach Singapur auf. Die Vorbereitungen sind bereits in vollem Gange, und ich bin sehr aufgeregt! Ich werde mit ihm die Welt bereisen, ausgerechnet ich, das Mädchen vom Land, das schon in London an seine Grenzen gerät. Ja, es ist ein Gedanke, der mich schmunzeln lässt, aber ich versichere Dir: Ich bin sehr dankbar, nicht über Jahre von meinem Gatten getrennt zu sein. Und ich bereite mich vor, unentwegt.

Du weißt: Ich habe schon immer viel gelesen, auch jetzt widme ich mich dieser Beschäftigung. In den letzten Wochen habe ich nahezu alle Reiseberichte verschlungen, die ich in Josephs Bibliothek finden konnte. Hin und wieder habe ich mir zudem aus dem ebenfalls wohlsortierten Bücherschatz meines Vaters verschiedene Werke schicken lassen. Und so weiß ich um die Strapazen, die uns erwarten. Aber ich werde es überstehen, ich bin, auch wenn man es mir nicht ansehen mag, aus einem Holz geschnitzt, das Seekrankheit auf einem schlingernden Schiff, Hitze, Erdbeben und dauerndem Regen trotzt. Auch dunkelhäutige Menschen habe ich auf zahlreichen Bildern gesehen. Aus irgendeinem Grund denke ich, es wird mir ein Leichtes sein, einen guten Zugang zu ihnen zu finden, schließlich komme ich auch gut mit Kindern zurecht.

In einem der Bücher wurde erwähnt, mancher dieser Flecken dort in der Ferne erwecke den Eindruck, die Natur habe all die Schönheit, die sie zu schaffen vermag, an einem Ort zusammenführen wollen. Das möchte ich sehen, hören, schmecken, riechen, ja, am eigenen Leib erfahren.

Lass mich raten, jetzt schmunzelst Du über meine Begeiste-

rung? Das kann ich Dir nicht verdenken, aber ich möchte Dich wissen lassen, mit welcher Leidenschaft und Ernsthaftigkeit ich mich vorbereite.

In unseren gemeinsamen Stunden versuche ich Joseph immer wieder anzuregen, mir von seiner Zeit in den Kolonien zu erzählen. Aber er ist dann oft schweigsam, ich befürchte, dass ihn die Erinnerung an SIE schmerzt. Denke jetzt bitte nicht, ich wäre betrübt darüber. Das Gegenteil ist der Fall, ich verspüre Mitleid und bin fest davon überzeugt, den Schleier, der sich hin und wieder über sein Gemüt legt, lüften und dauerhaft von ihm nehmen zu können. Du kannst mir glauben, Dein Bruder ist bei mir in liebevollen Händen, und Geduld war schon immer eine meiner Stärken (glaube ich zumindest).

Nun muss ich schließen, sobald wir einen genauen Abreisetermin haben, melde ich mich bei Dir!

Mit herzlichsten Grüßen, Deine Dir zutiefst ergebene
Lillian Markers

So weit, so gut, mag man meinen. Ein Ehepaar in Reisevorbereitungen. Doch Joseph Markers hielt noch eine – nennen wir es – Überraschung für seine Gattin bereit, die er ihr wenig später präsentierte.

Vom Weichen der Hoffnung

Etwa eine Woche nach dem Versand des Briefes saß Joseph in gewohnter Manier in seinem Arbeitszimmer über verschiedenen Berichten und war geneigt, sich zu ärgern. Wieder einmal hatten die Herren der East India Company einen Boten in der Leadenhall Street losgejagt, um ihm einen Brief auszuhändigen. Erneut betonten die Herren die Dringlichkeit seines Auftrages. Dabei hatte man ihm bereits in mehreren Gesprächen eingeschärft, wie viel Fingerspitzengefühl für seinen Auftrag in Singapur vonnöten war.

Wozu noch dieser Brief? Wollten die Herren ihm die Informationen demnächst noch als Tätowierung stechen lassen? Um sicherzugehen, dass er ihr Anliegen verstand? Erschöpft rieb er sich die Augen. Vermutlich war diese Genauigkeit der politisch angespannten Situation zuzuschreiben. Wenn nicht, musste er sich Gedanken machen, in welcher Weise seine bisherige Arbeit wahrgenommen wurde.

Regen trommelte an die Fensterscheiben, und tief hängende graue Wolken nahmen dem Tag sein Licht. Im Kamin brannte ein Feuer, und das leise Knistern der brennenden Scheite unterstrich, wie nasskalt der Sommer bisher ausgefallen war. Die Flammen flackerten unruhig hin und her, als die Tür geöffnet wurde.

Lillian betrat das Zimmer, und Joseph spürte, dass er seine Frau noch immer wie einen Gast des Hauses wahrnahm. Sie trug eine Tasse Tee, die sie neben ihm auf dem Tisch abstellte. »Befasst du dich wieder mit den Reisevorbereitungen?«, fragte sie.

Den Klang ihrer Stimme mochte er, so weich und sanft, niemals störend, ganz gleich, wie viel sie sprach. Eine Tonlage, die er, wenn er wollte, überhören konnte. Doch diese Sanftheit konnte über ihre Neugier und den forschen Blick, den sie über die Papiere gleiten ließ, nicht hinwegtäuschen. Mit einem Seufzen schob er die Berichte zusammen, die sie nichts angingen. Er lehnte sich zurück und wartete darauf, dass sie das Zimmer wieder verlassen würde.

Doch Lillian zog sich einen Stuhl an seinen Schreibtisch heran. »Hast du einen Moment Zeit für mich?«

Eine seltsame Frage befand Joseph, natürlich hatte er keine Zeit. Ein Umstand, der an den sich stapelnden Unterlagen auf dem Schreibtisch deutlich ablesbar war. Er entschloss sich, seinen Unmut über die Störung zurückzuhalten. »Was kann ich für dich tun?« Die Frage erschien ihm angebracht, denn inzwischen saß seine Frau ihm gegenüber. Ihr lag offensichtlich etwas auf dem Herzen.

»Welche Reisevorbereitungen müssen noch getroffen werden? Wie kann ich dich unterstützen? Die Bediensteten sind so eifrig dabei, alle Arbeiten zu erledigen, und ich möchte meinen Teil dazu beitragen.« Die Sätze rollten nur so aus ihr heraus, und sie ließ ihn nicht aus den Augen, während sie sprach. Er konnte zusehen, wie ihre Wangen sich mit jedem Atemzug röteten.

»Es rührt mich, mit welchem Eifer du dich einbringen möchtest, aber ich kümmere mich um alles selbst, wenn eine Reise ansteht. Immer. Nur die Besorgungen, die ich nicht dringend selbst erledigen muss, überlasse ich dem Personal. Sie kennen das bereits. Das heißt, es gibt nichts weiter zu tun. Für dich zumindest.«

»Für Ruth habe ich verschiedene Geschenke zur Geburt des Kindes vorbereitet. Was hältst du davon, wenn wir einen Brief hinzufügen, alles in einem großen Karton, einem hübschen versteht sich, zusammenpacken und ihn dem Personal übergeben? Sie können ihnen, sobald die Kleine das Licht der Welt erblickt hat, diese Aufmerksamkeit zukommen lassen.«

»Die Kleine?«

»Ja, ich denke, es wird ein Mädchen. Frage mich nicht, warum ich davon ausgehe.« Sie lächelte und wirkte fast verlegen dabei.

»Und wenn es nun ein Junge wird?«

»Die Geschenke sind auch für einen Jungen brauchbar, darauf habe ich bei der Auswahl geachtet.«

»Ja, das ist ein guter Gedanke, wir können das so machen. Wir weisen das Personal an.« Er schaute verstohlen über seinen Schreibtisch. Es wartete Arbeit, viel Arbeit, und er verschwendete seine Zeit mit Geschenken für ein Ungeborenes. Fast hätte er aufgeseufzt.

»Soll ich das kleine Hemdchen mit dazulegen?«

Joseph zuckte zusammen. Er lehnte sich zurück und spürte einen Druck auf seiner Brust. »Welches Hemdchen?«

»Das in deinem Schrank.«

»Was hast du an meinem Schrank zu suchen?«

»Letzthin habe ich deine Wäsche aufgeräumt. Hast du es nicht bemerkt?«

»Ach, doch. Natürlich, ich dachte nur, das Mädchen wäre es gewesen. Aber lass das Hemdchen bitte erst einmal liegen. Ich bin nicht sicher, ob es Ruth gefallen würde.«

»Ich finde es ganz entzückend ...«

»Gut, gut! Ich werde noch einmal darüber nachdenken.«

»Wunderbar, sage mir Bescheid. Aber meinst du nicht, ich könnte dem Personal wenigstens dabei behilflich sein, mich mit um meine Belange zu kümmern?«

Joseph spürte Ungeduld in sich aufsteigen. Waren die Fragen seiner Frau unkonkret, oder war er nicht aufmerksam genug, um zu verstehen, was sie meinte? »Wovon redest du? Welche Belange?«, fragte er gedehnt.

»Welche Kleidung benötige ich beispielsweise? In Singapur ist es sehr heiß, und die Luft soll sehr feucht sein, oder? Es werden überwiegend leichte Stoffe getragen, stimmt das? Wenn du nichts dagegen einzuwenden hast, würde ich in den kommenden Tagen einen Termin beim Schneider machen. Dafür wüsste ich gern, worauf ich achten soll, wenn ich mir entsprechende Kleidung nähen lasse.«

Joseph spürte seine linke Augenbraue in die Höhe schnellen. »Du benötigst keine weitere Kleidung ...«, er geriet ins Stocken.

»Dann lass uns doch bitte zusammen auswählen, was sich aus meiner Garderobe anbieten würde. Oder soll ich alles einpacken?« Lillian sprang auf. »Du hast recht, ich kann mir auch vor Ort das Passende anfertigen lassen. Sicherlich ist das günstiger. Ich werde nur das Nötigste packen. Dann weiß ich jetzt, wie ich vorgehe, vielen Dank und verzeih mir die Störung, aber all das ist so aufregend.« Sie huschte zur Tür.

»Halt, bitte warte! Ich glaube, du hast mich falsch verstanden.«

Lillian hielt an der Tür inne und drehte sich langsam zu ihm um.

»Wie kommst du auf die Idee, dass du mitreisen wirst?«

Von einem Wimpernschlag zum nächsten entglitten ihr die

Gesichtszüge. Sie schluckte heftig. Die Hand rutschte von der Türklinke und suchte nach Halt im Stoff des Rocks.

»Wie …? Ich bin deine Frau. Natürlich begleite ich dich. Das mache ich gern. Wo gehört eine Frau hin, wenn nicht an die Seite ihres Mannes?«

»Nein, es tut mir leid, aber du bleibst hier und kümmerst dich um das Haus.«

»Bitte, ich möchte dir nicht widersprechen, aber …«

»Dann lass es!«, entfuhr es Joseph. »Das Klima in diesen Regionen ist ungesund. Nicht einmal der Regen ist wie hier, er ist unfassbar heftig. Er macht krank, und die Luft ist sehr feucht, oft wehen unangenehme Winde, die ganz anders sind als unsere kühlen klaren Seewinde. Außerdem gibt es Lava spuckende Vulkane sowie Erd- und Seebeben, denen grässliche Springfluten folgen. Es ist viel zu gefährlich.«

»In deinen Erzählungen klang es immer anders …«

»Ja, natürlich, es gibt viel Sonne, blaues Meer, palmengesäumte Buchten und eine Blütenpracht, die niemand ermessen kann, der sie nicht erlebt hat. Das sind die Geschichten, die alle erwarten, aber es sind Anekdoten, die der Unterhaltung dienen und das verdecken, was das Leben in der Ferne so schwierig macht.«

Und so gab sich Joseph alle Mühe, die Dinge aufzuzählen, von denen er hoffte, sie würden die junge Frau das Fürchten lehren: »Natürlich werde ich bei einem Dinner nicht erwähnen, dass Tiger die Menschen anfallen, Spinnen und Schlangen beißen oder Skorpione ihr Gift verspritzen, Blüten nicht duften und Vögel, anstatt zu singen, nur schreien, und das auch zu später Stunde. Meinst du, ich erwähne die zahllosen Nächte, in denen man nicht zur Ruhe kommt, weil die Luft kaum abkühlt? Soll ich all das ausmalen? Oder vielleicht beschreiben, wie die Kleidung Tag um Tag stinkend vom Schweiß am Leib klebt? Selbst die geschicktesten Malaien-Mädchen bekommen den Gestank nicht herausgelöst, obwohl sie die Kleidung beim Waschen mit aller Kraft auf Steine schlagen.«

Jedes seiner Worte entsprach der Wahrheit, aber es war eine – sagen wir – durchaus einseitige Darstellung, da Ostindien mehr zu bieten hatte als die erwähnten Schreckensszenarien.

Auch Lillian schien das nicht zu entgehen, denn sie fragte: »Wie ertragen das die anderen Frauen, die ihre Ehemänner begleiten dürfen?«

Joseph wusste, wie andere Frauen das ertrugen. Die meisten von ihnen ertrugen das Leben in der Ferne sogar ausgesprochen gut. Aber das gehörte nicht in dieses Gespräch, und so blieb ihm nichts als eine Erwiderung, die ein weiteres Gespräch ausschließen musste und zudem eine Steigerung seiner vorangegangenen Antwort war.

»Das ist mir völlig gleich«, erwiderte er. »Und was soll diese Frage überhaupt? Glaubst du mir nicht? Dann erkläre ich dir jetzt mal, wie es den Soldaten, also gestandenen Männern ergeht, die nach Ostindien geschleppt wurden. Die Pest grassiert dort immer wieder, und das ist nur eine der tückischen Krankheiten, von denen die Menschen dahingerafft werden, hinzu kommen Fieber und blutige Durchfallerkrankungen. Du kannst dir nicht vorstellen, was für Widerlichkeiten deinen Leib befallen und zerstören könnten. Warte! Warte, hier, gleich habe ich es«, sagte er und wühlte auf seinem Tisch herum. Ungeduldig schob er zwei Bücher und mehrere Blätterstapel beiseite, er hatte doch gestern erst wieder den Bericht eines deutschen Händlers gelesen, der von seinem Aufenthalt in Ostindien schrieb.

Wo war dieses verdammte Ding?

Er wühlte, doch der schmale Band blieb verschwunden. Stattdessen fiel ihm Cooks Reisebericht in die Hände. Eigentlich war das Werk zu alt, aber trotzdem blätterte er hastig in den Seiten. Sein Blick blieb bei den Beschreibungen zu Batavia hängen, die er auswendig kannte. Dieser Ort unterstand den Niederländern.

Ob sie das wusste? Aber das war auch gleich, es ging nicht um Niederländer oder Engländer, es ging um weit mehr: »Hier, das schreibt James Cook zu Batavia, und du kannst mir glauben, es ist heute noch so. Die Altstadt ist auf sumpfigem Gelände gebaut, es ist ein unansehnlicher Ort: Die Kanäle führen stinkendes und fauliges Wasser, und vor allem in der heißen Jahreszeit geht von ihnen ein kaum erträglicher Gestank aus. Die Bäume stehen so dicht, dass kein Wind den Dunst davontragen kann. Noch schlimmer wird die Situation in der nassen Jahreszeit: Dann steigt das Kanalwasser an, es tritt über die unbefestigten Ufer und überschwemmt die tiefer gelegenen Ortsteile. Das Wasser fließt in die Häuser und hinterlässt, wenn es zurückgeht, Dreck. Stinkenden, schlammigen Dreck, durchsetzt mit Kot. Verstehst du? Dieses Zeug muss aus den Häusern geschippt werden, und dann liegt es modernd in den Gassen, bis der nächste Regen kommt und es wieder in die Kanäle spült. Cook geht auch auf die Lage der Soldaten ein, die von Europa dorthin gebracht wurden: Sie sterben wie die Fliegen an Krankheiten. Und nicht nur den Europäern ergeht es so: Du kannst Stunden durch Batavia laufen, und dir wird kaum ein Mensch begegnen, der sich einer guten Gesundheit erfreut.«

Joseph versuchte, nicht allzu triumphierend dreinzuschauen, und fragte: »Jetzt sage mir: Willst du so leben? Oder soll ich weitere Beschreibungen heraussuchen?« Vor seinem geistigen Auge sah er die Vorstädte Batavias, wie das liebliche

Weltevreden, dessen Name schon darauf hindeutete, dass die Anwohner »wohlzufrieden« waren. Die europäischen Anwohner, versteht sich. Wunderschöne Häuser mit herrlichsten Säulengängen, umsäumt von Gärten, die Parkanlagen ähnelten. Darüber schwieg er sich aus, denn der Kontrast war zu schwierig zu erläutern: Das Leben inmitten der tropischen Landschaft, das mit einem Bad in einem der Flüsse und Seen begann und erst am frühen Abend für kurze Zeit seinen Lauf nahm, da die meisten Europäer die alltäglichen Aufgaben den Malaien überließen, glich eher einem Müßiggang. Die Zeit, die mit Arbeiten zugebracht wurde, war häufig knapp bemessen und auf den Vormittag beschränkt, sie endete in der mittäglichen Hitze, die ein jeder zur Ruhe nutzte. Erst am späten Nachmittag verließen die Europäer ihre Häuser, hielten sich im Schatten, nahmen das zweite Bad des Tages, um nach einem üppigen Essen eine Runde durch die Straßen zu promenieren, wobei die Malaien ihnen mit der einbrechenden Dunkelheit den Weg mit Fackeln erleuchteten. Manche der vornehmen Herren waren sogar zu faul, sich ihre Zigarren anzuzünden, selbst das ließen sie von ihrem Personal erledigen.

Wie sollte er erklären, dass dieses von vielen als Paradies bezeichnete Leben binnen Stunden zur Hölle werden konnte? Er hatte auf die Gefahren hingewiesen. Entweder verstand sie sein Ansinnen, oder sie hatte sich von den Büchern, die sie gelesen hatte, beeindrucken lassen. Dann würde sie seinen Worten vermutlich keinen Glauben schenken, ein Umstand, den er nicht würde ändern können.

Noch immer stand Lillian neben der Tür, inzwischen blass und zitternd. Sie nickte nur und griff erneut nach der Klinke. »Ich verstehe, entschuldige bitte, dass ich dich damit behelligt habe.«

»Auch wenn du es nicht verstehen magst, ich sehe es als einen Akt der Fürsorge. Mehr habe ich dazu nicht zu sagen. Und die Bücher, die dein Vater dir schickt, gibst du bitte mir, ich werde sie zurücksenden lassen.«

Lillians Augen weiteten sich, nahezu ungläubig wirkte sie. Ohne ein weiteres Wort zu verlieren, schloss sie die Tür hinter sich.

Joseph spürte einen Anflug von Mitleid, der aber schnell dem Gefühl der Erleichterung wich. Früher hatte er sich um solche Dinge keine Sorgen machen müssen. Aber jetzt blieb ihm keine andere Wahl. Er würde auch die Tür zu seiner Bibliothek künftig vorsichtshalber verschlossen halten, dachte er noch, bevor er sich wieder seinen Aufgaben widmete.

Demutsübungen

Nun hatte Lillian sich das erste Mal in ihrem Leben verliebt, sehr spät überhaupt erst beschlossen, diese Regung zuzulassen, hatte ihren von den Eltern wohlbehüteten Dauer-Nesthäkchen-Kokon verlassen und war zur Ehefrau geworden, mit einer Trauung, die an Lieblosigkeit kaum zu überbieten war.

Seitdem verbrachte sie in London einsame Tage, während ihr Gatte immer wieder außer Haus weilte oder sich, wenn er anwesend war, häufig in sein Studierzimmer zurückzog.

Sie nahm es hin, genauso wie die Tatsache, dass Joseph, wenn er nachts zugegen war, hin und wieder auf ihr lag, in sie eindrang, um nach wenigen Augenblicken wieder von ihr abzufallen, ihre Wange zu tätscheln, sich im Anschluss auf die Seite zu rollen und umgehend einzuschlafen.

Auch wenn niemand sie auf die nächtlichen Intermezzi einer Ehe vorbereitet hatte, störte sie sich wenig daran, da sie nur von kurzer Dauer waren. Sie hielt still und wertete das als Akt freundlichen Entgegenkommens, ja als Zeichen ihres guten Willens, die Rolle der Ehefrau, auf die man sie zumindest im Hinblick auf die Haushaltsführung vorbereitet hatte, nicht nur am Tage, sondern auch in der Nacht erwartungsgemäß auszufüllen.

All das konnte sie sich schönreden.

Aber die Tatsache, dass ihr Gatte bereits wenige Monate nach der Hochzeit gedachte, die nächsten Jahre ohne sie zu verbringen, glich einem Schlag mitten ins Gesicht, der kaum herber hätte ausfallen können.

Denn er traf zweifach.

Erstens zeigte er, wie weit entfernt Joseph noch immer von ihr und dieser Ehe war. Zweitens offenbarte er deutlich: Ihre Bemühungen um ihn hatten in keinerlei Weise gefruchtet. Sie würde zum Gespött der Londoner Gesellschaft werden und dastehen wie eine Frau, deren Mann schon nach wenigen Monaten vor ihr die Flucht ergriff. Hätte er nach zehn, fünfzehn Ehejahren darauf bestanden, alleine zu reisen – sie hätte es vermutlich hinnehmen können. Wenn er sie mit gemeinsamen Kindern zurückgelassen hätte, wäre es einfacher gewesen. »Wissen Sie, mein Gatte wollte den Kindern und mir die Reise nicht zumuten und ihnen eine gute Ausbildung in England ermöglichen ...« Solche vorgeschobenen Gründe hätte sie ihm vermutlich geglaubt und sich selbst auch.

All das ging Lillian binnen weniger Sekunden durch den Kopf, noch während sie vor der Tür zu Josephs Studierzimmer stand und die kühle Klinke in der Hand hielt.

Glasklar lagen diese Erkenntnisse vor ihr. Sie stülpten sich wie eine Glocke über sie und nahmen ihr die Luft zum Atmen. Ohne Ziel lief sie los, durch das Haus mit seinen langen Fluren, den ausladenden Zimmern, deren große Fenster eine wundervolle Aussicht auf die weitläufige Parkanlage gewährten, vorbei an den auf Hochglanz polierten Möbeln und den mit sicherer Hand ausgesuchten Gemälden in schimmernden Goldrahmen. Räume, in denen die Zeit stehen geblieben schien. Alles war mit Bedacht und Geschmack aufeinander abgestimmt, nichts hatte sie umräumen, nicht einmal ihr Schreibpult vor eines der Fenster stellen dürfen. Wollte

Joseph ihr damit absprechen, mit ebenso sicherer Hand ihr Zuhause gestalten zu können wie seine verstorbene Frau? Es war müßig, darüber nachzudenken. Sie spürte: Um nichts in aller Welt wollte sie allein in Soho Square zurückbleiben.

Sie wollte an Josephs Seite sein.

Doch momentan schien sie weder hier noch in Ostindien erwünscht.

Tränenblind erreichte sie ihr Zimmer und wies das Dienstmädchen an, den Wagen vorfahren zu lassen.

Wahllos packte Lillian binnen weniger Minuten einige Kleider samt Leibwäsche zusammen und stürzte in die Halle. Sie ließ sich ihren Umhang reichen, und schon saß sie im Wagen. Schaute hinauf zum Fenster, wohl wissend, dass ihr Mann ihren Aufbruch registrierte.

Und nicht darauf reagierte.

Sie wischte sich die Regentropfen aus dem Gesicht und wies den Kutscher, bevor er die Tür der Kabine schloss, mit leiser Stimme an: »Zu meinen Eltern. Bitte.«

Damit steht wieder die Frage im Raum: Wie kann es sein, dass eine Ehefrau, deren Mann sie nicht mit auf die Reise nehmen wollte, Monate später im Indischen Meer um ihr Leben kämpfte?

Eine Frau, die zwar nicht schwimmen konnte, aber in diesem Moment die richtigen Bewegungen machte, um sich ins Leben zurückzukämpfen. Als sie endlich die Wasseroberfläche erreichte, schrie sie innerlich vor Schmerz auf, als ihre Lungenflügel versuchten, sich wieder mit Luft zu füllen. Doch kein Laut konnte der Kehle entweichen, die sich anfühlte, als würde sie mit eiserner Faust zerdrückt. Nur mühsam gelang es ihr, den Kopf über Wasser zu halten. Panisch sah sie sich um. Das Salzwasser brannte in den Augen und trübte die Sicht. Die Wellen wogten, und nicht weit von ihr entfernt stand das Schiff lichterloh in Flammen. Sie konnte den Qualm riechen.

Eine Welle schlug über ihrem Kopf zusammen, brennend lief das Wasser durch die Nase und den Rachen hinab. Sie verschluckte sich, hustete und griff mit tränenden Augen neben sich.

Ihre Hand spürte ein Stück Holz, das sie ruckartig an sich riss. Ein Stück splitteriges Holz, vielleicht ein Teil der Planken oder eines Fasses, das ihr Auftrieb gab. Sie umklammerte es, kam wieder zu Atem und entdeckte eines der Rettungsboote.

Lillian schrie auf, doch sie brachte nur ein klägliches Krächzen zustande. Sie hielt sich am Holz fest und versuchte, ihre Atmung zu beruhigen. Kaum dass sich ihre Lunge erstmals wieder mit Luft füllte, brüllte sie abermals auf, so laut wie nie zuvor in ihrem Leben. Sie griff nach einem weiteren Holzstück, das neben ihr schwamm, und riss es in die Höhe, um zu winken. Sie wusste: Die Mannschaft durfte sie nicht übersehen.

Sonst würde sie ertrinken.

Ihr Leben würde eben doch hier enden.

Sie ahnte nicht, dass auch Elliot kämpfte und wie ein Wahnsinniger nach der Frau seines besten Freundes tauchte. Er hatte Lillian auf eines der beiden Rettungsboote helfen wollen. Sie hatte zu den Ersten an Bord gehört, die auf einer aus Tauwerk geknüpften Leiter hinabklettern sollten. Obwohl im Rettungsboot ein Matrose gestanden hatte, ihr die Hand entgegenhaltend, war sie abgerutscht und ins Wasser gestürzt.

Ein Exkurs

Vielleicht erscheint es euch unpassend, genau in diesem Augenblick auszusteigen. Aber auch wenn die Situation dramatisch war, würde ich mir gern noch einmal kurz die Zeit nehmen, damit wir uns Elliot Wilberforce zuwenden. Denn ohne ihn lässt sich diese Geschichte nicht erzählen.

Dem besten Freund von Joseph Markers war bei seiner Geburt der goldene Löffel in den Mund gelegt worden. Eine Tatsache, die es ihm erlaubte, sich von frühester Jugend an ohne Einschränkungen seinen Interessen zu widmen und seinen Geist zu schulen. Die Ausbildung, zu der Hausunterricht mit nur den allerbesten Lehrern und darauf folgend sowohl das College in Eton als auch das in Oxford zählten, legte den Grundstein dafür.

Zahlreiche Forschungsreisen lagen bereits hinter ihm, und das, obwohl er erst dreiunddreißig Jahre alt war. Sie hatten ihn bis nach Südamerika, quer durch Patagonien, einmal nach Südafrika und mehrfach nach Madagaskar geführt.

Daraus zu schließen, er sei ein Abenteurer, wäre allerdings unzulässig. Im Grunde seines Herzens war er ein zurückhaltender, ja sensibler Mann, der sich stets genau beobachtend die Welt erschloss. Dass er für seine Arbeit auf Schiffen die Weltmeere überqueren, gänzlich unberührte Urwälder durchwandern, auf Vulkanen und in Gebirgen herumklettern musste, nahm er in Kauf.

In seinem Element fühlte er sich, sobald er im heimischen Studierzimmer seine gesammelten Exponate und Reisenotizen auswerten und für die Nachwelt aufbereiten konnte. Doch nicht nur Flora und Fauna interessierten ihn, auch mit fremden Völkern und deren Sprachen befasste er sich leidenschaftlich. Seine Sprachbegabung kam ihm hierbei zugute, und ich kann nicht genau sagen, wie viele Sprachen er beherrschte, es werden sieben bis acht gewesen sein.

Sein Interesse, Josephs Reise zu begleiten, galt weniger dem Handelsposten Singapur als vielmehr dem sagenumwobenen Andelo, wie die Einheimischen Sumatra nannten. Es gab zu dieser Zeit nur wenige Menschen, die mehr von dem zwischen der Halbinsel Malakka und der Insel Java gelegenen Sehnsuchtsort wussten als er. Dies ist insofern erwähnenswert, da er die Insel noch nie betreten hatte. Sein Wissen fußte auf ausführlichen Studien der vorhandenen Lektüre und auf zahlreichen Treffen mit William Marsden.

Mir ist klar, wir kommen hier gerade vom Hölzchen aufs Stöckchen, und ich verspreche Besserung, aber diesen Universalgelehrten möchte ich noch erwähnen.

Marsden war mit sechzehn Jahren erstmals nach Sumatra gelangt, er hatte, ganz anders als Elliot Wilberforce, nicht den wissenschaftlichen Weg eingeschlagen, sondern den nicht militärischen Dienst in der East India Company gewählt. Gut zehn Jahre verbrachte er in Bencoolen auf Sumatra, und als er zurückkehrte, arbeitete er seine umfangreiche landeskundliche Sammlung auf und veröffentlichte sie. Ermuntert hatte ihn dazu die Royal Society, eine Ehre, die jeder Naturwissenschaftler einzuordnen vermag.

Im Sommer 1819 war dieser Forscher ein alter Mann von

fünfundsechzig Jahren. Doch er hatte weder das Fernweh noch die Verbundenheit mit dem Orient verloren. Aus diesem Grund forderte er Elliot Wilberforce auf, den er für einen der begabtesten Forscher des Landes hielt, sein Lebenswerk zu ergänzen. Er begann anhand der von ihm veröffentlichten Grammatik der malaiischen Sprache, seinen Schützling einzuweisen, und dieser zeigte sich erwartet talentiert. Auch kleinste Details zu Bräuchen, Religionen und sozialen Strukturen der Malaien, die keinen Eingang in seine Veröffentlichungen gefunden hatten, gab er weiter, fest überzeugt, sie in guten Händen zu wissen.

Und Elliot sog sie auf, über Wochen im Glück, seinen Verstand derart herausgefordert zu wissen.

Inmitten dieser Arbeiten erreichte ihn Josephs Brief. Die näher rückende Abreise erfreute ihn außerordentlich, und er beschloss, kurzfristig seinen Freund zu besuchen, ganz ohne die übliche Vorankündigung.

Während Elliot wenig später das Haus in Soho Square betrat, erinnerte er sich daran, dass Joseph geheiratet hatte. Umgehend befiel ihn wieder die Unruhe, die sich schon beim Lesen der in dieser Hinsicht dürftig formulierten Zeilen in ihm ausgebreitet hatte. So hielt er Ausschau nach der neuen Mrs Markers, hoffte, sie würde ihm entgegeneilen, mit einem Lächeln im Gesicht, und ihn – trotz des unangekündigten Besuches – als routinierte Gastgeberin mit aller Herzlichkeit willkommen heißen.

Doch er sah keine Mrs Markers.

Die Unruhe wurde zu einem dumpfen Ziehen im Unterleib.

Ist es der Neid, der meine Gedanken antreibt?, fragte er sich, während ein Bediensteter ihm den Umhang abnahm.

Innerlich verneinte er die Frage. Auch wenn er selbst sich bisher für keine Frau hatte derart erwärmen können, um den Bund der Ehe zu schließen, gönnte er Joseph sein Glück. Oder hoffte zumindest darauf, sein Freund hätte es ein zweites Mal gefunden.

Er ging an einem Gemälde in der Eingangshalle vorbei, das ein Stillleben mit Tulpen zeigte. Alice hatte Tulpen geliebt, und Joseph hatte ihr das Bild zum dritten Hochzeitstag geschenkt. Für einen Moment hörte Elliot Alices Lachen und fühlte die Wärme, die stets darin mitgeschwungen war.

Begründet sich meine Unruhe damit, dass ich Alice nachhänge und einer neuen Frau an Josephs Seite keine Chance geben will?, fragte er sich nun.

Auch diesen Gedanken wies er von sich, just als er das Studierzimmer betrat. Die Überraschung stand dem Freund ins Gesicht geschrieben. Er sprang auf und umarmte ihn überschwänglich. »Mea maxima culpa«, sagte er lachend, »nun musst du dich schon in mein Studierzimmer hineinstehlen, um Antworten auf all die Fragen zu erhalten, die dich sicherlich beschäftigen.«

Elliot musterte ihn. Nichts an ihm wirkte – darüber konnte auch das Lachen nicht hinwegtäuschen – entspannt, glücklich oder gar frisch verliebt. Unter seinen Augen lagen tiefe Schatten, die Haare hingen ihm strähnig ins Gesicht, und neben seinen Mundwinkeln zeichneten sich feine Linien ab, die ihn unzufrieden aussehen ließen.

»Schaue mich nicht so kritisch an«, sagte Joseph und strich sich durch die Haare. »Hättest du mich vorgewarnt, hätte ich mich für dich in Schale geworfen.« Er umrundete nun den Schreibtisch, ließ sich in seinen Stuhl fallen und wies auf die Bücher und Papierstapel. »Aber das hier treibt mich derzeit geradezu in den Wahnsinn. Die Direktoren schütten mich zu mit Unterlagen, zitieren mich in schönster Regelmäßigkeit zu persönlichen Gesprächen und weisen mich immer und immer wieder an, wie ich vorzugehen habe.«

»Geht es um die Niederländer?«

»Davon kannst du ausgehen. Tatsächlich ist die Situation zwischen England und den Niederlanden seit Sir Stamfords Vorstoß extrem angespannt, und bei der Company herrscht enorme Unruhe – man fürchtet, es könnte einen neuen Konflikt geben.«

»Warum? Es kann doch nicht sein, dass irgendein britischer Gouverneur – von Bencoolen noch dazu, ein Fleckchen auf Erden, das ohnehin kein Mensch kennt – irgendwo die Flagge seines Landes hisst und damit fast einen kriegerischen Konflikt heraufbeschwört.«

»Oh, allerdings. Dieses ›irgendwo‹ beanspruchen die Niederlande für sich. Und es geht hier, wie immer, um Geld. Um viel Geld.«

»Ich denke, Singapur ist eine Halbinsel, die als Unterschlupf für Seeräuber dient. Da gibt es doch nichts außer einigen verarmten Fischern. Bisher haben sich die Niederlande für diesen Landstrich doch wenig interessiert. Was soll die Aufregung?«

»Es gibt unterschiedliche Auffassungen, ob der Vertrag, den Sir Stamford geschlossen hat, Gültigkeit besitzt. Denn auch die Niederländer haben einst einen geschlossen – mit einem anderen Sultan. Ihrer Ansicht nach ist dieser Vertrag weiterhin bindend. Sie sind außer sich und wollen Sir Stamfords Vereinbarung nicht anerkennen. Nun soll ich nach Singapur reisen und versuchen herauszubekommen, wie die Lage sich darstellt. Sind die Entwicklungen vor Ort so erfreulich, wie William Farquhar sie beschreibt? Wo ist Sir Stamford, und wie steht es um ihn? Solche Dinge eben.«

Elliot kratzte sich am Kopf. »Gut, ich verstehe. Das ist heikel. Und Sir Stamford soll von alledem nichts mitbekommen, oder? Also erfahren, dass du sozusagen nach dem Rechten schaust?«

»Exakt so ist es.« Nun wirkte Joseph noch eingefallener, der Zug um seinen Mund noch unzufriedener.

»Aber sicherlich«, wagte Elliot einen Vorstoß, »unterstützt dich deine Frau? Mein Guter, ich habe dir noch nicht einmal zur Hochzeit gratulieren können, weil wir uns gleich auf die Arbeit gestürzt haben.«

Joseph winkte verlegen ab. »Sehr gern würde ich sie dir vorstellen, aber sie besucht ihre Familie, da ich ...«, er wies abermals über den Tisch, »du siehst es ja, kaum Zeit habe. Und ...« Er schüttelte den Kopf und brach ab.

Elliot sah sich bestätigt: Hier stimmte so einiges nicht. »Ja?«, sagte er nur und dehnte dabei das Wort in die Länge.

»Sie ist – ich habe sie verärgert.«

»Warum?«

»Weil ich sie nicht mitnehmen möchte. Nach Singapur, meine ich.«

Es ist, wie ich es vermutet habe: Es ist brüchiges Eis, auf das wir uns hier begeben, fuhr es Elliot durch den Kopf. »Weshalb möchtest du sie nicht dabeihaben? Was hast du ihr gesagt?«, fragte er und versuchte, dabei so zu klingen, als wäre Josephs Wunsch eine Selbstverständlichkeit unter frisch verheirateten Männern.

»Was soll ich ihr gesagt haben? Selbstverständlich die Wahrheit: Eine Reise nach Ostindien ist gefährlich, ja in vielen Fällen sogar lebensbedrohlich.«

»Hast du jemals mit ihr darüber gesprochen, wie du Alice verloren hast?«

Das Gesicht des Freundes verzog sich, ganz so, als würde

ihm die Erwähnung dieses Namens Schmerzen bereiten. Er nahm einen Schluck Tee. »Nein, aber Ruth wird ihr davon erzählt haben.«

»Du hast dieses wichtige Thema deiner Schwester überlassen? Du weißt demnach nicht, ob Lillian überhaupt erfahren hat, wie deine erste Frau verstorben ist?«

»Was soll das? Sitze ich hier auf der Anklagebank? Sie hätte ja auch fragen können.«

»Vielleicht wollte sie dich schonen und dir die Gelegenheit geben, zu entscheiden, wann du darüber sprechen möchtest.«

»Du denkst sehr gut von ihr.«

»Du nicht?«

»Schon, sie ist ein freundliches und gewissenhaftes Weib. Das habe ich dir ja bereits mitgeteilt.«

»Tue mir den Gefallen, und sprich mit ihr.«

»Worüber? Über die Vergangenheit? Die ist abgeschlossen.«

»Wenn die Vergangenheit keine Rolle mehr spielt, dann nimm Lillian mit. Du kannst doch deine neue Ehefrau nicht allein in London zurücklassen.«

»Du weißt genau, warum ich sie nicht mitnehmen will.«

»Ja, das weiß ich. Dann bleibe hier und gib den Auftrag der Company in die Hände eines anderen.«

»Wie bitte? Warum sollte ich das? Für ein Weib in London bleiben?« Joseph sprang auf und lief unruhig im Zimmer auf und ab.

»Gut, ich will ehrlich mit dir sein: Du hast den Verlust von Alice nicht überwunden, sie nimmt immer noch einen großen Platz in deinem Leben ein. Aber dann solltest du auch nicht nach Ostindien zurückkehren, dorthin, wo du sie verloren hast.«

»Das hat nichts mit Alice zu tun.«

»Womit denn?«

»Na ja, die Möglichkeit bestünde, dass Lillian erkrankt. Und das geschieht häufig, das weißt du.«

»Ja, das stimmt.«

»Na ja, und was ist, wenn ...?«

»Du hast Angst, auch sie zu verlieren?«

»Ja, Herrgott, natürlich! Welcher normale Mensch könnte so einen Verlust ein zweites Mal verkraften?«

»Es wird gut gehen.«

»Woher willst du das wissen?«

»Weil ich an deiner Seite sein werde, und du weißt, ich verfüge über reichlich medizinische Kenntnisse.«

Breitbeinig, die Arme hinter dem Rücken verschränkt, blieb Joseph, einem Lehrer gleich, vor ihm stehen. Er schwieg einen Moment, dann nickte er. »Ja, deine Anwesenheit würde mir tatsächlich Ruhe geben. Es soll nicht deine Aufgabe sein, auf meine Frau zu achten, aber es kann nicht schaden, wenn wir zu zweit ein Auge auf sie haben. Da ich vor Ort doch immer wieder für mehrere Tage unterwegs bin, wäre es gut, dich in ihrer Nähe zu wissen. Würdest du diese Verantwortung hin und wieder auf dich nehmen?«

»Ich kenne sie bisher nicht und kann nur hoffen, dass sie meine Gesellschaft gutheißt. Aber es wäre mir eine Freude, wenn ich dir damit einen Gefallen tun könnte.«

»Du weißt, ich vertraue dir. Um ganz sicherzugehen, stelle bitte die umfassendste Apotheke zusammen, die jemals nach Ostindien mitgenommen wurde.«

»Das mache ich gern.«

»Und dann wird alles gut gehen?«

»Ja, ich passe auf. Du wirst sie nicht verlieren, das verspreche ich dir!«

Vielleicht ist es jetzt verständlicher, warum Elliot während und auch nach der Schiffskatastrophe doppelt litt – schließlich hatte er Joseph ein Versprechen gegeben. Und trotz seiner Bemühungen stürzte die Frau des Freundes in seiner Obhut ins Wasser. Direkt vor seinen Augen glitt sie von der nassen Leiter aus Tauwerk, schlug mit dem Kopf gegen die Seitenwand des Rettungsbootes und sank wie ein Stein ins Meer.

Sowohl der Matrose, der im Rettungsboot wartete, als auch Elliot brüllten geschockt auf, irgendwer rief »Mann über Bord«, und bevor Elliot einen Gedanken fassen konnte, sprang auch er über Bord. Doch im nachtschwarzen Wasser konnte er Lillian nicht finden. Mehrfach tauchte er auf, schnappte nach Luft, hörte das Brüllen der Männer, das Prasseln der Flammen und tauchte wieder ab.

Und wieder umgab ihn Dunkelheit.

Das kann nicht sein, schrie es in ihm. Wo ist sie?

Als er abermals die Wasseroberfläche durchstieß, bemerkte er Joseph. Gestützt vom Schiffsarzt, stand er im Rettungsboot. Ihre Blicke trafen sich. Blankes Entsetzen spiegelte sich in den Augen des Freundes, gepaart mit purer Verachtung, eine wortlose und so überaus berechtigte Klage, die ihn bis ins Mark traf. Erschöpft ließ sich Elliot wieder in die Fluten sinken und hoffte, das Meer würde auch ihn verschlingen. Doch just als er das Bewusstsein verlor, packten zwei Matrosen zu und hievten ihn ins Rettungsboot.

Hier möchte ich kurz auf Kapitän Johnson aufmerksam machen, in dessen Händen Wohl und Wehe der HMS Maryanne und ihrer Mannschaft lagen. Ein ausgesprochen kluger Mann, der neben Joseph an Bord des ersten Rettungsbootes stand. Er erfasste inmitten der Katastrophe intuitiv die Situation. Auch wenn er nicht im Geringsten ahnte, welchen Konflikt die Männer miteinander austrugen, ließ er anordnen, Elliot im anderen Rettungsboot aufzunehmen. Es erschien ihm ratsam, beide erst einmal räumlich voneinander zu trennen. Die Suche nach der Frau ließ er einstellen, als Joseph ihm mitteilte, sie könne nicht schwimmen. Und so gab er, wenn auch schweren Herzens, den Befehl, die Rettungsboote vom brennenden Schiff wegrudern zu lassen. Mit etwas Glück – so war sein Plan – würde es ihnen gelingen, Sumatras Westküste zu erreichen.

Das Auge des Tages

Die ersten Schläge der Ruder erfolgten exakt in der Sekunde, in der Lillian eines der Rettungsboote erblickte. Niemand hörte ihre verzweifelten Schreie, zu laut fauchten die Flammen, die das Schiff zerfraßen. Niemand nahm ihr Winken in den wogenden Wellen wahr, und so begann sie, mit den Füßen ins Wasser zu treten. Sie wollte ihrem Mann, seinem besten Freund, den Seeleuten – kurzum ihrer Rettung – folgen, koste es, was es wolle.

Sie spürte, wie sie ihre rechte Stiefelette verlor, und es war ihr gleich. Sie weinte, schrie und trat weiter, während sie sich an ihren beiden Holzstücken festklammerte.

Doch die Rettungsboote wurden immer kleiner und Lillians Tritte im Wasser schwächer. Das Weinen verebbte, bis es nur noch ein Schluchzen war.

Und irgendwann gesellte sich die Verzweiflung zu ihr.

Jede länger andauernde Schiffsreise entwickelt sich über kurz oder lang zu einer Demutsübung mit vielfältigen Variationen – zumindest zur damaligen Zeit. Lillian hatte einige Monate zuvor bereits die Reise von Portsmouth nach Singapur überstanden und gleich zu Beginn der Überfahrt, auf der Höhe von Lissabon, ihren ersten Sturm auf einem Schiff erlebt. Und dieser Sturm hatte vielen anderen geähnelt, wie sie sich täglich zutrugen: Hundertfünfzig Mann hatten Seite an Seite gestanden, während das Schiff mehrfach in derartige Schräglage geraten war, dass die Rahen das Wasser berührten. Um sie herum hatte unvorstellbarer Lärm getost: das angsterfüllte Brüllen der Männer, die versucht hatten, sich über das Heulen des Windes hinweg zu verständigen. Das über Deck schäumende Wasser, das Knarren des Holzes, das Knattern der losgerissenen Segel. Diejenigen, die den Kampf aufgegeben hatten, waren in ihre Hängematten geflohen, andere hatten sich betrunken, im Frachtraum verkrochen oder sich gemeinschaftlich an der Reling hängend übergeben.

Und nun kann man meinen, all die armen auf dem Meer gebeutelten Seelen würden mich, die Hoffnung, mit ihrem Flehen um Errettung in Anspruch nehmen.

Weit gefehlt. Die Angst steht ihnen im Weg und lässt sie für eine Weile meine Existenz vergessen. Bis sie sich wieder auf mich besinnen, vergeht meist einiges an Zeit.

Ich für meinen Teil schätze das Reisen. Und vor allem Schiffsreisen, sie sind ein fortlaufendes Schauspiel der Natur. Wer einmal erlebt hat, wie Fliegende Fische silbrig glänzend über das Wasser hinwegjagen, Wale vorbeischwimmen, auf Abstand bleiben, aber wie zum Gruß ihre Wassersäulen ausspeien, oder wer einmal Delfine hat tanzen sehen, weiß vermutlich, wovon ich spreche.

Zudem waren Schiffsreisen damals meist mit Hoffnungen verbunden, die Hand und Fuß hatten. Ein für mich durchaus angenehmer Zustand, da ich seltener meine Zeit damit verschwenden musste, unsinnige von berechtigten Anliegen zu trennen.

Und was ich besonders schätzte: Die Liebe verrichtete selten auf offener See ihr Werk. Für sie waren Schiffe seinerzeit hölzerne Gefängnisse, deren Mannschaften aus Herumtreibern, Versagern, Deserteuren und entlaufenen Betrügern bestanden. Es war eine Umgebung, die sie in den seltensten Fällen als passend für einen ihrer Auftritte empfand. Zudem mangelte es an Bord auch schlicht und ergreifend an Frauen.

Mir erging es da gänzlich anders: Mit dem Geruch von nassem oder von der Sonne gewärmtem Eichenholz verband ich Aufbruch, Abenteuer, Abwechslung und Herausforderung. Allerdings traf ich an Bord oft Begleiter, auf die ich ebenfalls gern verzichtet hätte, denn neben der Angst waren regelmäßig die Gier und die Verzweiflung mit unterwegs.

Die Anwesenheit der Gier dürfte nicht überraschen. Die Matrosen jener Zeit hofften auf ihre Heuer, die Kapitäne durften zwei, manchmal auch fünf Prozent des Frachtraums mit Waren füllen, die sie selbst in der Heimat verkaufen konnten, und jeder Händler, der sich nach Ostindien begab, hatte ohnehin nur die beeindruckenden Gewinnspannen im Sinn, die mit Tee, Pfeffer, Tabak, Opium oder Bodenschätzen aller Art in Europa erzielt werden konnten.

Auch die Tatsache, dass die Verzweiflung oft an Bord mitreiste, war naheliegend. Genau genommen waren auf stürmischer See ausgesetzte Schiffe, die sich, verloren zwischen aufbäumenden und brechenden Wellen, wie Nussschalen ausnahmen, eines ihrer liebsten Betätigungsfelder. Nun fielen aber offensichtlich auch brennende Schiffe in ihr Betätigungsfeld. Dies empfand ich fast als ein wenig unfair – denn die Wahrscheinlichkeit, auf einem Schiff einen Brand zu erleben, war enorm gering – würde ich jetzt mal behaupten.

Aber ich muss zugeben: Bereits als die HMS Maryanne aufbrach, bemerkte ich einen weiteren ungebetenen Gast. Einen, der deutlich machte, welch Kummer der Besatzung und den Gästen noch bevorstand: Es war der Tod, der an mir vorbeischlurfte.

Ja, es ist leider so: Auch er war an Bord zugegen. Ein widerlich zuverlässiger Geselle, der stets ein wenig vor seinem Zugriff erscheint, um sich einen Überblick über die Gesamtsituation zu verschaffen. Denn mit dem Zufall hat er, auch wenn dies immer wieder angenommen wird, nichts zu schaffen: Sein Werk ist Maßarbeit. Er läuft mit rundem Rücken, und jeder Schritt scheint ihm eine Last zu sein. Aber er trägt – und das ist unübersehbar – nun mal ein Großteil des Leids der Welt auf seinen Schultern. Der Tod und ich, wir nickten einander im Vorbeigehen zu, zwei Söldnern gleich, die sich unzählige Male auf unterschiedlichen Schlachtfeldern begegnet waren, bereit, auf einem weiteren anzutreten, um – jeder für sich – für die eigene Sache einzustehen. Mit der Angst, der Verzweiflung, der Gier oder auch der Liebe sind Verhandlungen darüber, ob die jeweilige Situation anderweitig auflösbar sei, immer einen Versuch wert.

Beim Tod ist dies zwecklos.

Ebenso überflüssig ist die Frage, wem seine Aufmerksamkeit in den kommenden Stunden gelten wird. Er antwortet nie, damals nicht und heute ebenso wenig. Er hat seine Gründe dafür. Und nicht einmal ich kann ausschließen, dass er, wenn er erscheint, mir einen meiner Schützlinge entreißen wird.

Trotzdem muss ich zugeben: Damals, in all dem Durcheinander, verlor ich den Tod aus den Augen. Es waren zu viele Dinge auf einmal, die meine Aufmerksamkeit in Anspruch nahmen: das inzwischen nahezu komplett in Flammen stehende Schiff, die brechenden Masten, der Ruck, als die Feuerwand zur Seite kippte und den Eindruck erweckte, das Meer würde brennen, der grelle Schein der Flammen, die kleiner werdenden Rettungsboote und Lillian, die sich an ihren Holzbalken klammerte.

Nirgends sah ich den Tod.

Nur die Verzweiflung. Direkt auf dem tropfnassen Stückchen Holz, an dem Lillian sich festklammerte und mit dem sie irgendwann mutterseelenallein durchs Wasser trieb.

Und da der jungen Frau in ihrer ausweglosen Situation nichts ferner lag, als – was ich in diesem Moment mehr als verstanden hätte – ein Fünkchen Hoffnung einzufordern, wurde ich eigenmächtig tätig. Ich beschloss wenige Stunden später, der Verzweiflung eins auszuwischen. Ich machte mich daran, *mata hari,* das Auge des Tages, wie die Malaien die Sonne liebevoll nennen, ins Spiel zu bringen. Nach flammendurchzogener Nacht schoben sich alsbald erste rotgelbe Strahlen vom Horizont ausgehend über den Himmel, sie erschienen wie ein Widerhall des erlöschenden Feuers, und ich wusste, wie sehr Lillian die einzigartigen Lichtspiele, die sich im morgendlichen Blassblau boten, schätzte.

Sie würde dieses Zeichen zu lesen wissen.

Zumindest hoffte ich das.

Ja, nicht nur ihr Menschen, auch ich selbst gebe mich gelegentlich den Vorzügen meiner Arbeit hin.

Alleinsein

Zuerst spürte Lillian den Sand an ihrer rechten Wange, dann die Hitze der Sonne auf der linken Gesichtshälfte. Dann bemerkte sie Wasser, das ihre Füße umspielte, sie fröstelte und winkelte die Beine an. Mit der Hand fuhr sie sich über ihr Gesicht und versuchte, die Augen zu öffnen. Ihre Lider zitterten, und das grelle Sonnenlicht blendete sie. Vor sich erblickte sie die weichen Sandhügel eines palmengesäumten Strandes. Das türkisfarbene Meer plätscherte in trägen Wellen an Land und war – abgesehen von kleinen weiß schäumenden Kräuselungen des Wassersaums – bis auf weite Sicht spiegelblank.

Sie richtete sich auf.

Das Schiff!

Es war in Brand geraten! In später Nacht!

Lillian war nach dem Abendessen am großen hölzernen Tisch der Offiziersmesse mit Elliot sitzen geblieben. Sie hatten gerade ihr Gespräch beenden wollen, als der gellende Ruf ertönt war: »Feuer!«

Ein Wort, das sowohl Lillian als auch Elliot erstarren ließ. Kurz, vermutlich nicht mehr als zwei oder drei Sekunden, hatten sie einander angesehen. Ungläubig und doch noch hoffend, sich verhört zu haben.

Dann erklang erneut der Ruf: »Feuer!«

Noch drängender, noch eindringlicher.

Zeitgleich sprangen sie auf, und auch der Schiffsarzt, der bereits eingenickt war, fuhr in die Höhe. Elliot riss die Tür der Offiziersmesse auf, und vor ihnen stand eine Wand aus Rauch.

Mit gesenktem Kopf, den Arm vors Gesicht gehoben, folgte Lillian Elliot, spürte, wie der Arzt hinter ihr drängte, sie an den Schultern packte und schob, zum Deck hinauf.

»Wasser, wir brauchen Wasser. Eilt zu den Fässern«, hörten sie den Kapitän brüllen. »Und lasst die Rettungsboote zu Wasser.«

»Wir kommen nicht an die Fässer heran! Die Flammen fressen sich rasend schnell voran, dort lodert schon alles«, antwortete irgendwer nicht minder brüllend.

»Wo ist Joseph? Wo ist mein Mann?« Ein angsterfüllter Ausruf, von dem Lillian erst einen Atemzug später begriff, dass er ihr entfahren war.

Niemand reagierte. Überall Männer, die sie weiterschoben, voran zum Rettungsboot.

»Werft das Schießpulver über Bord«, rief nun einer der Offiziere direkt neben ihr.

»Das Magazin, wir kommen nicht heran! Alle weg vom hinteren Teil des Schiffes! Das Schiff ist nicht zu retten. In die Boote! Schnell, stoßt ab!«

»Wo ist mein Mann? Wir müssen ihn retten!«, schrie Lillian abermals. »Er ist in der Kajüte, er ist zu schwach, allein an Deck zu kommen.« Ihre Stimme überschlug sich.

Elliot versuchte, sie zu stützen. Sie riss sich los, wollte zurücklaufen, doch ein riesiger Matrose trat ihr breitbeinig in den Weg. »Das Feuer ist unter seiner Kajüte ausgebrochen, ich lasse Sie hier nicht durch«, sagte er nur. Ein Satz, von dem er offensichtlich meinte, ihm nichts hinzufügen zu müssen. Unerbittlich drängte er nun Lillian zu Elliot zurück.

Und während sie den Mann mit dem grimmigen und entschlossenen Gesicht anstarrte, sah sie vor ihrem inneren Auge die Kajüte. Joseph, wie er schützend die Hände vor sich hielt, züngelnde Flammen, die nach ihm griffen, sein Hosenbein erwischten, sich an ihm entlangzogen. Sie hörte sein Schreien, das wenige Atemzüge später in Flammen erstickte.

Ein Schwächeanfall ließ ihr die Knie wegsacken.

Elliots Hände, die sie packten.

Dann der erlösende Ruf: »Mr Markers ist hier, er lebt.«

Sofort richtete Lillian sich an Elliot auf, zu gern hätte sie sich auf Zehenspitzen gestellt, um einen Blick auf ihren Mann zu erhaschen. Diese kleine Vergewisserung ausgekostet, dass er lebte, den Flammen entkommen war. Doch schon hatte sie den Strick der Leiter in ihrer Hand gefühlt. Hatte Elliot gesehen und das Rettungsboot in der Tiefe, erste Flammen, die aus den Kajütenfenstern schlugen, beißenden Rauch und ihren Fuß auf der schwankenden Leiter.

Dann nichts mehr. Nur Dunkelheit.

Sie stieß die Luft aus. Spürte den warmen Sand. Den leichten Wind.

Sie war in Sicherheit.

Hatte überlebt.

Wie konnte das sein?

Ihr Blick suchte das Meer ab, aber nichts, nicht einmal eine Mastspitze des gesunkenen Schiffes war noch auszumachen. Die Mannschaft hatte sich in Booten retten können – doch hier war niemand.

Wie war sie auf diese Insel gekommen? Ein Holzstück hatte sie gerettet sowie der Sonnenaufgang, ein besonders beeindruckender dazu, der ihr Zuversicht verliehen hatte. All das wusste sie noch, aber die Erinnerung, wie sie den Strand erreicht hatte, fehlte gänzlich.

»Joseph?«

Sie lauschte und hörte nur das Wellenrauschen und das gellende Zirpen der Zikaden.

»Elliot?«

Aus dem an den Strand angrenzenden Dschungel antworteten mehrere Affen, wenn sie es richtig einordnete, waren es Orang-Utans.

»Hört mich irgendjemand?«, rief sie nun lauter.

Das Rufen der Affen steigerte sich einer Antwort gleich zu einem Kreischen und dröhnte in Lillians Kopf.

Sie stand auf, und Sand rieselte unter dem Stoff der Leibwäsche an ihr herab. Ein Stück Tang hing zwischen den Falten des Rocks, das sie mit zitternden Fingern abzupfte. Ihre Kleidung war bis auf den Rocksaum und die Seite, mit der sie auf dem Sand gelegen hatte, trocken.

Vorsichtig reckte sie den Kopf, streckte die Beine und hob die Arme. Keine Blessuren, nirgends. Erleichtert bekreuzigte sie sich. Unerfreulich war jedoch der fehlende Schuh. Sie erinnerte sich, ihn im Wasser verloren zu haben. Durch den Strumpf, der ihr erstaunlicherweise erhalten geblieben war, fühlte Lillian den heißen Sand.

Sie humpelte in den Schatten einer Palme, als es neben ihr rumste. Erschrocken sprang sie zur Seite und sah sich gehetzt um.

Eine grün ummantelte Kokosnuss!

Sie lag im Sand, nur wenige Schritte von ihr entfernt. Wütend schaute sie in die Höhe. Werde ich nun, nachdem ich als Nichtschwimmerin an Land gespült wurde, von einer Kokosnuss erschlagen?, fragte sie sich. Schluchzend ließ sie sich fallen und weinte vor Trauer um ihren kaum entbehrlichen Schuh und vor Wut auf dämliche Kokosnüsse.

Im Rückblick mag es irritieren, aber ich habe Ähnliches mehrfach beobachtet: Menschen, die unter Schock stehen, weinen, gemessen an der Dramatik der jeweiligen Situation, oft um seltsame und unbegreifliche Dinge. Weshalb sie das tun, kann ich nicht erklären, ich nehme es inzwischen einfach hin.

Also hockte ich mich neben Lillian und verfolgte, wie sich abermals die Verzweiflung an die junge Frau heranschmiss. Offensichtlich wollte sie sich trotz des *Mata-hari*-Auftritts nicht abhalten lassen, meinen Schützling erneut in ihren Bann zu ziehen. Leider muss ich ihr zugestehen: Sie hatte in diesem Fall einfach die besseren Argumente.

Denn womit sollte ich punkten?

Genau genommen fand ich Lillians Ausgangssituation nicht schlecht. Auf einer derart früchtereichen Insel standen ihre Chancen gut, wenigstens nicht zu verhungern. Aber in Anbetracht der anderen Gefahren, die drohten, war dieser Gedanke nicht sonderlich tröstlich.

Vermutlich bin ich gelegentlich doch ein wenig rational.

Überraschenderweise wurde Lillian der Verzweiflung recht schnell überdrüssig, dieses Mal ganz ohne mein Zutun. Sie begann, sowohl klare als auch lösungsorientierte Gedankengänge zu entwickeln.

Erwähnte ich es schon: Ich liebe Frauen mit Verstand!

Auf welcher Insel bin ich gelandet?, war die erste Frage, die ihr durch den Kopf ging. Um diese Überlegung verständlicher zu machen, sollte ich erklären, dass die HMS Maryanne, die von Singapur nach England reisen wollte, noch verschiedene Zwischenhalte eingeplant hatte. Einer davon war Kalkutta. Von Singapur ausgehend, wäre die Fahrt durch die

Straße von Malakka naheliegend gewesen, doch irgendein Kommandant der Company sollte in Bencoolen abgesetzt werden, und so fuhr das Schiff nicht an der Ost-, sondern an der Westküste von Sumatra entlang. Und Joseph Markers, der nach einem Treffen mit Sir Stamford den Plan gefasst hatte, nach Kalkutta zu reisen, um beim Generalgouverneur vorstellig zu werden, ging mit an Bord. Da er einen längeren Aufenthalt plante, begleiteten ihn Lillian, Elliot und der Bedienstete Andris.

Und so versuchte unsere Gestrandete, sich noch einmal an die bisher zurückgelegte Strecke zu erinnern: Sie hatten die Sundastraße passiert, in der sich manches kleine Inselchen gezeigt hatte, das nur aus Palmen zu bestehen schien, ganz so, als würde ein Stück Dschungel durchs Wasser schwimmen. Es hatte einen halbtägigen Aufenthalt in Bencoolen gegeben. Sie hatte das Schiff nicht verlassen, weil Kapitän Johnson keine Zeit für einen Landgang gewährt hatte. Und so waren sie nach einem zügigen Aufbruch zuletzt vor der Westküste Sumatras gesegelt und hatten hier ebenfalls verschiedene Inseln passiert, unter anderem Pulau Siberut.

Abrupt setzte Lillian sich auf und betrachtete den Strand, das Wasser und den Dschungel. Sicherlich hat die Strömung mich in Richtung Sumatra getrieben, überlegte sie. Also müsste ich, wenn ich mich auf den Weg mache, irgendwann Inselbewohner treffen, die mir helfen können, nach Bencoolen zu kommen. Aber steht Sumatra komplett unter dem Gouvernement der Engländer? Gab es hier nicht auch niederländische Stützpunkte? Und war die Insel nicht riesig? Sie zuckte die Schultern und beschloss, jeder würde einer Schiffbrüchigen helfen, selbst Niederländer. Und sollte es Schwierigkeiten geben, wusste sie genau, wie sie mit kleinsten Änderungen in der Körperhaltung, sei es mit einem leichten Vorbeugen der Schultern, dem Schräglegen des Kopfes und dem weiten Öffnen der Augen samt einem verlangsamten Blinzeln, binnen Sekunden eine nahezu kindliche Hilfsbedürftigkeit auszustrahlen vermochte, der sich insbesondere Männer schwer entziehen konnten.

Lillian erhob sich und trat zwischen die Palmen, um einen Blick in den Dschungel zu werfen. Im Halbdunkel sah sie Lianen, die Schiffstauen gleich in die Tiefe hingen. Hier und da leuchteten Orchideen in verschiedenen Farbtönen auf, Farne breiteten ihre feingliedrigen Blätter aus, und Moosflächen überwucherten morsches Holz umgestürzter Bäume. Blüten, Blätter, Zweige und Luftwurzeln schlangen sich strickartig ineinander, umarmten Stämme und schufen ein schier undurchdringliches Pflanzengeflecht. Affen mit hellem, fast flauschigem Fell sprangen mit anmutiger Leichtigkeit in luftiger Höhe umher, ganz so, als würden sie schweben.

In einiger Entfernung entdeckte Lillian einen hochgewachsenen Durianbaum. Er war schwer beladen mit zahlreichen stacheligen Früchten, die zum Teil Kopfgröße betrugen. Joseph lehnte diese eigenartig riechenden Früchte ab. Auch sie hatte der Geruch immer wieder verschreckt, und daran würde sich auch inmitten der Wildnis nichts ändern.

Vorsichtig bog sie mehrere Farnblätter beiseite. Dornenreicher Rotang versperrte den Weg. Lillian erkannte: Hier gab es kein Durchkommen, dafür würde sie eine Axt oder einen Säbel benötigen.

Plötzlich erschauderte sie.

Ich habe kein einziges Werkzeug und nichts, das als Waffe taugen könnte, durchfuhr es sie. Nichts, womit ich mir weiterhelfen oder mich im Zweifelsfall verteidigen könnte. Ich bin allein. Ohne jeden Schutz.

Mit einem Schlag überkam sie Heimweh. Und überraschend für sie selbst war, dass sie nicht die Weite der Grafschaft Hampshire oder das umtriebige London vermisste, sondern Singapur.

Ihr Singapura.

Tatsächlich war die in der Flussmündung gelegene Löwenstadt, in der nie ein Löwe gesichtet worden war, dieses vor nicht allzu langer Zeit zum Handelsaußenposten auserkorene Fischerdorf, das inzwischen aus allen Nähten platzte, dennoch täglich weiterwuchs und nur so vor Leben strotzte, ihr Zuhause geworden. Singapur lag eingebettet in sanfte Hügel, deren sattes Grün, aus dem sich wiegende Kokosnusspalmen erhoben, zum Tiefblau des Himmels einen Kontrast bildeten, der dem Auge schmeichelte und das Herz leicht machte.

In Gedanken eilte Lillian die staubige Straße entlang, die sich den Hang hinaufwand. Zierliche Mangostanbäume säumten ihren Weg und ließen Schatten über den Sand tanzen. Sie lief weiter und sah links von sich im Hintergrund das geliebte Sagopalmen-Wäldchen. Wie immer schien es ihr zur Begrüßung zuzuwinken. Rechter Hand wiegte sich hellgrüner Bambus, dessen federige Blätter im Wind raschelten.

Die Luft war am Hang deutlich kühler als in den Gassen der Stadt, und Lillian spürte, wie der Wind sacht über ihre erhitzte Haut strich. Sie näherte sich dem Haus und hörte den Bach, der durch den Garten floss. Morgens und abends nahmen Joseph und sie stets in dem kalten und kristallklaren Wasser ein kurzes Bad zur Erfrischung. Ihr Mann hatte den Ort auf dem Hügel sorgfältig ausgewählt und dabei die unvergleichliche Aussicht auf Singapur und seinen Hafen genauso berücksichtigt wie den Wind, der stets das Haus umspielte und die Hitze vertrieb. Binnen kürzester Zeit hatte er dieses wundervolle Anwesen errichten lassen, und nun war es das

Zuhause des Ehepaares Markers. Irgendwann, da war Lillian sicher, würde alles gut werden. Dann würden auch die Schatten der Schwermut aus Josephs Leben verschwinden und die Vergangenheit der Gegenwart Platz machen.

Andris öffnete die Tür und grüßte freundlich. Der in Malakka geborene Mann wich Joseph, seitdem er für ihn tätig war, kaum mehr von der Seite. Er lächelte und zeigte seine schwarzen Zähne. Sofort gingen Lillian die Bilder ihrer ersten Einfahrt in den Hafen Singapurs durch den Kopf. Unzählige Malaien waren auf kleinen Sampans an das Schiff herangefahren, um lautstark ihre Waren anzupreisen. Was hatte es nach den Wochen, in denen sich die Augen an das eintönige Blaugrau des Meeres und die Ohren an das Schlagen der Wellen gewöhnt hatten, alles zu sehen und zu hören gegeben: gackernde Hühner, kreischende Affen, grellbunte Papageien, köstlichste Früchte und reihenweise karminrote bis schwarze Zähne, von den Händlern mit einem Lächeln stolz zur Schau getragen. Das Betelnusskauen war die Erklärung gewesen. Die geschnittenen Samen der Arekapalme, mit Gewürzen bereichert, gelöschtem Kalk beträufelt und in Blätter gewickelt, wurden gekaut. Diese kleinen Pakete berauschten nicht nur, sie verfärbten auch die Zähne. Und den Speichel. In ein tiefes Dunkelrot, wie sich an den Spuckpfützen in den Gassen der Stadt nicht übersehen ließ. Lillian dankte Andris und lächelte ebenfalls. Es hatte so vieles gegeben, an das sie sich hatte gewöhnen müssen.

Langsam ging sie durch die Räume, die in ihrer Größe und Anordnung denen des Hauses in Soho Square ähnelten. Doch hier wirkte alles heller, leichter, selbst die Möbel, die Joseph beim Chinesen hatte fertigen lassen, waren filigraner. Die Bögen der venezianischen Fenster rundeten den Eindruck ab.

Sie trat hinaus auf die Veranda, die das Haus komplett umschloss. Es war erhebend, von hier aus das Ergebnis ihrer Arbeit im Garten zu betrachten: Verschiedene Rosenbüsche wetteiferten in leuchtenden Farben um Aufmerksamkeit. Dahinter, ein wenig weiter links gelegen, befand sich der Gemüsegarten, in dem sie unter Andris' Anleitung Pisangs, Zuckerrohr und Yams angepflanzt hatte. Ein Mangobaum stand direkt vor dem Haus und lud ein, die Früchte von der Veranda aus zu pflücken.

Ein Eichhörnchen hüpfte durch die Zweige, sein gelblich braunes Fell schien stumpf und glanzlos. Mit einigem Abstand blieb es kurz hocken, betrachtete sie und sprang dann federleicht über die dornigen Rotangbüsche hinweg in den Wald hinein.

Lillian sah sich um.

Hier war kein Haus und auch kein Garten.

Sie stand, einige Farnblätter beiseiteschiebend, vor dem Rotang. Er versperrte weiterhin den Weg, und noch immer hatte sie weder Werkzeug noch Waffe. Nichts hatte sie, einfach nichts. Dafür verspürte sie nun auch noch unbändigen Durst. Pelzig lag ihre Zunge im Mund und machte deutlich: Waffen und Werkzeuge mussten warten.

Gut, was hat mir Elliot erklärt?, fragte sie sich und hörte ihn umgehend die Antwort geben:

»Erstens: Halte Ausschau nach einer Süßwasserquelle.

Zweitens: Wenn es kein Süßwasser gibt, halte dich an Kokosnüsse.«

Sie blickte zu dem grünen Ding hinüber, das sie soeben fast erschlagen hatte und in einiger Entfernung im Schatten der Palme lag. Elliot hatte ihr in buntesten Farben davon berichtet, dass auf Sumatra eigens abgerichtete Äffchen zum Pflücken der Kokosnüsse zum Einsatz kämen, er hatte ihr jedoch nie erklärt, wie sie ein solches Ungetüm öffnen sollte. Was hatte er ihr noch an Ratschlägen mit auf den Weg gegeben?

»Drittens: Versuche erst gar nicht, Salzwasser zu trinken. Suche dir Früchte, vor allem Mangos, Ananas, Orangen und Litschis. Sie sind gute Durstlöscher. Meide Pisangs, sie machen eher noch durstiger«, hörte sie ihn dozieren.

»So werde ich es machen. Vielen Dank«, flüsterte sie in den Wind hinein. Sie musterte konzentriert die Bäume, soweit sie diese im Dickicht des Dschungels erkennen konnte. Es dauerte nicht lange, bis sie einen Mangobaum entdeckte, doch der Weg dorthin war mit Farnen verwachsen. Zweifelnd schaute Lillian an sich herab. Die fehlende Stiefelette würde ein weit größeres Problem werden, als sie bisher angenommen hatte.

Behutsam griff sie in die Rotangpalme neben sich und riss einige Blätter ab. Mehrfach hatte sie Malaiinnen zugesehen, wenn sie Körbe, Hüte oder sonstige Kunstwerke daraus flochten. Am Strand ließ Lillian sich nieder und begann, die Blätter ineinanderzuschlagen. Ein erkennbares Quadrat entstand. Als das Stück groß genug war, trennte sie von ihrem Rock einen Streifen Stoff ab, mit dem sie das Flechtwerk um ihren Fuß band. Vorsichtig setzte sie die ersten Schritte. Tatsächlich schützte diese seltsame Lösung: Der Sand schien weniger heiß.

Um ihren Durst zu löschen, brauchte sie nun doch ein Werkzeug, erkannte Lillian und griff sich einen großen Ast, der in ihrer Nähe lag. Sie entfernte die vertrockneten Blätter und machte sich auf den Weg: Mit dem Stock schlug sie eine Schneise in die Farne, die nur so auseinanderstoben. Wieder sprangen Affen lautstark in den Baumkronen über sie hinweg und beobachteten, wer den Lärm verursachte. Langsam näherte sich Lillian dem Baum, dessen Äste sich weit in die

Tiefe neigten. Reife Mangos hingen, einer Girlande gleich, gut erreichbar an langen Stielen herab. Als sie ihn erreichte, nahm sie eine zu Boden gefallene Frucht und rieb mit einem Stein die Schale ab. Stöhnend sog sie den süßen Saft auf und nagte die Frucht bis auf den Kern ab. Glücklich und mit klebrigen Fingern raffte sie die oberste Lage ihres Rocks zusammen und füllte sie mit den Früchten. Plötzlich hörte sie ein Geräusch, das sich vom restlichen Dschungellärm unterschied.

Ein Knacken, dann das Rascheln von Blättern.

Sie ging neben einem breiten Baumstamm in Deckung, an dem fingerdicke Luftwurzeln wie langes Haar herabhingen und ihr Sichtschutz boten.

Wo war ihr Stock?

Er lehnte am Stamm des Mangobaums. Sie zögerte und schaute sich um, als sie erneut das Rascheln von Blättern vernahm. Ihr war klar: Sie konnte nicht länger ausharren, musste sich aus ihrer Deckung wagen, um wieder in den Besitz ihres Stocks zu kommen. Langsam krabbelte sie, so gut es mit dem zusammengerafften Stoff ihres Rocks möglich war, ein Stück vorwärts. Ihr Blick tastete das Dickicht ab, und ihr Atem presste sich pumpend aus der Lunge. Sobald sie den Stock in ihrer Hand spürte, rannte sie los.

Du darfst nicht schreien! Du darfst die Mangos nicht verlieren! Lauf! Schneller!, hämmerten die Gedanken in ihrem Kopf. Sie erreichte den Strand, lief vor bis zum Saum des Wassers, wandte sich nach links und rannte weiter. Nach wenigen Schritten blieb sie stehen, zerrte sowohl die Stiefelette als auch den geflochtenen Behelf von den Füßen und stopfte beides zu den Mangos, wobei ihr Blick den Waldesrand entlangraste.

Nichts.

Nur eine dunkelgrüne Wand, hier und da vom Wind bewegt. Sie lief auf Strümpfen weiter. Immer weiter.

Irgendwann versagte der Atem. Sie flüchtete hinter einen Palmenstamm, kauerte sich zusammen und rang nach Luft.

Was hatte sie gehört? Für ein Nashorn war das Geräusch zu leise gewesen, doch für einen Menschen oder Tiger eindeutig passend. Oder war es ein Affe, der sich in Bodennähe bewegt hatte? Vielleicht ein Orang-Utan? Aber auch ihnen wollte sie nicht allein in freier Wildbahn gegenüberstehen.

Vorsichtig schaute sie an der Palme vorbei. Verlassen und malerisch schön lag der Strand vor ihr. Zitternd blieb sie sitzen und lauschte angestrengt den fremden Geräuschen der Insel. Nur langsam ließ das Rauschen ihres Pulses in den Ohren nach.

Gut, ich werde, bevor mich ein Tiger anfällt, eine Kokosnuss erschlägt, ein Affe angreift oder ein Nashorn über mich hinwegstampft, wenigstens nicht verdursten, dachte sie wenig später und legte die Mangos in den Sand. Aber wenn ich die Zeit bis zu meinem Ableben verlängern will, werde ich mich wohl kaum durch den Dschungel wagen können. Und Joseph hat die Batak, die einen Teil der Bewohner Sumatras ausmachen, als ausgesprochen feindselig beschrieben. Ich muss auf der Hut sein. Und solange ich es nicht besser weiß, werde ich lieber davon ausgehen, auf Sumatra gelandet zu sein, beschloss Lillian und umklammerte ihren Stock fester. Das bedeutet, ich werde morgen, wenn ich aufbreche, am Strand entlanggehen. Denn ich liebe Strandspaziergänge.

Sonst zumindest.

Ihr Blick fiel zum Horizont. Es begann zu dämmern. Lillian schluckte. Langsam begann ihr mühsam aufrechterhaltener Sarkasmus in sich zusammenzufallen. Er machte der Angst wieder Platz:

Sie würde allein sein.

In der Dunkelheit.

In der Wildnis.

Ohne Licht, ohne Moskitonetz und mit einem lächerlichen Ast als Waffe.

Gestrandet

Um nicht weitere Zeit mit Warten zu vertrödeln, beschloss ich, die restlichen Gestrandeten aufzusuchen. So tapfer sich Lillian, die ich hinter der Palme kauernd zurückließ, auch schlug, so deutlich bewusst war mir, dass sie Hilfe brauchte. Also musste ich prüfen, was die Herren derweil trieben.

Die Rettungsboote hatten, wie auch Lillian, die westliche Seite der Insel Sumatra erreicht, allerdings etwas weiter südlich. Tatsächlich waren nahezu alle Personen, die an Bord gewesen waren, am Leben. Nur zwei von ihnen hatten es – nach Ansicht der Seeleute – nicht geschafft: Ein blutjunger Matrose hatte sich im Unterdeck versteckt. Er war, weil er zu spät den Ernst der Lage begriffen hatte, von einem herabfallenden brennenden Holzbalken erschlagen worden. Der Tod hatte den Jungspund mit sich genommen. Und Lillian fehlte, sie wurde, wie wir wissen, fälschlicherweise für tot gehalten.

Als die Boote die Insel erreicht hatten und die Ersten der Männer festen Grund unter ihren Füßen spürten, waren viele auf die Knie gefallen, um den Boden zu küssen. Sie waren einander in die Arme gefallen, hatten sich auf die Schultern geschlagen, geweint und gelacht. Doch auf die Euphorie war schnell die Ernüchterung gefolgt. Es hatte schlichtweg eine

Weile gedauert, bis die Nachricht vom Verlust zweier Menschenleben auch den Letzten der Männer erreicht hatte. Der Verlust eines zahlenden Gastes, einer Frau dazu, und eines Matrosen, der noch nichts von der Welt gesehen und trotzdem mit seinem Leben dafür gezahlt hatte, lastete nun schwer auf der Schiffsmannschaft.

Und langsam erkannten sie den Ernst ihrer Lage: Viele der Männer waren beim Feueralarm aus den Hängematten gefallen und so, wie sie waren, an Deck gestürmt. Es fehlten allenthalben Kleidungsstücke, dem einen das Hemd, dem Nächsten die Schuhe. Keine Waffen, kein Essen, keine Medikamente. Nicht einmal Wasser war vorhanden. Einige der Soldaten hatten noch ihre Musketen gegriffen, und der Kapitän hatte seinen Taschenkompass an sich genommen, bevor er von Bord gegangen war.

Schweigen lag über allem, und ich begriff: Das war einer der Fälle, in denen mein Wirken durchaus und umgehend angebracht war!

Hier wurde Hoffnung benötigt!

Also machte ich mich auf die Suche nach Joseph, und ich muss es zugeben: Er hatte mein Mitleid. Zusammengekrümmt und teilnahmslos lag er abseits unter einem Sonnenschutz, den irgendwer aus Zweigen und Palmenblättern errichtet hatte. Binnen weniger Stunden war er um Jahre gealtert. Sein Blick hing starr in der Luft. Der Schiffsarzt saß neben ihm, machtlos gegen den Schmerz, unter dem sein Patient litt.

Auf der anderen Seite des Lagers, hinter Felsen verborgen, um sich den Blicken zu entziehen, bemerkte ich drei Männer. Dort hockte der Matrose, der sich unbedachterweise mit einer Kerze den Brandy-Fässern an Bord genähert hatte, um sich heimlich eine Extraration Hochprozentiges zuzuteilen.

Leider hatte sich der verdunstende Alkohol explosionsartig entzündet. Das Feuer hatte sich binnen Sekunden durch die im Frachtraum gestapelten Waren gefressen und dann aufs Schiff übergegriffen. Dem Matrosen war dabei Glück im Unglück beschieden gewesen: Der Feuerball hatte ihm zwar Haaransatz und Augenbrauen versengt, ihn aber ansonsten verschont. Doch die Angst, was aus ihm und dem verursachten Schaden werden würde, trieb ihn berechtigterweise um. Eine Situation, in der ich ihm keine Hoffnung machen wollte. Vor allem aber schien ihn der Gedanke, zwei Menschenleben (und davon musste er zu diesem Zeitpunkt noch ausgehen) auf dem Gewissen zu haben, wenig zu belasten. Er war ein Säufer, und ich möchte nicht ausschließen, dass er sich nicht nur Teile seiner Leber, sondern auch Bereiche seines Hirns ruiniert hatte. Er hatte seiner Sucht gehorcht, sich einen Vorteil verschaffen wollen und war mit dem Leben davongekommen. Das reichte in meinen Augen. Mitleid war bei ihm nicht angebracht.

Wenige Schritte entfernt kauerte Henrik. Der arme Kerl, der im Rettungsboot versucht hatte, Lillian aufzufangen. Immer wieder überkamen ihn dieselben Bilder: die Frau, wie sie ins Meer stürzte.

Ihr entsetzter Gesichtsausdruck, als sie aufs Wasser aufschlug.

Die Schnelligkeit, mit der die Wellen über sie hinwegrollten.

Hände, die sich noch für einen Augenblick mit gespreizten Fingern in die Höhe reckten und versuchten, im Nichts Halt zu finden.

Luftblasen. Der hell schimmernde Stoff des Rocks, der im Dunkel versank.

Der Botaniker, der ihr hinterhersprang, auf- und abtauchte,

wieder und immer wieder. Doch jedes Mal erschien der Mann mit leeren Händen an der Wasseroberfläche.

Henrik konnte den Bildern nicht entfliehen und verstand sie als Strafe. Denn er hatte nichts zu einer möglichen Rettung beitragen können. Versteinert hatte er im Boot gestanden, aufs dunkle Wasser gestarrt, gelähmt von einer altvertrauten Angst.

Der Dritte im Bunde war Elliot. Auch sein Anblick rührte mein Herz, denn das Elend war jeder Faser seines Leibes anzusehen.

Nun begriff ich: Hier, im Schatten des Felsens, war das Lager der Ausgestoßenen. Gleichzeitig begann ich mich zu fragen: Wie sollte ich die Männer des Lagers oder auch jene, die ausgegrenzt wurden, dazu bringen, eine Frau zu suchen, die sie für tot hielten?

Ins Auge stach mir, wie gut der Kapitän seine Mannschaft im Griff hatte. Trotz der gedrückten Stimmung gab es von ihm angestoßene Bemühungen, Struktur zu schaffen. Dem Smutje war es in mühseliger Kleinarbeit gelungen, ein Feuer zu entfachen, das von zwei Matrosen bewacht wurde, damit es nicht durch Windböen oder Nachlässigkeit erlosch.

Der Kapitän stand inmitten einer Gruppe Männer, die in einiger Entfernung anscheinend eine Süßwasserquelle entdeckt hatten und darüber diskutierten, wie das kostbare Nass ins Lager transportiert werden konnte.

Erst jetzt entdeckte ich Andris. Bescheiden verwies er auf einen fein säuberlich gestapelten Haufen Kokosnüsse, die er nur mithilfe eines Stricks – wendig eine Palme hinaufkletternd – geerntet hatte. Er erklärte gerade, welch Vorteile ein Säbel oder großes Messer zum Öffnen bieten würden, und wie ein Lauffeuer ging die Frage durchs Lager, ob irgendwer Werkzeuge oder Blankwaffen bei sich führte. Tatsächlich hatte der Untersteuermann trotz der Eile daran gedacht, einen Säbel mitzunehmen, während der Schiffszimmermann eine seiner Äxte gegriffen hatte. Für den Moment waren die beiden Männer die Helden.

Dankend nahm Andris die Axt an sich, prüfte deren Stabilität und zeigte, wie die Frucht mit Schlägen in die Längsseite geöffnet werden konnte. Er entfernte die dickwandige grüne Schale, die darunterliegenden Fasern und knackte die hellbraune Schicht, die das weiße Fruchtfleisch umschloss. Während er Kostproben verteilte, erklärte er die Palme zum besten Freund der Gestrandeten.

Eine Handvoll Männer watete derweil durchs Wasser. Sie versuchten sich mit Stöcken, die sie wie Speere einsetzten, im Fischfang. Zumindest mir war sofort klar: Dies würde ein erfolgloses Unterfangen bleiben.

Zeitgleich kehrten der Obersteuermann und einer der Soldaten ins Lager zurück. Sie hatten sich ihrer Hemden entledigt und sie zu Säcken umfunktioniert, die sie nun auskippten. Zahlreiche Litschis rollten in den Sand. Aus dem Hintergrund befahl der Kapitän, sie zu zählen und die weitere Verwendung mit ihm abzustimmen.

Mein wirkliches Interesse erregten jedoch vier Männer, die in den dem Strand vorgelagerten Felsen herumkletterten. Gemeinsam begannen sie, etwas Helles aus dem Wasser zu ziehen und zu zerren – ein Segeltuch, das durch die Strömung angetrieben worden war. Wie dieses Stück Stoff das Feuer nahezu unbeschädigt überstanden hatte, würde ein ewiges Rätsel bleiben – selbst für mich. Laut rufend machten die Männer auf ihre Entdeckung aufmerksam. Ein Segeltuch konnte als Wind- und Sonnenschutz dienen, und auch mich brachte diese wertvolle Entdeckung auf einen Gedanken.

Aber dazu musste ich der Liebe einige kritische Fragen stellen.

Ein schwieriges Unterfangen, denn Selbstkritik gehört nicht zu ihren Stärken.

Im Garten der Liebe

Elliot stand am Fenster. Er konnte sich, obwohl er den Ausblick nun schon mehrere Monate genoss, noch immer nicht an Singapurs schönstem Schmuck sattsehen: dem üppigen Wald, der sich über die umliegenden Hügel zog und alle grünen Schattierungen zeigte, welche die Natur zu präsentieren vermochte. Besonders gut kam diese Pracht zur Geltung, wenn man die Stadt von der Seeseite aus betrachtete – insbesondere Reisende, die längere Zeit an Bord eines Schiffs zugebracht hatten, verzauberte der Anblick. Auch ihm war es so ergangen, als sie am 27. März 1820, nach knapp fünf Monaten an Bord, in die Sundastraße eingefahren waren. Zwei Tage zuvor hatten im Wasser schwimmendes Holz und dahintreibender Bambus immer wieder davon gekündet, dass sie sich Land näherten. Jedes Stück Treibgut hatte an Bord für Begeisterung gesorgt und war stürmisch begrüßt worden. Als sich die ersten Berge am Horizont abgezeichnet hatten, war ein jeder an Deck gewesen. Steuerbord hatte Java und Backbord Sumatra sie im Paradies willkommen geheißen.

Elliot zuckte zusammen, als er das Schlagen von Äxten vernahm. Ein unablässiges Tack, Tack, Tack, das von Holzfällern erzählte, die Tag um Tag dem Wald ein zusätzliches Stück Fläche abtrotzten. Was Kaufleuten wie Joseph glänzende Augen verlieh, verursachte ihm körperliche Schmerzen. Wenn sich die Menschen weiterhin, einem Flächenbrand gleich, ausbreiteten und Singapur ungebremst weiterwuchs, würden die Wälder auf den Hügeln in absehbarer Zeit abgeholzt sein.

Ein Rascheln im Garten riss ihn aus den Gedanken.

Lillian.

Sie schob sich zwischen zwei Bambusbüschen hindurch. Es war der kürzeste Weg zwischen den nebeneinanderliegenden Grundstücken, und sie wählte für einen Besuch bei ihm grundsätzlich nie den Umweg über die Straße. Noch einmal empfand er das Erstaunen, hier nun ein Haus sein Eigen zu nennen. Er hatte vorgehabt, bei Joseph zu leben, sich ein eigenes Anwesen zuzulegen, hatte er nicht geplant. Aber das Angebot war verlockend gewesen – sowohl vom Preis als auch von der Lage. So hatte er zugegriffen und sich ebenfalls ein Haus bauen lassen, auch wenn es weit kleiner ausgefallen war als das seines Freundes.

Winkend sah Lillian zu ihm hinauf. »Schön, du bist schon wach. Gibt es bereits neue Exponate?«, rief sie.

»Ja, warte, ich komme herunter und zeige sie dir.«

Hastig zog Elliot sein Hemd zurecht und eilte in den Garten.

Lillian hatte das Haar locker im Nacken zusammengesteckt, einige der Strähnen waren noch feucht vom morgendlichen Bad. »Und? Wer hat was gebracht?«, fragte sie.

»Andris hat einem Freund von unserer Sammlung erzählt, und der hat es wohl in seinem Dorf weitergegeben. Ein Fischer erschien in aller Frühe mit etwas, das ich noch nie gesehen habe.«

Lillian schien ihm nicht mehr zuzuhören. Sie starrte auf den Boden und runzelte die Stirn »Es ist nicht unsere, es ist deine Sammlung. Ich schaue dir nur staunend über die Schulter.«

Elliot schüttelte den Kopf. »Das sehe ich anders. Aber das ist jetzt auch unwichtig, lass uns rübergehen.«

Gemeinsam liefen sie durch den Garten, vorbei an einer Riesenvoliere, in der Nashornvögel herumflatterten. Die prachtvollen orange leuchtenden Schnäbel erweckten den Eindruck, als würden sie aus drei Teilen bestehen. Sie kamen an den verschiedenen Gehegen vorbei, in denen zwei junge Tiger, ein Bär und ein Orang-Utan zu bewundern waren. Er nannte ihn, wie es auch die Malaien machten, gern Waldmensch. Ein wundervoller Begriff für ein derart kluges Tier, wie er fand. Die Tapire, die mit den Zwerghirschen frei im Garten umherliefen, konnte Elliot nicht entdecken. Im Steingarten tummelten sich Echsen aller Art und zwei Kobras, die freundlicherweise bisher darauf verzichtet hatten, sich dem Haus zu nähern.

Sie erreichten den Flachbau, den Elliot liebte und sein Studierzimmer nannte. Hier konnte er sich der Wissenschaft widmen, wann immer ihm der Sinn danach stand. Er öffnete die Tür und stieß die Fensterläden auf. Ein vergeblicher Versuch, noch frische Morgenluft hereinzulassen, bevor der sich bereits mit dunkelgrauen Wolken ankündigende Regen einsetzen würde. Er strich mit der Hand über die neue Kommode mit den flachen Schubläden, die er sich nach einer eigens erstellten Skizze aus Teakholz hatte fertigen lassen. Hier bewahrte er die Muschelsammlung und Präparate von anderem Meeresgetier auf. Neben der Kommode stand ein mit Wasser gefüllter Eimer, den Elliot vor Lillian stellte.

Sie riss erstaunt die Augen auf: »Was ist das denn?«

»Ein Seeschwamm.«

»Er ist blau. Unglaublich blau.«

»Ja, faszinierend, oder? Ich habe vorhin gleich eine Skizze gemacht, da ich unsicher bin, ob ich ihn getrocknet bekomme. Er riecht sehr streng, das erscheint mir kein gutes Zeichen zu sein.« Mit dem Fuß schob er den Eimer beiseite.

Erste Tropfen trommelten aufs Dach, und binnen weniger Atemzüge stürzten Regenbäche vom Himmel.

Elliot sah zum Fenster hinüber. »Musst du bald zurück, oder möchtest du warten?«

»Joseph ist heute Morgen zu Sir Stamford aufgebrochen, und meine Verabredung mit Mrs Roberts ist erst für heute am späten Nachmittag vereinbart. Wenn du magst, bleibe ich noch und helfe dir.«

»Mrs Roberts? Wer ist das denn?«

Lillian kicherte. »Na, die Frau von irgendwem. Er gehört zur Verwaltung, frage mich bitte nicht. Sie hat es mir langatmig erklärt, aber ich habe es vergessen, weil ich vermutlich während ihrer Rede eingenickt bin.«

Nun musste auch Elliot lachen.

»Und da es ja zum guten Ton gehört«, fuhr Lillian fort, »sich regelmäßig mit den Damen vor Ort zu treffen, mache ich das brav. Dann wird heute Nachmittag wieder geklatscht, getratscht und darüber gejammert, wie anstrengend das Leben hier ist.« Sie legte theatralisch die Hand an die Stirn und verzog leidend das Gesicht.

Elliot konnte sich lebhaft vorstellen, wie diese Runden abliefen, und er beneidete Lillian nicht darum.

»Es ist einfach grässlich. Und ich freue mich schon immer darauf, wenn ich hier wieder Muscheln putzen, Steine polieren, Korallen sauber kratzen und winzige Schildchen beschriften darf. Egal was – ich bin für jede niedere Tätigkeit zu begeistern, die auch nur im Ansatz die Sinne anregt und den Geist beflügelt.«

»Ja, dann möchte ich deinem Wunsch gern nachkommen«, sagte Elliot und grinste. »In den letzten Wochen habe ich viele Muscheln gebracht bekommen, die gesichtet, gereinigt und ins Verzeichnis aufgenommen werden müssten. Das gibt wieder genug Arbeit für zwei.«

»Du zahlst ja auch gute Preise.«

»Wie, du möchtest für die Arbeit bezahlt werden?«

»Herrje, nein, natürlich nicht. Es spricht sich herum, wie großzügig du bist. Das regt die Leute an, für dich zu sammeln.«

»Vermutlich sind meine Preise zu gut, denn hin und wieder kommen die Dinge in einem Zustand an, der erbärmlich ist, wo auch ich nichts mehr zu retten und zu erhalten vermag. Letzthin brachte ein Fischer einen Hammerhai, der stank bereits elendig«, sagte er, während er eine Kiste zwischen Lillian und sich auf den Tisch stellte. »Da bin ich mir sicher: Er ist ihn auf dem Markt nicht losgeworden und dachte sich, er könnte es bei mir versuchen.«

Behutsam öffnete Elliot die Kiste und beugte sich mit Lillian über das Sammelsurium. Ihr Kopf war dicht neben seinem, und er roch, dass ihre Haare leicht nach Kokosnussöl dufteten.

Mit einem Mal schlug sein Herz unregelmäßig.

Er schüttelte den Kopf und fixierte die Muscheln, die vor ihnen lagen. Hammeraustern, Riesenmuscheln, weiß glänzende Capiz-Muscheln mit lichtdurchlässigen Schalen neben unzähligen weiteren, namenlosen Arten. Dazwischen fanden sich verschiedene Korallen, die er bereits getrocknet hatte. Langsam normalisierte sein Herzschlag sich wieder.

Lillian wandte sich ab, füllte eine Schale mit Wasser, griff sich verschiedene Poliertücher, Zangen, Pinsel und legte sich die Schürze um. Sie nahm sich eine Hammerauster und fing an, vorsichtig den Sand abzubürsten.

Elliot trat ans Fenster, um es zu schließen. Der Regen

wurde immer stärker und überspülte bereits jetzt den Weg zu seinem Haus. Auch das Rauschen des Baches hatte deutlich zugenommen. Er wusste, die Bediensteten würden sich kümmern, wenn das Wasser wieder über die Ufer trat und den Garten flutete. Somit hatten weder Lillian noch er besondere Obacht zu geben. Er zuckte die Schultern und setzte sich an den Tisch.

Als er in die Kiste greifen wollte, entdeckte er sie: eine schwarz glänzende Ameise, die über die Tischplatte lief. Fluchend zerdrückte Elliot sie. Sofort sah er über den Boden, denn eine Ameise kam niemals allein.

»Was ärgert dich?«, fragte Lillian, ohne ihre Arbeit zu unterbrechen.

»Ameisen! Immer wieder Ameisen. Sie zerfressen mir die Exponate, wenn ich nicht aufpasse. Letzthin habe ich einen präparierten Schmetterling auf der Kommode liegen lassen, und was machen diese Widerlinge? Sie haben ihn mitgeschleppt. Ich konnte Schlimmeres verhindern, aber so kann das nicht weitergehen.«

»Wenn das alles ist«, sagte Lillian und stand abermals auf. Sie öffnete den Schrank und nahm vier glasierte Tonschalen heraus. Dann kniete sie vor dem Tisch nieder. »Halte bitte die Kiste fest«, sagte sie und beugte sich vor. Während sie eines der hölzernen Beine anhob und die erste Schale darunterschob, sicherte Elliot die Kiste. Um den Tisch kriechend, wiederholte Lillian das Prozedere an den anderen Beinen, dann richtete sie sich wieder auf und klopfte ihren Rock ab. »Die Schalen füllst du mit Petroleum. Glaube mir, dann bist du die Ameisen – zumindest auf diesem Tisch – los. Dem Holz tut es nicht gut. Aber was ist wichtiger: schöne Tischbeine oder eine gut geschützte Sammlung? Und ich habe inzwischen verstanden, warum Andris immer wieder Geckos ins

Haus holt. Sie hängen überall an den Wänden, aber sie sind nützlich: Sie fressen Insekten aller Art. Solltest du nichts offen herumstehen haben, was sie sich sonst noch einverleiben könnten, wäre auch dies einen Versuch wert.«

Elliot nickte und wusste nichts zu erwidern. Noch nie hatte eine Frau seine Leidenschaft für das Anlegen von Sammlungen so zu teilen vermocht. Ihre Ernsthaftigkeit, das Interesse und die Herangehensweise an Problemstellungen – die sich gänzlich von seiner unterschieden – beeindruckten ihn. Wie empfohlen, füllte er die Schalen mit Petroleum und beschloss dabei, sobald der Regen aufhören würde, einen Gecko aus dem Steingarten zu holen.

Im Anschluss begann er seine Arbeit und legte eine Muschel vor sich auf den Tisch. Er schaute auf die beiden Schalen, ohne die zarten Farben wahrzunehmen.

Er roch nur den leichten Duft des Kokosnussöls.

Plötzlich musste er an William Marsden denken. Er hatte erzählt, dass Singapur auch als Tamsak, als Liebesgarten, bezeichnet werde. Eine Bemerkung, der er bisher zu wenig Bedeutung beigemessen hatte.

So oder ähnlich hatte sie es beschrieben, sich zurückgelehnt und selbstzufrieden lächelnd gefragt: »Das war doch hübsch, oder?«

Schweigend hatte ich die Liebe angeschaut. Welche meiner Fragen sollte ich zuerst stellen? Und wie konnte ich meine Bedenken äußern, ohne sie gleich wieder vor den Kopf zu stoßen? »Also, an jenem Tag«, begann ich zögernd, »war es um Elliot geschehen? Dann ist er ja bereits eine Weile in Lilian verliebt.«

»Ach nö, das war der Tag, an dem ich ihn zum ersten Mal ein klitzekleines Kribbeln spüren ließ, nur eine Vorahnung, die er natürlich weit von sich wies.« Sie kicherte. »Das finde ich immer besonders niedlich, wenn die Herren versuchen, sich ehrenhaft zu geben, und denken, sie hätten auf Herzensangelegenheiten ernsthaft Einfluss.«

»Jetzt sei doch mal ehrlich: Das hätte wirklich nicht sein müssen.«

»Meine Güte, du bist aber auch moralisch. Warum denn nicht?« Sie lehnte sich zurück und blickte mürrisch drein.

Wie konnte ich auch derart vorpreschen, schalt ich mich selbst. Nun musste ich behutsam vorgehen, denn sie ist zartbesaitet, unsere Schöne. »Vielleicht weil Lillian mit seinem besten Freund verheiratet ist?«

Sie zuckte die Schultern.

»Vielleicht ist das nicht die beste Ausgangssituation?«

»Na ja, da muss ich dir recht geben. Aber ich hatte mir von Joseph schon ein wenig mehr versprochen.« Sie beugte sich nun wieder vor, ganz so, als wollte sie mir ein Geheimnis verraten. »Ganz ehrlich: Er ist ein wenig langweilig.«

»Wie? Was meinst du damit?«

»Er will Alice nicht loslassen.«

»Er hängt noch an ihr. Das soll ja öfter vorkommen, oder?«

»Vermutlich.« Die Liebe legte ihr Gesicht in Falten.

Es war zum Haareraufen: Sie hatte Joseph mit Alice derart den Kopf verdreht, dass er selbst nach deren Tod nicht mehr in der Lage war, andere Frauen wahrzunehmen. Und sie zeigte wie immer keinerlei Einsicht. Der Gedanke, sie könnte es eventuell ein bisschen übertrieben haben, kam ihr nicht in den Sinn. Das Köpfchen zum Denken zu nutzen, wann und wie sie diesen Mann aus ihren Klauen entlassen könnte, beabsichtigte sie nicht. Dabei wäre es ihre Aufgabe gewesen, seine Bindung zu Alice zu lösen. Nein, stattdessen nölte sie herum, Joseph, dessen Herz in der Vergangenheit verblieben war, entspreche nicht den Anforderungen, die sie an ihn stellte.

»Das ist schon alles richtig so!«, sagte sie plötzlich. Sie war wieder dabei, bockig zu werden, ihr Tonfall ließ keinen Zweifel daran.

»Es ist ja gut. Seit wann ist es denn nun um Elliot geschehen?«

Die Liebe lächelte jetzt wieder siegessicher. »Nur wenige Tage nach dem gemeinsamen Muschelputzen haben die beiden, also Lillian und er, einen Ausflug gemacht, einen außergewöhnlichen, wie ich finde. Aber warum willst du das alles wissen?«

»Die drei, und damit meine ich auch Joseph, haben Schiffbruch erlitten. Beide Männer halten Lillian für tot, dabei ist sie nicht weit entfernt von ihnen an Land gespült worden. Ihr Überleben gleicht einem Wunder, und Joseph und Elliot müssten sie nur suchen. Die Zeit drängt, denn sollte Lillian länger allein bleiben, bin ich unsicher, ob sie es schafft, sich in der Wildnis zu behaupten. Nun ist die Frage: Wer von den Herren ist ansprechbarer für den Glauben an ein Wunder?«

Die Liebe grinste. »Da hattest du doch deine Finger im Spiel, richtig?« Ich schwieg, und so fuhr sie fort: »Wie möchtest du das denn bewerkstelligen? Niemand, wirklich niemand wird eine Frau suchen, die nicht einmal schwimmen kann.«

»Du weißt davon?«

»Ja, natürlich. Und insofern entbehrt der Gedanke, Hoffnung zu verbreiten und irgendwen an ein Wunder glauben zu lassen, doch jeglicher Logik.«

Dieses Wort aus ihrem Munde – ja, sie kann sehr gemein sein, dieses Biest.

Tatsächlich hat mein Tagewerk wenig mit Logik zu tun.

Meistens sehe ich darin einen Vorteil, aber hin und wieder ist es auch eine Schwachstelle in meinem Schaffen. Das weiß die Liebe, und deshalb bohrt sie gern in dieser Wunde herum. Ausgerechnet sie!

»Na gut«, sagte sie nun eine Spur versöhnlicher und sah mich eindringlich an. »Es ist doch eindeutig, wer eher an eines deiner Wunder glauben würde, oder?«

Ich wusste genau, wen sie meinte. Es behagte mir nicht, ausgerechnet ihm Hoffnungen in Herzensangelegenheiten machen zu müssen. Manchmal schiebe ich nämlich auch Entwicklungen an, die eine starke Eigendynamik entwickeln. Mir war sofort bewusst: Ich würde dem Handeln unserer Schönen mit meinem Eingreifen einen weiteren Nährboden bereiten. Ich würde ihre Spielerei mit Joseph, Lillian und Elliot abermals unterstützen, anstatt sie dazu zu bringen, das Ehepaar Markers endlich zu vereinen.

Unerfreulich, es war wirklich ein durch und durch unerfreulicher Zustand.

Wer mir übel nachreden will, kann gern behaupten, ich hätte dabei auf irgendeine Art und Weise die Freundschaft der beiden Männer aufs Spiel gesetzt.

Aber mir war damals ebenfalls klar: Wenn ich dafür Sorge tragen wollte, dass Lillian gerettet würde, blieb mir keine Wahl.

Mangrovenbäume

Elliot atmete tief ein. Es hatte die halbe Nacht geregnet, und der Himmel schien heute blauer als sonst, ganz so, als wäre der Farbton aufgefrischt worden. Dem Regen war eine wunderbare Kühle gefolgt, die sich in den Morgen gerettet hatte und noch immer über dem Wasser schwebte.

Mangrovenbäume und -sträucher zogen sich an Blakan Matis Küste entlang. Die ausladenden Kronen beugten sich in die Tiefe, Äste mit dichtem Blattwerk wiegten sich im Wind und einige berührten dabei hin und wieder die Wasseroberfläche.

Lillian saß im Schatten des kleinen Dachs, das einer Krone gleich dem Sampan Schatten spendete. Andris hatte einen seiner Freunde gebeten, sie mit dem Boot zu der kleinen Insel, die südlich von Singapur lag, zu bringen. »Dahinten«, rief sie plötzlich und zeigte auf mehrere Hütten, die auf Pfählen über dem von der Ebbe entblößten Uferschlamm thronten.

»Ja, das muss es sein.« Mit der Hand schirmte Elliot die Augen gegen die Sonne ab, um das kleine Dorf besser sehen zu können. Er gab dem Fischer das Zeichen anzulegen, und es brauchte eine Weile, bis er durch die fortgeschrittene Ebbe einen Platz ausfindig gemacht hatte, der das Aussteigen ermöglichte.

Elliot sprang über Bord und ließ sich vom Fischer die Arbeitsmaterialien reichen, dann half er Lillian an Land.

Sie zog den Strohhut, den sie im Chinesenviertel erstanden hatte, tiefer ins Gesicht. »Wo fangen wir an?«

Elliot musterte einen prächtigen Mangrovenbaum, dessen armdicke Wurzeln im Schlamm verschwanden. »Dort drüben wäre ein guter Ort. Falls du auf dem Boot oder am Ufer warten möchtest, um Rock und Stiefeletten zu schonen ...«

Weiter kam er nicht. Denn Lillian griff sich einen Eimer, raffte ihren Rock und marschierte los. Mitten hinein in den Morast, wobei jeder ihrer Schritte vom Schmatzen des Schlammes begleitet wurde. Elliot konnte zusehen, wie sich der Saum ihres Rocks mit dreckig braunem Wasser vollsog. Schon auf halbem Weg blieb sie stehen, ging in die Hocke und stieß einen Freudenschrei aus. Mit spitzen Fingern hob sie einen kleinen Krebs in die Höhe. »Sieh mal, was ich hier gefunden habe!« Der rot-weiß gefleckte Krebs glänzte im Sonnenlicht, als hätten Chinesen ihn aus feinstem Porzellan gefertigt. Er zappelte, und seine Scheren öffneten und schlossen sich in schnellem Rhythmus.

Ohne auch nur einmal Luft zu holen, wies Lillian nun auf eine Wasserlache, die, nicht weit von ihr entfernt, in einer Vertiefung zurückgeblieben war. »Oh, und was ist das da? Diese kleinen grünen Krabbler sehen aus, als wollten sie Krokodile werden, wenn sie groß sind.«

»Das sind *Periophthalmus,* eine Amphibien-Art. Wir sagen auch Schlammspringer. Lass uns die Eimer mit Wasser füllen und alles einsammeln, was wir zu fassen bekommen«, rief Elliot. Im Vorbeigehen reichte er Lillian einen Kescher. Ihre Hand berührte seine, als sie danach griff.

Für einen Moment schloss er die Augen. Die Berührung,

so kurz sie auch gewesen sein mochte, setzte sich von seiner Hand ausgehend fort und durchzog seinen gesamten Leib.

Als er die Augen öffnete, rannte Lillian – den Eimer in der einen Hand, den Kescher in der anderen – einem der Schlammspringer hinterher.

Sofort sah er zum Boot hinüber. Der Fischer lag im Schatten des Daches im Sampan, seinen Hut tief ins Gesicht gezogen, und schlief. Erleichtert wendete Elliot sich ab, um sein Gemüt zu kühlen, und widmete sich dem Schlamm samt dem Getier, das dort krabbelte und wimmelte.

»Dort hinten liegt eine Korallenbank, sie ist durch die Ebbe freigelegt worden. Schaffst du es noch, sie in Augenschein zu nehmen?«, fragte er nach gut einer Stunde, während er zum ersten Mal volle gegen leere Eimer tauschte.

»Meine Stiefeletten kann ich nach dieser Exkursion wegwerfen, und ob der Rock noch zu retten ist, darf ebenfalls bezweifelt werden. Also sollten wir die Umstände nutzen. Lass uns einen Spaziergang zur Korallenbank machen. Wer weiß, wann ich dazu wieder Gelegenheit haben werde?« Lillian hielt ihm ihren Arm entgegen. Kurz zögerte er, doch dann hakte er sich ein.

Und jetzt raste es: sein Herz.

Ob das die Hitze war?

Elliot kannte die Antwort. Ausflüchte galten nicht.

Die Wahrheit war, dass er die Zeit mit der Frau seines besten Freundes in vollen Zügen genoss, jener Frau, die nur auf sein Drängen hin überhaupt hatte mitreisen dürfen.

Ich bin ein Verräter!

Ich bin ein elender Verräter!

Ich bin ein elender und widerlicher Verräter! So einen wie mich will niemand zum Freund haben, hämmerten die Gedanken über das dröhnende Herz hinweg. Ich muss die Fassung bewahren, beschwor er sich und konnte dennoch an nichts anderes denken als an ihre Lippen, die zum Küssen einluden.

Endlich erreichten sie die Korallenbank. Elliot war dankbar über die Ablenkung und ließ Lillians Arm erleichtert los. Er zeigte ihr, wie sie die Korallenstöcke lösen konnte, und spürte, dass die Flucht in die Arbeit seinen Herzschlag verlangsamte. »Bei diesen«, er deutete auf verschiedene runde Pilzkorallen, »musst du vorsichtig sein. Auch wenn sie aussehen wie Kissen, haben sie Nesseln, und diese verursachen bei Berührung ein Brennen.«

»So etwas habe ich noch nie gesehen, die ganze Unterwasserwelt, freigelegt, damit ich sie betrachten kann.«

»Wenn die Gezeiten sich entscheiden müssten, wem sie ihre Geheimnisse preisgeben, dann sicherlich dir. Aber weiter im Text: Von den *Echinodermata* kannst du alles einsammeln, was dir in die Finger fällt.« Er vermied es, dabei ihre schmalen Finger anzuschauen.

»Echi ... was?«

»Entschuldige, das sind Stachelhäuter, und damit gemeint sind jene Meeresbewohner, die im Flachmeer leben, zum Beispiel Seesterne, Seeigel oder auch Seewalzen. Sie interessieren mich derzeit besonders.«

Wenn man von dir einmal absieht, ergänzte eine Stimme in seinem Kopf. Energisch beugte Elliot sich vor und nahm den aufgebrochenen Panzer eines weißen Krebses auf.

»Was hältst du davon, wenn ich anfange, bei solchen Sachen wie dem Krebspanzer die unansehnlichen Stellen zu entfernen?«, fragte Lillian. »Du sammelst und bringst alles zu mir, was ich schon bearbeiten kann.«

Elliot nickte. Das klang überzeugend.

Lillian zog sich an den Wurzeln eines Mangrovenbaums in die Höhe, suchte eine besonders breit gewachsene und ließ sich auf ihr nieder. Sie setzte sich in den Schneidersitz und legte zwei Muscheln auf ihren Rock. Elliot warf ihr eine kleine Tasche mit Pinzetten, Pinseln, Hämmern und Beiteln zu.

Sie fing die Tasche geschickt auf, doch dann wanderte ihr Blick über die Wurzeln. »Die Mangroven sehen so anders aus als die Bäume des Dschungels, diese Vielfalt ist unglaublich.«

»Sie sind eine Besonderheit im Pflanzenreich, wusstest du das? Sie gehören zu den Salzpflanzen, das heißt, sie haben sich dem Leben an den tropischen Küsten derart angepasst, wie es sonst keine mir bekannte Pflanze vermag.«

Lillian strich über die Wurzeln, die miteinander zu verwachsen schienen. »Darüber habe ich mir bisher keine Gedanken gemacht. Aber du hast recht, es ist unglaublich: ein Baum, der im Salzwasser gedeiht.«

Elliot nahm den Eimer, um ihr drei weitere Fundstücke zu bringen. Als er vor dem Wurzelwerk des Baumes stand, beugte sie sich vor, um sie ihm abzunehmen. Mit einem Mal verlor sie den Halt und geriet ins Rutschen. Elliot ließ sowohl den Eimer als auch die Korallen fallen und öffnete seine Arme.

Schweißgebadet fuhr er in die Höhe und griff sich an den Hals, der keine Luft mehr durchzulassen schien.

Zufrieden saß ich neben ihm und beobachtete, wie er schlaftrunken seine Gedanken zu ordnen versuchte. Erwähnte ich eigentlich, dass Hoffnung besonders gut über Träume entfacht werden kann?

Es hatte sich gelohnt, der Liebe weiter zuzuhören und zu erfahren, wie Elliot im Schatten des Mangrovenbaums, zwischen Wurzeln, knöcheltief im Schlamm watend, sich hatte eingestehen müssen, verliebt zu sein. Als Lillian in seine Arme gestürzt war, hatte er sie einen Augenblick lang an sich gepresst. Er hatte nicht mehr atmen können, ihren Herzschlag gespürt und gewusst, dass er verloren hatte.

Es war einer dieser melodramatischen Momente, wie ihn die Liebe bevorzugte.

Nun gut, auch für mein Vorhaben war er bestens geeignet. Denn ich hatte ihn im Traum anders enden lassen, als er sich damals zugetragen hatte. An jenem Tag hatte Lillian sich aus seinen Armen gewunden, ihm gedankt und war ahnungslos wieder auf die Wurzeln geklettert. Im Traum hob sie nun ihren Kopf, sah Elliot flehentlich an und flüsterte: »Hilf mir! Bitte suche mich!«

Ja, es lässt sich nicht kleinreden: Das ist jetzt nicht wesentlich besser als die zumeist völlig überladenen Inszenierungen der Liebe, aber es erzielte seine Wirkung.

Nach Luft ringend, hockte Elliot also nun vor mir im Sand. Henrik kniete sich neben ihn und legte ihm die Hand auf den Arm. »Sie sind kurz eingeschlafen. Geht es Ihnen gut?«

Elliot sah ihn an und schluckte schwer. »Sie lebt«, sagte er leise.

Die Hand des Jungen zuckte zurück, als hätte er sich verbrannt. »Wer lebt?«

»Lillian Markers. Frage mich nicht, wie ich darauf komme, aber ich weiß es: Sie lebt. Bitte hilf mir, sie zu finden.«

In der Wildnis

Je weiter die Sonne sank, desto mehr nahm Lillians Verzweiflung zu. Mit abnehmendem Licht wurde der Schatten ihrer Einsamkeit größer und das Schreien der Zikaden lauter.

Sie suchte am Waldesrand nach Steinen und überlegte, mit welchen von ihnen sie ein Feuer machen könnte. Aber sie gab das Vorhaben bald wieder auf, denn sie wusste es nicht. Was sie sicher wusste: Die Nacht am Strand würde kühl werden. Sie hätte sich für eine wärmende Decke, den verlorenen Schuh, frisches Wasser und vielleicht ein Moskitonetz vor Dankbarkeit auf Knien in den Sand geworfen, hatte aber leider keine Gelegenheit dazu. Es erstaunte sie, wie schnell sich Bedürfnisse änderten und der Bescheidenheit Platz machten.

Es war ihr unmöglich, zur Ruhe zu kommen, denn kaum dass sie wieder unter einer der Palmen Platz nahm und aufs Wasser starrte, sprang ihr etwas in den Rücken. Etwas, das handgroß war. Schreiend schoss Lillian in die Höhe, doch was immer sich in ihrer Bluse festkrallte, es ließ nicht los. Ohne zu zögern, riss sie die Bluse auf, ließ sie zu Boden fallen und sprang beiseite.

Der Puls in ihren Ohren rauschte, und ihr Atem rasselte. Offenbar war sie unverletzt. Keine Stiche, Bisse oder sonstigen Wunden.

Vor Angst zitternd, nur mit Rock und Leibwäsche bekleidet, starrte sie auf das Stoffbündel, griff den Stock, den sie zur Waffe auserkoren hatte, und schob das Knäuel auseinander. Zuerst bemerkte sie den langen Schwanz, dann den gräulichen Körper mit den hellen Querstreifen. Lange Zehen mit schmalen Krallen wurden sichtbar, dann lugte der kleine Kopf unter einer Stofffalte hervor. Es war ein Flugdrache, der seine orangebraunen Flügel angelegt hatte und sie mit schwarz glänzenden Augen beobachtete. Lillian begann zu lachen, ein zwischen Schreien und haltlosem Gekicher schwankendes Lachen. Erleichtert betrachtete sie den Besucher. »Himmel, hast du mich erschreckt. Aber darf ich jetzt bitte meine Bluse zurückbekommen? Wer weiß, wer hier noch vorbeikommt.« Da sich der Gast nicht rührte, hob sie die Bluse behutsam auf und trug sie zur Palme. Sie legte den spitzenverzierten Stoff über den schräg gewachsenen Stamm und wartete, bis der Flugdrache seines Weges zog.

Erleichtert schlüpfte Lillian in ihre Bluse, deren linke Schulternaht nun eingerissen war. Inzwischen war sie stark verschmutzt und stank elendig nach Schweiß. Es ließ sich nicht leugnen: Sie sah zerlumpt aus.

Der Flugdrache hatte Gedanken geweckt, die sie zuvor gut hatte beiseiteschieben können. Gedanken an dickbeinige Springspinnen. Skorpione mit spitzen Stacheln. Riesige Schaben. Mehrgliedrige Hundertfüßer mit krallenartigen Beinen. Reihenweise Getier, von denen viele erst nachts aktiv wurden. Ob sie auch am Strand herumkrabbelten? Je mehr sich der Himmel nachtschwarz färbte, desto größer und giftiger wurde das Krabbeln in ihren Gedanken.

Erste Sterne und eine schmale Mondsichel zeigten sich am Firmament. Mit der Dunkelheit veränderte sich der Lärm im Dschungel, doch es schienen nur andere Vögel zu schreien, denn leiser wurde es nicht. Sie versuchte, sich auf das Rauschen der Wellen zu konzentrieren, vernahm stattdessen aber das erste Summen.

Moskitos.

Lillian lauschte und schlug dem Summen folgend um sich. Doch der Kampf blieb unfair. Kurzerhand beschloss sie, aus Rock und Bluse zu schlüpfen. Sie winkelte die Beine an, umwickelte sie mit der Bluse und schlüpfte mit Kopf und Oberkörper in das Rockteil. So verharrte sie zusammengekrümmt in ihrem selbst geschaffenen Kokon.

Mehrfach nickte sie ein, um immer wieder vom Rufen der Vögel, dem Summen der Moskitos und dem Jucken der Stiche, die auch durch den Stoff hindurch möglich schienen, wach zu werden. Der Wind frischte auf, rüttelte an den Baumkronen und trieb die Wellen schäumend und gurgelnd an den Strand.

Es war unfassbar laut.

Irgendwann rutschte ihr rechtes Bein unter der Bluse hervor, und es war ihr egal, sollte es halt zerstochen werden. Sie wollte nur eines – schlafen. Erst als die Moskitos endlich Ruhe gaben, fiel Lillian in einen unruhigen und traumlosen Dämmerzustand.

Sie erwachte im Morgengrauen. Der Himmel war verhangen, die Berge, die sich im Inselinneren erhoben und bis an den Strand drängten, waren von Nebel umgeben, und alles war mit Tau benetzt. Rock und Bluse waren klamm, und sie fror, während sie beides wieder anzog. Der rechte Unterschenkel war von Stichen übersät und juckte ohne Unterlass. Das geflochtene Schuhwerk hatte sich in der Nacht gelöst, und sie hatte Mühe, es mit kalten Fingern wieder festzuschnüren. Kurz tastete sie ihre Haare ab, sie waren hoffnungslos verknotet. Ohne einen Kamm oder einen vergleichbaren Ersatz würde sie nichts richten können.

Ich muss etwas unternehmen, dachte sie. Ich kann nicht ewig hierbleiben, ich muss mich auf den Weg machen und meinen Entschluss von gestern Abend umsetzen. Mit bleischweren Gliedern, die sich nicht rühren wollten, und vollkommen übermüdet blickte sie den Strand entlang. Zu ihrer Linken lagen verschiedene Felsen im Weg. Es schien vorteilhafter zu sein, sich nach rechts zu halten, denn dort zog sich der Strand ein gutes Stück ohne Hindernisse in die Ferne.

Vielleicht sollte ich ein Zeichen hinterlassen, einen gut sichtbaren Hinweis. Falls mich die Männer der Mannschaft suchen, wüssten sie, dass ich an diesem Strand war. Sie zögerte. Was mache ich, wenn Inselbewohner mein Zeichen entdecken? Nein, ich lasse mich nicht abhalten, beantwortete sie ihre Frage selbst, nahezu trotzig. Ich werde trotzdem eines hinterlassen!

Schwerfällig richtete sie sich auf und fing an, abgebrochene Zweige, Steine und Muscheln zu sammeln. Dann wählte sie einen Platz mitten am Strand aus, an dem sie mit den Händen einen Sandhaufen zusammenschob. Auf ihm stapelte sie die Steine und platzierte die Zweige, die sie mit Rotangblättern zusammenband. Zum Schluss legte sie einen Kranz Muscheln um den Sandhaufen. Zufrieden betrachtete sie ihr Werk. Es war unübersehbar gestaltet und konnte unmöglich als zufällig angespültes Treibgut durchgehen. Zum Abschluss riss sie eine Zierborte vom Saum ihres Unterrocks und band eine Schleife in den obersten Zweig. Hiermit konnte ausgeschlossen werden, dass Inselbewohner dieses Gebilde geschaffen hatten.

»So, du sollst auch einen Namen bekommen. James gefällt mir, ich nenne dich wie meinen Vater. Du bleibst und wirst ein stummer Zeuge meiner Anwesenheit sein. Pass gut auf dich auf und bleib standhaft!«, flüsterte sie, winkte und machte sich auf den Weg. Und ohne es zu ahnen, entfernte sie sich mit jedem Schritt weiter vom Lager der Schiffsmannschaft.

Schmale Arme

»Bitte stehen Sie auf. Es wird hell, wir sollten jetzt aufbrechen«, flüsterte Henrik, während er Elliot an der Schulter rüttelte.

Müde hob Elliot den Kopf. Sand knirschte zwischen seinen Zähnen. Dankbar nahm er die mit Wasser gefüllte Hälfte einer Kokosnuss entgegen, die ihm der Matrose hinhielt, und spülte seinen Mund. »Du bleibst dabei: Du begleitest mich bei der Suche?« Er musterte den Jungen, der behauptete, neunzehn Jahre alt zu sein, aber erheblich jünger aussah.

Henrik nickte. »Ja, auch ich habe etwas gutzumachen. Es wäre für mich eine Erlösung, wenn Sie recht behalten sollten und sie lebt.«

»Ich werde dir schwimmen beibringen. Wenn du magst.«

»Was – schwimmen? Warum?«, fragte der Junge und hielt inne.

»Du wolltest springen. Du wolltest sie retten, ich weiß das. Aber du kannst nicht schwimmen, ist das richtig?«

Mit der linken Fußspitze zog Henrik kleine Kreise in den Sand, und beide folgten der Bewegung mit ihren Blicken. »Ja, so ist es«, sagte er nach einer Weile. »Aber bitte verraten Sie es niemandem. Keiner von der Mannschaft darf das wissen. Wenn Sie mir zeigen könnten, wie man schwimmt, wäre ich

Ihnen sehr dankbar.« Er schluckte, und seine Fußspitze bohrte sich in den Sand. »Ich habe erleben müssen, wie mein Vater meinen Bruder aus dem Fluss retten wollte, der durch unser Dorf fließt. Sie sind beide ertrunken. Ich hasse Wasser.«

Elliot stockte der Atem. »Aber warum hast du dann auf einem Schiff angeheuert?«

»Das Geld. Wir brauchen es nach dem Tod meines Vaters dringender denn je. Zwei meiner Brüder, die ebenfalls schon arbeiten, und meine kleine Schwester sind noch zu Hause, sie helfen meiner Mutter. Wenn ich zurückkomme, also, wenn ich jemals wieder nach Hause komme, werde ich hoffentlich die Taschen voller Geld haben. Es gibt ja unterwegs wenig Gelegenheit, es auszugeben. Und damit möchte ich meiner Familie helfen. Verstehen Sie das?«

»Ja, und ich bin sicher: Wenn du nach Hause kommst, wirst du nicht nur Geld mitbringen. Du wirst zudem deinen Geschwistern zeigen können, wie man schwimmt. Und deiner zukünftigen Frau und deinen Kindern.«

Die Züge des Jungen wurden weich, sein Blick wirkte entrückt. Elliot hätte ihm gern das ausgeblichene Haar aus der Stirn gestrichen. Inzwischen war er sicher: Henrik war keine neunzehn Jahre alt. Er hatte sich in seiner Verzweiflung älter gemacht, um an Bord der HMS Maryanne anheuern zu können. Da es stets an Männern mangelte, die zur See fahren wollten, schaute niemand so genau hin. »Die meisten schlafen noch, aber der Kapitän weiß Bescheid, dass wir uns heute vom Lager entfernen«, sagte er nur.

»Uns wird wohl kaum jemand vermissen. Weiß Mr Markers von unserer Suche nach seiner Frau?«

»Bist du des Wahnsinns? Joseph würde mich vermutlich totschlagen, wenn er noch einmal den Namen seiner Frau aus meinem Mund vernähme. Er ahnt nicht, wie sehr sein

Schmerz auch meiner ist.« Hastig wandte Elliot sich ab. Warum erzählte er diesem Jüngling von seinem Elend?

Henrik schien sich an der Antwort nicht zu stoßen, denn er fragte: »In welche Richtung wollen wir gehen?«

Elliot schaute aufs Meer hinaus. »Dort hinten, bei den Felsen, wurden das Segeltuch und verschiedene Holzteile des Schiffes angespült. Das heißt, die Strömung verläuft in dieser Richtung.« Er zeigte gen Norden. »Sollte Lillian ein Stück Treibgut zu fassen bekommen haben, bestünde die Möglichkeit, dass sie von der Strömung ebenfalls an dieser Küste angetrieben wurde. Vermutlich etwas nördlicher als wir, denn durch das Rudern konnten wir den Weg verkürzen.«

»Vielleicht haben sie aber auch die Haie gefressen.«

Elliot zuckte zusammen.

»Entschuldigen Sie bitte«, rief Henrik aus und fuhr mit den Händen in der Luft herum, als wollte er seinen letzten Satz ins Vergessen wischen. »Nein, nein, das wollte ich nicht sagen, ich bin ein Idiot.«

Elliot seufzte. »Sonderlich feinfühlig war das nicht, aber es ist ein Gedanke, der nicht von der Hand zu weisen ist. Trotzdem, da ist irgendwas. Ich glaube, sie ist in unserer Nähe.«

»Wenn das stimmt, wäre es schon fast unheimlich. Haben Sie seherische Fähigkeiten?«

Elliot lachte bitter auf. »Wenn ich solche Fähigkeiten besäße, hätte ich meinem Freund kaum dazu geraten, seine Frau mit nach Ostindien zu nehmen.«

Henrik nickte und folgte Elliot Richtung Norden.

Sie liefen schweigend den Strand entlang, ohne zu pausieren. Selbst die ihnen zugeteilten Litschis, die sie als Wegzehrung mit sich trugen, aßen sie im Gehen.

»Wie weit wollen wir laufen?«, fragte Henrik gegen Mittag. Sie wateten durchs Wasser an einer Bergwand vorbei.

»Kehren wir später wieder um, damit wir die Nacht im Lager verbringen, oder wollen Sie hier irgendwo bleiben?«

Elliot zuckte die Schultern und kletterte über mehrere Felsen hinweg, hinter denen sich ein weiterer Strandabschnitt öffnete. Sein Schädel summte von der Hitze, und er hatte Hunger nach deftigem Essen, nicht nur nach süß klebrigen Früchten. Für eine Portion Rühr- oder Spiegelei hätte er in diesem Moment vermutlich ein Vermögen hergegeben.

Mit einem Mal hielt er inne.

Irgendetwas hatte er gesehen, das nicht ins Bild passte. Mit zusammengekniffenen Augen blickte er abermals den Strand entlang. Dann bemerkte er mehrere Zweige, die zur Seite gekippt auf einem Sandhaufen lagen. »Dort«, brüllte er auf und rannte los. Er warf sich vor dem seltsamen Gebinde auf die Knie und zerrte es zu sich heran. Tatsächlich waren es mit mehreren Palmenblättern umwickelte Zweige, die ein Stoffband mit einer Stickerei zierte. Auf dem Sandhaufen lagen ähnlich große Steine nebeneinander, und ein Muschelkranz rahmte das Werk.

»Könnten das Inselbewohner gemacht haben? Vielleicht spielende Kinder?«

»Nein«, schluchzte Elliot auf. Er zupfte das Band ab und hielt es in die Höhe. »Diese bestickten Borten nutzen weder die Malaien noch die Chinesen.« Er presste den schmalen Stofffetzen an sein Gesicht, schloss die Augen und spürte, wie Henrik neben ihm auf die Knie fiel. Die schmalen Arme des Jungen schlossen sich um ihn. Gemeinsam hielten sie einander fest, bis ihr gemeinsames Weinen in übermütiges Gelächter überging.

Kunstgriff

Und was machte Lillian? Sie wanderte weiterhin unbeirrt in die falsche Richtung. Ja, ich kann Hoffnung verbreiten, natürlich. Und ich kann im Zweifelsfall Dinge vollbringen, die ihr als kleinere oder größere Wunder bezeichnen würdet, aber eine Frau davon abhalten, in eine falsche Richtung zu laufen, das kann ich nicht. Der freie Wille ist unantastbar, für die Verzweiflung, die Liebe, für mich, für alle. Fast alle, denn der Tod, er ist der Einzige, der sich um den freien Willen des Menschen nicht zu scheren braucht.

Eine am Strand entlangmarschierende Frau, die unwissentlich meine Pläne durchkreuzte, brachte mich demnach in eine schwierige Situation, und ich musste kreativ werden. Um genau zu sein, musste ich, wie schon zuvor mit dem *Matahari*-Schauspiel, einen weiteren Kunstgriff anwenden. Das mache ich nur ungern, denn ich möchte nicht den Eindruck erwecken, Hokuspokus würde zu meinem Geschäft gehören. Um es deutlich zu sagen: Das tut es definitiv nicht, ganz gleich wie ihr es benennt! Aber lasst es mich einmal so sagen: Ich weiß vieles, auch viel unnützes Zeug über Strömungsverläufe des Meeres, in dem ungewöhnliches Treibgut schwimmt. Hin und wieder hilft mir aber genau dieses Wissen dabei, Lösungen zu entwickeln, die unkonventionell sind.

Lillian kam also weiterhin gut voran – glaubte sie zumindest. Die Wolken hatten sich verzogen, und die Sonne brannte unerbittlich. Wieder lockte der Schatten einer Palme, und sie zögerte. Vielleicht sollte ich abwarten, bis es abkühlt, und am Nachmittag weiterlaufen?, fragte sie sich, um sich dann selbst zur Ordnung zu rufen. Nein, dein Mann, sein Freund und die gesamte Schiffsbesatzung denken, du bist tot. Joseph leidet sicherlich, und Elliot vermutlich auch. Du musst sie finden, sie müssen wissen, dass es dir gut geht!

Trotz allem blieb sie stehen, hob die obere Schicht ihres Rockes an und riss vom Unterrock einen breiten Stoffstreifen ab. Dann legte sie ihre Stiefelette, den selbst gebauten Behelf samt den inzwischen durchlöcherten Strümpfen ab und trat ins Wasser. Sie klemmte den Rock zwischen ihre Knie, beugte sich vor, zog das Stoffstück durchs Wasser und knotete es um die Haare. Wasser lief ihr in die Stirn und am Nacken entlang. Die Kühle war wundervoll.

Der Wind hatte in der Nacht Mengen an Seegras aufgewühlt und in Richtung der Küste getrieben. Ein graubrauner Teppich schwappte im Wasser, erste Pflanzenteile lagen bereits im Sand. Lillian stutzte, dann watete sie in den Seetangteppich hinein. Das Gestrüpp zwickte unangenehm an Füßen und Waden, doch sie ließ sich nicht beirren. Nach einigen Schritten blieb sie stehen und traute ihren Augen nicht: Direkt vor ihr schwamm, verfangen in einem Seegrasbüschel, ihre rechte Stiefelette. Sie riss sie in die Höhe, schrie vor Freude und presste den triefenden Schuh an sich, als wäre sie einem alten Freund wiederbegegnet. Dann zupfte sie das Seegras ab und wendete ihn hin und her. Von der Nässe einmal abgesehen, schien er in Ordnung zu sein. Sofort lief Lillian zum Strand, wischte sich Sand und Gestrüpp mit dem Rock vom Fuß und zog die Stiefelette an. Sie passte, und auch die

Knöpfe schlossen noch. In ihr jubelte es unentwegt. Sie zerrte die Stiefelette vom Fuß und stellte sie zum Trocknen auf einen der Felsen. Sie wollte nicht riskieren, dem Leder zu schaden, indem sie das gute Stück nass trug. Es war für sie unfassbar, wie wertvoll ihr dieser Schuh nun erschien und welch Wunder sie fortan mit ihm verbinden würde.

Aber wie sollte sie sich nun die Zeit vertreiben? Langsam lief Lillian den Waldesrand ab und spähte ins Dickicht. Sie sah niemanden und vernahm nur die üblichen Geräusche des Dschungels.

Gut gelaunt kehrte sie zum Felsen zurück, auf dem ihr Schuh in der Sonne stand, entkleidete sich und rannte ins Meer. Sobald sie das Wasser über den Knien spürte, setzte sie sich hin, denn weiter wagte sie sich nicht hinein. Genüsslich streckte sie sich aus, ließ die Wellen über ihre Schultern spülen und zog den Sonnenschutz vom Haar. Die Bilder vom Sturz ins Wasser schob sie beiseite. Hier und jetzt gab es nur sie, die wärmende Sonne und die sanft wogenden Wellen.

Nach einer Weile knurrte ihr Magen, und sie beendete ihr Bad. Sie trocknete sich mit dem Rock ab und zog sich wieder an. Vorsichtig versuchte sie abermals, mit den Fingern die verfilzten Stellen in ihrem Haar zu lösen, um dann aber aufzugeben und es mit dem Stoffstreifen zu einem Knoten hochzubinden.

Kurz prüfte sie den Schuh, der sich tatsächlich trockener anfühlte. Sie wickelte sich das Flechtwerk, das kurz vor der Auflösung stand, um den Fuß, zog ihren linken Schuh an und ergriff den Stock. Es half alles nichts, sie musste sich etwas zu essen suchen.

Über eine Lichtung gelangte sie in den Dschungel. Der Boden war sumpfig, und sie kam nur mühsam voran. Es roch unangenehm. Bitter und säuerlich. Schon nach wenigen Minuten blieb ihr Rock an einem dornigen Busch hängen und riss stark ein, als sie versuchte, ihn abzulösen. Während sie den Schaden besah, kroch neben ihr eine fingerdicke behaarte Raupe auf einem Blatt entlang. Lillian wusste von Andris, wie sehr der Anblick der possierlich anzuschauenden Haarbüschelchen täuschte, einige der Biester waren ausgesprochen giftig. Die Haare verursachten nicht nur über die reine Berührung, sondern auch wenn sie eingeatmet wurden, Schmerzen. Sie hielt die Luft an und hastete weiter.

Verzweiflung machte sich in ihr breit. Obwohl sie sich heute erheblich weiter ins Dickicht gewagt hatte, konnte sie noch immer nichts Essbares entdecken.

»Lillian?«

Sie zuckte zusammen.

Spielten ihre Sinne verrückt, oder hatte gerade irgendjemand ihren Namen gerufen?

Sofort duckte sie sich hinter einen Felsvorsprung und lauschte.

Doch es waren nur die ewig gleichen Geräusche des Dschungels. Zikaden. Vögel. Affen. Das Summen von Insekten, das sich mit dem monotonen Rauschen der Blätter mischte. Sie musste sich verhört haben. Oder hatten die Minangkabau, die Batak oder sonst wer ihren Wegweiser entdeckt und waren ihr nun auf den Fersen?

»Lillian Markers, können Sie uns hören?«

Für einen Moment befürchtete Lillian, ihr Herzschlag würde aussetzen. Sie kannte die Stimme nicht, aber sie sprang auf, schrie aus Leibeskräften sinnloses Zeug und rannte zur Lichtung zurück, hin zum Strand, zu Menschen, die sie suchten, die sie retten würden. Zuerst entdeckte sie einen jungen Mann. Er hielt ihren feuchten Schuh in der Hand.

Direkt neben ihm stand Elliot.

Regungslos, fast starr, blickte er ihr entgegen, dann öffnete er seine Arme.

Lillian zögerte nicht, sie ließ sich fallen, presste sich an ihn und spürte das Beben ihres Leibes. Oder war es Elliot, der zitterte? Sie schaute zu ihm auf.

Sein Blick war dunkel und abgrundtief.

Er schloss die Arme um sie, schob eine Hand in ihren Nacken und beugte sich vor.

Dann küsste er sie.

Ein einziger Kuss

Fassungslos.

Anders kann ich meinen Zustand in diesem Moment nicht beschreiben: Ich war durch und durch fassungslos.

Da stand also Elliot und küsste Lillian.

Doch damit nicht genug: Er küsste sie auch noch vor den Augen eines Halbwüchsigen, den er kaum kannte und nicht im Geringsten einschätzen konnte. Nun hätte es in meiner Lage mehrere Möglichkeiten gegeben, die Situation zu bewerten:

Zu Elliots Verteidigung hätte ich davon ausgehen können, es würde sich um einen Mann handeln, der dabei war, jeden Anstand zu verlieren, und der im Zustand liebestoller Raserei Grenzen überschritt. Der einen verzweifelten Versuch einer Annäherung unternahm, welcher vermutlich in einer Zurückweisung enden würde.

Vielleicht hätte ich annehmen können, es handele sich um Erleichterung über den von ihm abfallenden Albtraum, am Tod der Frau seines Freundes eine Mitschuld zu tragen, die sich hier in unangemessener, aber menschlicher Form Bahn brach. Selbst der Gedanke, ein Zuviel an Sonne hätte ihm zugesetzt, wäre zulässig gewesen.

Aber es war mir nicht vergönnt, mich mit einer dieser Varianten beruhigen zu können. Der Grund war einfach:

Lillian ließ sich küssen!

Sie hob nicht die Hand, um Elliot zu ohrfeigen. Sie wand sich nicht aus seinen Armen und schaute betreten zu Boden, irgendeine dieser Handlungen, die Frauen seinerzeit nutzten, um ihrer Empörung Ausdruck zu verleihen.

Nein, sie spürte die Lippen eines fremden Mannes, die weich auf ihren lagen. Ein oder zwei Sekunden reagierte sie nicht, denn die Überraschung war zu groß. Es war – das darf man nicht vergessen – neben Joseph erst der zweite Mann in ihrem Leben, der sich ihr auf diese Weise näherte. Abgesehen von der Knutscherei in einer Scheune im Alter von elf Jahren, bei der Lillian sich mit irgendeinem dahergelaufenen Nachbarsjungen in der Kunst dieser Zuneigungsbekundung versucht hatte. Eine Erfahrung, die damit geendet hatte, dass sie küssen schlichtweg als nass und unangenehm erachtete.

Doch ich schweife wieder ab! Sie stand also in diesem sonnenverwöhnten Paradies, die Wellen säuselten, ein lauer Wind zupfte an ihren Haaren – und sie, sie erwiderte den Kuss.

Mir entglitten derweil die Gesichtszüge.

Wer nun annehmen mag, ich würde Elliot oder Lillian in irgendeiner Form anklagen wollen, der irrt.

Meine Anklage galt der Liebe!

Deutlich war ihre Handschrift zu erkennen, denn kitschiger hätte dieses Wiedersehen sich nicht zutragen können. Selbst die untalentiertesten Autoren würden sich scheuen, Derartiges zu schreiben. Mein Interesse an Lillian hatte demnach unsere Schöne wieder auf den Plan gerufen.

Es ist mir unklar, komplett unklar, was die Liebe dazu veranlasste, auch nur im Ansatz zu ermöglichen, dass Elliot bei Lillian die von Menschen so geliebten Nebenwirkungen ihres

Schaffens – vom Herzrasen über weiche Knie bis hin zum Zittern des gesamten Leibes – auslösen konnte.

Damit will ich nichts gegen unseren sanftmütigen Botaniker sagen, aber zusammenfassend hatte sich die Situation doch bisher wie folgt dargestellt:

Lillian hoffte auf Josephs Liebe.

Joseph aber liebte seine verstorbene Frau.

Und Elliot war in die Frau seines besten Freundes verliebt.

Schon diese Ausgangslage ist, genau betrachtet, unmöglich. Niemand würde hier von wohlwollender Arbeit sprechen, die jenen zugutekam, denen die Liebe ihre Aufmerksamkeit schenkte. Stattdessen hatte sie mit sicherer Hand für eines gesorgt: Keiner der drei war glücklich, und es bestand nicht der Hauch einer Chance, in irgendeiner Weise glücklich zu werden. Denn die Gefühle liefen jeweils ins Leere. Aber dieses Elend hatte einen Vorteil, wenn ich es so benennen darf: Es war bis zu diesem Zeitpunkt übersichtlich und auf eine gewisse Weise ungefährlich.

Doch nun entstand eine neue Konstellation:

Lillian nahm Elliot wahr.

Nicht als Josephs Freund, sondern als Mann!

Als einen Mann, der ihr zugetan war. Und ich musste vermuten, dass auch sie dieser Tatsache nicht abgeneigt war. Damit war einer Dreiecksgeschichte Tür und Tor geöffnet.

Erwähnte ich, wie sehr unsere Schöne das Drama liebt?

Aber auch dieser Kuss endete.

Elliot zog Lillians Kopf an seinen Brustkorb und strich über ihr Haar. Sie hörte sein Herz, das im Takt mit ihrem raste. Beide konnten keinen klaren Gedanken fassen und waren den Gefühlen, die ihre Leiber zum Beben brachten, hilflos ausgeliefert.

Und der arme Junge, der Zeuge dieses Kusses geworden

war? Er hatte sich zurückgezogen. Hinter irgendeine Palme, in den Dschungel hinein, ich habe keine Ahnung, wohin er sich geflüchtet hatte. Aber es war die einzig richtige Reaktion.

Auch für mich gab es nur eine Möglichkeit, angemessen mit der Situation umzugehen: Ich sorgte dafür, dass in beiden nicht ein Fünkchen Hoffnung aufkeimte!

Um es noch deutlicher zu sagen: Ich – die Hoffnung – machte freiwillig der Verzweiflung Platz!

Wenn es Tiefpunkte meines Schaffens gibt, dann jene, in denen ich dieser Jammerliese das Feld überlasse.

Sicherlich war das Vorenthalten jeglicher Perspektiven meinerseits eine grobe Entscheidung, und wer sie jemals erlebt hat, wird wissen, wie schmerzlich sie ist. Denn mit dem Auftauchen der Verzweiflung breitet sich meist umgehend ein Schuldgefühl aus, kalt und unbestimmt, das die Gedanken lähmt und zudem häufig Übelkeit erzeugt. Lillian und Elliot teilten ebenjenes Gefühl der Schuld, wobei sie weniger der Gedanke belastete, gegen gesellschaftliche Gepflogenheiten zu verstoßen oder sich vor Gott zu versündigen, als vielmehr die Tatsache, Joseph zu betrügen.

Sie wussten, ihr Begehren würde nicht einlösbar sein.

Elliot machte sich bereits seit geraumer Zeit keine Illusionen mehr, sein Herz verloren zu haben. Er begann nun, sich einen weiteren Vorwurf zu machen: Zu dem Wissen, kein verlässlicher Freund, vielmehr ein ehrloser Lump zu sein, gesellte sich nun die Annahme, auch noch Josephs Frau in eine unglückselige Situation gebracht zu haben.

Lillian wiederum wagte ebenfalls nicht, mich um Unterstützung anzuflehen. Allerdings wich sie aus. Auf eine Art und Weise, die bei Menschen mit Schuldgefühlen häufig Anwendung findet: Sie versuchte, den Kuss damit zu entschuldigen, dass die Anstrengungen der letzten Tage ihr die Sinne verwirrt hatten. Sie wusste, schon als sie in diesen Gedanken flüchtete, dass er einem Verrat an Elliot und dem, was sie für ihn empfand, gleichkam. Also suchte sie in dem Gedanken Erleichterung, es sei nur ein Kuss, ein kleiner Kuss gewesen. Natürlich ging dieser Selbstbetrug ebenso wenig auf. Sie vergrub ihr Gesicht in Elliots Hemd, das nach Sonne, Sand und seiner Haut roch, und flüsterte: »Verzeih mir.«

Doch Elliot war nicht nur ein kluger, er war auch ein sensibler Mann. »Es war mein Fehler«, erwiderte er ebenso leise, »es tut mir leid, bitte verzeih du mir, ich hätte nicht ...«

Lillian löste sich von ihm und fürchtete, nicht allein stehen zu können. Ohne den Halt seiner Arme fröstelte sie, und das inmitten der Hitze des Tages. »Wo ist der Junge?«, fragte sie und widmete sich dem, was Frauen häufig besser beherrschen als Männer: Sie machte sich Gedanken darüber, was andere von ihr denken würden. »Und wer ist er überhaupt?«, fügte sie hinzu, denn es war einfacher, über einen Fremden zu reden als übereinander und die innere Aufruhr.

Elliot konnte seinen Blick nicht von Lillian nehmen. »Ich weiß nicht, wo er ist. Er ist ein Matrose. Er stand im Rettungsboot, als du gestürzt bist. Er litt unter dem Gefühl, eine Mitschuld ...« Er zögerte. Doch Lillian ergänzte den Satz: »... an meinem Tod zu tragen. Richtig?«

»Ja, davon mussten wir ausgehen.«

»Warum seid ihr dann hier?«

»Irgendetwas ließ mich annehmen, du würdest leben.«

Lillian zuckte zusammen. Er hatte es gespürt – vielmehr hatte er sie gespürt! War das jene unerklärliche Verbundenheit, die manchen Menschen, deren Schicksale unauflösbar miteinander verknüpft waren, nachgesagt wurde?

»Und was ist mit Joseph? Sucht er mich auch?« Gern hätte sie sich umgehend für diese Fragen geohrfeigt. Wie konnte sie so hart gegen Elliot sein und sich, ohne sein Gespür zu würdigen, nach Joseph erkundigen? Nur wenige Minuten nach dem, was eben geschehen war? Was sollte er denken: Dass sie die Männer zählte, die sie suchten?

»Nein. Er ist dazu nicht in der Lage. Er geht davon aus, dich verloren zu haben. Er leidet sehr.«

So abstoßend es klang: Vor wenigen Minuten noch hätte es Lillian erfreut, zu hören, dass ihr Mann litt – ihretwegen. Sie hätte diesen Schmerz als ein Gefühl gewertet. Als eines, das weit über die distanzierte Freundlichkeit hinausging, die er ihr gegenüber bisher an den Tag gelegt hatte.

Und nun?

Nun erzeugte dieses Wissen Beklemmungen. Sie wusste nicht, ob sie das, was sie sich so lange ersehnt hatte, noch wollte. Und warum, schrie es in ihr, habe ich Elliots Zuneigung nicht vorher erkannt? Warum fühlt sie sich so unausweichlich und richtig an?

Es gibt Augenblicke, denen lässt sich nicht mehr viel hinzufügen. Nicht einmal von mir. Gern hätte ich mir die Liebe vorgeknöpft, um sie zur Rede zu stellen. Meist verweilte sie noch und genoss die Ergebnisse ihres Schaffens, doch hier glänzte sie mit Abwesenheit. Vermutlich hatte sie geahnt, wie sehr mich diese Inszenierung erzürnen würde.

Rückkehr in eine Ehe

Bedeutet ein Kuss, verliebt zu sein?, fragte Lillian sich, während sie den Strand entlanglief. Henrik eilte voraus, während Elliot an ihrer Seite blieb. Als der Junge wieder aus dem Dschungel aufgetaucht war, hatte niemand von ihnen gesprochen. Schweigend waren sie aufgebrochen. Den feuchten Schuh trug Lillian in der Hand, und sie spürte, wie ihr Ansatz, den Kuss zu bagatellisieren, sich mehr und mehr auflöste.

Aber laufen war besser als reden. Worüber sollten sie auch reden? Sie konnte den Jungen kaum fragen: »Wirst du meinem Mann erzählen, was für eine liederliche Person ich bin?« Vermutlich spürte er ihre Blicke in seinem Rücken. Ob er gern stehen geblieben wäre, um sie anzubrüllen? Warum sie das getan hatten? Sollten sie sich doch küssen. Aber nicht vor ihm! Vor seinen Augen!

Lillian seufzte.

Würde dieser Junge das Gespräch mit ihrem Mann suchen? Er hatte bisher nichts mit den Gästen an Bord der HMS Maryanne zu tun gehabt. Auch im Lager waren ihre Welten vermutlich voneinander getrennt gewesen. Aber konnte sie daraus ein Schweigen ableiten? Er musste doch annehmen, dass es gleich war, was er, ein Matrose, dachte. Vielleicht ging er davon aus, ohnehin kein Gehör zu finden. Sie war sich fast sicher, er würde nichts sagen. Aber eben nur fast.

Lillian ahnte, dass Elliot ähnliche Gedanken beschäftigten. Würde er mit dem Jungen reden, bevor sie die Mannschaft erreichten? Würde er sich Joseph offenbaren?

Oder würden sie, wie jetzt auch, allesamt schweigen?

Diese Möglichkeit, sie war so verlockend.

Trug Joseph nicht auch ein wenig Mitschuld? Schließlich hatte sie mit seinem Freund seit dem Aufbruch nach Singapur mehr Zeit verbracht als mit ihm. Sie spürte: Auch dieser Gedanke taugte nicht zur Rechtfertigung, er war schlicht und ergreifend schäbig.

Sicherlich war es Joseph ergangen wie ihr selbst: Nie war ihr in den Sinn gekommen, die vielen gemeinsam verbrachten Stunden zu hinterfragen. Nie hatte Elliot auch nur den geringsten Anschein erweckt, er könnte Gefühle für sie hegen, die mehr waren als freundschaftlicher Natur.

War er überhaupt in sie verliebt?

Oder war der Kuss für ihn nur eine einmalige Angelegenheit? Ein plötzlicher Überschwang der Gefühle?

Lillian wusste: Dieser Weg war eine Rückkehr in ihre Ehe.

Zu Joseph, der litt.

Ihretwegen.

Vielleicht konnte er nur nicht zeigen, was er fühlte? Wusste sie überhaupt, was er fühlte? Wusste sie denn, was sie selbst fühlte?

Je länger sie nachdachte, desto mehr Fragen drängten sich in ihrem Kopf zusammen. Warum hatte Joseph seine Meinung geändert und sie mitgenommen? Nichts hatte sich in Singapur geändert. Auch dort blieb er ein Getriebener. Gleich am ersten Tag nach der Ankunft, zu einer Zeit, als sie immer noch glaubte, der Boden unter ihren Füßen bestünde aus hölzernen Planken und würde schwanken, war er aufgebrochen, um mit Oberst Farquhar die Stadt zu inspizieren. Zurückgekehrt war er mit zahlreichen Bauplänen und Listen aller Art, die von der Bevölkerungsentwicklung erzählten, von den Ernten der Pflanzer und den Einnahmen der Company. So hatte er auf der Terrasse des Hotels gesessen und seine Zeit wie üblich verbracht: arbeitend.

Und doch hatte er sie nach gut zwei Wochen gebeten, ihn ins Chinesenviertel zu begleiten.

»Gern, ich gehe zu Elliot und sage ihm Bescheid. Wann möchtest du aufbrechen?«, hörte sie sich auf seine Einladung hin antworten.

»Wir gehen zu zweit, Elliot besucht Dr. Horsfield, auch ein Botaniker, wenn ich das recht verstanden habe. Wir müssen uns um die Einrichtung kümmern, denn der Hausbau geht gut voran.«

Sie brachen auf, gemeinsam mit Andris, der ihnen wie ein Schatten folgte. Gedankenversunken lief Joseph neben ihr, irgendwann schüttelte er den Kopf und fuhr mit der Hand durch die Luft.

»Hast du etwas gesagt?«

»Nein, nein, nichts. Aber lass mich dir ein wenig über Singapur erzählen: Die Stadt teilt sich in verschiedene Viertel.« Joseph ließ seinen Blick schweifen, als müsste er prüfen, ob der Straßenverlauf dem Stadtplan entsprach, den er im Kopf zu haben schien. »Es gibt beispielsweise das malaiische, das europäische und das chinesische Viertel, Letzteres ist südwestlich vom Hafen gelegen. Da der Weg nicht weit ist, können wir dorthin laufen.«

Sie passierten einen Laden, der Waren anbot, die aus geschwärztem Ton bestanden. Entzückt blieb Lillian stehen. Schwarzes Geschirr hatte sie noch nie gesehen. Nur einige wenige Teile waren farbig, und sie waren allesamt unglasiert. Behutsam berührte sie den Deckel eines der bauchigen Gefäße. Er war aus Blättern gearbeitet.

»Das ist Pandanus, es wird oft für Flechtwerk genutzt. Dieses Geschirr stammt aus Sumatra, aus Palembang, es erfreut sich überall großer Beliebtheit. Allerdings ist es selten erhältlich. Gefällt es dir?«

Sie nickte.

»Schau mal«, Joseph ergriff einen kellenartigen Gegenstand und hielt ihn ihr entgegen. »Das ist ein Schöpflöffel aus dem Panzer eines Pfeilschwanzkrebses, dessen langer Rückenstachel als Griff genutzt wird.« Er bemerkte ihren ungläubigen Gesichtsausdruck und lachte auf.

Wie selten Joseph lächelte oder gar lachte. Wie selten sie ihn vergnügt erlebte. Lillian wollte dieses Bild festhalten. Um nicht zu vergessen, wer er auch sein konnte, wenn wieder Schatten über ihm lagen, die ihn in seine Arbeit trieben.

Kurz nickte Joseph Andris zu, der mit dem Händler zu feilschen begann, während sie weiterschlenderten.

Schon bevor sie das Chinesenviertel erreichten, wurden sie von fliegenden Händlern umringt. »Es stimmt, was man sich über die Chinesen erzählt«, sagte Joseph, während er zwei Händler abwies. »Sie sind unfassbar geschäftstüchtig, aber lass dich nicht von ihrem Lächeln täuschen. Für sie bist du ein Limonadengesicht.«

»Ein Limonadengesicht? Was ist das?«

»Diese liebliche Beschreibung haben sie unserer hellen Haut gewidmet. Wir sind ja oft auch nicht wesentlich charmanter mit unseren Bezeichnungen. Zudem bringen wir es nicht einmal fertig, den Anschein von Freundlichkeit zu erwecken – und das muss man den Chinesen lassen: Ihre Umgangsformen sind vorbildlich, ganz gleich, was sie denken.

Und ich nehme an, sie denken, wir Europäer seien herablassend, dabei sind wir naiv und gut übers Ohr zu hauen.«

Lillian musterte drei Frauen in schneeweißen Kleidern, deren Gesichter vor Hitze hellrot leuchteten, ein Farbton, den die breitkrempigen Hüte unterstrichen. Sie schoben sich durch das Gedränge, gefolgt von mehreren Bediensteten, die prall gefüllte Taschen trugen.

Josephs Gesicht verzog sich. »Sir Stamford hat der Sklaverei hier ein Ende gesetzt. Er hält die Behauptung, Malaien seien nicht in der Lage, mit Freiheit umzugehen, für eine bösartige Verleumdung, die in die Welt gesetzt wurde, um die Tyrannei zu rechtfertigen. Sieh dir doch die Engländer an, die in Singapur zugegen sind: Selbst leisten die meisten von ihnen kaum etwas, und trotzdem wollen sie über andere richten? Und trotz des Verbotes verhalten sich manche noch immer so, als wäre nichts geschehen, als würde die Sklaverei weiter existieren. Am heiligen Sonntag tritt das besonders deutlich zutage: Auf dem Platz vor einem der Verwaltungsgebäude, natürlich nur vor dem prachtvollen, damit es die richtige Kulisse bildet, spielt an diesem Tag immer das Militärkorps. Und dann promenieren die Limonadengesichter dort entlang und führen ihre Garderobe aus. Sie leben im Prunk, frönen der Weichlichkeit, arbeiten wenig, dafür schlafen, essen und trinken sie im Übermaß. Und wenn sie etwas unternehmen wollen, lassen sie sich spazieren fahren. Das versteht sich von selbst: Bewegung ist in der Hitze unangenehm. Manchmal sind mir meine eigenen Landsleute unangenehm.«

War er mit seinem Urteil nicht ein wenig streng? Lillian konnte sich schwer konzentrieren. Es lag an Sir Stamford. Sobald Joseph Singapurs Gründer erwähnte, fand er kein Ende. Und erst recht nicht, nachdem er ihn vor gut zehn Tagen getroffen hatte. Zweimal hatte er ihr im Detail davon berichtet. Es musste ihn tief beeindruckt haben, denn sonst sprach er wenig über seine Arbeit. Und auch wenn er die Situation vermutlich punktgenau beschrieb: Warum konnte er nicht einmal jetzt, bei einem gemeinsamen Spaziergang, seine Arbeit ruhen lassen? Elliot begann jedes ihrer Gespräche mit der Frage, wie es ihr ergehe in der neuen Heimat. Wann hatte Joseph sich je nach ihrem Befinden erkundigt?

Sie bogen ins Chinesenviertel und tauchten binnen weniger Schritte in eine andere Welt ein. Häuser, allesamt aus Stein gebaut und jedes mit einer Veranda versehen, drängten sich aneinander. Viele waren in himmelblauer Farbe gestrichen. Laden reihte sich an Laden, in denen die Händler ihre Waren anboten. Kleine Lampions hingen an den Veranden und wiegten sich im Wind, die meisten von ihnen mit Glasarbeiten verziert. Lillian verlangsamte ihren Schritt, um die Vielzahl der Eindrücke auf sich wirken zu lassen. Ein Schmied schlug auf glühendes Eisen, die hölzernen Stämme der Reisstampfer klopften im Takt, mehrere Frauen saßen auf einer Veranda und flochten Körbe mit aufwendigen Mustern. Vor dem Nachbarhaus hackten Frauen braun-weiß marmorierte Betelnüsse klein, um sie später zu kleinen Betelnusspaketen zu verarbeiten.

»Er plant, die Pflanzer zu stärken«, erzählte Joseph, während sie sich durch das Gewühle schoben.

Sicherlich wird er gleich betonen, wie wegweisend er diesen Gedanken findet, dachte Lillian, und tatsächlich fuhr ihr Mann fort: »Das bedeutet: Sir Stamford hat erkannt, wie unsinnig es ist, weiterhin den vorgeschriebenen Pfefferanbau zu fördern. Die Einnahmen sind rückläufig. Wir müssen auf Muskatnuss setzen, auf Kakao und meinetwegen verstärkt auf Holz. Jedenfalls fordert er mehr Selbstbestimmung für die Pflanzer. Nur so können wir sie dazu anhalten, bessere Arbeit zu leisten. Ihr Antrieb wird langfristig unseren Ertrag verbessern.«

Lillian spürte seine Hand auf ihrem Arm, den leichten Druck, mit dem er sie voranschob. Er kannte all das hier, aber sie fühlte sich überwältigt von der Vielzahl der Eindrücke. Gern hätte sie sich mehr Zeit genommen, die kleinen Altäre zu betrachten, die vor jedem Haus standen – erleuchtet und mit Räucherstäbchen dekoriert, deren Geruch in der Luft hing. Dazu mischte sich der Duft, der von einer der Garküchen herüberzog.

Auch Joseph musste dies wahrgenommen haben, denn er wechselte unvermittelt das Thema. »Eine Vorwarnung: Die Speisen im Hotel sind an unsere Essgewohnheiten angepasst. Sowohl die Chinesen als auch die Malaien würzen gewöhnlich sehr scharf. Zumeist servieren sie Reis, gebratene Hühner oder auch Fisch, alles mit viel Gemüse. Trotzdem sollte man wissen, was man bestellt, denn es erwarten einen schnell auch unliebsame Erfahrungen.«

Lillian blieb vor einer Frau stehen, deren Töpfe direkt am Straßenrand über Feuerstellen hingen. Mit knurrendem Magen beugte sie sich vor und wies auf ein Tablett. »Joseph, was ist das da?«

»Hühnerfüße.«

Abrupt richtete Lillian sich wieder auf.

»Ich sagte es ja, man sollte aufpassen.« Nun zeigte er auf ein Haus, vor dem die Warenauswahl in den Auslagen besonders vielfältig war. »Wir brauchen noch einen Hausstand, es wird Zeit, damit anzufangen, ihn zusammenzustellen. Bitte schau, was dir gefällt.« Einmal mehr nickte er Andris zu, dann machte er auf dem Absatz kehrt.

»Warte, du kannst mich doch hier nicht stehen lassen. Wo gehst du hin?«

»Entschuldige, nur zwei Häuser weiter gibt es einen Tischler, der mir empfohlen wurde. Bei ihm würde ich gern unsere Möbel bestellen. Erledige du derweil die anderen Dinge. Ich bin gleich wieder zurück, und Andris begleitet dich bis dahin.«

Konsterniert blieb Lillian zurück. Noch nie hatte sie mit dem Malaien, der alterslos schien, gesprochen. Wie gut beherrschte er die englische Sprache? Wohnte er auch im Hotel? Sie wusste weder das eine noch das andere und starrte ihn einige Sekunden an. Er lächelte, und sie bemerkte, dass einige seiner dunklen Zähne spitz zuliefen, als wären sie zurechtgefeilt worden. Wortlos ging sie an ihm und dem Chinesen vorbei, der im Türrahmen stand und auf Kundschaft wartete. Der lange, seidig glänzende Zopf des Händlers hob sich vom hellen, schlichten Hemd ab, das über eine weite Hose hing.

Unwillkürlich hielt Lillian inne, nachdem sie eingetreten war. Selbstverständlich kannte sie aus England Läden, die mit Waren vollgestopft waren, aber das hier übertraf ihrer Erinnerung nach alles bisher Gesehene. Über ihr hingen Laternen, doch es waren derart viele, dass die Decke des Raumes nicht mehr zu erkennen war. Auf Regalen glänzte Porzellan in wundervollen Farbtönen, mit filigranen Mustern und Blütenzeichnungen verziert. Vor allem der Teegenuss fand seine Würdigung in Form von Sets, bestehend aus Kanne, Wärmekorb und hauchfeinen Schälchen.

Auf den zweiten Blick erkannte sie die Wertschätzung, die dem Schreiben und der Malerei zukam. Es gab unterschiedliche Papierarten, große Säcke mit Pigmenten in allen erdenklichen Farbtönen und Pinsel jeglicher Art. Auf gut fünfzig unterschiedliche Stoffballen und gestapelte Lackschachteln folgten großflächige geschnitzte Wandgemälde, die Landschaften, Schlachten oder die Inthronisation des Kaisers zeigten. Ein Glasschrank mit Silberschmuck bannte ihren Blick. Sie machte sich wenig aus Schmuck, aber die ausgestellten Arbeiten waren hinreißend. Besonders beeindruckte sie der Haarschmuck, den türkisblaue Federn, vermutlich des Eisvogels, zierten.

Inzwischen folgte ihr eine junge Chinesin auf Schritt und Tritt, und Lillian beschloss, dem Wunsch ihres Mannes Folge zu leisten. Zuerst verwies sie jedoch auf einen kleinen Fächer und auf einen der zahlreichen Strohhüte, die mit unterschiedlichen Flechtmustern und Formen ins Auge stachen.

Die junge Frau nahm beides an sich, brachte es zu einem Tisch, der am anderen Ende Raumes stand, um dann wieder an ihre Seite zurückzukehren.

Lillian passierte glänzende Opiumpfeifen, Dolche und Schwerter, die sie trotz perfekter Verarbeitung allesamt nicht im Haus haben wollte. Sie wählte lieber Kissen mit Perlenstickereien sowie Schlafrollen aus, mehrere Stoffe, aus denen sie Vorhänge nähen würde, und feine Musseline, die sich als Moskitonetze eigneten.

Die Chinesin lief alsbald unentwegt zwischen dem Tisch und ihr hin und her. Andris und der Chinese hatten zu feilschen begonnen, zumindest klang es so, auch wenn sie kein Wort verstand. Sie lächelte, denn fertig war sie noch lange nicht. Drei Bilder mit getuschten chinesischen Schriftzeichen und eines der aus Holz geschnitzten Wandgemälde folgten. Als sie sich für das Geschirr mit den feinen Blüten samt dem dazu passenden Tee-Set entschied, betrat Joseph den Laden.

»Wir sind uns einig geworden, wie sieht es bei dir aus? Hast du dich entschieden?«, fragte er. Als er zum Verkäufer hinüberschaute, zog er erstaunt die Augenbrauen in die Höhe. »Oh, wie ich sehe, warst du fleißig.«

»Aber du sagtest doch, ich solle schauen, was wir benötigen, und …«

Abwehrend hob er die Hände. »Du wirst wissen, was nötig ist. Komm, wir werden uns stärken gehen.«

Wenige Minuten später saßen sie in einem Teehaus. Eine junge Frau goss rot leuchtenden Tee in kleine Schälchen. Lillian nahm einen Schluck. Der erdige Geschmack überraschte sie. »Und, bist du zufrieden?«, fragte sie.

Joseph nickte. »Ja, es werden schöne Möbel, ich denke, sie gefallen dir auch. In zwei Wochen werden sie geliefert, bis dahin bin ich wieder zurück.«

Zurück. Lillian trank noch einen Schluck Tee und sah Joseph nicht an. »Was meinst du damit?«, fragte sie zögernd.

»Der Teakholz-Ton der Möbel ist sehr ansprechend. Zumindest hatte ich in London den Eindruck, diese Möbel würden dein Gefallen finden.«

»Ja, natürlich. Aber ich meine etwas anderes: Du sagtest, du würdest bis zur Lieferung wieder zurück sein.«

Die Bedienung brachte ihnen einen Teller mit aufgeschnittenen Früchten. Lillian nahm sich ein Stück Ananas und musterte das Fruchtfleisch.

»Sir Stamford hat mich erneut eingeladen, wir wollen nach Pulau Batam, eine der Inseln, die Singapur vorgelagert sind. Dort will er mit mir seine Pläne besprechen, einen weiteren Handelsposten anzulegen. Ich erwähnte doch, dass er dieses Ziel verfolgt, oder?«

Sie schwieg.

»Aber ich werde nicht lange weg sein. Und mache dir keine Sorgen, im Hotel bist du gut aufgehoben. Sowohl Elliot als auch Andris werden sich um dich kümmern.«

Es war Elliots Hand, die sich auf ihren Arm legte und sie daran hinderte, in Henrik hineinzulaufen. »Entschuldige, ich war in Gedanken«, sagte sie und trat einen Schritt zurück. Jetzt erst bemerkte sie die Felsen, die ihnen den Weg versperrten. Sie reichten bis weit ins Wasser hinein.

»Wir sind hier auf dem Hinweg entlanggeklettert. Du wirst das auch schaffen.« Elliot nickte in Richtung ihrer Stiefelette, die sie noch immer in der Hand trug. »Aber die solltest du jetzt anziehen, du wirst sie brauchen.«

Lillian schlüpfte in den Schuh, der feucht und sandig war, und versuchte, die Unruhe loszuwerden, die sie aus ihrer Tagträumerei mitgenommen hatte. Sie musste sich beim Klettern konzentrieren, es war der falsche Zeitpunkt, ihren Gefühlen nachzugehen. Entschlossen folgte sie Henrik, der den ersten Felsbrocken erklomm, und spürte sowohl die Wärme der von der Sonne erhitzten Steine als auch den Wind, der hier scharf über die Felsen fuhr und ihr an Rock und Haaren riss.

Du hast deine Gedanken nicht zu Ende gebracht, hörte sie eine Stimme in sich. Auch wenn es dir vorhin nicht gepasst hat, so musst du doch zugeben, dass selbst dieser Ausflug ins Chinesenviertel nicht dem entsprach, was sich eine Frau unter einem gemeinsamen Tag mit ihrem Mann vorstellt.

Sie zuckte die Schultern und antwortete der Stimme: Und was soll ich daran ändern? Ich kehre jetzt zurück, und ich werde das, was ich Ehe nenne, fortführen.

Wenn du meinst, aber wie würdest du das nennen, was Joseph an diesem Tag in Singapur gemacht hat? Ich würde es abschieben nennen, er hat dich einfach abgeschoben, entgegnete die Stimme und lachte hässlich auf.

Versiegende Worte

Wer nun denkt, die Ankunft im Lager – mit einer Totgeglaubten – wäre für Elliot zu einer triumphalen Rückkehr geworden, der irrt. Die Dämmerung färbte den Himmel orangerot, ein greller Ton, der den Sand rosa schimmern ließ. Da die einsetzende Dunkelheit erste verstohlene Schatten warf, die Bucht aber noch nicht gänzlich verschluckt hatte, bemerkte jeder der Männer, was sich zutrug. Ungläubige Blicke folgten dem Botaniker und der Totgeglaubten, die dem Lagerfeuer entgegenliefen. Jene, die überhaupt eine Regung zeigten, bekreuzigten sich hastig. Sie gingen davon aus, einem Wunder beizuwohnen, hielten in ihren Tätigkeiten inne und schwiegen ergriffen. Es war einer der Momente, in denen die Worte versiegten.

Ich kann nicht mehr mit Gewissheit sagen, wohin der Junge sich bei der Rückkehr verdrückte, wie der Kapitän die Situation aufnahm und wann Joseph begriff, was vor sich ging. Aber die Entdeckung seiner Frau, die plötzlich neben den tanzenden Flammen des Lagerfeuers erschien und ihn unverwandt anschaute, war – erschütternd.

Ein großes Wort, aber treffend. Etwas in ihm wurde erschüttert, geriet ins Wanken und begann, sich zu verschieben. Und so entgingen seiner Wahrnehmung sowohl die verdreckte Kleidung als auch das verknotete Haar und die Stiche der Moskitos an ihren Armen.

Er sah nur ihr Gesicht, vor allem die Augen und das leichte Senken und Heben des Brustkorbes, das ihre Atemzüge begleitete.

Langsam ging er ihr entgegen, wobei er glaubte, auf sich selbst hinabschauen zu können. Speckiges Haar voller Sand, hellgraue Schatten auf dem ehemals weißen Hemd, die Hose verbeult. Ein fremder, alternder Mann, der sich einer Frau näherte, die nicht minder fremd war. Aber dafür weit lebendiger als er.

Dann standen sie einander gegenüber: das Ehepaar Markers.

Beiden war es nicht vergönnt, angemessen mit der Situation umzugehen – verständlich, wenn man bedenkt, dass dieses Wiedersehen vor großem Publikum stattfand.

Joseph umarmte also erst seine Frau und dann Elliot, dem er dabei kräftig auf die Schulter schlug. Unfähig, auch nur ein passendes Wort zu finden, bot er seiner Frau den Arm an und führte sie zur Seite.

Er wollte mit ihr allein sein.

Sie anschauen.

Ihr zuhören.

Sie berühren, aber vorsichtig, um den Traum, den er gerade erlebte, nicht zu zerstören. Sie war wieder da, und erstmals ergriffen zaghafte Gefühle von ihm Besitz, die ihm bisher in seiner zweiten Ehe verwehrt geblieben waren.

Alice, ich hoffe, du vergibst mir, dachte er. Oder bist du es, die alles lenkt?

Sie blieb still, und so fragte er seine neue Frau: »Wie geht es dir?«

»Ich bin wohlauf. Danke. Wie geht es dir?«

Vielleicht war es gut, dass Joseph in der Dunkelheit, die den Ort des Rückzugs umgab, nicht bemerkte, wie Lillian Elliot verstohlen beobachtete.

Zumindest gelegentlich.

Und noch viel weniger bemerkte er, wie sehr der Botaniker sich bemühte, genau dies zu vermeiden – zu ihnen hinüberzuschauen.

Keinem der drei fiel der Junge auf, der abwechselnd jeden Einzelnen von ihnen im Auge behielt.

Kapitänsentscheidung

Joseph musste gebadet haben. Sein Haar war nass und glänzte dunkel. Im Nacken bildeten erste Salzspuren des trocknenden Wassers unregelmäßige Muster. »Wir sollten bald aufbrechen«, sagte er zum Kapitän, der zwischen Ober- und Untersteuermann ihm gegenüber im Sand saß.

Kapitän Johnson nickte. »Wenn Sie sich den Marsch inzwischen zumuten, können wir das gern machen.«

»Ja, so schnell, sozusagen über Nacht, kann eine Genesung erfolgen. Ich traue mir allerdings zu aufzubrechen.« Joseph lächelte Lillian an, während die Blicke der Männer – auch der von Elliot – auf ihr ruhten.

»Wie ist es bei Ihnen? Sind auch Sie guter Dinge? Können Sie schon über Tage längere Strecken zurücklegen?«

Lillian zuckte zusammen, als sie begriff, dass der Kapitän sie angesprochen hatte. Hastig nickte sie.

»Dann würde ich der Mannschaft den heutigen Tag noch zur Erholung gönnen und für die Vorbereitungen nutzen, und morgen werden wir uns auf den Weg machen.« Mit einem Stock zeichnete er ein Oval in den Sand. Er tippte auf die linke Seite seiner Zeichnung. »Wir sind auf der Westseite Sumatras gestrandet, eher nördlich. Es fällt mir schwer, auch nur im Ansatz abzuschätzen, wie viel Zeit wir benötigen werden, um zu Fuß über Padang nach Bencoolen zurückzukehren.« Er setzte die Stockspitze auf einen südlich gelegenen Punkt am unteren Ende der Westküste.

»Sie wollen am Wasser entlanglaufen?« Joseph runzelte die Stirn. Er ging in die Hocke und strich in der Skizze der Insel mit dem Finger von der West- zur Ostküste. »Ich dachte, wir gehen quer über die Insel, es wäre doch sinnvoller, nach Medan zu laufen. Der Weg ist über Land um einiges kürzer, und auch die Weiterreise mit dem Schiff nach Singapur würde sich verkürzen.«

»Die Insel zu durchqueren ist unmöglich.« Abermals nahm Kapitän Johnson den Stock und ließ ihn vom Norden der Insel in den Süden gleiten. »Entlang der Westseite, gleich einem Rückgrat, verläuft das Barisan-Gebirge nahezu über die gesamte Insel. Hier wird der Weg beschwerlich sein. Die Bergrücken sind derart dicht bewachsen, dass ein Affe vom Süden bis hoch in den Norden durch die Baumkronen springen könnte, ohne auch nur einmal das Geäst verlassen zu müssen. Wir würden nur sehr langsam vorankommen, und es ist aus Gründen der Sicherheit generell nicht ratsam, durch den Dschungel, der die Insel überzieht, zu laufen.«

»Sowohl das Gebirge als auch die Ausläufer des Dschungels reichen oft bis ans Meer. Sie werden die Strecke nicht einfach nur am Strand entlangspazieren können. Das erschwert Ihren Weg. So, wie wir auf unserer Route nicht nur über Felsen und durch dichtes Unterholz klettern, sondern auch auf Täler und Hochebenen treffen werden. Zudem ist der Osten der Insel durchzogen von Flüssen, auf denen wir vermutlich über größere Strecken mit dem Boot vorankommen könnten.«

Der Kapitän schüttelte den Kopf.

»Worum geht es wirklich? Haben Sie Angst vor den Batak? Das sind alles Übertreibungen.«

»Das kann ich nicht beurteilen, und so muss ich, um die Sicherheit der Männer zu gewährleisten, vom schlimmsten Fall ausgehen. Weite Strecken des nördlichen Inselinneren sind bisher kaum erkundet, zudem sind im Dschungel Tiger unterwegs …«

»Die können uns auch am Strand begegnen«, fiel Joseph ihm ins Wort. »Sie sind in der Lage zu schwimmen, wussten Sie das? Es ist also möglich, dass Sie morgen einem Tiger gegenüberstehen, der meint, sich einen Fisch zum Frühstück gönnen zu wollen.«

Nun schaltete sich Elliot in das Gespräch ein: »Mich treibt erst einmal eine andere Frage um: Können wir überhaupt mit Sicherheit sagen, auf Sumatra gelandet zu sein? Oder bestünde die Möglichkeit, dass wir uns auf einer der Inseln befinden, die der Westküste vorgelagert sind, wie beispielsweise Pulau Nias?«

»Nein, wir hatten Pulau Nias längst passiert und waren auf der Höhe von Medan, sofern man die Ostseite als Orientierung für die doch spärlich besiedelte Westküste heranziehen kann«, ergänzte nun der Obersteuermann.

»Spärlich besiedelte Westküste! Sag es doch gleich: Westküste – Pestküste! Untergehen werden wir, elendig verrecken«, knurrte ein Matrose, der an ihnen vorbeilief.

Überrascht starrte Lillian dem Mann hinterher. Eine Respektlosigkeit sondergleichen, die vom Kapitän und den beiden Steuermännern ignoriert wurde. Aber was war, wenn es stimmte, was er sagte? Gab es hier die Pest? Gern hätte sie nachgefragt, aber eine Störung des Gesprächs erschien ihr unpassend.

Doch Elliot schien ihr Entsetzen nicht zu entgehen. »Keine Sorge, dieser Ausdruck bezieht sich auf die Gegend um Padang«, sagte er. »Das ist südlich gelegen. Das Wasser ist dort schwefelig und das Land sumpfig. Die Dünste, die dem Sumpf entsteigen, riechen übel. Zudem regnet es viel, die Luft ist sehr feucht. Viele Europäer erkranken an Fiebern aller Art, eines davon ist mit einem Geschwür verbunden, das unweigerlich zum Tod führt. Es erinnert an Pestbeulen, und so entstand der Name dieser Region. Doch je nördlicher man sich aufhält, desto seltener tritt diese Krankheit auf.«

»Ich verstehe. Danke«, sagte Lillian nur. Es waren die ersten Worte, von einer kurzen Begrüßung am Morgen abgesehen, die er seit der Ankunft im Lager an sie gerichtet hatte.

»Also, ich möchte noch einmal auf Medan zurückkommen«, griff Joseph das Gespräch wieder auf. »Auf dieser Höhe hat die Insel ihre schmalste Stelle, es wäre wesentlich sinnvoller, den kurzen Weg zu wählen. Den langen Weg Richtung Süden in der prallen Sonne zu laufen, ist nicht minder anstrengend.«

»Nein!«, sagte Kapitän Johnson entschieden. »An diesem Punkt lasse ich nicht mit mir verhandeln. Es besteht die Hoffnung, auf kleine Zollstationen zu treffen.«

»Sicherlich. Man wird die Hand aufhalten, damit Sie sich in einer der heruntergekommenen Hütten hinlegen können, mit etwas Glück wird man Sie auf eine der Buden verweisen, die jämmerliche Speisen anbieten – natürlich auch gegen bare Münze, und das war es dann.«

»Vielleicht können uns auch die Niederländer von Padang aus weiterhelfen. Allerdings kann ich nicht einschätzen, ob wir dort mit offenen Armen empfangen werden. Mir wäre es generell lieber, noch weiter zu marschieren und von unserem Stützpunkt Bencoolen nach Singapur zurückzureisen«, sagte der Kapitän, und seine Miene blieb unbewegt.

»Elliot, nun sage du mal was dazu. Du bist doch hier der Fachmann. Durch diesen Wald zu laufen, kann doch nicht so schwierig sein.« Erwartungsvoll sah Joseph seinen Freund an.

Lillian fragte sich, ob die beiden schon ein Wort miteinander gewechselt hatten, nachdem sie zurückgekehrt waren. Hatte Joseph sich ihm gegenüber zu ihrer Rettung geäußert, oder ging er zur Tagesordnung über, so wie es die Mannschaft am Morgen gemacht hatte? War es vermessen, Dankbarkeit zu erwarten? Musste sie vielmehr dankbar sein, weil er nicht weiter nachgefragt hatte, warum Elliot sie gesucht und wie er sie gefunden hatte?

»Leider muss ich dem Kapitän recht geben, aus mehreren Gründen. Man kommt auf ebener Strecke zwei- bis dreimal so schnell voran wie auf unwegsamem Gelände.«

Es war unübersehbar: Joseph hatte anderes erwartet. Empört sog er die Luft ein.

Beschwichtigend hob Elliot die Hände. »Warte, hör mir bitte zu. Unterschätz die Gefahren nicht. Die Batak im Landesinneren sind nur eines der Themen, die mir Sorgen bereiten würden. Die Minangkabau, sie bewohnen vorwiegend die Westküste, sind mir ebenfalls als nicht ungefährlich, wenn auch als etwas friedlicher beschrieben worden. Das würde dafürsprechen, Kapitän Johnsons Route zu wählen. Über wilde Tiere, giftige Reptilien und Insekten, die den Weg beschwerlich, ja sogar gefährlich machen, müssen wir gar nicht erst reden.«

»Bei aller Wertschätzung, Mr Markers«, setzte der Kapitän nach, »wenn Sie durch den Dschungel laufen möchten, dann machen Sie das. Gern können wir die Männer entscheiden lassen, wem sie sich anschließen wollen. Auch ich teile den Ehrgeiz vieler Kapitäne, kurze Fahrzeiten zu erreichen. Aber nun haben wir das Schiff verloren, unsere Reise ist gescheitert. Deshalb sehe ich keinen Grund, mir nicht die Zeit zu nehmen, die es braucht, um uns alle sicher ans Ziel zu bringen. Gern würde ich das bewahren, was wir retten konnten: unsere Leben.«

»Gut, dann teilen wir uns auf! Ich werde morgen in aller Frühe aufbrechen.«

Lillian stockte der Atem. Sie musterte ihren Mann, dessen Gesichtsfarbe ein dunkles Rot angenommen hatte. Galt diese Entscheidung auch für sie als seine Ehefrau?

Furcht stieg in ihr auf.

Sie wollte nicht durch den Dschungel laufen, aber wie sollte sie das begründen? Mit einem Rascheln im Busch, das sie vernommen hatte, als sie sich ein paar Schritte ins Dickicht vorgewagt hatte? Gut, er könnte argumentieren, sie habe mit nach Ostindien reisen wollen. Aber bedeutete das auch, sich allen Gefahren aussetzen zu müssen, die ihr Mann einzugehen gedachte? Und warum drängte er auf diesen überhasteten Aufbruch? Sie waren an Bord des Schiffes gegangen, um nach Kalkutta zu reisen, und nun konnte er nicht schnell genug nach Singapur kommen. Was trieb ihn an? Oder ging es nicht vielmehr um die Frage, was ihn davon abhielt, mit den anderen nach Bencoolen zu laufen?

Elliot rieb sich die Augen, er sah eingefallen und müde aus. Mit ihm wäre dieser Weg denkbar, dachte sie. Er hat ein unschätzbares Wissen über die Völker und das Getier der Insel, das uns auf vielfältige Weise hilfreich sein könnte. Ohne ihn wird es ungleich gefährlicher. Würde Andris eine Entscheidung treffen dürfen? Würde er Joseph folgen, so willig, wie er das in Singapur stets getan hatte?

»Gut, dann werden wir heute Abend die Mannschaft in Kenntnis setzen«, sagte der Kapitän und erhob sich. In Begleitung von Joseph und den beiden Steuermännern ging er zum Lagerfeuer hinüber.

»Du hast es zwar nicht gesagt, aber ich weiß es: Du willst nicht mit uns mitkommen! Warum?«, flüsterte Lillian, als Elliot an ihr vorbeiging. »Etwa meinetwegen?«

Hastig sah er sich um. Sie wusste, nach wem er Ausschau hielt: nach Henrik. »Nein, es ist zu waghalsig«, sagte er ebenso leise. »Aber weißt du, warum Joseph es so eilig hat? Hat er gestern Abend darüber ein Wort verloren?«

Gestern Abend. Lillian spürte plötzlich eine umfassende Leere in sich, ganz so, als würde sie an Elliots Stelle zusehen müssen, wie das Ehepaar Markers sich wiederfand. Mit einem Mal wurde ihr klar: Ihre Zweifel, ob ihm dieser Kuss etwas bedeutete, waren überflüssig gewesen. Nichts davon war ein Überschwang der Gefühle oder überschäumender Erleichterung gewesen.

Elliot hatte sich damit offenbart.

Vor ihr.

Und vor dem Jungen.

Ihre Kehle schnürte sich zu. Hastig klopfte sie Sand aus ihrem Rock und versuchte, dem Gespräch einen alltäglichen Anstrich zu geben.

»Nein, dazu hat er nichts gesagt. Und er würde darüber mit mir vermutlich auch nicht reden, das tut er nie. Kannst du das in Erfahrung bringen?«

»Gut, ich werde es versuchen.«

»Ja, bitte. Bitte halte ihn von seinem Plan ab. Ich schaffe das nicht.«

Unter dem Segeltuch

So stand Elliot also in der Pflicht, seinem Freund gegenübertreten zu müssen. Er gesellte sich am Nachmittag unter das Segeltuch, das die Mannschaft zwischen drei Bäumen notdürftig aufgespannt hatte. Doch bevor er sich auch nur entscheiden konnte, wie er das Gespräch eröffnen würde, kam Joseph ihm zuvor: »Du hast sicher gemerkt, wie sehr mich dein Einwand vorhin verärgert hat.«

»Ja, es war unübersehbar.«

»Ich wollte nicht ungehalten sein, deine Einschätzung ist mir wichtig. Und es tut mir umso mehr leid, weil ich dir bisher noch nicht einmal Danke sagen konnte.«

Genau darüber müssen wir reden, dachte Elliot, du weißt nicht, mit wem du sprichst. Er setzte an, rang nach Luft, doch keines der Worte, die ihm auf der Zunge lagen, wollte über seine Lippen. Hinter seiner Stirn meldeten sich stechende Schmerzen.

»Warum hast du sie gesucht? Woher hast du die Zuversicht genommen, sie würde leben?«

»Das war keine Zuversicht, es war Schuld. Ich fühlte mich schuldig. Sie wollte, als das Schiff anfing zu brennen, umkehren, um dich zu retten. Doch wir haben sie gedrängt, von Bord zu gehen.«

»Lillian wollte mich retten?« Josephs Blick verdunkelte sich.

»Ja, einer der Matrosen meinte, das Feuer sei unter eurer Kajüte ausgebrochen, das schien Lillian erst recht zu beflügeln, dir zu Hilfe zu eilen. Dann hieß es, du seist an Deck. Alles schob und drängte, dann erlitt sie einen Schwächeanfall, aber wir ... ich ...«

Joseph schnaubte auf. »Bitte, mache dir keine Vorwürfe. Es ist meine Schuld, das wissen wir beide. Es wäre meine Aufgabe gewesen, ihr in dieser Gefahrensituation zur Seite zu stehen. Nicht deine. Oder gar ihre, mir zu Hilfe zu eilen.« Verwundert schüttelte er den Kopf. »Sie ist mutig.« Dann verzog sich sein Gesicht. »Und ich? Ich habe wieder wie so oft gegen die Unbill der See gekämpft. Ein Schwächling, der sich in seiner Koje verkriecht. Es ist die Ironie meines Lebens: Der Sohn eines Kapitäns, auf einem Schiff geboren, und trotzdem bin ich mit dem kleinsten Wellengang kein Mensch mehr.«

»Bitte, mach du dir nicht auch noch Vorwürfe. Ich muss mit dir reden, denn ich möchte ...«

»Du möchtest wissen, warum ich es so eilig habe, nach Medan zu kommen?«, griff Joseph die mühsam ausgespuckten Worte auf.

»Ja, genau das.« Elliot spürte, wie er in sich zusammensackte, während der Wind am Segeltuch riss und es aufbauschte.

»Mich erreichte eine Nachricht von Sir Stamford, dass in diesem Sommer in England wieder Verhandlungen mit den Niederländern aufgenommen wurden. Sie forderten erneut und sehr unerbittlich, wir sollen Singapur verlassen. Soviel ich weiß, ruhen die Verhandlungen, und erfahrungsgemäß kann das dauern. Kapitän Johnson sollte eine Nachricht von mir mit in die Heimat nehmen. Nun besteht die Möglichkeit nicht mehr. Also muss ich nach Singapur, ich muss so schnell wie möglich nochmals meinen Bericht schreiben, und ich will mir genau überlegen, wer ihn nach England mitnehmen soll. George Canning hat die Verhandlungen bisher geführt, aber mit Hendrik Fagel hatte er seitens der Niederländer einen harten Verhandler am Tisch. Canning ist ein guter Mann, aber es wird gemunkelt, er könnte zu wenig über die Umstände der Vereinbarung gewusst haben, die Sir Stamford hier vor Ort geschlossen hat.«

»Du weißt, wie lange es dauern kann, bis eine Nachricht London erreicht.«

»Umso wichtiger ist es, dass ich schnell nach Singapur zurückkomme. Sir Stamfords Brief wurde mir erst unmittelbar vor unserer Abreise im Hafen zugestellt, ich musste an Bord eine Entscheidung treffen.«

»Welche Entscheidung?«

»Ich muss der Company meine Erkenntnisse mitteilen, ich muss ihnen erklären, wie wichtig es ist, diesen Handelsposten aufrechtzuerhalten. Viele Dinge, die Sir Stamford für Singapur plant, sind vielversprechend. Das wird in London bezweifelt, und ich gebe zu, auch ich bin mit einer gehörigen Skepsis hier angekommen. Doch er hat mich überzeugt. Ich hoffte, mehr Zeit zu haben, um möglichst viele Gründe für eine Argumentation sammeln zu können. Als Oberst Bannerman, der Gouverneur von Pulau Pinang, letztes Jahr, es war im Spätsommer, an Brechdurchfall starb, versuchte Sir Stamford, die Leitung der gesamten Region neu aufzustellen und von Singapur aus zu führen. Er traf den Generalgouverneur von Kalkutta, um ihm zu erläutern, wie der Warenverkehr profitabler strukturiert werden könnte. Es war – und ist es immer noch – ein Konzept, das Hand und Fuß hat. Doch er wurde vertröstet und nichts geschah. Nun drängt die Zeit.

Verstehst du? Bevor die Company, ausgehend von falschen Annahmen, alles aufgibt, was sich hier gerade so prächtig entwickelt.«

»Deshalb in die Wildnis aufzubrechen, ist ein Wagnis. Wir haben keine Lebensmittel, die wir mitnehmen können, und erst recht keine Medikamente. Geschweige denn eine nennenswerte Anzahl Waffen. Du kannst nicht einmal auf die Unterstützung dir friedlich gesinnter Einheimischer rechnen. Denn wie willst du sie entlohnen?«

»Sie werden uns nicht angreifen, nur weil wir sie nicht entlohnen können. Im schlimmsten Fall versagen sie uns die Unterstützung.«

»Wir brauchen Schutz. Manche Exkursionen bestehen neben einem Tross von Bediensteten aus bis zu fünfzig Soldaten, die sich um die Sicherheit der Reisenden kümmern.«

Joseph nickte. »Ich will dir nicht zu nahetreten, aber wir sind kein Forscherteam, das zum Botanisieren vom Pinselchen über Papier bis hin zum Kissen, damit der Kopf nachts gut gebettet ist, alles dabeihaben muss, das versorgt und dem alles hinterhergetragen werden muss. Und gerade du weißt, dass auch Wissenschaftler unter ähnlich widrigen Voraussetzungen unterwegs waren und durchaus ihr Ziel erreicht haben.«

»Sie hatten aber Karten, um eine Route zu planen, denn es ist sinnvoll, auf bereits existierenden Wegen voranzukommen. Durch die vielen Regenfälle gibt es des Öfteren Überspülungen, die Wege dauerhaft unpassierbar machen.«

»Es gibt auf weiten Strecken mehr oder weniger gut begehbare Wege. Selbst wenn der eine oder andere unterspült sein sollte, werden wir eben jene nutzen, auf denen sich die Einheimischen stattdessen fortbewegen.«

»Gut, du bist von deinem Vorhaben nicht abzubringen.

Hoffentlich weiß die Company am Ende deinen Einsatz auch zu schätzen.« Elliot versteckte sein Zögern hinter einem kurzen Schweigen. Doch dann setzte er erneut an, in möglichst sachlichem Tonfall: »Aber eine Bitte hätte ich an dich, und ich hoffe, dieser Gedanke geht dir nicht zu weit. Was hältst du davon, Lillian mit der Schiffsmannschaft mitgehen zu lassen?«

»Warum? Sir Stamford wird auch immer von seiner Frau begleitet, ganz gleich, wohin er reist. Das eine oder andere Mal war sie dabei sogar in anderen Umständen. Und Lillian hat den Wunsch, mich zu begleiten, deutlich geäußert. Sie würde es nicht begrüßen, von mir getrennt zu werden.«

Verblüfft schaute Elliot seinen Freund an. Für einen Moment überlegte er, ihm vorzuschlagen, Lillian zu fragen, was sie begrüßen würde. Doch vermutlich würde ein derartiges Gespräch sie in Bedrängnis bringen, denn welche Frau wollte ihrem Mann ins Gesicht sagen, dass ihr seine Entscheidung Angst mache? »Ja, wenn Sir Stamford von seiner Frau begleitet wird, ist das, wie gesagt, eine dieser gut vorbereiteten Exkursionen. Es sind stets so viele Bedienstete dabei, dass sich die Europäer häufig sogar einen Teil des Weges auf den Schultern der Einheimischen tragen lassen.«

»Dann trage ich Lillian.«

»Ich will damit nicht sagen, ich würde ihr nicht zutrauen, dich zu begleiten, aber die Aufregungen haben sie mitgenommen. Und die Mangos dürften nicht ausreichend gewesen sein, um sie für einen Marsch durch den Dschungel zu stärken.«

»Sie hat Mangos geerntet?«

»Ja, durchaus erstaunlich, wenn man überlegt, dass an der Westküste durch das wechselhafte Wetter wenig Fruchtbäume stehen. Vermutlich waren hier irgendwann Malaien ansässig, die den Baum gepflanzt haben. Aber was rede ich hier? Was ich sagen will: Bitte setze sie nicht der Gefahr aus. Vermutlich seid ihr, also du und deine Begleiter, ohne sie schneller unterwegs.«

Joseph zögerte. Einen Atemzug lang hoffte Elliot, mit der Argumentation über Schnelligkeit den richtigen Hebel gefunden zu haben.

»So wie ich dich verstehe, willst du dich mir nicht anschließen? Sonst hättest du gesagt, *wir* wären schneller ohne sie unterwegs.«

»So meinte ich das nicht, ich wollte …«

»Nein, du musst dich nicht erklären, es ist deine Entscheidung. Deine Sorgen ehren dich. Trotzdem bringe ich es nicht über mich, ich habe sie einmal nicht beschützt, das soll mir nicht wieder passieren. Sie bleibt bei mir.«

Hundertfünfzig Pfund Belohnung

»Andris, ich muss dich etwas fragen.« Schnell sah Lillian sich um, ob sie niemand belauschte. »Es ist vertraulich.« Hatte sie ihn überhaupt schon einmal um seine Einschätzung zu einem Thema gebeten, überlegte sie kurz.

Doch Andris schien nicht überrascht und blickte sie abwartend an.

»Kannst du mir mehr zu den Batak sagen?«

»Es gibt viel weniger Batak als Malaien. Sie leben im Inneren der Insel. Es sind große Familien – also, wie sagen Sie dazu?«

»Sippschaften?«

»Vermutlich. Jedes Kampong, also jedes Dorf, hat einen Radja, der ihnen den Weg weist ...«

Noch während er sprach, ergriff der Kapitän einen schmalen Stamm und schlug mit einem Stock darauf. Dumpf hallten die Schläge über den Strand, und die Männer des Lagers horchten auf. »Antreten, ich habe etwas zu verkünden.«

Während der Schiffsarzt und der Segeltuchmacher an ihnen vorbeieilten, ging Lillian in Gedanken die Bibliothek ihres Vaters durch. Sie hatte mehrere Berichte über Ostindien gelesen. Waren darin die Batak erwähnt worden? »Sind das die Menschenfresser?«, flüsterte sie, und ihr Herz schlug schneller.

Andris' Gesichtsausdruck wurde ernst. Er beugte sich vor. »Sie wissen mehr, als die Männer hier im Lager denken. Sie wollen Ihnen keine Angst machen, deshalb haben sie nichts gesagt. Die Batak wenden ihre Gesetze unter ihresgleichen an. Fürchten Sie sich nicht. Wenn wir ihnen friedlich begegnen, wird uns nichts geschehen. Es sind andere Gebräuche, die Christen nicht verstehen. Und es gibt viele Lügen, die von den Europäern in die Welt gesetzt wurden«, sagte er.

»Sie fressen also nicht die Alten ihres Dorfes auf, wie es immer wieder behauptet wird?«

Ein schiefes Grinsen erschien auf Andris' Gesicht. »Nein, das machen sie nicht.«

»Ich bin mir sicher, mein Fleisch wäre ihnen ohnehin zu alt. Zudem gehöre ich eher zu einem zäheren Menschenschlag, denke ich.«

Ein Schmunzeln zog sich über Andris' Gesicht. »Die Europäer haben Angst vor allem. Aber nicht vor dem, was ihnen wirklich gefährlich werden kann. Wenn wir aufgefressen werden, dann vom Tiger.«

»Ist das jetzt tröstlicher?«

»Nein, aber es ist die Wahrheit. Bitte verraten Sie mich nicht, es ist nicht üblich, dass ich sage, was ich denke.«

Inzwischen standen die Männer dicht im Halbkreis.

Während Lillian mit Andris hinüberlief, flüsterte sie: »Das werde ich nicht, ich bin dir dankbar. Aber bitte verrate du mir im Gegenzug noch, warum du unsere Sprache so gut beherrschst?«

»Vor Mr Markers habe ich mein halbes Leben einem anderen Herrn gedient«, sagte er und suchte sich abseits der Mannschaft einen Platz.

Auch Lillian hielt sich von den Seeleuten entfernt und hörte dem Kapitän zu, der erklärte, wie es weitergehen werde. Doch ihre Gedanken kehrten schnell zum Gespräch mit Andris zurück. Er hatte versucht, ihr Zuversicht zu vermitteln, doch die innere Unruhe blieb.

Sie musterte die Männer der Mannschaft und deren verschlossene Mienen. Eine Chance gab es noch: Wenn niemand sich als Begleitung melden würde, müsste Joseph von seinem Plan abrücken. Zu zweit oder auch zu dritt würden sie nicht weit kommen. Der Kapitän beendete derweil seine Rede, und Lillian konnte der Schiffsmannschaft in ihrer Sprachlosigkeit nur zustimmen. Sie starrten Kapitän Johnson an, und der Blick vieler schien zu fragen: Warum zum Henker sollen wir uns durch die Wildnis schlagen?

Es begann zu tröpfeln, und schnell überlagerte das Rauschen des Regens die Geräusche des Dschungels.

»Meine Herren«, ergriff Joseph nach wenigen Minuten allgemeinen Schweigens das Wort. Er trat vor und wischte sich Tropfen von der Wange. »Die meisten von Ihnen werden mich nicht kennen, mein Name ist Joseph Markers, und ich bin Handelsagent der East India Company. Es gibt für mich, wie der Kapitän schon andeutete, wichtige Gründe, schnellstmöglich nach Medan zu kommen, um dann über die Straße von Malakka nach Singapur überzusetzen.«

Lillian musste zugeben, dass er durch und durch seriös wirkte. Weder die verschmutzte Kleidung noch das regennasse Haar nahmen seiner Erscheinung die Würde. Erst jetzt fiel ihr auf, dass er nicht einen Moskitostich hatte. Nicht einmal das erledigt er selbst, höhnte die Stimme in ihrem Kopf, und erschrocken zuckte sie zusammen. Na, sei doch mal ehrlich, ertönte sie erneut. Immer müssen andere alles für ihn erledigen. Sich aufregen, das kann er, aber besser als die, über die er herzieht, ist er nicht.

»Erst nach Bencoolen zu laufen, um von dort aus nach Singapur weiterzureisen, würde den Weg zweifach verlängern – sowohl zu Lande als auch zur See. Aus diesem Grund möchte ich Sumatra durchqueren. Doch dafür brauche ich Gefährten, denn alleine lässt sich dieser Weg nicht bewältigen. Da ich mir der Risiken bewusst bin, möchte ich den Mut der Männer, die sich mir anschließen würden, honorieren: Denjenigen, die mich begleiten, gewähre ich eine Belohnung, die fällig wird, sobald wir Medan erreichen. Und ich werde dafür sorgen, dass sie von dort schnellstmöglich wieder zur Mannschaft stoßen, die von Bencoolen aus Singapur ansteuern wird.«

Er ist ein Fuchs, so gerissen, dachte Lillian und beobachtete ungläubig die Männer, von denen viele plötzlich aus ihrer Starre erweckt worden waren.

»Wie hoch wird die Belohnung sein?«, fragte der Mann, der sich wenige Stunden zuvor noch gefürchtet hatte, an der Pestküste sein Leben aushauchen zu müssen.

»Hundertfünfzig Pfund.«

Ein Raunen ging durch die Menge, und selbst Lillian sog tief die Luft ein. Ihr Blick suchte Elliot. Auch ihm war die Überraschung deutlich anzusehen. Er beugte sich zu Kapitän Johnson vor, der ihm lauschte und dann mit den Schultern zuckte.

Drei Männer traten zusammen, unter ihnen auch der Pestküsten-Mann. Sie redeten miteinander, wiesen dabei auf Joseph und Andris. Dann trat einer vor und wandte sich an den Kapitän, der ihm durch ein Nicken das Wort erteilte: »Wir würden Mr Markers unterstützen.«

Erwartungsvoll schaute Joseph sich um. Einige Männer schienen zu zögern.

Elliot stand noch immer neben Kapitän Johnson, mit unergründlicher Miene starrte er inzwischen aufs Meer hinaus, das heute nahtlos in den Himmel überzugehen schien und als steingraues Band vor der Insel lag. Ein Farbton, passend zur Stimmung im Lager.

Lillian schloss die Augen, in denen Tränen brannten. Tränen der Wut, keine Wahl zu haben.

»Das freut mich ganz besonders!«, hörte sie plötzlich Josephs Stimme. Sie öffnete die Augen und sah, wie er Elliot umarmte. »Ich habe sehr darauf gehofft, dass du dich uns trotz deiner Bedenken anschließt. Du bist ein wahrer Freund! Dein fundiertes Wissen wird uns hilfreich sein, und mit Andris' Sprachkenntnissen sind wir gut ausgestattet. Ich glaube, er weiß auch, was an Früchten und Getier essbar ist und was nicht.«

»Natürlich begleite ich euch«, sagte Elliot lahm.

Ohne es zu wollen, stieß Lillian einen Seufzer der Erleichterung aus. Wie schnell aus Tränen der Wut Freudentränen werden konnten. Er hat dich auch nicht davor schützen können, ins Wasser zu stürzen, und er hat dich auch nicht gefunden, als er nach dir tauchte, maulte erneut die Stimme in ihrem Kopf. Was glaubst du, was dieses Hemdchen von Mann ausrichten kann, wenn die Inselbewohner über euch herfallen? Selbst wenn ihr euch ihnen untertänig nähert, heißt das nicht, dass sie das auch so halten. Oder wenn ihr sie mit Unwissen brüskiert? Denk an Kapitän Cook, eine falsche Entscheidung, eine unbedachte Handlung, und schon ist es vorbei. Aus und vorbei. Unwillig schob Lillian den Gedanken beiseite. Der Regen hatte inzwischen das Oberteil durchnässt, das an ihrem Leib klebte. Es war eine angenehme Kühle auf der erhitzten Haut.

»Und was können wir für dich tun?«

Lillian sah abermals zum Kapitän hinüber. Vor ihm stand der Junge. Seine Arme waren zu lang, die Beine zu dünn. Das helle Haar sprang in alle Richtungen, der Rücken war zu weit vorgebeugt, das Lächeln schief. Sie erstarrte. Was wollte dieser Kerl vom Kapitän? Es war, als hätte er ihren Gedanken vernommen, denn Henrik sagte: »Ich möchte Mr Markers ebenfalls begleiten.«

Verzweiflung

Der Regen hatte aufgehört, doch nun peitschte der Wind über das Wasser. Die Wellen türmten sich auf, brachen und fielen weiß schäumend ineinander, um dann einem breiten Teppich gleich über den Strand zu rollen. Elliot schlenderte zu Lillian, und mit jedem Schritt, mit dem er sich ihr näherte, schlug sein Herz lauter. Er blieb neben ihr stehen und folgte ihrem Blick, der in die abziehenden Wolken gerichtet war. Erste blaue Flecken waren bereits wieder am Himmel auszumachen.

Sie lächelte ihn an, dann schob sie zwei Finger unter das Bündchen ihres rechten Ärmels. »Hier, für dich.«

Ein kegelförmiges Schneckengehäuse. Schneeweiß mit orangefarbenen Einsprengseln. Elliot biss sich auf die Unterlippe.

»Ich habe es am Strand gefunden, so eines habe ich noch nie gesehen. Es ist albern, weil deine Arbeit zum Erliegen gekommen ist, aber es gefiel mir so gut.«

Elliot nahm das Gehäuse und konnte doch den Blick nicht von Lillians Gesicht lassen.

»Ich meine natürlich, dass deine Arbeit momentan nicht weitergeführt werden kann, weil du mit dem Brand des Schiffes deine gesamte Ausrüstung verloren hast.«

»Hm, da bin ich nicht der Einzige, der Kapitän und seine Männer können ihre Arbeit auch gerade nicht so recht weiterführen.«

Sie lachte, und ihre Augen glänzten. »Du machst dich über mich lustig.«

»Nein, gar nicht. Unsere Sammlung ist in Singapur, sie ist in Sicherheit, und dieses Prachtexemplar werden wir ihr hinzufügen.«

»Du wirst es mitnehmen?«

»Ja, natürlich! Und bitte mache dir keine Sorgen, alles, was ich verloren habe, ist ersetzbar.«

»Was will der Junge?«, fragte Lillian unvermittelt und trat einen Schritt an ihn heran.

Trotz ihrer Nähe war es sofort wieder da – das Gefühl der Bedrohung. Er schloss die Hand, spürte die kühle und glatte Oberfläche des Gehäuses.

»Warum will er Joseph begleiten? Warum nicht die Gruppe?«

»Ich weiß es nicht. Wir können nur abwarten. Vielleicht lockt ihn das Geld.«

»Das wäre zu schön, um wahr zu sein. Hattest du eigentlich Gelegenheit, mit Joseph zu reden?«

»Ja, aber wie du gesehen hast, konnte ich ihn nicht von seinem Plan abbringen. Es laufen Gespräche über Singapur, zwischen England und den Niederlanden, und in seinen Augen ist es wichtig, zu diesem …«

Lillian hob die Hand und winkte ab. »Dann ist es ja so, wie er es den Seeleuten gesagt hat: Er hat wichtige Gründe. Die Details sind mir gleich, es geht wie immer ausschließlich um seine Arbeit.«

»Er war beeindruckt, dass du ihn retten wolltest, er findet dich mutig, und er möchte dich beschützen.«

Eine Welle griff nach Lillians Rocksaum und umspülte gurgelnd ihre Schuhe. Im Dschungel zankten sich lautstark mehrere Affen.

»Das hast du ihm erzählt?«

»Ja.«

»Und hast du ihm noch etwas erzählt?«

»Nein.«

Nichts in ihrer Mimik ließ erahnen, was sie darüber dachte. Sie schwieg eine Weile, dann fragte sie: »Wer wird uns begleiten? Etwa dieser Pestküsten-Mann?«

»Ja, die beiden anderen Männer haben es sich anscheinend noch mal überlegt. Der Kapitän will uns statt ihrer zwei der Marinesoldaten mitschicken.«

»Diese Kerle haben die Flinte ins Korn geworfen, was sollen sie uns nutzen?« Der Wind riss an Lillians Haaren und trieb zwei feine Strähnen in ihr Gesicht, unwillig strich sie beide beiseite.

»Wie bitte?« Elliot schob das Gehäuse in seine Hosentasche und strich noch einmal über den Stoff.

»Jeder weiß, dass Soldaten in brenzligen Situationen nicht an ihre Waffen oder gar an ihre Aufgaben denken, sondern nur daran, ihr Leben zu retten. Genau das haben die Soldaten, als unser Schiff brannte, doch auch getan.«

»Du solltest vorsichtig sein mit solchen Äußerungen. Immerhin haben einige noch nach ihren Musketen gegriffen.«

»Vier, es waren vier Männer, die weitergedacht haben. Einem brach das Schloss ab, als sie an Land gehen wollten, dem anderen fiel das ganze Ding ins Wasser. Auch ein Teil des Pulvers wurde nass.«

»Ja, es ist nicht einfach, beim Wellengang vor dieser Küste und den zahlreichen Felsen im Wasser an Land zu kommen. Aber du warst doch, als wir die Insel erreichten, gar nicht dabei, woher weißt du das alles? Hat Joseph dir das erzählt?«

Sie zuckte die Schultern. »Nein, ich habe den Gesprächen der Männer zugehört. Der Kapitän will das brauchbare Pulver samt den Patronen aufteilen, das ist sehr löblich. Was wird es uns helfen, wenn wir ehrlich sind? Wir sind lediglich zu acht, wenn sich niemand mehr meldet. Ein paar Patronen werden uns nicht retten, wenn wir in Schwierigkeiten kommen.«

»Vermutlich nicht. Der Kompass, den wir mitnehmen dürfen, ist sicherlich wertvoller für uns.«

»Ich habe gehört, er sei auch nass geworden.«

»Ja, aber der Untersteuermann ist überzeugt, dass das gute Stück, sobald es gänzlich getrocknet ist, wieder seine Dienste tun wird.«

»Das klingt wahrlich vertrauenerweckend. Wenn wir uns jetzt noch mit Holzprügeln bewaffnen, sind wir doch bestens ausgestattet.«

Nun schwiegen sie beide.

»Ich habe überlegt, ob ich einfach davonlaufe, mich verstecke und der Gruppe des Kapitäns erst wieder anschließe, wenn ihr auf und davon seid.« Lillian lachte auf, kehlig und bitter. Sie verschränkte die Arme, als wollte sie sich selbst Halt geben. »Solcher Unfug geht mir durch den Kopf, kannst du dir das vorstellen?«

Zu gern hätte Elliot ihre Hand ergriffen oder ihr über den Kopf und die wieder im Wind tanzenden Haarsträhnen gestrichen. Stattdessen versuchte er, die Wärme, die seinen Körper durchflutete und bis in die Fingerspitzen reichte, in seine Stimme zu legen: »Wenn wir nicht vorankommen, werden wir umdrehen. Ist dir das ein Trost?«

»Vielleicht. Ein wenig. Wann geht es los?«

»Morgen früh, sobald wir wach sind.« Wenn wir überhaupt Schlaf finden, schob er in Gedanken hinterher.

»Du musst dich nicht fürchten, ich verschwinde nicht.

Den Mut bringe ich nicht auf. Dafür habe ich einen Beschluss gefasst.«

»Welchen?«

Sie kicherte mit dünner Stimme. »Wehe, du lachst …«

Besorgt wartete Elliot ab. Die Angst schien jede Faser ihres Leibes erobert zu haben.

»Ich bin wie ein Mangrovenbaum«, sagte sie und sah ihn triumphierend an. »Also, ich habe mir vorgenommen, stark und standhaft zu sein.«

»Magst du mir das näher erklären?« Elliot konnte nicht verhindern, dass seine rechte Augenbraue erstaunt in die Höhe sprang. Lillian schien es nicht zu bemerken.

»Der Mangrovenbaum überlebt im Salzwasser, du hast mir erklärt, wie ungewöhnlich das ist. Er schafft es aber trotzdem, vermutlich weil er keine andere Wahl hat. Ich wollte hierher, und nun habe ich keine andere Wahl. Also werde ich nicht jammern, sondern einfach weitermachen und die Dinge nehmen, wie sie sind – so wie der Mangrovenbaum.«

»Das klingt gut«, sagte Elliot und war unsicher, ob er ihren Willen, tapfer zu sein, gutheißen sollte oder ob dieser seltsame Vergleich nicht vielmehr ein Hinweis auf das Ausmaß ihrer Verzweiflung war.

»Wir sollten nicht so lange beieinanderstehen«, unterbrach Lillian seine Gedanken. »Das wird bestimmt von zumindest einem misstrauisch beäugt.«

Vermutlich hatte sie recht. Es wurde Zeit, sich zu den anderen zu gesellen. Sich zu zweit abseits zu halten, konnte für Unruhe sorgen.

Schweren Schrittes liefen sie zurück.

Im Lager versuchten sie, einen Eindruck zu bekommen, wer die drei Männer waren, die sie begleiten würden. Allerdings lohnt es kaum, darüber zu viele Worte zu verlieren. Der Pestküsten-Mann, der eigentlich Thomas hieß und von den Seeleuten Tom gerufen wurde, war ein Mann mit eigener Meinung. Er äußerte sie gern zu allem, und natürlich ungefragt, auch wenn er dabei Grenzen überschritt. Insofern galt er als Querulant, und es fiel Kapitän Johnson nicht schwer, ihn ziehen zu lassen.

Was die Soldaten betraf, musste er allerdings gemeinsam mit den Offizieren eine Entscheidung fällen, denn keiner wollte freiwillig den Dschungel durchqueren. Die Wahl fiel auf zwei Männer, die aufgrund ihrer zurückhaltenden Art vor allem Kapitän Johnson schwach und ängstlich erschienen, geradezu weibisch. Auf diese beiden konnte er gut verzichten. Sie wurden Ed und Andrew gerufen. Viel mehr wusste er über beide nicht, und nun war es noch weniger vonnöten, einen Gedanken an sie zu verschwenden. Vermutlich war es für ihn sogar ein gerechter Gedanke – schließlich trennte sich die Mannschaft neben dem Kompass schon von der Hälfte der Waffen, also von einer Muskete und dem Säbel. Da konnte man schon mal zwei Waschlappen obendrauf legen.

Und so zog der zusammengewürfelte Haufen um Joseph Markers am nächsten Morgen, in aller Frühe, gen Osten los. Noch immer gab es für mich keinen Grund, wieder tätig zu werden, und damit meine ich dieses Mal nicht das Gefühlschaos, das die Liebe hinterlassen hatte. Mir wollte kein gutes Argument einfallen, irgendwen zu ermutigen, den Weg durch den Dschungel zu suchen. Denn ich hielt nichts von diesem Vorhaben, rein gar nichts …

Aufbruch

Langsam, sehr langsam, löste sich der Nebel, der am Morgen die Insel umarmt und sich bis in die Niederungen des Strandes hin ausgedehnt hatte. Erste Sonnenstrahlen fielen durch das Blätterdach des Dschungels und heizten die feuchte Luft auf. Das Atmen fiel schwer, doch die Augen wurden verwöhnt: Im Licht leuchtete das Grün jedes einzelnen Blattes so, als wäre es poliert worden.

Erste Schmetterlinge begannen träge torkelnd ihren Tanz, einer schillerte bläulich in der Ferne, ein anderer zog dicht an Lillians Kopf vorbei. Sie duckte sich, damit er sich nicht in ihren Haaren verfangen würde, und nahm seine gelben, schwarz gerahmten Flügel wahr. Auf beiden Seiten der samtartigen Flügel prangte ein rötlicher Fleck. Doch das Schnaufen des Pestküsten-Mannes hinter ihr, das sie schon im Nacken zu spüren schien, riss sie aus dem kurzen Moment der Kontemplation.

Sofort blickte sie wieder auf den Boden. Steinige Felsen wechselten mit morastigen Stellen und erforderten bei jedem Schritt Konzentration. Immer wieder musste sie sich vorbeugen, um Halt an Steinkanten oder Zweigen zu suchen.

Kurz wandte sie sich um. Tatsächlich war der Pestküsten-Mann unangenehm dicht hinter ihr. Schweiß tropfte ihm von der Stirn, sein dreckstarrendes Hemd klebte nass an Brust und Bauch. Er geriet ins Wanken, rutschte einen Felsen hinab und griff im Fallen nach einem stacheligen Palmenstamm. Fluchend landete er auf durchweichtem Boden und besah seine Handfläche. Dornengleich ragten die Spitzen aus dem Fleisch. Ohne mit der Wimper zu zucken, riss er sie heraus, saugte an den Wunden und kletterte weiter.

Lillian schaute auf ihre Unterarme. Auch sie hatte in der kurzen Zeit durch scharfkantige Blätter, die hier allenthalben wuchsen, zwei Schnitte und einige Kratzer davongetragen. Einer der Kratzer war gerötet, leicht geschwollen und juckte unerträglich. Ich bin ein Mangrovenbaum, ich schaffe das, dachte sie und setzte ihren Weg fort.

Ein Bach, der sich unterhalb der Felsen seinen Weg bahnte, rauschte. Immer lauter, so schien es ihr. Ihr Kopf begann zu dröhnen, und das Schreien der handlangen Zikaden, die schwerfällig an den Baumstämmen hingen, gellte in ihren Ohren. Sie vermisste den Wind, der an der Küste für Abkühlung gesorgt hatte. Kurz hob sie die Arme. Große Schweißflecke zeichneten sich unter ihren Achseln ab. Angeekelt presste sie die Arme an den Leib.

Einige Schritte vor ihr liefen Andris und Joseph um einen Felsvorsprung herum. Doch plötzlich hielt Andris inne. Er starrte zu Boden, trat einen Schritt zurück und schüttelte dann heftig den Kopf.

Joseph zuckte ebenfalls erschrocken zurück. »Eine Schlange, ein Riesenvieh«, rief er der Nachhut zu.

»Wir müssen gehen! Sofort! Wir müssen zurückgehen an den Strand …«, sagte Andris laut und drehte sich um.

Verwundert sah Lillian ihn an, als er an ihr vorbeieilte, mit einem erstaunlichen Tempo in diesem unwegsamen Gelände. Noch immer schüttelte er den Kopf.

Joseph lief ihm nach und packte ihn am Kragen. »Halt, halt, mein Freund! Was soll das werden? Warum müssen wir gehen?«

Andris atmete schnell, und ebenso schnell schossen die Worte hervor: »Mr Markers, die Schlange, die uns am Morgen begegnet, sagt: Kehre um!«

Joseph reagierte nicht. Er wirkte, als würde er versuchen, die Bedeutung fremdsprachiger Worte zu verstehen. Dann runzelte er die Stirn.

»Wir wollen in den Dschungel gehen«, fügte Andris unruhig hinzu, und seine Hände wischten dabei in der Luft herum. »Verstehen Sie? Die Schlange sagt uns: Das ist falsch. Wir sollen umkehren!«

»Ganz meine Meinung, mir reicht es jetzt auch schon«, ertönte es vom Pestküsten-Mann aus dem Hintergrund.

»Schnauze«, rief Joseph ihm zu und sah ihn nicht einmal an. Sein Blick hing mitleidig an Andris. »Wir werden vielen Schlangen begegnen. Wir können nicht jedes Mal umdrehen«, sagte er betont langsam.

»Nein, wir müssen nur einmal umkehren, und zwar jetzt. Es ist eine Botschaft! Ich möchte Ihnen nicht widersprechen, bitte glauben Sie mir. Schon immer wurde das so …«

»Nein, ich glaube dir nicht. Das ist eine Schlange, meinetwegen ist sie auch gefährlich. Aber sie sendet uns keine Botschaften, und deshalb ist das irgendein Aberglaube, auf den ich nichts gebe. Du wirst jetzt tun, was ich dir sage. Und ich sage: Wir gehen weiter.«

Lillian spürte Elliot. Direkt hinter sich. Kurz zuckte ihr der Gedanke durch den Kopf, warum sie wusste, dass er es war und nicht Henrik, der sich ebenfalls im Hintergrund hielt. Aber es war zweifelsfrei: Auch wenn sie Elliot nicht sehen konnte, fühlte sie seine Nähe. Dann ging er auch schon an ihr vorbei zum Felsvorsprung und schaute sich um. »Sie ist weg«, rief er. »Andris, bist du dir sicher? Vielleicht war es keine Schlange, sondern eine Echse?«

Der Malaie öffnete den Mund und schloss ihn wieder. Mit weit aufgerissenen Augen, denen das Blinzeln vergangen zu sein schien, stierte er Elliot an.

»Nein, das war eine Schlange«, antwortete Joseph ungehalten.

»Ob Echse oder Schlange, manchmal ist das in der Wildnis schlecht zu unterscheiden, vor allem an den schattigen Stellen«, erwiderte Elliot gleichmütig.

Auch wenn er ihm nicht die Angst nehmen kann, will er ihm eine Brücke bauen. So kann Andris weitergehen, ohne sein Gesicht zu verlieren, dachte Lillian.

Joseph ließ den Malaien los, stemmte die Arme in die Seiten und trat einen Schritt vor. Viel zu nah an den schmächtigen Mann heran. Der krümmte den Rücken und drehte den Kopf beiseite.

Er wird ihn doch nicht schlagen wollen, schrie Lillian innerlich auf. Ohne zu zögern, sank sie in die Knie und kippte zur Seite. Ihr Oberkörper landete auf modrigem Boden. Sie ließ ihre Lider flattern und stöhnte auf.

Sofort umringten die Männer sie, ein Arm schob sich unter ihren Nacken und hob den Kopf sanft ein Stück in die Höhe. Andris' sorgenvolles Gesicht war dicht über ihrem.

»Schnell, hole Wasser aus dem Bach«, rief Joseph irgendwem zu, beugte sich vor und fühlte ihre Stirn. »Fieber hat sie nicht, das ist schon mal gut.«

In den Zweigen über ihnen hockte ein kleiner Affe, sein Fell war grau, am Bauch weiß, und über den Kopf verlief ein schwarzer Streifen. Aufmerksam betrachtete er das Treiben unter sich. Lillian lächelte ihm zu. Er sprang davon.

Henrik erschien in ihrem Blickfeld, das noch immer von besorgten Gesichtern begrenzt wurde, die über sie gebeugt einen unregelmäßigen Kreis bildeten. Der Junge drängte sich zwischen Ed und Andrew hindurch, ging in die Hocke und hielt ihr eine mit Wasser gefüllte Kokosschale entgegen. Jetzt erst bemerkte sie, wie durstig sie tatsächlich war. Sie musterte den Jungen. Was machst du hier? Warum nimmst du diesen Weg auf dich?, fragte sie ihn in Gedanken.

»Geht alle runter zum Bach, erfrischt euch«, sagte Joseph zu den Männern. »Nutzt die Zeit, es wird vermutlich dauern, bis wir weiterlaufen können.« Doch niemand reagierte.

Sie griff nach der Schale und wusste selbst nicht mehr, ob sie das Zittern ihrer Hände spielte oder ob sie wirklich derart erschöpft war. »Danke«, sagte sie und nickte dem Jungen zu. »Aber woher hast du die Schale?«

»Die habe ich aus dem Lager mitgenommen, im Hemd. Ich dachte, sie könnte nützlich werden.«

»Das ist sie, tatsächlich. Eine gute Idee.«

»Darf ich?«, fragte er und griff von der anderen Seite hinter ihren Rücken. Langsam schoben Andris und Henrik sie in eine sitzende Position.

Elliot hockte sich vor sie, er wirkte ebenso sorgenvoll wie Andris und Henrik. Er umfasste, während sie trank und Sand im Mund spürte, ihr Handgelenk und tastete nach dem Puls. »Wir holen dir gern noch mehr Wasser. Benetze bitte deinen Nacken und die Stirn.«

Lillian tat, was er sagte, während der Sand zwischen ihren Zähnen knirschte. Als sie den letzten Tropfen verrieb, griff Andris sich die Schale und lief zum Bach hinab. Joseph stand mit verschränkten Armen im Hintergrund und ließ ihn nicht aus den Augen.

Wenige Atemzüge später reichte ihr der Malaie die gefüllte

Kokosschale. »Ich werde Sie tragen«, sagte er nur. »Auf meinen Schultern.«

»Nein!«, rief Lillian und richtete sich abrupt auf. Wasser tropfte auf ihren Rock. »Vielen Dank, aber bitte spare dir deine Kräfte auf. Wenn es irgendwann gar nicht mehr geht, werde ich dankbar sein, aber jetzt fühle ich mich schon viel besser.«

»Sehr gut. Dann können wir ja weiter. Ich werde dich ein wenig stützen«, sagte Joseph und half Lillian auf. Die Kühle des Wassers verlor sich, und der Schweiß gewann wieder die Oberhand. Sie wischte sich über die Stirn und ließ sich von ihrem Mann helfen. So nah er ihr in der Nacht der Wiederkehr gewesen war, so weit schien er sich wieder von ihr entfernt zu haben. Sie hoffte, er würde die Schwere ihres Herzens spüren und diese Last nun wenigstens einen Teil des Weges gemeinsam mit ihr tragen.

Andrew, der unentwegt die Muskete umklammert hielt, ging voran. Misstrauisch beäugte er den Felsvorsprung. Den Kolben hielt er vor sich, um zuschlagen zu können. Er sprang zurück, als es neben ihm im Gebüsch raschelte. Zwei blauschwarze Vögel mit länglichen Schwanzfedern und mit Füßen, die an Hühner erinnerten, rannten an ihm vorbei und verschwanden in einem hellgrünen Meer aus Farnen.

Lillian drehte sich um. Andris lief mit Henrik am Ende des Trupps. Alle waren beisammen. Sie seufzte erleichtert auf.

Elliot nickte ihr fast unmerklich zu. Sie wusste, was er damit sagen wollte.

Wenig später blieb Andrew stehen und warf sich die Muskete über die Schulter. »Wir kommen nur hier herunter, und dann müssen wir vermutlich den Bach durchqueren«, sagte er und wies den Hang neben sich hinab. Hinter ihm schraubte sich eine Felswand in die Höhe. »Von Weitem hatte ich die Hoffnung, ein Weg würde daran vorbeiführen, aber das Dickicht ist nicht passierbar, und die Wand ist zu steil, um daran entlangzuklettern. Mein Vorschlag wäre, auf die andere Seite des Ufers zu wechseln. Wir können versuchen, dort weiterzukommen.«

Das kleine Tal, durch das sich der Bach als glitzerndes Band zog, war von Baumriesen gesäumt, darunter auch zwei Durianbäume. Sosehr Lillian der Gedanke an die stinkende Frucht bisher stets abgeschreckt hatte, so sehr ließ der Gedanke an Essbares nun ihren Magen knurren.

Elliot holte den Kompass hervor und nickte. »Vermutlich ist es sogar besser, wenn wir den Bach durchqueren.«

»Dann sind wir nass.« Vom Schweiß getränkte Strähnen rahmten Henriks Stirn, er wirkte blasser als am Morgen.

»Hey, Goldlöckchen, du bist bereits nass. Ich verspreche dir, das bisschen Wasser trocknet wieder«, lachte der Pestküsten-Mann und schlug ihm im Vorbeigehen auf den Rücken. »Das kommt davon, wenn unsereins zu lange an Land ist. Dann verweichlichen wir. Morgen werden wir uns aufführen wie Mädchen, ich sag's dir.« Er rutschte den Hang hinab und sprang in den Bach. »Herrlich«, rief er. »Macht schon, es ist erfrischend.«

Henrik zögerte, doch Andris wies auf einen Baumstamm neben ihm. Tiefe Kerben zierten die Rinde, so gleichmäßig, als hätte sie jemand mit dem Messer hineingeritzt. »Hier oben ist ein Bär unterwegs. Lass uns gehen.«

»Bären? Die gibt es hier? Davon habe ich noch gar nichts gehört«, rief der Junge entsetzt.

Andris grinste. »Hier gibt es einiges, von dem du noch nichts gehört hast. Da sind die Bären das kleinere Übel. Sie werden nicht so groß, sie reichen dir nur bis zur Schulter. Aber einige der Männchen sind wesentlich schwerer als du.«

Ohne ein weiteres Wort zu verlieren, kletterte Henrik nun den Hang hinab und rannte zum Bach. Hastig sprang er über die aus dem Wasser ragenden Felsen. Nahezu trocken erreichte er das andere Ufer.

»Oh, du bist sehr geschickt, dich lassen wir immer vorgehen, wenn wir Bäche überqueren müssen«, rief Elliot überrascht aus, und alle lachten.

Dem Jungen war anzusehen, dass er nicht einschätzen konnte, ob dies ein Lob oder ein Scherz auf seine Kosten gewesen war. Mit verkniffenem Gesicht und verschränkten Armen stand er nun an der anderen Uferseite.

Elliot blieb ernst. »Bitte sage mir, welche Steine du genutzt hast, sie scheinen nicht so rutschig zu sein.«

Mit einem Mal strahlte Henrik. Er trat vor und wies sichtlich stolz auf eine Abfolge von Steinen.

Zufrieden wandte sich Elliot nun an Lillian. »So bekommen wir dich gut auf die andere Seite«, sagte er, trat ins Wasser, das seine Beine umgehend bis zu den Oberschenkeln umspülte. Er hielt ihr die Hand entgegen und lächelte.

Diese Lippen.

Für eine Sekunde meinte sie, noch einmal den Kuss zu spüren.

Ihre Wangen wurden heiß, und sie hoffte, es würde in der Hitze unbemerkt bleiben.

»Nun mach schon, wie lange soll er denn da noch im Wasser stehen?«, drängte Joseph. »Ich folge dir. Wenn du abrutschst, kann ich dich halten.«

Elliots Hand war warm, weich und hielt die ihre sanft, aber fest. Lillian fröstelte. Das Wasser rauschte schäumend um die Felsen herum. Sie spürte Tropfen, die ihr Gesicht benetzten.

Der Pestküsten-Mann hatte recht: Es war herrlich. Die Luft war kühler, das Wasser erfrischend.

Als sie das andere Ufer erreichte, versank ihr rechter Schuh im Morast.

»Lasst uns eine Pause machen«, hörte sie Joseph rufen, als er neben ihr vom Felsen sprang. »Das wird uns guttun.«

Lillian seufzte, während sie an ihrem Bein zerrte, um Fuß und Schuh aus dem Schlamm zu lösen. Es war heute der erste Satz ihres Mannes, den sie vorbehaltlos teilte.

Sofort eilten Elliot und Andris los und hoben mehrere der stacheligen Früchte des Durianbaums auf, die an zu groß geratene Kastanien erinnerten. Lauschend schüttelten sie die gelbbraunen Früchte.

»Was macht ihr da?«, fragte Ed.

»Wenn sie reif sind, klappern die Kerne«, antwortete Elliot, den seine nasse Hose nicht zu stören schien.

Lillian setzte sich auf einen moosbewachsenen Stein und zog Schuhe und Strümpfe aus. Wohlig seufzend hielt sie die Füße in die Sonne, zählte die Blasen und wund gelaufenen Stellen. Sie sah auf, als Andris mit dem Säbel ein Kreuz in die erste Schale schlug, die knackend aufsprang und das dottergelbe Fruchtfleisch freigab. Trotz der Entfernung trieb der käsige Duft, in den sich ein Hauch Knoblauch mischte, zu ihr herüber. Wie oft hatte sie gehört, der Geschmack sei nicht mit einem Wort beschreibbar, und beim Versuch einer Erklärung hatte jeder stets andere Vergleiche herangezogen.

Andris kam herüber und hielt jedem die Schale entgegen, in der sechs nierenförmige Fruchtfleischstücke einem Fächer gleich nebeneinanderlagen. Als er vor ihr stand, war Lillian einen Augenblick lang unsicher, ob es nur die Früchte waren oder auch ihre Füße, die stanken.

»Das ist die Königin der Früchte«, sagte Andris und sog den

Geruch ein. »Für englische Nasen ist der Duft ungewohnt, aber der Geschmack ist königlich. Die Kerne sind ungenießbar, aber Sie sollten es versuchen. Passen Sie auf, dass Ihnen nichts auf die Bluse kleckert. Der Geruch bleibt für immer.«

Lillian nahm einen faustgroßen Klumpen, der sich feucht und kühl anfühlte. Sie hielt die Luft an und biss hinein, spürte den Kern und sog am Fleisch. Weich war es, überraschend weich, fast so, als hätte sie etwas festeren Pudding gekostet. Das Aroma entfaltete sich über den Geruch hinweg und schien ihn regelrecht zu verdrängen. Eine überraschende Süße, die an Vanille erinnerte, von einem Hauch Pfirsich und Banane abgerundet. Sofort biss sie noch einmal zu.

Inzwischen füllte Andris am Bach die Schale und trank einen Schluck. »Nach dem Durian-Essen sollte man Wasser trinken.«

Elliot ließ es sich schmecken, skeptisch beobachtet von Joseph. »Wie kannst du etwas essen, das so widerlich ist?«

»Ja, sie stinken wie die Hölle, aber der Geschmack ist der Himmel.«

Nun näherten sich die anderen Männer.

Lillian grinste. War es nicht James Cook gewesen, der das Sauerkraut erst den Offizieren serviert hatte, damit die Mannschaft sehen konnte, wie gut es ihnen mundete? Auch hier ging diese Rechnung auf: Der Pestküsten-Mann griff als Erster zu, dann wagten Ed und Andrew eine Kostprobe.

Die Männer schmatzten und schlurften, der Bach rauschte, und Lillian spürte die Müdigkeit. Noch im Sitzen schlief sie ein.

Grüne Hölle

Lillian öffnete die Augen. Der schneeweiße Himmel über ihr schien den Nebel ins Tal zu drücken. Viele der Baumkronen verschwanden im Nichts. Nur wenige Schritte von ihr entfernt spielten zwischen den schlafenden Männern zwei hellbraune Affen mit den Schalen der Durianfrüchte. Für eine Weile genoss sie den entzückenden Anblick, dann setzte sie sich auf und strich sich die Haare aus dem Gesicht.

Ihre Hand war rot.

Blutverschmiert.

Auf dem hellen Stoff des Ärmelrands leuchteten gleich mehrere Flecken. Entsetzt streckte sie die Hand so weit wie möglich von sich und bemerkte dicht neben ihrem Handgelenk einen dunklen Wurm. Sie schrie auf und schüttelte die Hand, den Arm, den gesamten Leib, traute sich aber nicht, das glänzende Biest, das sich nicht rührte, wegzuschlagen.

Die Männer sprangen in die Höhe. Andrew krallte sich schlaftrunken die Muskete, setzte sie an und drehte sich im Kreis, als wollte er die Umgebung sichern.

Joseph brüllte angsterfüllt: »Was ist? Was ist?«

Zitternd hielt Lillian ihm ihr Handgelenk entgegen, und er begann zu lachen. Für eine Sekunde überlegte sie, ihm ins

Gesicht zu schlagen. Mit flacher Hand und voller Wucht. Wie konnte er es wagen, sie auszulachen?

Dann spürte sie ein Tippen auf ihrer Schulter. Sie sah sich um. Es war der Pestküsten-Mann.

»Komm, Mädel, das ist ein Blutegel. Und so, wie du aussiehst, war es nicht nur einer. Den da nehme ich dir ab.«

Lillian nickte und schloss die Augen. Sie spürte ein kurzes Ziehen.

»Es wird noch eine Weile bluten, und wenn du dich nachher wäschst, dann schaue nach, ob du noch mehr von den Viechern hast. Sie sind lästig, aber nicht schlimm.«

»Waschen? Wo soll ich mich hier waschen?«

»Na dort.« Mit erhobener Braue zeigte der Kerl zum Bach.

»Nein! Niemals!«

Elliot gesellte sich zu ihnen. »Du wirst schön wegschauen, wenn wir uns erfrischen, und wenn du an der Reihe bist, werden wir ein Stück des Weges vorgehen und dort auf dich warten.«

»Ich soll alleine am Wasser bleiben und mich ... Hier, mit dem Bären? Nein, das mache ich nicht!« Ihr Puls rauschte noch immer in ihren Ohren, und ihre Stimme klang schrill, doch sie konnte nicht anders. Was war das für ein Morgen?

»Joseph wird bei dir bleiben«, antwortete Elliot mit unbewegter Miene.

Lillian starrte ihn an. War das der Mann, der sie vor wenigen Tagen geküsst hatte? War all das nur ihren Fieberträumen entsprungen? Wie konnte er so sachlich bleiben? »Ach so. Ja. Das können wir so machen«, entgegnete sie knapp und atmete tief ein.

Wo war Joseph überhaupt? Erst brach er in schallendes Gelächter aus, und nun war er auch noch weg. Das Blut rann an ihrem Handgelenk entlang, sie hob den Arm und lief zum Bach, um ihre Hände und das widerliche Wurmloch zu waschen. Wie viel Blut konnte so ein Biest saugen? Als sie die Hände ins kühle Nass eintauchte und die Gedanken sich sortierten, wurde ihr bewusst, dass ihr Mann sie noch nie nackt gesehen hatte.

Schon gar nicht bei Tageslicht.

Hoffentlich würde er den Blick abwenden.

Oder konnte sie sich erfrischen, während sie ihre Leibwäsche anbehielt?

Schon jetzt, in aller Frühe, war sie erschöpft.

»So, es gibt Essen«, erklang Andris' Stimme. Er klang hellwach und entspannt.

Lillian entdeckte, während sie ihre Hände am Rock abtrocknete, auf der anderen Seite des Bachs eine schwarzgraue und unfassbar fette Spinne mit behaarten Beinen. Mit beeindruckender Geschwindigkeit rannte sie über einen der Felsen, um dann unter Farnen zu verschwinden. Nein, eine Spinne auf der anderen Seite des Bachs kann mich heute nicht mehr schockieren, beschloss sie. Noch mal lasse ich mich nicht auslachen.

Nach dem Essen, als die Männer ihre Morgenwäsche antraten, verließ Lillian mit Joseph das Lager. Er hatte die Muskete an sich genommen und ging voraus. Sie hörte, dass er etwas sagte.

»Wie bitte? Ich habe dich nicht verstanden«, rief sie und versuchte, ihm hinterherzueilen.

»Ich habe nichts gesagt.«

»Aber ich habe es doch gehört.«

»Meine Güte, manchmal rede ich mit mir selbst. Anstatt neugierige Fragen zu stellen, solltest du dich darauf konzentrieren, dass wir endlich vorankommen.«

Was wollte er damit sagen? Sollte sie schneller laufen?

Warum? Sie hatten kein Ziel und wollten sich nur die Zeit des Wartens vertreiben. Oder war das ein genereller Vorwurf, dass die Gruppe ihretwegen nicht zügig genug vorankam?

Joseph sah sie auffordernd an.

Missmutig schluckte Lillian ihre Fragen hinunter und folgte ihm. Sie waren nicht weit gelaufen, als sie einen Baum entdeckten, dessen Wurzeln sich brettartig erhoben und einen Durchgang bildeten. Ohne darüber ein Wort zu verlieren, liefen sie beide dem Baum entgegen, dessen Wurzeln ein Gewölbe bildeten, das viermal höher war als sie selbst, wie sich herausstellte.

Staunend trat Lillian in das Gewölbe und streckte die Arme, nur mit den Fingerspitzen konnte sie die beiden Seiten berühren. »Das ist unglaublich«, rief sie. »Was ist das für ein Baum?«

»Das weiß ich doch nicht.«

Ich kenne einen, der mir eine Antwort geben könnte, mit ihm muss ich noch einmal hierherkommen, dachte Lillian.

»Ich würde in dieses Loch nicht reingehen. Sicher hocken da haufenweise Spinnen drin.« Mit aufmerksamem Blick umkreiste Joseph den Baum. »Das ist ein Aspekt, den wir viel stärker in Betracht ziehen sollten: den Holzhandel.«

Erst ließ Lillian den Kopf sinken, dann die Arme. Sie durchquerte das Gewölbe, auch wenn sie es nur tat, um Joseph zu zeigen, dass sie sich nicht fürchtete. Wütend eilte sie an ihm vorbei und sagte nur: »Lass uns gehen.«

Lillian hatte Elliot den Baum nicht mehr zeigen können. Nachdem Joseph und sie ihre Morgenwäsche hinter sich gebracht hatten (tatsächlich hatte er es unterlassen, ihr dabei zuzuschauen), war die Gruppe aufgebrochen, weiter hinein in die grüne Hölle.

Gemeinsam stolperten sie voran, die Tage, drei oder vier mochten es sein, flossen ineinander, durchbrochen nur von dunklen Nächten, in denen Schlaf selten und damit kostbar war. Die Wege schienen sich in nichts voneinander zu unterscheiden: Felsen, Morast, Bäume, Palmen, Farne, unnennbares Dickicht, umkränzt von zahlreichen Lianen.

Lediglich die Insekten und Tiere um sie herum wechselten. Mal waren es Käfer groß wie Handteller, von denen einer grüngolden geglänzt hatte. Ein anderes Mal sahen sie einen Skorpion unter einem Stein verschwinden und bestaunten mehrfach Termitennester, die an Zweigen hingen. Gut ein bis zwei Fuß hoch und birnen- bis keulenförmig, wirkten sie fast papierartig. Fingerdicke, beeindruckend lange Tausendfüßer hatten ihren Weg gekreuzt und Bienenfresser und Papageienarten ihre Blicke gebannt. Irgendwann hatten sie in der Ferne Elefanten rufen hören und Spuren im Schlamm entdeckt, die auf Nashörner schließen ließen.

Blutegel wurden zur Plage und mussten allenthalben entfernt werden. Unentwegt klebte allen die Kleidung am Körper, und die Männer waren dazu übergegangen, mit Hemd und Hose in den Flüssen zu baden, um den Schweißgestank loszuwerden.

Mehrere Dörfer, vermutlich der Minangkabau, hatten sie mit gehörigem Abstand umwandert. Josephs Anweisung lautete, sowohl den Bewohnern der Insel als auch allen Europäern (wovon er die Engländer selbstverständlich ausnahm) aus dem Weg zu gehen. Dafür gab es viele und auch durchaus gute Gründe, die hier kurz angerissen seien: Zu jener Zeit herrschte auf der Insel das, was man heute als politisch ungeordnete Verhältnisse bezeichnen würde. Sumatra ist groß, es ist, wenn ich mich nicht irre, mit 1700 Kilometer Länge und bis zu 370 Kilometer Breite eine der größten Inseln der

Welt. Anfang der 1820er-Jahre waren die Niederländer und die Briten auf der Insel sehr aktiv, um die Einverleibung und Besetzung fremder Landstriche freundlich zu umschreiben. Die Engländer hatten auf der Westseite mit Bencoolen einen Stützpunkt, der von den Niederländern natürlich nicht anerkannt wurde. Sie selbst verfügten, wie ich meine, im äußersten Norden und in Pandang über Stützpunkte, aber ganz sicher bin ich da nicht mehr. Entscheidender ist, dass sie um 1820 und 1821 sehr daran interessiert waren, in Palembang, auf der Ostseite, Fuß zu fassen. Gewaltsam versteht sich. Da die Engländer, nicht aus Nächstenliebe, sondern ebenfalls aus rein territorialen Interessen, die in den Konflikt involvierten Bewohner Sumatras unterstützten, also mit Waffen ausstatteten, blieben die niederländischen Kolonisierungsversuche zu dieser Zeit erfolglos.

All diese Hintergründe waren Joseph geläufig, und er ging davon aus, dass die Tatsache, dass er aus England stammte, bei der Bevölkerung der Insel als eine Art Türöffner dienen würde. Voraussetzung war allerdings, dass man sich als Engländer zu erkennen geben konnte und nicht schon vorab mit den Niederländern in einen Topf gesteckt wurde. Er wusste, wenn die Bewohner Sumatras die Tore ihrer Dörfer öffneten, dann standen als Ehrerweisung stunden-, ja tagelange Aufenthalte an, die man als Gast auf keinen Fall abschlagen durfte. Das wiederum verbuchte Joseph unter Zeitverlust. Und so war er, wie gesagt, motiviert, niemandem zu begegnen und einfach durchzumarschieren. Durch den Dschungel.

Sein Vorhaben ging mehr schlecht als recht auf. Sie aßen, was die Natur hergab, und konnten es ertragen, nie wirklich satt zu werden. Sie liefen und konnten es verkraften, an ihre körperlichen Grenzen zu geraten. Trotz allem war es eine Erleichterung, als sie endlich ein erstes Plateau erreichten, denn hier würde das Vorankommen leichter fallen.

»Sehr gut, genau davon habe ich immer gesprochen«, sagte Joseph und zog an den anderen vorbei.

»Warte bitte kurz«, hielt Elliot ihn zurück. Er wandte sich an Andris und zeigte auf eine Fläche, die dicht mit hellgrünem Alang-Alang-Gras bewachsen war. Der Wind strich durch den kniehohen Grasteppich. Andris nickte und wies nun auf einen Baum, in dem sich, in einer Höhe von gut zehn Fuß, eine kleine Hütte zwischen den ausladenden Ästen befand. Dann sagte er: »Das hier ist ein verlassenes Reisfeld. Vermutlich von den Batak.«

»Reis?« Der Pestküsten-Mann drängte sich vor und betrachtete die Fläche. »Ich sehe keinen Bach, keinen Sumpf. Der Boden ist knochentrocken, wo soll hier Reis angebaut worden sein? Und wo sollen hier Batak sein?«

»Es gibt trockenen Reisanbau, das erkläre ich dir später. Da beim Reisanbau meist jährlich die Flächen gewechselt werden, gibt es diese Felder, sogenannte Ladangs, überall, oft in großer Entfernung von den Dörfern. Und diese Hütten sind typisch für die Batak.«

Lillian sah Elliot erstaunt an. »Wohnen die Batak in den Bäumen?«

»Nein, da der Weg zu den Feldern häufig zu lang ist, werden diese Hütten gebaut. Sie geben dem Reisbauern die Gelegenheit, über Nacht vor Ort zu bleiben und wenigstens vor Elefanten und Nashörnern geschützt zu sein. Und wer wohlhabender ist, baut nicht so ein windschiefes Ding in den Baum, sondern gönnt sich eine eigene Hütte.«

»Dann sind das also die Landhäuser der Batak?« Der Pestküsten-Mann grinste, als wäre ihm ein Witz gelungen.

»Ja, damit könnte man es vergleichen.«

»Also ist vielleicht doch jemand in der Nähe?«, fragte Ed, der an diesem Tag die Muskete trug und sie nun enger an seinen Leib presste.

»Das lässt sich schlecht sagen, aber ich nehme an, dass wir uns einem der Dörfer nähern. Wir sollten vorsichtig sein und …«

»Das dauert mir alles zu lange. Selbst wenn Menschen in der Nähe sind, wir kommen doch in friedlicher Absicht«, fiel Joseph Elliot ins Wort. »Ich gehe voran. Weiter jetzt.« Ohne abzuwarten, lief er quer in das Alang-Alang-Feld hinein.

»Warten Sie bitte«, rief nun Andris und hastete ihm hinterher.

Doch da brüllte Joseph bereits auf. Er beugte sich vor und zog an einem Bambusstab, der sich unterhalb des Knies durch den Stoff seiner Hose ins Bein gebohrt hatte. Einem fingerdicken Stab, den er wütend in die Höhe hielt. »Verdammte Scheiße! Was soll denn dieser Mist?« Er schob das Gras beiseite und riss einen weiteren Stab in die Höhe.

»Das wollte ich Ihnen erklären. Viele der Ladangs werden zum Schutz vor Elefanten mit Spießen gesichert. Sie werden nicht immer entfernt, wenn ein Feld brach liegt.«

»Dann sag das beim nächsten Mal früher! Und seit wann gibt es in den Hochebenen Elefanten? Nashörner? Hier soll es doch nicht einmal Tiger geben.«

Andris wiegte den Kopf. »Das ist mal so, mal so. Wer kennt schon die Wege eines Elefanten? Oder die eines Nashorns?«

Die Sonne brannte Lillian unerbittlich ins Gesicht. Sie trat einige Schritte zurück, in den Schatten eines Baums.

»Lillian! Schließe die Augen und laufe geradeaus! Sofort! Und langsam!«, hörte sie Elliot. Seine Stimme war kühl und klar. Noch während sich ihre Nackenhaare aufstellten, schloss sie die Augen, raffte den Rock eng um ihre Beine und lief los.

»Komm! Weiter! Nicht anhalten!«

Sie schob ihre Schuhe über den Boden, um nicht zu stolpern, und folgte Elliots Stimme, die ihr die Richtung vorgab. Niemand außer ihm sprach mehr.

»Du kannst die Augen öffnen. Aber bitte nicht umdrehen und nicht rennen.«

Lillians Blick krallte sich an Elliot fest, doch aus den Augenwinkeln bemerkte sie, dass Henrik an ihr vorbeischaute und entsetzt zurückwich. Nun konnte sie nicht mehr an sich halten: Die letzten Schritte rannte sie schreiend auf die Männer zu.

»Es ist alles gut, es war eine Schlange«, sagte Andris, als sie in Josephs Arme fiel. »Sie sind nicht bösartig, aber wenn sie sich bedroht fühlen, speien sie, sehr weit und sehr genau. In die Augen. Es ist gut, dass Mr Wilberforce sie entdeckt hat.«

Lillian drehte sich um und konnte nur noch die Schwanzspitze der Schlange ausmachen, die just in einem Erdloch verschwand. Inzwischen war ihr Leib ein einziges Flattern, selbst die Zähne schlugen leise klappernd aufeinander.

»Das war eine Kobra-Art. So eine habe ich noch nie gesehen. Und wenn du mich noch einmal Mr Wilberforce nennst, gibt es Ärger. Darum habe ich dich schon mehrfach gebeten.«

»Ja, Sir, ich werde daran denken. Schlangen gibt es hier viele. Aber eigentlich sind sie eher nachts unterwegs. Wir sollten gehen.«

Und wir hätten auf dich hören sollen, als du der ersten Schlange begegnet bist, dachte Lillian nur und eilte ihm hinterher.

Nach einem Marsch, der vermutlich nicht länger als eine Stunde gedauert, sich aber endlos angefühlt hatte, blieb Andris stehen. Er hob den Finger an die Lippen und bedeutete den anderen, leise zu sein, um besser lauschen zu können.

Ängstlich sah Lillian sich um. Was drohte ihnen nun? Sie hörte kein außergewöhnliches Geräusch, nur den Lärm des Dschungels, an den sie sich derart gewöhnt hatte, dass sie ihn inzwischen schon nicht mehr wahrnahm.

Plötzlich grinste Andris. »Kommen Sie mit, ich habe eine Überraschung für alle.« Er schlug sich durch dichtes Geäst.

Hätte er nicht eine Überraschung erwähnt, hätte Lillian sich geweigert, ihm zu folgen. Ein Zweig verfing sich in ihren Haaren. Sie zerrte ihn ungeduldig heraus, denn die Neugier trieb sie voran. Sie liefen ein kleines Stück bergab, als sich vor ihnen das Dickicht zu einem Blättergewölbe öffnete. Ein Wasserfall plätscherte eine Felswand hinab, in einen kleinen Teich, dessen Wasser im Sonnenlicht glänzte. Ein Anblick, der an Schönheit kaum zu überbieten war.

Ed drückte Henrik die Muskete in den Arm, dann stürmte er jubelnd mit Andrew voran, um sich ins Wasser zu stürzen. Die beiden brüllten lauthals und spritzten nur so um sich. Ausgelassene Jungen, die Lillian auflachen ließen.

»Habe ich dich vorhin verärgert?«

Erstaunt schaute Lillian Joseph an, der neben ihr stehen geblieben war. »Das hast du mich noch nie gefragt.«

Sein Gesicht verzog sich.

»Entschuldige bitte, das ist mir herausgerutscht. Es ist kein Vorwurf.«

»Du hast recht. Ich könnte aufmerksamer sein. Schon seit einigen Tagen glaube ich, dich verärgert zu haben. Es begann bei dem Baum mit den großen Wurzeln, die einen Durchgang bildeten.«

Lillian seufzte. Sollte sie ihm erklären, dass er es schaffte, jeden Moment zu entzaubern? Dass jede Begegnung zwischen ihnen damit endete, dass er sich seiner Arbeit zuwandte? »Nein«, sagte sie und schüttelte den Kopf. »Es ist nichts vorgefallen, ich bin nur ein wenig müde. Deine Nachfrage freut mich aber trotzdem, das ist sehr aufmerksam von dir.«

Joseph nahm ihre Hand. »Sehr schön, dann lass uns heruntergehen. Denn Andris ist mit der Entdeckung dieses Wasserfalls wirklich eine schöne Überraschung gelungen.«

Geflüster

»Deine Hand ist schon wieder so kalt.«

Elliot rührte sich nicht und versuchte, sich zu orientieren. Es war Nacht. Er lag auf dem Boden, er hörte den Wasserfall rauschen und roch den Teich. Die Dunkelheit ließ darauf schließen, dass irgendwer das Feuer gelöscht hatte. Ein Vogel schrie, Wind rauschte in den Blättern, Henrik schnarchte leise. Wer hatte da eben gesprochen?

»Gib mir auch die andere, ich wärme sie dir.«

Lillian lag zu seiner Rechten und berührte fast seine Schulter. Hätte er, ohne auch nur den Arm einen Deut voranzuschieben, seine Finger ausgestreckt, hätte er vermutlich ihre Bluse berühren können. Auf die Seite gedreht, den Kopf auf den Arm gestützt, lag Joseph neben ihr und schaute sie an. Verdammt, durchfuhr es Elliot. Er hatte in der Nacht davor genauestens darauf geachtet, sich mit einem guten Abstand zu den beiden hinzulegen. Er musste gestern eingenickt sein, denn er konnte sich nicht erinnern, diesen Schlafplatz ausgewählt zu haben.

»Deine Hände sind wirklich so kalt, frierst du?«, hörte er Joseph flüstern.

»Nein, aber lass uns leise sein, ich möchte niemanden wecken.«

»Wenn dieser kreischende Vogel die anderen nicht weckt, dann schaffen wir das auch nicht.«

Elliot sah Josephs Hand als dunklen Schatten über Lillians Gesicht streichen. Er schluckte schwer. Sie sind verheiratet, natürlich fasst er sie an. Was hast du gedacht? Nur weil du denkst, er kümmert sich zu wenig um sie, bemerkt er nicht, dass sie eine Frau ist? Er spürte das Schneckengehäuse, das er noch immer in seiner Hosentasche trug. Er lag darauf, und es drückte sich unangenehm in seinen Oberschenkel.

»Wir haben ja vorhin darüber gesprochen, du weißt schon – ob ich dich verärgert habe. Sicherlich nimmt meine Arbeit viel Zeit ein, aber das wird auch wieder anders werden. Momentan ist die Situation für die Company schwierig, und ich muss mich um viele Angelegenheiten kümmern. Insofern bin ich dir dankbar. Du bist eine verständige Frau.«

Elliots Herz krampfte sich zusammen. Offenbar nahm Joseph hier, in der Wildnis, in der er auf sich selbst zurückgeworfen wurde, Lillian endlich wahr. Brachten die Belastungen die beiden einander näher? Vielleicht war diese Ehe auf einem guten Weg? Es gab – trotz der Zeit, die Lillian und er auf dem Schiff, in Singapur und in den letzten Tagen im Dschungel miteinander verbracht hatten – immer noch so vieles, was er nicht wusste. Über Joseph, über Lillian, über das Ehepaar Markers.

Sie schwieg und rührte sich nicht. Dann antwortete sie ihrem Mann, jedoch so leise, dass Elliot nichts verstehen konnte. Es ist vermutlich ein Zeichen der Hoffnung, dachte er. Eines, das darauf verweist, beide könnten sich noch finden. Ein Zeichen, an dem ich mich vor einem Jahr mit ganzem Herzen erfreut hätte. Doch nun ist es nur mein Verstand, der sich gehorsam meldet und freundliche Phrasen drischt. Weil es erwartet wird und weil ich es mir abverlange. Ich habe keine Wahl: Sobald wir Singapur erreichen, werde ich nach London zurückkehren.

Ich ertrage es nicht mehr.

Nichts von alledem.

Er drehte sich geräuschvoll auf die andere Seite und hustete.

Das Geflüster verstummte.

Ob er noch ein Auge zugetan hatte, konnte Elliot am Morgen nicht mit Bestimmtheit sagen. Mit dröhnendem Kopf erhob er sich. Die Dämmerung schob die Dunkelheit der Nacht beiseite und tauchte die Umgebung in ein helles Grau. Er vermied es, Lillian und Joseph anzuschauen, und schlich an den Schlafenden vorbei.

Hinüber zum Teich. Das Rauschen des Wasserfalls war beruhigend. Trotzdem vernahm er das Knacken hinter sich und fuhr herum.

Henrik.

Er kam ihm nach.

Mit gerunzelter Stirn überblickte Elliot das Lager – die anderen schliefen noch.

Der Junge war unruhig, fuhr sich mit der Zunge über die Lippen und nickte mehrfach. »Sir, ich habe nachgedacht«, sagte er ohne eine weitere Begrüßung, als er ihn erreichte.

»Aha, und worüber?«

»Es sollte keine Rolle spielen, was die anderen denken. Zu schnell kann etwas geschehen. Auf dem Schiff und hier, im Dschungel ... die Gefahren sind so zahlreich. Ich sollte besser vorsorgen.«

»Vorsorgen?«

»Ja, ich habe das wieder seltsam gesagt. Verzeihen Sie mir, ich möchte damit nicht andeuten, Sie könnten alsbald das Zeitliche segnen, aber ...«

»Junge, ich verstehe kein Wort. Was willst du?«

»Ich möchte schwimmen lernen. Wenn Sie es erlauben und es mir erklären.«

Elliot lachte leise auf. »Ach, du hast Angst, mir könnte etwas zustoßen. Bist du deshalb mitgekommen? Ernsthaft? Wegen des Schwimmens?«

»Ja, vielleicht. Nein, also schon. Wer soll es mir denn sonst beibringen? Außer Ihnen weiß niemand davon, und ich spreche ungern darüber.«

»Du weißt auch Dinge, über die ich ungern spreche«, entfuhr es Elliot. Entsetzt hielt er inne.

Der Junge blinzelte irritiert. »Was meinen Sie?« Dann sprangen seine Augenbrauen in die Höhe, und er beugte sich vor. »Ach, meinen Sie das ... also falls Sie das meinen, bitte machen Sie sich keine Gedanken. Sie haben mein Geheimnis bewahrt«, flüsterte er. Seine Unterlippe zitterte leicht. »Und Sie haben mich deswegen nicht ausgelacht. Überhaupt niemals ausgelacht.«

»Danke«, sagte Elliot. War es wirklich möglich, dass Lillian und er den Jungen zu Unrecht beschuldigt hatten, etwas im Schilde zu führen?

Innerlich nickte er.

Wie deutlich er es nun erkennen konnte: Sie hatten ihr schlechtes Gewissen dem Jungen angelastet, es ihm aufgehalst. Es war angenehmer, sich darüber Gedanken zu machen, welche Ungeheuerlichkeiten andere planen könnten, als auf sich zu schauen und zu erkennen, zu welchen Ungeheuerlichkeiten man selbst fähig war. Tatsächlich musste Elliot sich eingestehen: Er wollte weit mehr von Lillian als diesen einen Kuss. Und sicherlich war die Freundschaft zu Joseph ein Grund, sich zurückzuhalten und nicht den Kampf aufzunehmen. Viel entscheidender war für ihn jedoch Lillians Wohlbefinden: Sie würde, selbst wenn sie ihm zugetan wäre, an diesem Konflikt zugrunde gehen. Er schloss kurz die Augen.

Geräuschvoll zog der Junge derweil die Nase hoch.

Elliot musste lachen und spürte, wie die Erheiterung für diesen Moment die Verzweiflung in ihre Schranken wies. »Sei ehrlich«, sagte er, »die hundertfünfzig Pfund sind aber auch ein nicht zu unterschätzender Grund, uns zu begleiten, oder?«

»Meinen Sie, ich bekomme die auch?«

»Ja, warum denn nicht?«

»Also die anderen Seeleute sagen immer, ich sei noch kein Mann, und Mr Markers sprach davon, die Männer zu belohnen, die sich ihm anschließen.«

»Herrje, du bist naiver, als ich dachte«, sagte Elliot und klopfte dem Jungen auf die Schulter.

»Nein, das bin ich gar nicht, wirklich nicht! Aber wenn ich das Geld auch bekommen würde, wäre es schön. Aber bitte sagen Sie mir doch: Werden Sie es machen?«

»Die anderen werden davon Wind bekommen. Der Teich ist zu klein, um unbemerkt schwimmen lernen zu können.«

»Ja, aber manchmal muss man sich entscheiden.«

Es machte den Eindruck, als könnte er sich von diesem Kerlchen ein paar Scheiben abschneiden, befand Elliot. Er wies auf den Boden. »Dann nimm mal Platz. Wir fangen erst einmal an Land an …«

Träumereien

Joseph streckte sich und berührte dabei Lillian, die neben ihm schlief. Er rollte sich auf den Rücken und verschränkte die Arme im Nacken. Er wollte dem Gefühl nachspüren.

Das ihn noch warm durchflutete.

London.

Sein Traum hatte ihn in der Nacht dorthin zurückgeführt. Er hatte den Regen gespürt, gehörig gefroren, die Themse und den Gestank überfüllter Straßen gerochen. Tatsächlich war der Geruch in Londons Straßen derber, weit unangenehmer als beispielsweise der in Singapurs chinesischem Viertel, wo Gewürze, Tabakrauch und der Duft von Räucherkerzen miteinander wetteiferten. Doch er hatte die Vertrautheit des Gestanks genossen.

Im Wagen hatte er sich in die Leadenhall Street fahren lassen, vorbei an der Kirche St. Katherine Cree, in der Hans Holbein der Jüngere seine letzte Ruhestätte gefunden hatte. Direkt vor dem ehrwürdigen Gebäude der East India Company hatte er den Wagen halten lassen. Das war es, was er an London liebte. Jedes Fleckchen dieser Stadt atmete Historie und Kultur. Auch die Company hatte es sich nicht nehmen lassen, ein imposantes Hauptbüro zu errichten, das durch einen Umbau erheblich angewachsen war.

Bevor er das Gebäude betreten hatte, war er stehen geblieben und hatte den Portikus betrachtet. Sechs gewaltige Säulen trugen den spitz zulaufenden Giebel, auf dem Georg III. sein Schild schützend über allegorische Figuren wie Britannia, die Freiheit und Merkur hielt.

Er war hineingeeilt, in den sogenannten Neuen Verkaufsraum, in dem eine Sitzung tagte. Im Anschluss war er in die Bibliothek entschwunden und hatte sich unter dem gestrengen Blick von Lord Wellingtons Büste in seine Studien vertieft. Denn hier, an diesem Ort, standen alle Manuskripte und Bücher beisammen, die bisher zu Asien geschrieben worden waren. Ein unerschöpflicher Quell des Wissens.

Gegen Mittag hatte er kurz das Warenlager der Company in der Bishopsgate Street aufgesucht und den Bestand geprüft, um dann im Phamphileons Coffeehouse einen Kaffee, Toast und Eier zu genießen und die Zeitungen zu lesen. Selbstverständlich war es im Coffeehouse verboten, Alkohol auszuschenken. Aber wie immer hatte der Wirt ihm ein Bier im Gasthaus nebenan holen lassen. Gerade als er hatte aufbrechen wollen – zu ihr –, war er erwacht. Mit einem wunderbaren Gefühl des Zuhauseseins.

Wie viele Jahre seines Lebens hatte er zusammenhängend an einem Ort verbracht? Wenige, und nie hatte ihm etwas gefehlt. Vermutlich wurde er alt. Oder war es nur ein zeitweiliger Anfall von Heimweh, der durch den Druck entstand, der auf ihm lastete?

Lillian regte sich. Elliot hatte recht, eigentlich war sie ein Weib, über das er nicht klagen konnte.

Joseph setzte sich auf und beobachtete seinen Freund. Er stand mit freiem Oberkörper bis zur Hüfte im Teich. Vor ihm zappelte der Junge, dessen Namen er sich nicht merken konnte, im Wasser herum. Übten die beiden schwimmen?

Er zuckte die Schultern, strich Lillian, die just ihre Augen öffnete, übers Haar. Dann begab er sich zu Andris.

»Guten Morgen, was gibt es heute zum Frühstück?«

Der Malaie wies auf Papayas. Das war weit besser als die Pisangs vom Vortag, die unreif und mehlig geschmeckt hatten. Joseph griff sich eine und schlenderte weiter, den Hang hinauf, um die Anhöhe, die sie gestern erreicht hatten, genauer zu inspizieren. Bis alle wach waren, gegessen hatten, schwimmen konnten oder was jeden Einzelnen sonst noch antrieb, würde er die Zeit nutzen. Inzwischen wusste er ja, dass er sich in unscheinbaren Grasflächen nur langsam bewegen sollte.

Er fuhr sich über das Kinn und spürte die Länge seiner Bartstoppeln. Einen furchtbaren Anblick musste er bieten. Verdreckt und unrasiert. Sollte er in absehbarer Zeit nach London zurückkehren, würde er sich im West End einen neuen Anzug schneidern und Schuhe fertigen lassen. Dann würde er sich im Bolt In Tun in der Fleet Street jede Menge Fleisch, Gemüse und Wein auftischen lassen. Er würde gleich mehrere Speisen bestellen, Suppe, Fisch, sein heiß geliebtes Lammkotelett, und von allem nur Kleinigkeiten zu sich nehmen, um weitere Portionen ordern zu können. So würde er – wenn all das hier vorbei wäre – die englische Küche stundenlang genießen. Ja, vielleicht sollte er in Erwägung ziehen, sein Anliegen den Herren Direktoren der Company höchstselbst vor Ort vorzubringen, anstatt ein Anschreiben aufzusetzen. Und er würde es handhaben wie immer: Bevor er Singapur verließ, würde er sich verabschieden.

Von ihr. Und der Kleinen. Aber auf irgendeine Art und Weise reisten beide immer mit ihm mit.

Von lebendigen Fröschen und toten Delfinen

Idyllisch. Genau so wirkte der Moment auf Lillian. Die Sonne schien, noch morgendlich sanft, zwischen den Blättern der Bäume hindurch und warf ein Spiel aus Licht und Schatten über die Umgebung. Andris bereitete Frühstück vor, Joseph stand lächelnd neben ihm mit einer Papaya in der Hand, Elliot und Henrik amüsierten sich am Teich, die anderen schliefen. Vorsichtig tastete sie ihren Leib ab. Nicht einmal ein Blutegel hatte sich verirrt. Sie war ausgeschlafen, hatte Hunger, aber keine Schmerzen, selbst die am Vortag verspannten Rückenmuskeln schienen weicher geworden zu sein.

»Nein, du sollst die Beine durchstrecken«, hörte sie Elliot plötzlich rufen.

»Aber dann sehe ich aus wie ein Frosch!«

»Du solltest besser wie ein lebendiger Frosch schwimmen, statt wie ein toter Delfin an der Wasseroberfläche treiben. Du machst einen Buckel, hör auf damit. Delfinen steht das, dir nicht. Und dann säufst du zu viel Wasser.«

Zu viel Wasser saufen. Lillian zuckte zusammen. Sofort waren die Bilder wieder da.

Die fehlende Luft, das Auftauchen und krampfartige Würgen, der schmerzende Husten.

Die Welle, die sie überspült.

Weiß. Wieder wird alles weiß. Ein Zischen aus Luftblasen und sich überschlagender Welle, das Brennen im Hals, im Brustraum, das verzweifelte Schreien, das keinen Weg nach außen findet und den Kopf fast zum Zerspringen bringt.

Das rasende Herz, die bittere Kälte, die schwerer werdenden Glieder.

Abermals auftauchen, Nase und Mund aus dem Wasser gereckt, ein Japsen, ein Keuchen, keine Kraft, auch nur einen Laut herauszubringen.

Das Salzwasser in den Augen trübt die Sicht, schemenhafter Lichterschein des brennenden Schiffes tanzt durch die Nacht.

Der Kopf gibt den Händen den Befehl, über die Augen zu wischen und dann um Hilfe zu winken. Doch weder Arme noch Hände gehorchen, sie schlagen seitlich durchs Wasser, Halt suchend, im verzweifelten Kampf, den Leib nicht der nächsten heranrollenden Welle preiszugeben.

Bilder unbeschwerter Kindertage beginnen ihren Kopf zu füllen. Erinnerungen, die zwar nicht den Leib, aber die Gedanken ein Stück aus der Kälte und dem Wasser zu heben scheinen.

Die Mutter.

Lillian sitzt auf ihrem Schoß, die Arme um sie geschlungen. Ganz nah spürt sie die Wärme der Haut.

Der Vater, er liest, im Schatten eines Baums auf irgendeiner Picknickdecke. Die Geschwister rennen umher, ihre Stimmen klingen hell und glücklich.

»Mama«, brüllt es in ihr. Immer wieder. Tränen laufen über ihre Wangen, vermengen sich mit dem Salzwasser auf ihrer Haut.

Sie schließt die Augen.

Um sich in Gedanken noch enger in die Arme der Mutter zu schmiegen.

Um in ihnen zu versinken.

Holz!

Ihre Hand spürt die nassen splitterigen Fasern.

Ihr Kopf. Schon wieder unter Wasser.

Keine Luft. Der Brustkorb explodiert.

Die Augen, geschlossen. Sie muss sie öffnen. Trotz der Schmerzen.

Sich hinaufziehen. Es ein letztes Mal versuchen. Wenn es nicht gelingt, darf sie sich hingeben. Erst dann hinweggleiten.

Ein einziges Mal noch …

Ein Schlag ins Kreuz. Der Kopf schleudert nach vorne.

»Atme, Mädchen, atme, verdammt noch mal!«

Das Gesicht des Pestküsten-Mannes, direkt vor ihrem.

Licht, Wärme, Luft.

Ein Beben, das den Leib durchrollte, die Zähne aufeinanderschlagen ließ. Lippen, die zitterten.

»Du bist noch mal ertrunken, stimmt's? Ich kenne das. Beruhige dich. Du bist in Sicherheit.« Der Matrose hockte vor ihr, seine Hand lag fest auf ihrer Schulter.

Lillian lehnte den Kopf vor, gegen seine Knie. Tränen und Rotz schmierten auf seine Haut.

»Steh auf, geh zu Elliot. Er zeigt dem Goldlöckchen, wie man schwimmt.«

»Nein! Ich kann nicht.«

»Doch, nur das wird dir helfen. Wenn du weißt, wie man schwimmt, werden die Erinnerungen ihre Kraft verlieren. Bei mir war das so, und bei dir wird das auch so sein. Ich bringe dich hin.« Der Pestküsten-Mann richtete sich auf und zog sie unsanft in die Höhe. »Und wenn ich mit ins Wasser steige, du wirst schwimmen lernen. Jetzt!«

Die Müdigkeit, die Schmerzen in den Gliedern, der Druck im Magen und das Reißen im Rücken. Sie waren zurück, ließen sie stolpern, doch der unerbittliche Griff des Matrosen zerrte sie weiter.

Elliot und Henrik standen im Teich. Beide schauten zu ihnen herüber.

Lillian weinte, tonlos.

Der Pestküsten-Mann riss sich sein Hemd vom Leib. »Dein Mann ist gerade weg, und wenn er mir eine auf die Schnauze haut, dann habe ich halt Pech. Du kommst mit.«

Sie schloss die Augen, während er seine Arme unter ihre Achseln und Kniekehlen schob und sie anhob, als wäre sie ein krankes Kind, das vom Vater zum Bett getragen wurde. Er roch nach Schweiß, ein beißender Geruch. Schwankend stieg er ins Wasser. Schon mit dem ersten Schritt stand er bis zur Hüfte im kalten Wasser, das auch durch den Stoff von Rock und Bluse nach ihr griff. Vorsichtig löste er den Arm unter ihren Beinen, nahm ein wenig Wasser in die Hand und spülte ihr das Gesicht sauber. Dann schob er seinen Arm wieder zurück.

»Lillian, es ist einfach! Wie ein Hund, wackele wie ein Hund durchs Wasser. Ich habe es auch geschafft«, rief nun Henrik neben ihr, wobei er sich offensichtlich bemühte, aufmunternd zu klingen.

Sie öffnete die Augen und biss sich beschämt auf die Lippen.

»Tom, dreh sie vorsichtig um und lasse dabei die Arme unter dem Brustkorb und den Oberschenkeln«, sagte Elliot, während er sich in ihr Blickfeld schob. »Tom hält dich, Henrik ist rechts von dir, ich stelle mich auf die linke Seite.

Und du machst, was wir dir sagen.« Er sah sie an. »Bitte«, fügte er flehentlich hinzu.

Elliot hat den Pestküsten-Mann bei seinem Namen genannt, und er hat recht damit, dachte Lillian und hielt sich an der Schulter des Matrosen fest. Während er sie behutsam in die Ausgangsstellung brachte, bauschten Luftblasen den Rock auf. Sie hörte Henrik auf den Stoff schlagen, und die Blasen verschwanden glucksend. Wasser berührte ihr Kinn.

»Jetzt streckst du die Arme nach vorne, lang und ausgestreckt, bis sich deine Fingerspitzen berühren. Dann schiebst du deine Arme auseinander. Und ganz gleich, was passiert: Du kannst hier stehen, wenn du Tom aus den Armen rutschst.«

Sie hob den Kopf ein Stück höher und zog mit den Armen einen ersten großen Bogen.

Jubelnd warf sich Henrik aufs Wasser. »Ja, bravo. Und jetzt, sieh mal, meine Beine. Vor und zurück, vor und zurück.«

»Aber dann sehe ich aus wie ein Frosch!«, erwiderte Lillian und japste nach Luft.

Henrik hielt in seiner Bewegung inne und sah zu Elliot, dann sagte er, einem Musterschüler gleich: »Du solltest besser wie ein lebendiger Frosch schwimmen, statt wie ein toter Delfin an der Wasseroberfläche treiben.«

Dann lachten sie. Miteinander und so laut und heftig, dass Lillian sich aufrichten musste. Dankbarkeit wärmte ihren Leib, und die Angst, sie war tatsächlich ein wenig kleiner geworden.

Eine haarige Begegnung

Gelächter drang vom Teich herauf.

Joseph spähte den Hang hinab, während er einen Zweig beiseiteschob. War das Lillian? Stand sie im Teich? Er geriet ins Straucheln, spürte, wie ihm der Zweig aus der Hand glitt, und fuhr herum, um ihn abzuwehren. Doch der Schlag saß. Sowohl kurz als auch heftig traf er ihn auf Wange und Nase. Verärgert über seine Ungeschicklichkeit blieb er stehen, aber viel mehr als einen Kratzer konnte er nicht erfühlen. Ein Blatt hatte sich im Kragen verfangen, es kitzelte, und er tastete danach.

Doch seine Hand berührte Haare. Dann etwas Weiches, widerlich Wabbeliges.

Er brüllte auf und schlug auf seinen Hals ein.

Etwas Braunes flog in hohem Bogen an seinem Gesicht vorbei und landete neben seinem linken Schuh. Er konnte nicht aufhören zu brüllen, sprang beiseite und stierte auf den Boden.

Eine fette, mit Borsten überzogene Raupe lag vor ihm.

Ekel schüttelte ihn derart, dass er nur langsam wieder Herr seines Leibes wurde. Angewidert trat er um weitere Schritte zurück, und erst mit dem gebührenden Abstand konnte er aufhören zu brüllen. Keuchend beugte er sich vor, stützte die Hände auf die Knie und versuchte, seine Atmung zu beruhigen.

»Mr Markers, wo sind Sie? Brauchen Sie Hilfe?«, erklang eine Stimme in nächster Nähe.

Joseph hörte, wie sich die Männer durchs Dickicht schlugen. »Hier! Ich bin hier oben«, rief er, obwohl er niemanden sehen wollte. Sich derangiert zu zeigen, widersprach seiner Vorstellung von sich selbst. Aus den Augenwinkeln nahm er wahr, dass ihn zuerst der Matrose erreichte, der das Pöbeln so trefflich beherrschte. Joseph schnaubte lautstark auf. Ausgerechnet dieser Mann! Der hatte ihm in all seinem Ärger noch gefehlt.

»Ist alles gut? Das klang ja übel«, fragte der Kerl.

Joseph richtete sich langsam auf, musterte den tropfnassen Matrosen, dessen fürsorgliche Nähe und nackter Oberkörper ihm unangenehm waren. Er schüttelte den Kopf. »Es war nur eine …« Er stockte, denn es fiel ihm schwer zuzugeben, dass ein Winzling ihn derart aus der Fassung gebracht hatte. Aber er wusste, es war zwecklos, zu leugnen, und so setzte er erneut an: »Es war eine fette Raupe, eine behaarte dazu. Dahinten. Ich konnte erst nicht sehen, was es war, und fürchtete, es sei eine Spinne. Aber mir geht es gut.« Er schob den Finger unter den Kragen und kratzte sich. »Was macht Lillian? Wo ist sie? Habe ich sie gerade im Wasser gesehen?«, versuchte er abzulenken.

»Mich interessiert eher, was du hier machst. Du bist kreidebleich.«

Kurz überlegte Joseph, ob er den ungehobelten Kerl zurechtweisen sollte. Er hatte Fragen gestellt und erwartete Antworten. Solche Anmaßungen und Vertraulichkeiten konnte er nicht ausstehen. Nur weil Elliot diese zuließ, musste er dem nicht folgen.

In den Büschen knackte und raschelte es. Einer der Soldaten, mit der Muskete bewaffnet, erreichte zusammen mit Andris die Anhöhe. Erleichtert sah der Mann sich um. »Dem Himmel sei Dank, Sie sind wohlauf. Wir haben befürchtet, ein Tiger hätte Sie angegriffen.«

»Wo sind die anderen?«, fragte Joseph und ärgerte sich, dass er nun obendrein errötete.

»Keine Ahnung, sie waren im Wasser. Vermutlich sind sie nicht so schnell mit der nassen Kleidung. Tom«, er wies grinsend auf den Halbnackten, »war schon immer der Schnellste. Überall.«

Warum geht Lillian im Teich baden, und weshalb erscheint sie hier nicht?, fragte Joseph sich. Aus den Augenwinkeln bekam er mit, wie der Matrose dicht an ihn herantrat und seinen Hals musterte.

»Hat das Vieh dich da berührt?«

»Ja.« Joseph hörte auf zu kratzen und zog den Kragen in die Höhe.

»Das ist rot.«

»Ich habe gekratzt.«

»Da sind kleine Beulen.«

»Das täuscht sicherlich.« Joseph atmete tief ein und hatte das Gefühl, die Luft würde seine Lunge nicht erreichen. Beim nächsten Atemzug konzentrierte er sich auf seinen Brustkorb und spürte, wie er sich hob. Doch das Ergebnis blieb dasselbe.

»Vielleicht sollte Elliot sich das einmal ansehen. Er versteht am meisten von medizinischen Dingen.«

»Ja, vermutlich wäre das ganz gut. Ich muss zugeben«, sagte er, während eine Hitzewelle sich in ihm ausbreitete, »ich bekomme tatsächlich gerade etwas wenig Luft …«

Krank

»Natürlich werden wir weitergehen«, sagte Joseph und sog hörbar die Luft ein. »Wir können gern ein wenig langsamer laufen. Das wird sicher gleich wieder. Vorausgesetzt ihr könnt in den nassen Sachen aufbrechen. Vielleicht möchtet ihr euch ja noch in der Sonne wärmen.«

Tom, der neben Joseph stand, blickte starr auf dessen Hals und die kleinen Quaddeln, die sich inzwischen gebildet hatten. Er hob eine Augenbraue, doch er schwieg ausnahmsweise.

»Wir sollten erst abwarten, wie sich dein Zustand entwickelt«, entgegnete Elliot ruhig. Die Anspielung auf das gemeinsame Schwimmen war deutlich gewesen, aber er ignorierte sie. Es war nicht der richtige Zeitpunkt, Schwimmunterricht im Dschungel zu diskutieren.

»Mein Zustand! Wenn ich das schon höre. Das war eine kleine lächerliche Raupe, die wird mich nicht aufhalten.«

»Eben hast du noch gesagt, es sei eine fette Raupe mit Borsten gewesen. Was denn nun?«

»Halt die Klappe«, zischte Joseph den Matrosen an, und sein Gesicht rötete sich.

»Hört auf, ihr beiden. Joseph, ich denke, wir sollten dich zum Teich hinunterbringen und die Stelle kühlen. Sie sieht nicht gut aus.«

Lillian und Henrik, tropfnass wie er selbst, nickten bestätigend, während Andris hinter den beiden unruhig auf und ab lief. Die Angst stand ihm deutlich ins Gesicht geschrieben. Ed und Andrew hielten sich abseits und sprachen leise miteinander.

Joseph wollte etwas sagen, doch die Worte blieben ihm im Halse stecken. Schweißperlen liefen an seinen Schläfen hinab. »Herrgott, dann stützt mich halt«, presste er zwischen zwei pfeifenden Atemzügen hervor.

»Nein!«

Sich am Hals kratzend, fuhr Joseph herum und starrte Lillian an.

»Du erstickst gleich! Wir werden keinen Schritt mehr tun«, sagte sie, und ihre Stimme ließ keinen Zweifel, wie ernst es ihr war. »Nehmt ihn und bringt ihn zum Teich.« Sie zeigte auf Ed und Andrew, und nur das Zittern der Hand, an der noch Wassertropfen glänzten, verriet ihre Anspannung.

Henrik reagierte umgehend und nahm Andrew die Muskete ab. Für einen Moment zögerten die beiden Soldaten. Ihre Blicke huschten zwischen Joseph, Elliot und Lillian hin und her. Erst als Joseph die beiden obersten Knöpfe seines Hemdes öffnete und sich röchelnd an den Hals fasste, packte Andrew ihn. Auch der Matrose fasste zu.

»Ist das ansteckend?«, fragte Ed angsterfüllt und rührte sich nicht. »Kann das nicht Henrik machen?«

»Nein, das ist nicht ansteckend«, rief Elliot und sprang zu Joseph, der in sich zusammensank und dabei war, dem Griff der beiden Männer zu entgleiten.

»Er braucht Wasser«, schrie Lillian. Entsetzen verzerrte ihre Stimme.

Doch Ed blieb stehen, als wäre er von einer Sekunde auf die andere mit dem Erdboden verwachsen.

»Geh vor«, brüllte Elliot ihn an. »Halte die Äste beiseite, damit wir besser laufen können, und du, Henrik, hilf ihm.«

»Darf ich?«, fragte Andris und schaute auf Josephs Beine.

»Pack zu. Er wird nicht viel dazu sagen können.«

»Komm, dann machen wir den Weg frei«, rief Henrik und zerrte Lillian mit sich. Sie stolperte dem Jungen nach, vergaß ihr Geschrei und bog hastig erste Palmenzweige beiseite.

Zu viert packten die Männer nun Joseph und hoben ihn an.

In diesem Augenblick stellte sich Ed ihnen breitbeinig in den Weg und streckte die Arme vor sich. »Wir hätten auf Andris hören sollen. Lasst uns umkehren. Das war ein Fehler, wir dürfen nicht weitergehen!«

»Reiß dich zusammen! Wie sollen wir jetzt mit ihm irgendwohin gehen? Lass uns das später besprechen. Nun mach schon, halte uns den Weg frei.« Am liebsten hätte Elliot Joseph fallen gelassen, um dem Soldaten eine aufs Maul zu geben.

»Nein, das mache ich nicht!«, sagte der und verschränkte die Arme.

Ohne ihn weiter zu beachten, setzten sich die Männer auf Elliots Zeichen hin in Bewegung und drängten Ed beiseite. Sie rutschten und stolperten den Hang hinab und schleppten schwer an Joseph, dessen Atem rasselte und dessen Lider flatterten. Kaum hatten sie eine ebene Stelle erreicht, legten sie ihn vorsichtig auf den Boden.

Henrik rannte zum Teich, riss sich sein Hemd über den Kopf und zog es durchs Wasser. Mit dem triefenden Stoff hetzte er zu Joseph und wischte ihm über Gesicht und Hals.

Andris füllte derweil die Kokosschale mit Wasser und hielt sie Joseph entgegen. Doch der reagierte nicht. Inzwischen hatte sich sein Gesicht gräulich verfärbt, der Atem kam nur noch stoßweise.

»Er stirbt«, rief Lillian. Sie taumelte und suchte, ohne den Blick von ihrem Mann nehmen zu können, mit den Händen nach Halt. »Macht was! Er stirbt!«

Mit wenigen Schritten war Elliot bei ihr, legte den Arm um sie und half ihr, sich zu setzen.

Henrik sah Lillian an, die inzwischen gellend schrie. Tränen schossen ihm in die Augen. »Nein, das wird er nicht!« Er entriss Andris die Kokosschale und schüttete Joseph das Wasser ins Gesicht.

Entsetzt starrten alle auf den Jungen und Joseph, der nach Luft schnappte, um dann tief durchzuatmen.

Dieser Atemzug, er ist das Signal, dachte Elliot, der sich fühlte, als würde er aus einem lähmenden Halbschlaf erwachen. Ich muss handeln. Ich bin es, der gefordert ist. Nicht dieser Junge, nicht Andris noch sonst irgendwer. Es ist an mir, die Situation in die Hand zu nehmen. »Lillian«, sagte er laut, ging in die Knie und schüttelte sie an den Schultern. Mit aufgerissenen Augen und blindem Blick hockte sie vor ihm. »Hör mir zu! Henriks Idee ist Gold wert. Du wirst Joseph die nassen Tücher auflegen, wir«, er winkte in die Runde, »werden sie dir reichen.«

Sie blinzelte und schien ihn endlich wahrzunehmen.

»Hast du mich verstanden? Schaffst du das?«

Ohne auf die Fragen zu reagieren, schüttelte sie seine Hände ab und krabbelte zu Joseph hinüber.

Und die Männer taten es dem Jungen gleich: Sie entledigten sich ihrer Oberbekleidung und tauchten sie ins Wasser. Nur Tom lief fluchend umher auf der Suche nach seinem Hemd, das er vor dem Schwimmunterricht hinter sich geworfen hatte und nun nicht wiederfand.

Lillian knöpfte fahrig und mit verzerrtem Gesicht Josephs Hemd auf. Dann riss sie, ohne aufzusehen, das triefende Knäuel aus Elliots Händen.

Er zuckte zusammen, als sein Blick auf den weißen Brustkorb fiel. Die Quaddeln zogen sich inzwischen leuchtend rot vom Hals ausgehend über sein Gesicht. Ein Bogen heller Flecken, die vom Entstehen weiterer Quaddeln kündeten, verlief bereits über die Brust bis hin zum Bauchnabel. Das ist extrem, diese Reaktion geht zu schnell, er schwebt in Lebensgefahr, wir müssen schneller machen, was können wir noch tun, er darf nicht sterben, hämmerten die Gedanken in seinem Kopf.

Geräuschlos tauchte Henrik neben ihm auf. Wortlos wechselte er mit Lillian die nassen Stoffballen. Josephs Hose färbte sich vom tropfenden Wasser Stück um Stück tiefschwarz.

»Hilf mir, ihn aufzurichten. Wir ziehen ihm auch sein Hemd aus.«

Erschrocken zuckte Elliot zusammen. Er nickte und hockte sich neben Joseph.

Lillian wischte sich mit dem Handrücken durchs Gesicht, dann hoben sie Josephs Oberkörper gemeinsam an und zerrten ihm das Hemd vom Leib.

Die Zeit schien sich in all dem Elend zu dehnen, regelrecht zu verlangsamen. Elliot meinte, dabei zuzusehen, wie er immer wieder zum Wasser lief, wie die Tücher über das verquollene Gesicht und den von Beulen entstellten Leib seines Freundes gelegt wurden, um die glühende Haut zu kühlen. Nach einer gefühlten Ewigkeit wich Josephs gräuliche Gesichtsfarbe, und seine Atmung wurde regelmäßiger. Irgendwann schien die Bewusstlosigkeit einem Tiefschlaf zu weichen.

»Wo ist eigentlich Ed?« Suchend schaute Andris sich um, bevor er sich unter einer Pandanuspalme niederließ.

Erstaunt sah Elliot auf. Tatsächlich, in der Aufregung hatte er das Fehlen des Soldaten nicht bemerkt.

»Ich gehe ihn holen«, sagte Andrew. »Es tut mir leid, ich glaube, er hat ...«

»Du musst ihn nicht entschuldigen, wir haben alle in den letzten Tagen die Grenzen unserer Kräfte weit überschritten. Da kann die Verzweiflung durchaus mal die Oberhand gewinnen.« Elliot nickte ihm zu und glaubte, in Andrews Erschöpfung ein Spiegelbild seiner selbst zu entdecken.

»Na, ich gehe mal mit, falls Monsieur sich noch immer ziert«, sagte Tom und schwenkte seine Fäuste in die Luft.

»Dann kann ich in der Zwischenzeit schauen, ob ich etwas zu essen finde«, sagte Henrik.

Sofort erhob sich Andris und griff nach dem Säbel. »Ja, ein guter Gedanke! Wenn Mr Markers erwacht, wird er erfreut sein, wenn wir ihm etwas zu essen anbieten können.«

Irritiert sah Elliot den Männern hinterher. Wie schnell sie verschwunden waren.

Mit einem Mal war er allein mit Lillian.

Und Joseph.

»Lillian, kann ich etwas für dich tun?«

Sie schnippte zwei Ameisen von Josephs Brust und nickte. »Ja, sage mir bitte: Was sollen wir jetzt machen?«

Eine Frage, auf die Elliot nichts zu erwidern wusste. Doch sie schien keine Antwort zu erwarten. Stattdessen lauschten sie sowohl Andrew als auch Tom, die auf der Anhöhe nach Ed riefen.

Kurze Zeit später rutschten die beiden wieder den Hang hinab. Noch während sie sich durch die Zweige schlugen, rief der Matrose ihnen zu: »Verdammt, er ist weg.«

Elliot sprang auf. »Wie? Was soll das heißen?«

»Dieser Idiot ist nicht da oben.«

»Seid ihr sicher? Hat er sich nicht nur irgendwo hingelegt? Oder zurückgezogen, weil er es mir übel nimmt, dass ich ihm gegenüber so grob war?«

»Nein, er ist da nirgends. Und an dir liegt es nicht. Er, also, ich glaube ...« Andrew lief rot an, als hätte er Eds Fehlen zu verantworten.

»Nun sprich es aus«, unterbrach Tom ihn. »Er hat die Hosen voll. Ich sage es euch: Der versucht, allein zur Küste zurückzukommen. Was auch immer er da zu finden hofft. Was denkt der denn? Allein den weiten Weg nach Bencoolen zu schaffen?« Er schlug sich mit der flachen Hand an die Stirn. »So dämlich, das ist so dämlich!«

Siedend heiß durchfuhr es Elliot: Es gab noch eine weitere Möglichkeit, was sich hier zugetragen haben könnte. »Andris, Henrik! Kommt sofort zurück!«, brüllte er über den Teich hinweg. »Was ist, wenn die beiden sich Ed angeschlossen haben? Sich verabredet haben? Wenn sie eben nicht verschwunden sind, um nach Essen zu suchen?«, rief er Tom zu und lief los, in Richtung des Teiches. Nach wenigen Schritten entdeckte er Henriks Locken. Das blonde Gestrüpp tauchte hinter einem der Felsen auf und rahmte das lieb gewordene Gesicht, das noch immer so viel von einem Jungen verriet, der zu früh allein in die Welt hinausgestoßen worden war.

»Was ist los?«

Elliot seufzte erleichtert auf. »Ed ist weg. Ich meine, er ist verschwunden. Wir müssen ihn suchen. Vielleicht ist er nicht weit gekommen«, rief er ihm zu. Dann wandte er sich an Andrew. »Du und die Muskete, ihr bleibt hier. Bei Lillian und Joseph. Wenn es Schwierigkeiten gibt, schieße in die Luft. Henrik, wir beide laufen rechter Hand des Reisfeldes entlang. Du, Tom, nimmst mit Andris die linke Seite. Wir gehen fünfhundert Schritte, dann kehren wir um. Es wird bald dunkel.«

»Halt! Ihr braucht eure Hemden«, rief Lillian. »Sie sind wenigstens ein kleiner Schutz gegen Insekten, Zweige und die Sonne.«

Kurz sahen die Männer einander ein. Ein durchaus berechtigter Einwand.

»Nö, das will ich noch nicht wiederhaben. Dafür habe ich zu lange danach gesucht. Bei dir finde ich es wenigstens wieder.« Der Matrose grinste, dann wurde seine Miene ernst. »Du kannst es besser gebrauchen. Wenn es deinem Mann hilft, wäre das gut für uns alle. Da nehme ich auch ein paar Kratzer hin. Aber eines sage ich dir, das Hemd stelle ich euch später extra in Rechnung.«

Tatsächlich zog ein Lächeln über Lillians Gesicht.

Er zwinkerte ihr zu, wandte sich um und schlug Andris auf die Schulter. »Lasse dem Mädchen den Säbel hier, wir haben unsere Fäuste. Und sage mal, findest du wieder zurück? Für mich sieht dieses Grünzeug alles gleich aus.«

Andris rieb sich die Schulter, legte den Säbel neben Lillians Beine und nickte erstaunt.

»Gut, dann zähle ich die Schritte«, legte Tom fest, und ohne ein weiteres Wort zu verlieren, machten sich beide Suchtrupps zeitgleich auf den Weg.

»Passt auf euch auf«, rief Lillian ihnen hinterher.

Henrik kletterte voran. Als sie das Plateau erreichten, blieb er stehen. »Wo wollen wir lang? Und wer zählt die Schritte?«

»Ich mache das, du rufst Eds Namen«, antwortete Elliot und lief nach rechts. »Wir gehen ein Stück der Strecke ab, die wir bisher zurückgelegt haben. Vielleicht versucht Ed wirklich, in Richtung Küste zu gehen.«

»Wenn er das vorhat, wird er schon viel zu weit entfernt sein. Wir werden ihn nicht einholen können.«

»Kann sein, aber wir müssen es versuchen.«

»Er hat die eine Nacht geweint.«

Elliot spürte ein Ziehen in der Magengegend. »Was hat er?«

»Geweint. Ich glaube, er hatte Angst.«

»Hast du auch Angst?«

»Ja. Aber wie.«

»Ich auch.«

»Trotzdem hauen wir nicht heimlich ab.«

»Nein, auch wenn wir das wollten.« Abrupt blieb er stehen und hinderte den Jungen am Weiterlaufen. »Sprich bitte mit mir, wenn es dir zu viel wird, das Heimweh dich zerfrisst und die Angst dich nicht schlafen lässt. Schweige nicht! Und entferne dich niemals von dieser Gruppe. Niemals! Allein sind wir verloren! Verstanden?«

»Ed! Komm zurück!«, brüllte Henrik nun, so laut er konnte, und Elliot wusste, dass er den Soldaten mit jeder Faser seines Leibes retten wollte.

Tatsächlich raschelte es plötzlich direkt vor ihnen. Beide starrten auf einen Busch, dessen Blätter auseinandergeschoben wurden. Ein schwarzes Ungetüm, weit größer als ein ausgewachsenes Wildschwein, stand nur einen Steinwurf von ihnen entfernt. Sein Kopf war klein und endete in einem verkürzten Rüssel. Der hintere Teil des Leibes war weiß, die Hinterbeine waren wiederum schwarz abgesetzt.

»Was ist das?«, flüsterte Henrik entsetzt und suchte hinter Elliots Rücken Schutz. »Ist das ein Schwein oder ein Nashorn?«

»Es muss eine Tapir-Art sein. Aber diese habe ich auch noch nie gesehen, ich kenne sie nur in Braun. Das ist interessant …«

»Ich weiß nicht, mich würde eher interessieren, ob es gefährlich ist.« Die Finger des Jungen krallten sich schmerzhaft in Elliots Schultern.

»Au, lass das. Ohne Hemd ist das keine gute Idee. Festhalten ist in Ordnung, Löcher bohren nicht.«

Der Druck der Finger lockerte sich minimal. »Wie konnten wir vorhin so blöd sein und loslaufen, ohne uns irgendwelche Äste zur Verteidigung mitzunehmen?«

»Hm, vermutlich hatten wir es ein wenig eilig, vielleicht ist es auch ein Anfängerfehler. Aber Tapire sind Pflanzenfresser und an sich ungefährlich. Wollen wir hoffen, dass es kein Weibchen ist und keine Jungtiere in der Nähe sind.«

»Warum steht es da und starrt uns an? Es sieht aus, als würde es uns zuhören. Was sollen wir machen?«

»Die Ruhe bewahren.«

»Das kann ich nicht mehr lange«, flüsterte Henrik und drängte sich noch näher an Elliots Rücken.

Zwei Orang-Utans schwangen sich an Lianen unvermittelt über ihnen hinweg und stießen schrille Schreie aus. Elliot zuckte zusammen, und Henrik fiel vor Schreck zu Boden. Der Tapir stürzte an ihnen vorbei, so nah, dass sie jedes Haar seines kurzen Fells erkennen und die Strenge seines Geruchs wahrnehmen konnten. Dann verschwand er zwischen den Bäumen.

Sich bekreuzigend kauerte Henrik auf dem Boden. »Oh, mein Gott, oh, mein Gott«, flüsterte er und wiegte den Oberkörper leicht vor und zurück. Noch bevor Elliot ihn fragen konnte, ob er in der Lage sei, weiterzugehen, zeigte er in den Schlamm neben sich. »Sieh mal, das Vieh hat einen Zweig abgerissen und mit seinen Hufen, oder wie man das nennt, Spuren hinterlassen. Wir sollten auch auf so etwas achten. Abgebrochene Äste, Abdrücke von Stiefeln und so.«

Er ist nicht nur ein tapferer Kerl, er ist auch pfiffig, dachte Elliot und half ihm auf.

Dieses Mal ging er voran, den Jungen dicht hinter sich wissend. Das Zählen der Schritte verdrängte bald die Gedanken, die noch immer um Lillians Frage kreisen wollten, wie es denn nun weitergehen sollte.

Sie legten exakt 357 Schritte zurück, als Henrik ihn plötzlich an der Hüfte packte und zu Boden zog. Mit weit aufgerissenen Augen schaute er ihn an und hielt den Finger auf die Lippen.

»Was ist los?«, flüsterte Elliot und ließ den Jungen, der angestrengt lauschte, nicht aus den Augen.

»Ich habe jemanden gesehen.«

»Ed?«

»Nein, das war jemand anderes. Also, ich habe nur zwei Beine gesehen. Dahinten. Sie waren braun und nackt und ohne Schuhe. Das war nicht Ed.«

»Hoffentlich ist er ihnen nicht in die Arme gelaufen.«

»Es war nur einer.«

»Das ist nicht gesagt. Wir sollten umkehren. Wer weiß, ob unser Lager entdeckt worden ist.« Der Gedanke, Lillian zurückgelassen zu haben, jagte ihm eine Gänsehaut über den Rücken. Die Tatsache, dass Andrew, mit einer Muskete bewaffnet, bei ihr war, tröstete ihn nun nicht mehr. Vielmehr barg das unruhige Gemüt des Mannes weitere Gefahren. Was war, wenn er das Feuer eröffnete? Jemanden verletzte, einen größeren Angriff provozierte? In diesem Fall würde Lillian auch der Säbel nicht viel nutzen.

»Mr Markers sagte doch, die Menschen auf dieser Insel seien friedlich«, wisperte Henrik und richtete sich langsam auf. Er sah in die Richtung, in der er glaubte, jemanden entdeckt zu haben.

Ein Tropfen fiel Elliot auf die Wange, und er zuckte zusammen. Jetzt erschrecke ich mich schon vor Regen, dachte er und fühlte eine bleierne Schwere in seinen Beinen. Weitere Tropfen folgten, erst unregelmäßig, dann immer schneller, und binnen weniger Sekunden bildeten sie einen dichten Vorhang. Elliot seufzte. Nun würde der Regen jegliche Spuren verwaschen, jedes Geräusch überdecken und die Wege noch schlammiger machen.

Er bemerkte Henriks ungeduldigen Blick.

»Ja, das hoffe ich ebenfalls«, griff er das Gespräch wieder auf. »Aber wenn sich die Stämme in kriegerischen Auseinandersetzungen untereinander befinden, was öfter vorkommt, werden sie Fremden sicherlich nicht besonders wohlwollend begegnen. Wie auch immer, ich wäre gern dabei, wenn wir das erste Mal auf die Batak treffen. Die meisten von ihnen sind sicherlich bisher nie Menschen unserer Hautfarbe begegnet. Und wenn sie es sind, befürchte ich, waren ihre Erfahrungen nicht die besten. Insofern ist nicht klar, wie sie reagieren werden.«

»Woher wissen Sie, dass es Batak sein werden?«

»Ich kann es nur annehmen, aber sie sollen im Inselinnern leben. Und wir nähern uns dem Inselinnern. Wir sollten, wenn wir zurücklaufen, besonders aufmerksam sein.«

»Warum haben sie keine guten Erfahrungen mit uns?«

»Die Niederländer haben wohl schon mehrfach erfolglos versucht, Palembang einzunehmen, das ist weit entfernt, an der Ostküste, sehr weit im Süden gelegen. Die Engländer haben die Menschen auf Sumatra im Kampf gegen die Niederländer unterstützt. Aber ich kann nicht einschätzen, inwiefern die Bewohner dieser Gegend von den Auseinandersetzungen wissen und ob sie danach fragen, ob wir – aus ihrer Sicht – zur guten oder bösen Seite gehören.«

»Also gibt es doch Krieg?«

»Nein, soviel ich weiß, nicht.«

»Verdammt, vielleicht liegt Ed hier irgendwo, verletzt oder sogar …«

»Komm jetzt, und lass uns nicht das Schlimmste annehmen«, sagte Elliot und wollte nur eines: So schnell wie möglich zu Lillian zurück.

Ein komfortables Leben

»Meinst du, sie kommen noch?«, fragte Lillian leise über das Lagerfeuer hinweg, das sie nach dem Regen nur mit Mühe hatten entzünden können. Als Elliot und Henrik zurückgekehrt waren, hatte eine Welle der Erleichterung sie durchrollt, obgleich sie in dieser Sekunde begriffen hatte, dass beide Männer ohne Ed kamen.

Die Arme um die Beine geschlungen, zog Elliot die Augenbrauen zusammen, als würde das Denken ihm schwerfallen.

Lillian wusste, er zögerte nur, weil er die Antworten abwog. Aber es gab nicht vieles, was er erwidern konnte, ohne sie weiter zu beunruhigen. Die Nacht war hereingebrochen, und weder Tom noch Andris waren zurückgekehrt. Ob die beiden sich abgesetzt hatten? Vielleicht waren sie durch Elliot auf den Gedanken gebracht worden, hatten Ed getroffen, und falls nicht, würden sie sicherlich auch zu zweit gut zurechtkommen. Sie schämte sich für diesen Gedanken und wagte nicht, ihn auszusprechen. Aber er war da und wollte weitergedacht werden. Tom – ihn konnte sie nicht einschätzen. Was war mit Andris? Er hing an Joseph. Er würde ihn nicht zurücklassen. Hoffte sie. Oder hatte sein Verhalten, als sie der ersten Schlange begegnet waren, ihn verstimmt?

Sie verwarf den Gedanken, doch die nachdrängenden waren nicht angenehmer. Was war, wenn sich einer von ihnen verletzt hatte, oder gar beide? Wenn sie vom Tiger angegriffen worden oder den Batak in die Hände gefallen waren?

Elliot griff einen Zweig, stocherte in der Glut, und die Flammen züngelten zischend auf.

»Wir müssen es Joseph sagen.« Erstaunt lauschte Lillian dem Satz nach, der ihr – ohne ihr Zutun – entschlüpft war.

Den Zweig noch immer ins Feuer haltend, schaute Elliot sie an. Die Flammen ergriffen das trockene Holz und fraßen sich daran empor. Erst kurz bevor sie seine Fingerspitzen erreichten, ließ er den brennenden Zweig achtlos ins Feuer fallen. Wieder zog er die Augenbrauen zusammen. »Du willst es Joseph sagen? Wie willst du das machen? Und vor allem: warum jetzt?«

Lillian sah wieder seinen Blick vor sich, der so dunkel und abgrundtief gewesen war. Sie spürte noch einmal, wie er die Arme um sie geschlossen und die Hand in ihren Nacken geschoben hatte. Sein Gesicht war dem ihren, als er sich vorgebeugt hatte, langsam näher gekommen. Bis sie seine Lippen gespürt hatte. Weich und sanft. Sie schmeckte noch einmal den Kuss, und eine Gänsehaut zog sich von ihren Schulterblättern den Rücken hinab. Er denkt, ich will mit Joseph über uns reden, begriff sie. »Nein, ich meine, wir müssen ihm sagen, dass Ed verschwunden ist.«

Kurz schloss Elliot die Augen und seufzte. »Denke nicht, ich hätte mir nicht den Kopf zermartert, wie wir es ihm sagen. Und denke bitte erst recht nicht, ich würde es mit Leichtigkeit hinnehmen, in dieser Situation zu leben, aber jetzt ist nicht der rechte Zeitpunkt.«

»Das sehe ich auch so, ich wollte dich nicht erschrecken.«

»Ja, wir müssen mit ihm, sobald er bei Sinnen ist, über Ed sprechen. Und ich kann nicht einschätzen, wie er es aufnehmen wird. Es überrascht mich immer noch, dass Kapitän Johnson uns die beiden Soldaten als Begleitung zur Verfügung gestellt hat. Genau genommen habe ich meine Zweifel, ob das rechtens ist, aber hier, fernab der Heimat, geht jeder nach seinen eigenen Regeln vor. Wo kein Richter ist, ist auch kein Henker. Aber wer weiß, was geschieht, wenn wir nun ohne ihn zurückkommen …« Er seufzte abermals. »Ich nehme an, Joseph wird sich für die beiden Männer verantwortlich fühlen.«

Henrik warf sich auf die Seite und öffnete die Augen. Als er erkannte, dass sie, obwohl der Morgen graute, noch immer nur zu fünft waren, verzog er sein Gesicht. »Wenn es hell wird, dann kommen sie zurück. Bestimmt«, sagte er.

In diesem Moment fuhr Joseph mit glasigem Blick abrupt in die Höhe. Er tastete über seine geschwollenen Lippen und bemerkte nicht, dass gleich mehrere der Begleiter fehlten.

Behutsam legte Lillian die Hand auf seine Stirn. Er fieberte immer noch. »Hast du Schmerzen?«, fragte sie.

Er wiegte den Kopf, dann nickte er und begann, an einer Quaddel auf seinem Unterarm zu kratzen.

Lillian hielt ihm die Kokosschale mit Wasser hin. Zitternd versuchte er, sie anzusetzen, doch das Wasser schwappte über, bevor die Schale auch nur in die Nähe seines Mundes kam. Erst als sie ihm half, konnte er mehrere Schlucke nehmen. Dann hielt er inne, drehte den Kopf beiseite und erbrach sich. Erschöpft sank er wieder zurück und verbarg das Gesicht unter seinen Armen.

»Wenn er nicht einmal das Wasser bei sich behält, geht es ihm weit schlimmer, als ich bisher angenommen habe. Wir brauchen dringend Hilfe«, sagte Elliot.

Er liegt neben seinem Erbrochenen, dachte Lillian, unfähig, sich weiter auf das Gespräch zu konzentrieren. Sie schlich um den schnarchenden Andrew herum, nahm Erde und schüttete sie auf die wässerige Lache.

»Wer soll uns denn hier noch helfen?« Henrik stützte sich auf seinen Arm und sah Elliot verzweifelt an.

»Die Minangkabau oder die Batak oder wem auch immer wir zuerst begegnen.«

»Joseph hatte uns doch angewiesen, den Bewohnern der Insel aus dem zu Weg gehen.«

»Ja, damit wollte er, was durchaus vernünftig ist, eventuelle Konflikte vermeiden. Aber nun ist die Situation eine andere. Wir können nicht mehr danach entscheiden, was wir wollen. Wir müssen uns danach richten, was wir brauchen.«

»Gut, wir brauchen Hilfe, das ist richtig. Aber verfügen die Batak oder sonst wer über Medizin«, Lillian wies auf ihren zusammengekrümmten Mann, »die in solcher Notlage wirkt? Selbst die besten Ärzte in London wären damit überfordert.«

»Vermutlich, aber wenn wir einem der Flüsse folgen, werden wir über kurz oder lang auf weitere Dörfer stoßen. Henrik hat jemanden gesehen, in unserer Nähe, das heißt, wir sind ohnehin entdeckt worden. Ich bin nicht sicher, ob uns die Einheimischen überhaupt helfen können, aber es bestünde immerhin die Möglichkeit, dass wir alle zu essen bekämen. Reis, vielleicht ein wenig Fleisch. Wir hätten ein Dach über dem Kopf. Das wären Dinge, die auch Joseph bräuchte. Einen sicheren und trockenen Platz, um zur Ruhe zu kommen. Sobald sich sein Zustand bessert, wäre gerade für ihn Essen enorm wichtig.«

»Aber wie sollen wir ihn irgendwohin bringen?«

»Wir können zwei Bambusstangen nehmen und versuchen, mit den Hemden, einigen Rotangblättern, Lianen oder was uns sonst noch in die Finger fällt, eine Trage zu bauen.«

Für einen Augenblick meinte Lillian, im Haus in Soho Square zu sitzen, bequem in einem Sessel, zwischen weichen Kissen, damit beschäftigt, Bücher über die Fremde lesen. Die Neugier hatte sie durch die Seiten getrieben, und nichts hätte sie damals von der Überzeugung abbringen können, sie würde frohgemut und mutig durch den Dschungel wandern, begierig darauf, andere Völker kennenzulernen. Wie weit war das, was sie hier erlebten, von all diesen kindischen Ideen entfernt! Und nicht eine Sekunde hatte sie damals in Erwägung gezogen, dass sie Angst, brüllende Angst, haben könnte. Dass ihr Körper nur aus Müdigkeit, Hunger und Erschöpfung bestehen und ein einziger Schmerz sein würde, bei dem es kaum lohnte, genauer darüber nachzudenken, welcher Schnitt sich entzündet hatte, welcher Stich aufgekratzt eiterte oder ob die verkrusteten und vor Dreck starrenden Blasen an ihren Füßen zu einer Sepsis führen würden. Niemals hatte sie geahnt, dass sie nächtelang kaum schlafen würde, Krämpfe ihre Gedärme zerdrücken könnten und dass sie dennoch in der Lage wäre, sich immer wieder zu erheben, weiterzugehen, um sich nun sehenden Auges einer Gefahr auszusetzen, die im schlimmsten Fall für sie alle tödlich enden könnte. Kurz schüttelte sie den Kopf, um die Sehnsucht nach London, die sie gepackt hatte, zu vertreiben. Die Sehnsucht nach ihrem wunderbar komfortablen Leben, das sie selbst in Singapur gelebt hatte, genau genommen sogar bis zu dem Tag, an dem das Schiff ausgebrannt war. Sie schaute Elliot direkt an. »Meinst du, wir können Joseph tragen?«

»Ja, falls nicht, binden wir Lianen oder unsere Hemden an die Enden der Bambusstangen und ziehen ihn.«

»Gut, wenn du meinst, wir bekommen das hin, dann machen wir das.«

Sie war tapfer, diese Lillian Markers, und das beeindruckte mich. Ich erkannte die Notwendigkeit, ihr erneut zu helfen. Denn selbstverständlich ist mein Einsatzgebiet weit vielfältiger, als der Liebe den Boden zu bereiten oder hinter ihr aufzuräumen. Sicherlich wäre es vorher angebracht gewesen, einzugreifen, denn vor allem Eds Flucht hätte sich dadurch vermutlich vermeiden lassen.

Um es hier gleich vorwegzunehmen: Seine Entscheidung, sich alleine durch den Dschungel zu schlagen, ging nicht auf. Vertraut mit den Geschichten, die sich Seeleute von der ersten Flotte erzählten, die zu Beginn des siebzehnten Jahrhunderts von der Company nach Ostindien geschickt worden waren, glaubte er, in Aceh, an der nördlichen Spitze Sumatras, sein Glück zu finden. Der Sultan, so hieß es, hatte seinerzeit einen Tross Elefanten geschickt, als die Schiffe den Hafen von Kuta Raja erreicht hatten. Doch es waren nicht irgendwelche Elefanten gewesen, die er zur Begrüßung hatte aufmarschieren lassen, es waren die schönsten und prächtigsten Tiere gewesen, und einer von ihnen war mit aus Gold und Silber gewirkten Stoffen geschmückt gewesen. Zur Feier hatte es Hahnenkämpfe gegeben, Tänze der schönsten Frauen und Essen, bis niemand mehr sich hatte rühren können. Danach waren die Gäste ins Wasser gebeten worden, und dort, auf Bänken, auf Felsen oder auf was auch immer bis zum Hals im Wasser sitzend, waren sie mit Arrak und Tuak verköstigt worden. Die Diener des Sultans hatten den Männern die Trinkgefäße an den Mund geführt, dass niemand auch nur eine Hand hatte heben müssen. Es waren Erzählungen, die Eds Meinung nach deutlich machten: Dort, und nur dort, befand sich das Paradies auf Erden.

Zu den Träumen des Soldaten gesellte sich eine enorme Unkenntnis, denn zu dieser Zeit, als er den Weg ins Paradies suchen wollte, galt Aceh als kriegerisch, den Europäern nicht sonderlich wohlgesinnt. Und wenn ich mich recht erinnere, war diese Region eine der letzten auf Sumatra, die von den Europäern – gewaltsam im Übrigen – in ihr Kolonialreich einverleibt wurde.

Ihr ahnt es schon: Ed bezahlte diese Visionen seiner Zukunft mit dem Leben. Es nahm ein widerliches Ende, dessen Details ich vorenthalten möchte. Nur eines will ich hinzufügen: Die oft grausamer Handlungen gescholtenen Batak hatten ihre Finger nicht im Spiel. Trotzdem würde weder die Schiffsmannschaft noch jener zusammengewürfelte Haufen, der sich durch den Dschungel schlug, erfahren, was aus ihm geworden war. Erst 187 Jahre später, bei großflächigen Rodungsarbeiten im Dschungel, würden seine sterblichen Überreste, zumindest einige seiner Knochen, von Bauarbeitern entdeckt werden.

Vermutlich war es Eds Tod, der mich bewog, weiteres Unheil von der Gruppe fernzuhalten. Aus eigener Kraft würden sie es nicht schaffen, das erkannte ich – zugegebenermaßen sehr spät. Doch ich möchte zu meiner eigenen Verteidigung hinzufügen, dass auch ich nicht überall und gleichzeitig sein kann. Aber an jenem Morgen, als nur noch die kleine Resttruppe zusammensaß, hauchte ich ihnen Hoffnung ein und weckte die Überzeugung, sie könnten es schaffen.

Einander wiederzufinden.

Voranzukommen.

Hilfe zu erhalten.

Joseph zu retten.

Der grünen Hölle über kurz oder lang zu entkommen.

Natürlich bedachte ich auch Andris und Tom mit meinem Können. Sie hatten sich nicht im Dschungel verlaufen, sie hatten sich nicht verletzt und waren auch nicht angegriffen worden. Tom war schlicht und ergreifend in eine Tigerfalle gestürzt, glücklicherweise nur er. Es hatte einige Zeit gebraucht, bis es Andris gelungen war, ihn aus der Grube zu befreien.

Da die Dunkelheit bereits eingesetzt hatte, hatten sie vor dem Regen Zuflucht unter einem breiten Felsvorsprung gesucht, der eine Art Vordach zu einer gewaltigen Höhle bildete. Da sich hier Abertausende von Fledermäusen aufhielten, hatten die Männer es vermieden, hineinzugehen. Sie hatten seitlich der Einflugschneise gelegen und, als der Regen endete, die Fledermäuse über sich hinwegziehen sehen. Es war keine ruhige Nacht gewesen, das kann ich sagen, aber sie hatten die gefahrvollen Stunden der Dunkelheit unbeschadet überstanden. Erst am Morgen hatten sie bemerkt, dass sie die Nacht auf einem Bett aus Fledermauskot zugebracht hatten.

Nach einer Morgenwäsche fanden sie, so wie Henrik es vorausgesagt hatte, den Weg zurück, und das Wiedersehen fiel – auf beiden Seiten – nahezu euphorisch aus. Bald brachen sie gemeinsam auf, mit vereinten Kräften jenen Mann durch die Wildnis schleppend, dem sie das Elend verdankten.

In der Falle

Sie mussten nicht lange laufen, da ertönte ein dumpfes Schlagen, das sie aufhorchen ließ. In immer gleichem Rhythmus schien es ihnen den Weg weisen zu wollen.

»Wie ihr es vermutet habt: Sie haben uns bereits entdeckt«, erklärte Andris ruhig, »und jetzt rufen sie alle zusammen.«

Tatsächlich konnten sie bald darauf ein dicht an eine Felswand gebautes Dorf, über dem zwei Adler schwebten, ausmachen. Sie setzten die Trage ab und ließen den Anblick auf sich wirken: Ein Palisadenzaun, sowohl aus dicken Bambusrohren als auch aus schmalen Baumstämmen gefertigt und mit Stricken, vermutlich aus Rotang gewunden, miteinander verbunden, schlang sich um das Dorf. Lillian schätzte, dass die Pfähle, deren obere Enden allesamt spitz zuliefen, an den höchsten Stellen gut sieben Fuß maßen. Auf der Längsseite des Palisadenzaunes wiegte sich eine Reihe dicht gewachsener Bambussträucher im Wind. »Die Bewohner dieses Dorfes lassen keinen Zweifel – niemand soll hier unbemerkt hineinkommen. Ein Willkommen sieht anders aus«, sagte sie und schlang die Arme um sich selbst. »Sind das Batak?«

Andris nickte.

Elliot trat vor. »Wollt ihr mitkommen? Es ist nicht ohne Risiko, aber das sind Begegnungen mit Fremden nie.«

»Was sollen wir denn sonst machen? Ed hinterherlaufen? Vielleicht finden wir ihn ja hier, oder zumindest seine Überreste«, sagte Tom und bekreuzigte sich. »Also los, wir werden erwartet!« Er packte eines der Bambusrohre, und die anderen taten es ihm gleich. Doch bereits nach wenigen Schritten geriet er ins Straucheln. »Scheiße«, fluchte er, während die Trage ihm aus den Händen glitt. »Hier stehen auch überall diese Elefantendinger, ich wäre fast in eines hineingetreten.«

»Dann lasst mich vorgehen«, sagte Lillian und schob sich an den Männern vorbei. »Ihr tragt Joseph, und ich ebne euch den Weg.«

Kurz setzte Elliot an, um etwas zu sagen, doch Lillian schüttelte den Kopf. Er zog die Augenbrauen zusammen, und nun war es ihr Herz, das für einen Moment stolperte. Offensichtlich machte er sich Sorgen, fürchtete, sie könne sich verletzen. Sie griff sich den Säbel und strich mit ihm durchs Gras. Hin und wieder blieb die Klinge hängen, dann zog sie eine der Bambusspitzen aus dem Boden. So kamen sie Schritt um Schritt voran. Lillian ahnte, wie schwer Josephs Gewicht inzwischen in den Händen der Männer lag. »Wo müssen wir überhaupt hin?«, fragte sie nach einer Weile. »Ich sehe kein Tor.«

»Da drüben.« Andris wies mit dem Kopf auf eine Stelle, die sich kaum vom Rest der Palisade abhob.

Lillian hatte angenommen, dass es sich um Flickwerk handeln würde. »Dieses kleine Ding da?«, fragte sie ungläubig nach.

»Ja, es gibt in diesen Dörfern immer nur zwei Tore, vorne und hinten. Sie sind klein.«

»Sehr klein würde ich sagen. Besser kann man Feinde nicht

abwehren«, sagte Andrew. »Während sie sich durch diesen Spalt quetschen, werden sie vermutlich schon aufgespießt.«

»Du würdest auch enge Tore bauen, wenn Tiger in deiner Nachbarschaft leben«, erwiderte Elliot und ließ die Trage langsam zu Boden gleiten. »Lasst uns warten, ob sie uns öffnen.«

Nichts geschah.

Nur das dumpfe Trommeln war weiterhin zu hören.

Zwei Schweine spazierten vor der Palisade entlang und wühlten dann und wann zwischen den Bambussträuchern.

Lillian stand zwischen den Männern, die Hände zu Fäusten geballt. Für einen Augenblick fühlte sie Elliots Hand auf ihrem Rücken, ein sanfter Druck, der so schnell nachließ, wie er aufgetaucht war. Sie erschauderte, doch die kleine Geste gab ihr Kraft.

Die Stille ließ sie wieder zum Dorf hinüberschauen.

Das Trommeln war verstummt. Unwillkürlich hielt sie die Luft an, als das Tor zur Seite geschoben wurde.

Ein Mann, dessen hellbraune Hautfarbe sich in nichts von der vieler Menschen, die sie in Singapur gesehen hatte, unterschied, trat hervor. Er war barfuß, trug eine knielange schwarze Hose und eine kurze, offene Weste in dunklem Ziegelrot, die seinen nackten Oberkörper eher betonte denn verhüllte. Um den Hinterkopf lag ein Tuch geschlungen, das einem Turban glich.

Immer mehr Batak drängten geräuschlos aus dem Dorf, nahezu alle mit nackten Oberkörpern und in weiten Hosen. Jeder von ihnen führte einen Speer mit sich, von denen einige mit hölzernen, andere mit eisernen Spitzen versehen waren. Einer der Männer hatte sogar eine Muskete bei sich. Wie hat das Ding den Weg in dieses abgelegene Fleckchen der Insel gefunden? Dient es nur der Drohung, oder sind sie wirklich im Besitz von Patronen und Zündpulver?, durchfuhr es Lillian.

Aus den Augenwinkeln bemerkte sie, dass Andrew seine Muskete anlegte, als er die der Batak entdeckte. Doch Tom legte seine Hand auf den Lauf und schob ihn Richtung Boden.

Die Männer kamen langsam näher.

Ohne ein Wort zu verlieren.

Mit grimmigen Mienen umringten sie die Gruppe.

»Wenn diese Kerle noch nie helle Haut gesehen haben, merkt man es ihnen aber nicht an«, flüsterte Henrik und schob Lillian vor sich. Elliot trat neben sie und bildete mit dem Jungen, Tom, Andrew und Andris eine Art lebenden Wall um sie und die Trage, auf der Joseph lag. Kurz sah sie hinab auf ihren Mann. Er redete im Fieber, leises unverständliches Zeug. Sein Haar war schweißnass.

Lillian zuckte zusammen, als Andris das Wort erhob und den Mann, der zuerst das Dorf verlassen hatte, ansprach. Die Sonne brannte ohne Erbarmen. Sie sog die Luft ein, spürte Schwindel und fasste nach Henriks Unterarm. Sofort griff er ihre Hand, und Lillian umklammerte die seine derart, dass sie fürchtete, dem Jungen die Finger zu brechen.

»Sie wollen uns ins Dorf bringen«, sagte Andris, nachdem er mit dem Wortführer einige Sätze gewechselt hatte. »Ich habe ihn gefragt, ob Ed bei ihnen ist, aber darauf ist er nicht eingegangen.«

Die Männer öffneten den Kreis und hoben die Trage an.

Auf dem Weg zum Eingang des Dorfes bemerkte Lillian, die dicht hinter Henrik blieb, dass die Palisaden doppelt gereiht standen. Unsicher betrat sie den engen Durchgang, der überdacht war und sie zwang, den Kopf einzuziehen. Zwischen den Palisaden lag dorniges Gestrüpp und Geröll. Eine weitere Barriere, dachte sie und erschauderte. Sollte es in diesem Dorf Vieh geben, ist es entweder nie außerhalb dieser Festung, oder es muss so dürr sein, wie ich es momentan bin, um sich hier hindurchzuzwängen.

Kaum war die Gruppe durch den Gang geschleust worden, wurde das Tor zugeschoben und mit einem schweren Querbalken geschlossen. Lillian schluckte. Damit saßen sie in der Falle.

Sie wandte sich um und schaute erstmalig ins Dorf hinein. Eine breite, schlammige Gasse öffnete sich vor ihr, in der die Bambushütten einander gegenüberstanden. Ehrfürchtig wanderte ihr Blick die dunklen, sattelförmig geschwungenen Dächer hinauf, deren schmale mit Flechtwerk versehene Giebelfronten zur Gasse hin ausgerichtet waren. Die fensterlosen Längsseiten trennten nur wenige Schritte voneinander. Sie konnte an keiner der auf Pfählen stehenden Hütten Türen entdecken. Kleine Leitern, aus Zweigen gebaut, führten zu schmalen Eingängen, von denen vereinzelte ebenfalls mit Querbalken verschlossen waren. In zweiter Reihe bemerkte sie weitere Hütten, die ebenso gleichmäßig nebeneinander erbaut worden waren.

Nirgends konnte sie einen Grashalm oder eine Pflanze ausmachen, auch Gärten schien es nicht zu geben. Hühner liefen durch die Gasse, hier und da trotteten Schweine umher, und ein Hund bellte in die Stille hinein. »Wo sind die Frauen und Kinder? Verstecken sie sich vor uns?«, entfuhr es ihr.

»Ja«, sagte Elliot nur.

Ob ihre Herzen klopfen wie meines?, fragte Lillian sich. Vermutlich sitzen sie in den Hütten, halten ihre Kinder beisammen, und die Mutigeren lugen durch irgendwelche Spalten in den Wänden.

Die Batak drängten die Gruppe unerbittlich in Richtung

einer aus Holz erbauten Hütte, deren Seitenwände nicht bis ans Dach heranreichten, sondern auf halber Höhe endeten. Der mit Schnitzereien verzierte Giebel lief, ein Vordach über dem Eingang bildend, in einem Balkon aus.

»Das ist das Soppo, eine Art Audienzsaal. Dieser Ort ist der Stolz jedes Kampongs, und nur die Hütte eines Radjas ist ähnlich prächtig gearbeitet«, flüsterte Andris ihr zu, als sie direkt davorstanden. »Frauen haben hier keinen Zutritt, ich weiß nicht, ob du mit hineindarfst.«

Nacheinander kletterten Elliot, Andris, Andrew und Henrik die hölzerne Leiter hinauf, die, wie bei den anderen Hütten, aus Ästen gefertigt war. Die Batak griffen die Trage und hoben sie trotz Josephs Gewicht zum Eingang hinauf.

Tom zögerte. Ihm war anzusehen, dass er Lillian nicht zurücklassen wollte. Doch zwei Männer fuchtelten mit den Speeren und ließen keinen Zweifel: Er sollte den anderen folgen.

Zu gern hätte Lillian geweint, aber sie zwang sich, unbeteiligt dreinzuschauen, und so blieb sie stehen, allein, schwitzend und mit ineinandergekrallten Händen. Vielleicht bringen sie mich gleich zu Ed, in irgendein Verließ oder zur Feuerstelle, um mich zu verwursten, dachte sie und duckte sich angstvoll beiseite, als einer der Batak auch vor ihrem Gesicht mit seinem Speer herumfuchtelte. Sie verstand, kletterte hastig die Leiter hinauf und betrat den großen Raum, in dem es weder Tische noch Stühle gab.

Unsicher sah Lillian zu Andris und Elliot, die bereits auf einer der hölzernen Bänke saßen, die vor den halbhohen Wänden standen. Die beiden rutschten ein Stück auseinander, und sofort setzte Lillian sich zwischen sie. Immer mehr Männer drängten in den Raum, bis nur noch ein schmaler Platz mitten im Raum frei blieb.

Einer der Batak trat hervor, auch er hatte einen Turban um sein Haupt gewunden, doch ihn unterschied eine prachtvolle Tunika von den anderen Männern des Dorfes. Ein fein geflochtener Gürtel, der, wie der Saum der Tunika, mit glänzendem Tand geschmückt war, lag um seine Hüfte. Er musterte die Männer eingehend. Dann blieb sein Blick an Lillian hängen.

Ihr Herz raste.

Böse Geister

Der Radja beugte sich vor, so dicht, dass sie ihn riechen konnte. Eine holzige, erdige Note, die gegen den beißenden Gestank, der sich nahezu ölig unter ihren Achseln ausbreitete, angenehm war. Darüber lag ein Geruch, den sie nicht kannte und der sie entfernt an eine Kräutermischung erinnerte. Seine Haut war bis auf einige Bartstoppeln glatt, und um seine Augen herum zeichnete sich ein Netz feiner Falten ab, die sich vermutlich vertieften, wenn er lächelte. Sie erstarrte, als er ihr Haar berührte. Eine Strähne griff, sie in die Höhe zog und betrachtete. Dann trat er beiseite und musterte Henriks Locken.

Schon als er von ihr abließ, richtete er seine Worte an Andris. Auch wenn sie durchaus hörte, was der Malaie übersetzte, ergaben die Worte keinen Sinn. Ihr Blickfeld hatte sich verengt, der Puls rauschte in ihren Ohren, und die Hände lagen geballt mit schneeweiß hervortretenden Knöcheln auf ihren Oberschenkeln. Sie war nahezu erleichtert, als Joseph den Kopf hob, und sich auf seinen Ellbogen gestützt umsah.

Für einen Moment verstummten die Geräusche.

»Haben sie uns gefangen?«, fragte Joseph laut in den Raum hinein. Er erhob sich, doch bevor er sich zur vollen Größe aufrichten konnte, knickten seine Beine ein.

Erschrocken sprang Lillian auf und half ihm auf die Trage

zurück. »Es ist alles gut, diese Menschen werden uns helfen«, flüsterte sie, während sie sich neben ihn kniete.

Die Antwort war ein schnaubendes Geräusch, dann lehnte Joseph sich gegen ihre Schulter und schaute sich abermals um. »Wo ist der Soldat? Dieser Ed? Haben sie ihn schon verspeist?«

»Nein, niemand hat ihn verspeist«, flüsterte sie entsetzt und hoffte inständig, keiner der Batak würde auch nur das kleinste Wörtchen Englisch beherrschen.

Joseph hustete bellend. Als er versuchte, Luft zu holen, pfiff und rasselte seine Lunge hörbar. Auch ohne weitere Worte verstanden die Batak: Dieser Mann brauchte Hilfe. Einige traten an die Trage heran und begannen, miteinander zu diskutieren. Lillian kauerte auf dem Boden, Joseph an sich gelehnt, und starrte in die ernsten Gesichter hinauf. Sie haben weiße Zähne, dachte sie. Für mehr blieb kein Platz in ihrem Kopf.

»Die Batak gehen davon aus, dass böse Geister von Mr Markers Besitz ergriffen haben«, erklärte Andris, nachdem er eine Weile dem Wortwechsel gelauscht hatte. »Sie nennen diese Geister Begu, und es gibt derer viele. Jeder von ihnen verursacht eine andere Krankheit. Sie wollen wissen, ob sein Kopf heiß ist.«

Schnell berührte Lillian Josephs Stirn und nickte.

Ein Mann mit Bart beugte sich vor und wies auf die Quaddeln, die am Hals, im Gesicht und an den Unterarmen zu sehen waren. Joseph erwiderte den Blick mit eisiger Miene.

»Sie denken, es könnten mehrere Geister sein. Einer, der Fieber verursacht, der andere sorgt für die roten Stellen auf der Haut. Sie wissen, wie man die Geister vertreibt«, fuhr Andris fort. »Mr Markers, diese Männer werden nun ihr Wissen für Sie verwenden. Dürfen sie das?«

»Was haben sie vor? Wird es schmerzen?«

»Ich habe irgendetwas von einer Baumrinde verstanden und einem Trank, den sie zusammenmischen. Es wäre gut, wenn Sie dem zustimmen.«

»Gut, gut. Sollen sie machen.« Joseph stöhnte und griff sich an den Kopf.

»Es gibt übrigens auch einen Begu, der Kopfschmerzen verursacht, es wird Zeit, ihn loszuwerden.«

»Das habe ich dir doch schon so oft gesagt: Das ist alles Hokuspokus! Geister – wenn ich das schon höre. Ich sage dir, was passieren wird: Sie geben mir jetzt den Rest!«

Andris zuckte mit den Schultern, während drei der Männer das Soppo verließen.

Gut fünfzig Batak drängten sich inzwischen in dem Raum. Sie betrachteten schweigend die Fremden, die offensichtlich warteten. Auf die drei Männer, deren Rückkehr sich endlos hinzog. Lillians Mund war trocken, ihre Finger schmerzten, die Bluse klebte am Rücken, und sie hatte – trotz des Windes, der in den Raum hineinwehte, das Gefühl, kaum noch Luft zu bekommen.

Als die Männer zurückkehrten, trugen sie mehrere breite Bambusrohre und ein kleines Schälchen bei sich, das sie umgehend Joseph reichten. Ungläubig stierte er auf den grünlichen Brei, roch daran und würgte.

Der Batak, der ihm den Sud gereicht hatte, ging in die Hocke und sprach auf ihn ein. Sein schmaler Brustkorb glänzte braungolden, und unter seinem Turban lugten schwarze Haarsträhnen hervor. Die dunklen Augen waren von dichten Wimpern umrahmt.

»Er heißt Panjang, Sie können ihm vertrauen. Dieser Sud hilft, die bösen Geister zu vertreiben«, sagte Andris.

»Geister, ich kann das Wort nicht mehr hören!« Misstrauisch schaute Joseph den vor ihm hockenden Mann an, hielt die Luft an und schluckte den Sud. Als er die Schale abstellte, erhob sich Panjang, ging um die Trage herum und legte in gleichmäßigen Abständen mehrere Steine auf den Boden. Dann forderte er Joseph auf, das Hemd zu öffnen. Mit bebenden Fingern knöpfte er es auf und verfolgte mit aufgerissenen Augen, wie ihm der Mann eine helle Baumrinde, die kaum dicker als ein Blatt war, auf den Bauch legte. Nun musste er das Hemd wieder schließen.

Noch immer saß Lillian neben Joseph und rührte sich nicht. Es war, als wäre sie nicht vorhanden. Von ihrem Platz aus konnte sie erkennen, dass sich auch vor dem Eingang des Soppos zahlreiche Männer versammelt hatten.

Eines der Bambusrohre von gut vier Fuß Länge wurde Elliot übergeben. Ohne zu zögern, hob er es an und trank. Als er es absetzte, blinzelte er Lillian zu. »Das ist Wasser.« Dann reichte er das Bambusrohr an Tom weiter. »Nicht wundern, ich würde es gern dir geben, aber ich nehme an, hier werden erst die Männer verköstigt.«

Plötzlich rückten die Männer am Eingang zusammen, und mehrere Frauen betraten das Soppo.

Barbusige Frauen.

Erschrocken schaute Lillian zu Boden. So oft hatte sie davon gelesen, doch es zu erleben, trieb ihr die Röte ins Gesicht. Sie sah die Füße der Frauen, nackte Beine, knie- und knöchellange Röcke aus unterschiedlichem Tuch. Langsam ließ sie den Blick aufwärtswandern. Schmale Bänder oder handbreite Schärpen waren um die Hüften gebunden. Einige der Frauen trugen Sarongs, die mit einfachen Knoten in Taillenhöhe befestigt waren. Sie ließ den Blick noch höher wandern. Versuchte, nicht auf die Bäuche und Brüste, sondern direkt in die Gesichter zu schauen oder zumindest auf die Schalen, die sie allesamt hereintrugen.

Auch den Frauen war anzusehen, wie sehr sie sich bemühten, die Fremden nicht anzustarren, nur hin und wieder huschten verstohlene Blicke über die Schüsselränder hinweg.

Während sie die Schüsseln in die Mitte des Raumes stellten, bemerkte Lillian, wie unterschiedlich die Männer reagierten. Joseph hatte die Augen geschlossen, vermutlich war er wieder weggedämmert, Tom und Andrew schienen sich am Anblick der halb nackten Frauen zu erfreuen, während Henrik Fusseln von seiner Hose zupfte und Elliot wirkte, als würde er niemals Frauen in anderen Gewändern begegnen. Andris wiederum plauderte auf eine der Frauen ein, die mehrfach schüchtern nickte, während sie jedem der Anwesenden ein Pisangblatt reichte. Weitere Schüsseln folgten, in denen Yams und undefinierbare Knollen lagen, die Lillian an Kartoffeln erinnerten. Ihr Magen knurrte, aber erst als Andrew und Tom es den Batak gleichtaten und mit den Händen Reis auf ihr Blatt häuften, langte auch sie zu.

Sie beugte sich zu Joseph, berührte seinen Arm, um ihn zu wecken. Er schien nicht geschlafen zu haben, denn er öffnete umgehend die Augen. »Möchtest du Reis?«

Er schüttelte nur den Kopf. »Mir ist übel von dem Zeug, dieser Giftbrühe. Und ich bin müde.«

Erste Kinderstimmen ertönten vor dem Soppo. Lillian konnte am Ausgang zerzauste Haare sehen, zwei Kinder erklommen gerade die Leiter und lugten hinein. Eine Frau trat hinter sie und scheuchte sie davon.

Endlich war das Bambusrohr bei Lillian angekommen, und sie setzte derart gierig zum Trinken an, dass sich ein Schwall Wasser auf Bluse und Rock ergoss. Tom fing an, laut zu lachen. Elliot, Henrik, Andris und Andrew stimmten mit ein, während die Batak verwundert ihre Gäste beobachteten.

Lillian trank und aß, bis ihr Magen schmerzte. Im Anschluss saß sie matt auf dem Rand der Trage und verfolgte, wie einige der Batak Fackeln anzündeten. Sie rußten stark, doch das flackernde Licht wirkte beruhigend. Nach und nach leerte sich das Soppo.

Radja Sulang wies seine Gäste an, es sich auf den Bänken oder den Bastmatten, die auf dem Boden lagen, bequem zu machen. Er selbst legte sich neben Andrew auf den Boden. Der zögerte und schob dann die Muskete zwischen sich und den Gastgeber.

Tom sank auf eine der Bänke. »Das ist schon besser als unsere Schlafplätze der letzten Nächte, aber gibt es hier vielleicht ein Kissen oder gar eine Decke?«

»Du bist inzwischen eindeutig zu lange an Land«, sagte Andris und streckte sich zufrieden aus.

Tom lachte auf. »Da hast du wohl recht. Schade! Das wäre perfekt gewesen.«

Noch einmal hob Andris den Kopf. »Mrs Markers, es wurde darüber gesprochen, wo Sie die Nacht verbringen sollen. Die Männer meinten, Sie müssten in Josephs Nähe bleiben, um ihn zu versorgen. In der Frühe können Sie sich gern den Frauen anschließen. Sie wissen Bescheid und werden Sie zur Morgenwäsche mitnehmen.«

»Und was ist, wenn ich nicht rechtzeitig wach werde?«

»Keine Sorge, Sie werden rechtzeitig erwachen.«

»Was hast du dem Radja eigentlich gesagt, als Joseph nach Ed fragte?«

»Ich habe behauptet, Joseph hätte ein Grußwort an ihn gerichtet.« Kurz danach ertönte sein Schnarchen.

Leise erhob sich Lillian, als sie sicher war, dass alle schliefen. Sie schüttelte Joseph sacht an der Schulter, und er schreckte auf. »Pst, ich bin es. Es ist alles gut, aber du solltest wenigstens etwas Wasser zu dir nehmen. Wenn du bis jetzt die grüne

Brühe vertragen hast, wird das auch gut gehen.« Sie half ihm, aus einem der Bambusrohre einige Schlucke zu trinken. Als sie ihn niederlegte, schlief er sofort wieder ein.

Lillian setzte sich an den Eingang und schloss die Arme um ihre Beine. Das Dorf war in Dunkelheit getaucht, doch der leichte Wind war angenehm kühlend. Sie betrachtete den Raum, der im Schein der langsam erlöschenden Fackeln lag. An den halbhohen Wänden hingen Musikinstrumente, die Pauken ähnelten, eine besonders prachtvolle war aus Kupfer gefertigt. Vier sechseckige Baumstämme mit Schnitzereien waren jeweils in den Ecken platziert. Erst jetzt nahm sie eine Zwischendecke wahr, die sich über den halben Raum erstreckte und das Soppo in einen unteren und oberen Bereich trennte. Sie reckte sich und spähte hinauf, ohne viel erkennen zu können.

Kein Ed. Nirgends.

»Das werde ich dir nie vergessen.«

Erschrocken zuckte sie zusammen. Elliot. Joseph. Tom. Andris. Henrik. Andrew. Daneben der Radja. Sie alle schliefen.

Plötzlich regte sich Joseph. Sie kroch zu ihm, er hob den Kopf und sah ihr in die Augen. »Meine Beste, ich bin dir so dankbar.«

Er sagte noch etwas, aber seine Worte waren kaum verständlich. Sie beugte sich weiter vor, dicht an sein Gesicht heran.

»Vermutlich sage ich dir das viel zu selten. Aber du bist immer für mich da.«

Lillian strich ihm übers Haar. »Natürlich, du bist krank, da ist es doch selbstverständlich, dass ich mich um dich kümmere.« Es ließ sich nicht leugnen: Seitdem sie im Dschungel unterwegs waren, kamen sie einander näher.

Vielmehr kam er ihr näher.

Erst erkundigte er sich, ob er sie verletzt hätte, nun dankte er ihr. Vielleicht würde doch noch alles gut werden? Kurz blickte sie zu Elliot, der mit dem Rücken zu ihr lag.

»Meine Gute. Danke für alles«, hörte sie Joseph flüstern.

Er ist dein Mann, beschwor sie sich selbst, während sie weiter über sein Haar strich.

Josephs Gesichtszüge waren weich und entspannt. »Meine liebe Alice«, sagte er seufzend.

Lillian erstarrte. Erst nach zwei, drei Atemzügen schaffte sie es, die Hand von ihm zu nehmen.

Alice.

Wie konnte ein sanft klingender Name derart brutal daherkommen? Keine mandeläugige Schönheit mit schwarzen, seidig glänzenden Haaren, die sich die Männer zulegten, wenn sie in der Ferne weilten. Kein Kokosduft und keine zuckersüßen Früchte.

Nein, Alice! *Sie* stand zwischen ihnen. Von Beginn an.

Eine Tote.

Die erste Fackel erlosch. Der Raum verschwamm vor Lillians Augen. Sie wusste: Diesen Kampf würde sie nicht gewinnen können.

Erwachen

Alice.

Das Erwachen glich einem Faustschlag.

Noch bevor Lillian begriff, wo sie sich befand, stand der Name dieser Frau vor ihr und mit ihm die bittere Erkenntnis: Nichts von alledem, was auf sie eindrängte, war ein Albtraum gewesen.

Es war ihr Leben.

Das Hier und Jetzt.

Und mit ebenjener Erkenntnis breitete sich in ihr das Wissen aus, die grüne Hölle zu überleben. Weder die wildesten Tiere noch die Batak würden ihr Schaden zufügen. Sie würde Singapur erreichen, mit Joseph. Der in sein Leben zurückkehren und sie wieder der Einsamkeit überlassen würde.

Der Einsamkeit ihrer Ehe.

Was soll dieser Gedanke? Wünschst du dir, dass er krank bleibt? Oder im Dschungel verendet?, erschallte die gehässige Stimme in ihrem Kopf.

Nein, das nicht, entgegnete sie kraftlos. Aber das, was mich erwartet, wünsche ich mir ebenso wenig. Ich werde diesem Elend hier entkommen, um in der Leere zu landen. Sie hatte die Augen noch nicht einmal geöffnet und spürte schon das Brennen der Tränen hinter ihren Lidern.

Wer war Alice? Was machte sie so einzigartig? Warum blieb ihr Mann in dieser Liebe gefangen? Noch Jahre nach ihrem Tod? Selbst in seiner neuen Ehe?

Was wusste sie von ihr?

Nichts.

Weil er sie wie einen Schatz gehütet hatte.

Vor ihr.

Sie war seine Alice.

Sein Geheimnis.

Und vermutlich waren seine Selbstgespräche in Wahrheit Zwiegespräche, die er mit ihr führte.

Das Grunzen der hungrigen Schweine drängte sich in ihre Gedanken, und sie ließ es dankbar zu. Eine bessere Antwort auf die Frage, warum ihr Mann sie geheiratet hatte, gab es vermutlich nicht. Langsam drehte Lillian sich auf die Seite und öffnete die Augen.

Elliot.

Auch er lag auf der Seite. Und schaute sie an.

Still und regungslos.

Sein Blick tastete über ihr Gesicht.

Ob er die Leere in ihr sehen konnte?

Konnte er ihr wirklich zugetan sein? Konnte überhaupt irgendwer sie – mögen?

Ein Hahn krähte, und das helle Grau der Dämmerung kroch über die halbhohen Außenwände in den Raum hinein. Lillian stand auf, strich ihr Haar glatt und versuchte, Elliot zuzulächeln. Er wusste, dass sie erwartet wurde. Was ihr gestern Abend noch unerträgliches Herzklopfen verursacht hatte – allein unter fremden und halb nackten Frauen zu sein, deren Sprache sie nicht verstand und deren Gebräuche sie nicht kannte –, löste heute in ihr nur noch ein Schulterzucken aus.

Als sie zur Leiter trat, hielt Lillian erstaunt inne. Ein Pulk Frauen stand vor dem Soppo. Es mussten mindestens zwanzig oder gar mehr sein, die allesamt Bambusrohre mit sich trugen. Sie bemerkte das Entsetzen in den Gesichtern der Frauen, während sie auf ihren verdreckten, zerrissenen Rock starrten und die Bluse musterten, die als solche kaum noch auszumachen war. Verlegen strich Lillian sich über den Rock. Sie wusste, viel Arbeit wartete, um aus ihr wieder eine halbwegs ansehnliche Frau zu machen. Ihr Blick fiel auf die eigenen Unterarme. Rote Striemen, Kratzer, Schorf. Mehr Rot als Weiß.

Eine der Jüngeren trat vor, zeigte auf sich und sagte: »Aninda.«

Lillian wies auf sich. »Lillian.«

Mehrere der Frauen kicherten.

Kaum war Lillian die Leiter hinabgeklettert, schob Aninda sie in die Menge hinein. Viele der Frauen trugen Babys und Kleinkinder bei sich, die sie sich mit Tüchern auf den Rücken gebunden hatten. Während die Frauen sich auf den Weg machten, redeten sie unentwegt und zeigten auf Lillians Kleidung, ihre Arme, die Haare – nichts an ihr blieb unkommentiert. Immer wieder lachten sie wohlwollend, ganz so, als wollten sie versichern, dass Hilfe nahte.

Gemeinsam verließen sie das Dorf über den hinteren Ausgang, und schon nach wenigen Minuten blieb Aninda unter einer Pisangpalme stehen. Routiniert knotete sie aus dem Tuch, das um ihre Schultern lag, einen Beutel, den sie sich quer über den Leib hängte.

Lillian beobachtete, wie Aninda sich mit einigen anderen Frauen daranmachte, Pisangs aufzulesen. Schnell eilte sie ihnen helfend zur Seite, und flugs füllten sich die unterschiedlichen Beutel.

Die ersten Früchte essend, setzten sie ihren Weg fort und erreichten nach einer Weile einen Bach. An einer seicht abfallenden Stelle, die im Schatten eines Ficus stand, füllten die ersten Frauen die Bambusrohre mit Wasser. Andere setzten ihre Kinder ab, wuschen sie, um dann die Hüllen fallen zu lassen und selbst ein Bad zu nehmen. Im Anschluss fanden sie sich zusammen und ölten einander das Haar, während die Frauen, die derweil nach den Kindern gesehen hatten, ins kühle Nass glitten.

Auffordernd sah Aninda nun Lillian an, wies auf ihren Rock, schürzte die Lippen und machte ein abfälliges Schnalzgeräusch.

Lillian atmete tief durch, entkleidete sich und drehte den anderen den Rücken zu.

Sollten sie doch schauen.

Sollten sie sehen, wer sie war.

Wie sie war.

Vielleicht gaben sie dann Ruhe.

Doch zwei der Frauen, die eben noch die Kinder beaufsichtigt hatten, liefen neben ihr ins Wasser und ermunterten sie, sich hineinzusetzen. Sie folgte ihnen, und schon umspülte das herrlich kühle Wasser ihre Schultern. Eine der Frauen bog ihren Kopf zurück, bis Lillian nur noch das leuchtende Blau des Himmels vor Augen hatte. Sie fühlte, wie ihre Haare mit Wasser benetzt und Knoten um Knoten gelöst wurde.

Als sie aus dem Wasser kam, reichte ihr Aninda einen Sarong und frisches Kokosöl. Überrascht schaute Lillian sie und die anderen Frauen an, um sich dann mit einer Verbeugung zu bedanken. Doch die Frauen gestikulierten und redeten auf sie ein, wie sie das Tuch zu binden habe. Lillian lächelte. Sie konnte im Kreise der Frauen nackt baden, sich das Haar ölen, aber eines konnte sie nicht: barbusig vor Joseph und seine Begleiter treten. Entschlossen wickelte sie sich den Sarong als breites Band um den Leib und schlüpfte unter dem Protest der Frauen in ihren Rock.

Als die Empörung verebbte, halfen die Frauen ihr, Bluse und Leibwäsche im Bach zu spülen. Wie lange trage ich diese Wäsche jetzt?, überlegte Lillian, während sie das Leibchen auswrang. Sie konnte es nicht mit Gewissheit sagen. Sie versuchte zu errechnen, wie viele Tage seit ihrem Aufbruch in den Dschungel vergangen waren. Auch das wollte ihr nicht gelingen, die meisten Stunden schoben sich in ihrer Erinnerung ineinander, verwuchsen miteinander und bestanden aus immer gleichen Bildern lianenbehangener Bäume und wuchernden Gestrüpps.

Am Uferrand kniend, beobachtete sie, wie eine der Frauen derweil die zerschlissene Bluse ins Wasser tauchte. Der lindgrüne Ton war nur noch zu erahnen, und Lillian beschloss, sollte sie jemals wieder in Singapur ankommen, würde sie diese Farbe aus ihrer Kleidung verbannen. Lindgrün hatte sie für ihr Leben genug getragen.

Aninda holte sie aus Singapur nach Sumatra zurück, indem sie ihr auf die Schulter tippte und eine rot leuchtende Blüte entgegenhielt. Gerührt beugte Lillian den Kopf vor und genoss den Augenblick. Tatsächlich hatten diese Frauen es geschafft, den Schmerz, den sie am Morgen gespürt hatte, für eine Weile auf eine taube Stelle in ihrem Herzen zusammenschrumpfen zu lassen. Anindas Gesicht war dicht vor ihrem, konzentriert steckte sie ihr die Blüte seitlich ins Haar und ordnete noch einige Strähnen. Dann trat sie zurück, betrachtete ihr Werk und drückte mit einem weiteren Schnalzlaut ihre Zufriedenheit aus.

Lillian tastete nach den zarten Blütenblättern. Sie fühlte sich – zumindest äußerlich – so sauber, wunderbar sauber.

Das Wasser hatte den Staub von ihr genommen, und mit der Blüte im Haar und dem roten Sarong war sie gewappnet. So konnte sie zurückkehren und Joseph unter die Augen treten.

Und nicht nur ihm.

Im Dorf bedeutete Aninda ihr, vor einer der Hütten zu warten. Sie öffnete den Beutel mit den Pisangs und zog die nassen Wäschestücke hervor, die sie weithin sichtbar über einen Bambusbalken hängte.

»Wir können doch meine Leibwäsche nicht derart zur Schau stellen. Jeder sieht sie«, rief Lillian empört aus.

Aufmerksam schaute Aninda sie an, strich mit den Händen über den Stoff und erwiderte etwas.

Zu gern hätte Lillian die Wäsche an sich gerissen, aber wo sollte sie das nasse Zeug aufhängen? Es würde in der Enge des Dorfes keinen einzigen noch so winzigen Flecken geben, an dem auch nur die geringste Handlung der Gäste unbemerkt blieb. Und Andris auf dieses Problem aufmerksam zu machen, damit er es übersetzte, erschien ihr – irgendwie europäisch. Albern sogar.

Sie zuckte die Schultern und wartete auf Aninda, die mit den Bambusrohren voller Wasser und dem Beutel voller Pisangs in dem Pfahlbau verschwunden war. Nur wenige Atemzüge später kehrte sie mit einem groben Sack zurück und reichte Lillian ein Bambusrohr. Sie schob einen der Querbalken unter der Hütte zur Seite, wo die Schweine ihre Stallung hatten. Die Tiere, die wussten, dass nun ihre Fütterung anstand, sammelten sich dicht am Futtertrog. Aninda drängte sich an den borstigen Leibern vorbei und füllte zerstoßenen Mais in den Trog. Sie nickte dabei in die Richtung eines zweiten Troges, in den Lillian das Wasser aus dem Bambusrohr goss. Dann verließen sie, ohne den Querbalken zu schließen, die Stallung.

Als sie Anindas Zuhause betraten, bemerkte Lillian zuerst den Mann, der auf dem Boden lag. Dann die drei Kinder neben ihm. Sie waren älter als jene, die von den Frauen mit zur Badestelle genommen worden waren. Sowohl Vater als auch Kinder schliefen allesamt noch fest.

Kleine Körbe standen in der Nähe des Eingangs, die aussahen, als wären sie verkehrt herum aufgestellt worden. An der vorderen Seite wiesen sie eine Öffnung auf, aus einer von ihnen lugten Federn hervor. Lillian beugte sich vor: In jedem der Körbe hockte ein Huhn. Sie grinste, hier hatten offensichtlich die Hühner ihre eigene Hütte innerhalb der Hütte.

In einer Ecke des offenen Raumes waren mehrere Steine aufeinandergestapelt. Aninda stand über sie gebeugt und machte sich daran, mit schnellen Bewegungen ein Feuer anzuzünden. Sie rieb mit einem harten Holzstab so lange auf einem porösen Stück Holz, bis es Feuer fing. Geschickt entfachte sie die Flammen, und der Qualm verteilte sich im Raum.

Lillian hustete, während Aninda ein Reisährenbündel in die Höhe hielt. »Paddi«, sagte sie. Sie drückte ihr das Bündel in den Arm und schob sie wieder zum Ausgang.

Vor der Hütte zog sie aus der Stallung sowohl einen ausgehöhlten Holzklotz als auch einen schmalen Holzstamm hervor, der ihr bis zu den Schultern reichte.

Nebenan stand bereits die Nachbarsfrau, die sich mit Aninda zu unterhalten begann, und Lillian wusste, dass es um sie ging, denn die Frau wies immer wieder mit dem Finger in ihre Richtung. Mal auf den Rock, dann auf den Sarong oder ihr Gesicht. Aninda stellte derweil den Klotz zu Lillians Füßen ab. »Lossung«, sagte sie, klopfte auf das Holz und füllte die Vertiefung im Stamm mit den Reisähren. Sie zeigte zur Nachbarin, die umgehend anfing, ihren Reis in einem ähnlichen Klotz mit einem Holzstamm zu stampfen.

Konzentriert beobachtete Lillian den Bewegungsablauf, er unterschied sich in nichts von dem der reisstampfenden Frauen im Chinesenviertel. Das bekomme ich hin, beschloss sie, griff den Holzstamm und begann, ihn mit Schwung in die Vertiefung zu pressen. Sie spürte die Wärme und Feuchtigkeit der Luft, und schon nach wenigen Schlägen schwitzte sie aus allen Poren. Sie wischte sich über die Stirn und blies den Atem aus.

Aninda schüttelte den Kopf, kniff ihr in den Oberarm und hielt dabei den eigenen in die Höhe. Ein kräftiger Arm, deutlich kräftiger als der ihre. Lillian verstand: Sie holte aus und schlug den Stamm mit aller Wucht in den Holzklotz. Es rumste, und beide Frauen sahen zufrieden aus. Binnen kürzester Zeit fand Lillian sich in den Rhythmus aller Frauen des Dorfes ein, der als lautes Tocktocktock vermutlich weithin zu hören war.

Inzwischen kletterten Kinder aus immer mehr Hütten, sie versammelten sich auf dem Hauptweg und begannen zu spielen. Nach und nach folgten die Männer, die sich in kleinen Grüppchen zusammensetzten.

Aninda, die Lillians Arbeit beständig mit Schnalzlauten kommentierte, blickte in die Wölbung des Lossungs und bedeutete ihr nach einer Weile, mit dem Schlagen aufzuhören. Reis und Ähren hatten sich voneinander getrennt. »Bras«, sagte sie und zeigte Lillian in der gewölbten Hand die Hülsen und Reiskörner. Dann leerte sie den Bras in einen Korb, schob Klotz und Stamm in den Stall und kletterte in die Hütte zurück.

Lillian reichte ihr den Korb und folgte neugierig. Neben dem Feuer saß inzwischen der Mann des Hauses, er hielt eine große Messingpfeife in der Hand, in die er grünen Tabak stopfte. Er schaute teilnahmslos zu, wie die beiden Frauen den Bras siebten, um die Hülsen vom Reis zu trennen. Dann griff Aninda einen Topf, füllte ihn mit Reis und Wasser, um ihn über die Feuerstelle zu hängen. Den überschüssigen Reis gab sie in einen fein geflochtenen Korb. Sie verneigte sich vor Lillian und wedelte mit der Hand, fast so, als wollte sie einen Hund vertreiben.

Nickend und sich ebenfalls verbeugend, in der Hoffnung, dies würde als Höflichkeitsgeste verstanden, verließ Lillian die Hütte.

Binnen Sekunden erkannte sie den Unterschied zum Vortag: Kinder rannten spielend die Gasse entlang und um das Reisstampfen zu übertönen, schrien und lachten sie besonders laut. Ein Hahn krähte, irgendwo bellte ein Hund. Schweine wühlten im Schlamm des Weges. Ein Mann schimpfte, über was auch immer. Der Lärm war beeindruckend, hier pulsierte das Leben. War ihr das Dorf gestern mit den dunkel gedeckten Dächern, dem verschlammten Hauptweg und dem Fehlen jeglicher Pflanzen öde und trist erschienen, wirkte es jetzt umso lebendiger. Langsam lief sie in Richtung des Soppos, und alle Dorfbewohner, die ihr begegneten, blieben stehen und starrten sie an. Kurzfristig bildeten die Kinder eine Traube um sie herum, verloren aber schnell das Interesse, als sie merkten, dass ihre Späße offensichtlich nicht verstanden wurden.

Je näher Lillian dem Soppo kam, desto stärker schlug ihr Herz. Tatsächlich hatte die Fülle der Eindrücke sie für eine Weile vom Albtraum der Nacht, der sich als ihr Leben entpuppt hatte, abgelenkt. Sie fragte sich, ob sie es schaffen würde, Joseph gegenüberzutreten und zum Alltag überzugehen. Sie konnte nicht über Alice sprechen und über das, was ihn noch immer mit ihr verband. Denn diese Verbindung war die Leerstelle in ihrer Ehe.

Ob ihr Mann überhaupt ansprechbar war? Sie lugte durch den Eingang ins Soppo. Da saß er, mit dem Rücken zu ihr, und bemerkte sie nicht. Plötzlich schoben sich Panjang und drei weitere Männer an ihr vorbei. Sie trugen einen Pisangstamm in den Raum und legten ihn neben Joseph ab.

»Panjang ist sehr zufrieden, weil es dir besser geht. Er sagt, es sei so weit: Die Geister können nun aus deinem Leib ausziehen und in diesem Stamm einziehen. Wenn sie dies getan haben, werden die Männer sie wegbringen«, erklärte Andris.

Elliot stand im Hintergrund und grinste.

»Hör auf zu grinsen«, maulte Joseph. »Sonst denken die Männer noch, du lachst sie aus.«

»Nein, keine Sorge. Jeder wird erkennen, dass ich mich nicht über den Brauch, sondern über deinen Gesichtsausdruck amüsiere.«

Dieses Funkeln der Augen und den verschmitzten Zug um seinen Mund mochte Lillian an Elliot besonders gern. Sie schrak zusammen, als er sich zu ihr umwandte, ganz so, als hätte er ihre Anwesenheit gespürt.

»Oh! Guten Morgen, Lillian«, sagte er.

Und sie konnte ihn sehen – diesen Bruchteil einer Sekunde, in dem er ihr geöltes, blütengeschmücktes Haar und den eng gebundenen Sarong wahrnahm. In diesem kurzen Moment schien sich die Zeit zu dehnen, sie spürte die Bewunderung seines Blickes, der sanft über ihren Leib hinwegstrich.

Wenn Joseph jetzt immer noch nichts verstanden hat, muss er blind sein, dachte sie und senkte den Kopf, damit niemand erkennen konnte, wie die innere Hitze ihr die Röte in die Wangen trieb. Verstohlen schaute sie zu ihrem Mann hinüber: Er hatte offensichtlich nichts bemerkt. Vielmehr schien er –

wenn sie die Haltung seiner erhobenen Augenbraue richtig deutete – ebenfalls Gefallen am Anblick seiner Frau zu finden. Der Gedanke, ihm mit ihrem Äußeren Vergnügen zu bereiten und vielleicht des Nachts wieder seine Hände auf sich zu spüren, machte sie mit einem Mal wütend.

Sehr, sehr wütend.

Audienz beim Radja

Radja Sulang hatte ihnen Reis zum Frühstück angeboten. Hastig hatte Elliot, obwohl ihm jeglicher Appetit fehlte, der Höflichkeit halber eine Handvoll davon gegessen und daraufhin das Soppo verlassen. Lillians Erscheinen hatte in ihm eine Welle des Glücks ausgelöst. Sie hatte verändert gewirkt, auch wenn er nicht hätte erklären können, woran er diese Veränderung festgemacht hätte. Es war weit mehr gewesen als die Erfrischung eines Bades, das Leuchten einer Blüte oder der eng sitzende Sarong, unter dem sich zwei Schönheiten abgezeichnet hatten, an die er nicht mehr zu denken wagte.

Bezaubernd hatte sie ausgesehen.

Hier, inmitten der Wildnis.

Und das war auch Joseph nicht entgangen.

Joseph. Der zweite Grund, das Soppo zu verlassen. Es ging ihm besser.

Eine Erleichterung.

Trotzdem hatte Elliot erstmals die Anwesenheit des Freundes nicht ertragen. Auch Joseph schien verändert. Er war nölig und launisch. Wo war der Mann geblieben, der stets die Contenance wahrte und mit messerscharfem Verstand die richtigen Entscheidungen fällte?

Für einen Moment vermisste er die Langeweile, die sie

auf der Fahrt von England nach Singapur immer wieder erlebt hatten. Auf dem Schiff, das in Begleitung eines zweiten über die Meere dahingesegelt war, beladen mit Flusswasser, Tee, Brandy, Rum, Wein, Erbsen, Butter, Grütze, Sauerkraut, Stockfisch, gepökeltem Fleisch und vielem mehr. Neben den wohltuenden Gesprächen mit Joseph, die den Verstand gefordert hatten, war das Essen eine der wenigen Unterbrechungen der Eintönigkeit gewesen. Er sah die Schüsseln und Platten, die in der Offiziersmesse duftend und gut gefüllt an die Tafel gebracht wurden. Hörte, während er meinte, noch einmal am Tisch zu sitzen, die auf dem Deck stehenden Tiere brüllen, die an Bord ihr Leben fristeten, um den Speiseplan mit Köstlichkeiten wie Milch, Fleisch und Eiern zu bereichern. Am Fenster glaubte er abermals die Trostlosigkeit der kapverdischen Inseln auszumachen, die mit ihren schroffen Küsten, den weithin sichtbaren Vulkanen, vereinzelten Häusern und vom Wind zerrupften Palmen wenig boten, was das Auge erfreute. Er überquerte den Äquator, ganz ohne das übliche Saufgelage der Seeleute erleben zu müssen, das nach der Taufe folgte, der sich alle Seemänner unterziehen mussten, die das erste Mal die sogenannte Linie überquerten. Kein Neptun erschien, um milde gestimmt zu werden, kein Besatzungsmitglied wurde gezwungen, in Küchenabfällen auszuharren, niemand wurde verhaftet oder genötigt, unanständige Lieder zu singen. Beschaulich war es, und nur wenige Momente blieben ihm von den ineinander verschwimmenden Tagen so klar vor Augen wie der zehn Fuß lange Hai, den die Matrosen tatsächlich mit einer großen Angel, an die sie einen Strick mit Speck banden, an Bord holten und später genüsslich verspeisten. Er sah die Albatrosse ums Schiff fliegen, auf der Jagd nach dem Müll, den die Mannschaft ins Wasser kippte. Nie hätte er gedacht, dass er jene Zeit an Bord, die ihm sonst so verhasst gewesen war, vermissen würde. Doch nun waren diese Erinnerungen Überbleibsel einer Zeit, in der die Freundschaft mit Joseph noch ungetrübt gewesen war.

Er musterte die Spitzen der Palisaden, die bedrohlich ins Blau des Himmels ragten. Tatsächlich erschien ihm dieses Kampong noch enger als das Schiff, auch wenn es um einiges weitläufiger war.

Er brauchte Ruhe, eine Weile für sich.

Doch nun umringten ihn die Kinder, zupften an seiner Kleidung und versuchten mit allerlei Faxen, seine Aufmerksamkeit zu erringen. Ein Rückzug war in der Enge des Kampongs unmöglich. Bevor er sich entscheiden konnte, ob er das Dorf zu einem Spaziergang verlassen oder die zweite Häuserreihe begutachten sollte, ein Vorhaben, bei dem ihm vermutlich die Kinder auf Schritt und Tritt gefolgt wären, kam Andris aus dem Soppo. »Ich habe dem Radja gesagt, wie sehr du dich für ihr Leben interessierst. Er möchte dir gern mehr erzählen«, rief er ihm zu.

Fast hätte Elliot aufgeseufzt. Hätte es ihn sonst in ein Hochgefühl versetzt, von einem Radja Einblick in das Leben der Batak zu erhalten, überforderte ihn nun die Vorstellung von einem intensiven Gespräch im Dienste der Wissenschaft. Sein Kopf war leer gefegt, unfähig, einen Gedanken zu fassen. Doch er signalisierte Zustimmung und kehrte ins Soppo zurück.

Tom, Andrew und Henrik hoben die Hand zum Gruß, als sie an ihm vorbeigingen, um den großen Raum zu verlassen.

Da war sie wieder.

Lillian.

An der Seite ihres Mannes. »Ich darf die Frauen begleiten«, hörte er sie sagen. »Gegen Mittag werden wir vermutlich zurückkehren.«

»Wo geht ihr hin?«

»Auf die Felder, Unkraut zupfen und Brennholz sammeln.«

»Du willst Unkraut zupfen?«

»Ja, warum denn nicht? Das habe ich auch zu Hause bei meinen Eltern im Garten oft getan.«

»Wer begleitet euch?«

»Ich weiß es nicht.«

»Es werden doch sicherlich noch Männer mit euch gehen?«

»Nein«, schaltete sich nun Andris in das Gespräch ein. »Feldarbeit ist bei den Batak überwiegend Frauensache. Die Männer bleiben mit den Kindern im Dorf zurück.«

Joseph spitzte die Lippen, es war deutlich erkennbar, dass ihm die Pläne seiner Frau missfielen.

»Mache dir keine Sorgen. Wir haben einen Haufen Kinder bei uns, deren lautstarkes Quengeln jedes Tier in die Flucht schlägt.«

Radja Sulang stand im Hintergrund und rief Elliot ungeduldig etwas zu. Andris, der neben dem Oberhaupt des Dorfes stand, trat unruhig von einem Fuß auf den anderen. Elliot verstand: Er musste sich beeilen, damit er nicht den Eindruck erweckte, den Radja unhöflicherweise warten zu lassen. Er passierte den Raum und nickte sowohl Joseph als auch Lillian im Vorbeigehen zu.

Sie nutzte die Unruhe, die Joseph ablenkte, und verließ eilig das Soppo. Elliot sah ihr nach. Auch ihm gefiel der Gedanke nicht, die Frauen ohne Begleitung zu den Feldern laufen und dort arbeiten zu lassen. Was war, wenn sie wilden Tieren begegneten? Wenn sie anderen Batak begegneten? Die Kampongs lagen in dieser Gegend dichter beieinander, was die Wahrscheinlichkeit, auf Fremde zu treffen, erhöhte. Vermutlich gab es derzeit keine kriegerischen Auseinandersetzungen, denn der Alltag im Dorf wirkte friedlich. Vermutlich hätten die Männer ihre Frauen in so einem Fall nicht ohne Schutz auf die Felder ziehen lassen, versuchte Elliot gegen das Unbehagen, das sich in ihm ausbreitete, anzureden. Es half nichts: Er musste auf die Situation vertrauen, so schwer es ihm fiel.

Der Radja wies Andris und ihn an, ihm in die obere Etage zu folgen. Stolz zeigte er zuerst auf die Paddi-Vorräte, die hier lagerten. Gemeinsam nahmen sie auf einer geflochtenen Matte mit prachtvollen Mustern Platz, und es war offensichtlich: Sulang hatte seine Audienz vorbereitet. Eine Pfeife und mehrere Bambusrohre lagen in Griffweite. Zuerst nahm der Radja die Pfeife, entzündete sie, um sie an Elliot weiterzureichen, dann bot er Andris ein Bambusrohr an. »Das ist Tuak«, sagte der anerkennend. »Palmenwein. Sehr köstlich.«

Der Radja sortierte mehrere Bambusrohre vor sich, auf denen Schriftzeichen eingeritzt waren. Dann begann er zu sprechen, wobei er mit ausholenden Bewegungen seine Worte unterstrich, die Andris übersetzte: »Er ist sehr stolz auf seine Marga. Der Begriff ›Marga‹ ist vergleichbar mit dem der Familie bei den Europäern. Sulang kann die Geschichte seiner Marga weit zurückverfolgen.«

Elliot beugte sich vor und betrachtete die Schriftzeichen auf den Bambusrohren. »Stimmt es, dass bei den Batak alle lesen können?«, fragte er und hoffte, sich die familiären Zusammengehörigkeiten ein anderes Mal erklären lassen zu können. Denn diese waren kompliziert, das wusste er von William Marsden. Und er befürchtete, nichts von alledem in Erinnerung zu behalten. Keine Aufzeichnungen machen zu können, war ebenfalls hinderlich.

Verwundert zog der Radja die Augenbrauen in die Höhe,

als Andris die Frage übersetzte. »Natürlich. Sie lernen schreiben, alle. Die Kinder der Radjas werden zu einem hierfür besonders geeigneten Mitglied geschickt. Wenn im eigenen Kreis niemand geeignet ist, die Schriften zu lehren, werden die Kinder auch in nahe gelegenen Kampongs unterwiesen.«

Ein Lächeln ging über Sulangs Gesicht. »Er fragt, ob in dem Land, aus dem du kommst, die Jungen ebenfalls ihre Liebesschwüre in Bambusrohre ritzen und den Mädchen übergeben?«

Nun musste auch Elliot schmunzeln. »Ja, natürlich. So in der Art machen sie das auch in England.«

Radja Sulang stand auf und brachte ihm eine Art Buch, dessen Seiten bastähnlich wirkten. Es waren die heiligen Schriften.

Elliot bewunderte die leuchtenden Farben der filigranen Malereien und Schriftzeichen. Sein Geist begann sich wieder zu regen. »Andris, bitte frage ihn, ob die Möglichkeit bestünde, mir Farben und einige leere Seiten zur Verfügung zu stellen. Leider kann ich dafür als Dank nichts überreichen, aber ...«

Andris winkte ab, und der Radja nickte. Er schien sich geschmeichelt zu fühlen und zog Elliot in die Höhe, um ihn an verschiedenen Holzstäben entlangzuführen, die mit feinen Schnitzereien verziert waren. Vermutlich werden diese Prachtstücke Bannern gleich in kriegerische Auseinandersetzungen getragen, dachte Elliot und fixierte die Holzkiste, die danebenstand und hoffentlich das enthielt, wonach er sich sehnte: Schreibunterlagen.

Als der Radja die Kiste öffnete und einige der bastartigen Blätter entnahm, machte Elliots Herz vor Freude einen Sprung.

»Er kann dir keine Farbe geben, aber es dürfte sicherlich

kein Problem sein, im Kampong welche herzustellen. Panjang wird sich darum kümmern«, sagte Andris aus dem Hintergrund.

Elliot spürte die leicht raue Oberfläche der Blätter, die ihn wieder ein Stück weit vervollständigten. Lillian hatte es sofort erkannt: Der Verlust seiner Ausrüstung wog schwerer, als er selbst angenommen hatte. Aber nun – endlich – konnte er jede wichtige Beobachtung wieder schriftlich festhalten. Es würde so einiges auf die Bögen passen, wenn er möglichst klein schrieb und sich kurz fasste. Sogar Skizzen wären möglich, die er mit Angaben zu Farbverläufen versehen könnte. Nun fühlte er sich einem Gespräch gewachsen. »Andris, frage doch bitte, ob Radja Sulang mir jetzt von seiner Marga erzählt«, sagte er und wurde nicht Herr über das Strahlen, das in seinem Gesicht lag.

Ein Gespinst aus Lügen

»Wo warst du?«

»Auf dem Feld, das habe ich dir heute Morgen doch erzählt.« Lillian runzelte die Stirn.

Joseph saß vor dem Soppo im Kreise einiger Männer und sah zu ihr auf. Er nahm die Pfeife von einem Batak, sog daran und hustete. »Das schmeckt wie Heu. Grässlich.« Den Kopf schüttelnd, gab er die Pfeife weiter. »Ich hatte dir gesagt, du sollst das Dorf nicht verlassen.«

Für einen Moment fehlten Lillian die Worte. Der Mann, der sie mit Alice angesprochen hatte, der eine einzige Lüge lebte, hockte hier und wollte ihr Vorschriften machen? »Es geht dir besser. Das freut mich. Entschuldige meine Abwesenheit, vermutlich habe ich das vorhin anders verstanden«, erwiderte sie nur und beschloss, es in diesem Fall mit der Wahrheit ebenfalls nicht so genau zu nehmen. Wie sollte sie ihm auch erläutern, dass es ihr unmöglich gewesen war, in seiner Nähe zu bleiben, weil seine Gegenwart ihr körperlichen Schmerz verursachte?

»Ich habe da herumgelegen. Elliot war beim Radja, die anderen trieben sich sonst wo herum.«

»Ach, ich nahm an, du würdest dich, wenn ich das Dorf verlasse, um mich sorgen.«

Die Schärfe in ihren Worten schien ihm zu entgehen, denn er fuhr ungerührt fort. »Natürlich, mache ich das. Aber stelle dir bitte vor: Dann kamen diese Männer ins Soppo und redeten auf mich ein. Am Ende trugen sie diesen Stamm weg, den sie am Morgen neben mich gelegt haben.« Er schüttelte den Kopf. »Sie denken vermutlich, sie haben die Begus weggebracht. Aber in dem morschen Holz saßen nicht mehr als ein paar Termiten und Käfer.«

Zu gern hätte Lillian ihm ins Gesicht geschrien. Ihre Einsamkeit, ihren Schmerz und ihre Trauer über das Gespinst aus Lügen, in dem sie sich bewegten. Eines, das immer feiner und dichter wurde. Aber die Batak, die neben Joseph saßen, beobachteten sie eingehend. Auch wenn sie kein Wort verstanden, war ihr der Gedanke unangenehm, vor ihnen das Innenleben ihrer Ehe zu offenbaren. »Sehr gut!«, sagte sie und hörte, wie matt ihre Stimme klang. »Ja, es ist, wie du sagst: Die Begus haben dich nun verlassen. Sie haben den Stamm vermutlich ins Wasser geworfen, damit es die Begus aus dem Dorf bringt.«

»Woher weißt du das denn?«

Warum wurde sie immer wieder gefragt, woher sie irgendetwas wisse? Erwarteten Männer, Frauen würden ihre Augen und Ohren grundsätzlich verschlossen halten? Oder lag es an ihr? Traute ihr niemand etwas zu? »Das haben die Männer Andris erklärt.«

»Aha.«

Geschrei ertönte. Lachend jagten Kinder ein Huhn über den Hauptweg. Joseph beobachtete das Spiel eine Weile. »Siehst du das? Die Männer kümmern sich um die Kinder. Behaupten sie zumindest. Genau genommen werden die Kinder sich selbst überlassen, sie erhalten keinen Unterricht und erfahren keine Anleitung. Sie lernen nichts.«

»Dahinten sind doch noch einige Frauen. Sie weben irgendwelche Säcke.«

»Ja, und?«

»Wenn du den Männern nicht zutraust, auf die Kinder zu schauen, kannst du vielleicht darauf zählen, dass die Frauen eingreifen, sobald sie Einwände haben, was die Kinder treiben. Vielleicht passen die Frauen aber auch auf beide auf – die Kinder und die Männer?«

Joseph runzelte die Stirn. »Aber die meisten von ihnen sind auf den Feldern unterwegs, übrigens von meiner Frau begleitet. Sie sollten hierbleiben und sich um die häuslichen Aufgaben kümmern. Warum gehen nicht die Männer aufs Feld oder begleiten die Frauen?«

Lillian zuckte die Schultern. Die Kinder spielten. Die Frauen webten. Die Männer rauchten. Es schien doch alles zu funktionieren.

»Ihr ganzes Leben ist nur auf die Erhaltung ihrer selbst gerichtet, es fehlt an allem – Struktur, Aufgaben und Bildung. Es gibt nicht einmal einen Tempel, ich denke, es fehlt ihnen sogar an Religion.«

»Sie sind ganz zufrieden, zumindest ist das mein Eindruck. Warum sollen sie mehr wollen, wenn das Paradies, das sie umgibt, sie mit allem versorgt, was zum Leben nötig ist? Auch bei den Frauen, die Feldarbeiten verrichten, hatte ich das Gefühl, sie machen ihre Aufgabe gern. Weil sie diese als sinnvoll erachten.«

»Überlege doch mal, wie sehr sich die Lebensqualität im Dorf steigern würde, wenn der Ertrag der Felder erhöht werden könnte. Was möglich wäre, wenn man hier ein wenig nachhelfen würde.«

»Haben sie dich danach gefragt? Wollen sie das?«

Joseph schnaubte verächtlich auf.

»Die Felder geben genau das her, was sie brauchen, und das reicht ihnen offensichtlich. Der Boden erschien mir tonartig. Ich glaube, hier liegt auf vielen Feldern nur eine dünne Schicht Erde, ich weiß nicht, ob das so gut geht, wie du dir das denkst. Dann gibt es morastige Stellen und viel Wald, es ist nicht so einfach, in dieser Gegend Felder anzulegen. Deshalb sind ja auch einige der Wege sehr lang. Du weißt schon, was uns Elliot zu den Ladangs erklärt hat.«

»Ihr redet über mich?« Grinsend trat Elliot, mit Blättern in der Hand, aus dem Soppo, dicht gefolgt von Radja Sulang und Andris.

»Ja, ich bin der Meinung, das paradiesische Leben hindert die Menschen daran, genau das auszuschöpfen, was die Natur ihnen bietet. Sie betreiben keinen Handel. Stelle dir vor, was wir erreichen könnten, wenn wir in dieser Hochebene tätig werden würden, zum Beispiel im Anbau von Kakao oder Kaffee. Vom Abbau eventueller Bodenschätze wie Erz und Zinn will ich gar nicht reden.«

»Die Chinesen bestellen im Süden der Insel den Boden ebenfalls«, sagte Elliot, während er sich neben Joseph setzte und die Beine verschränkte. Er wirkte zufrieden und schien nicht zu ahnen, dass er sich in ein Streitgespräch einklinkte. »Sie verwenden darauf große Mühe und schaffen viel Dünger heran. Aber bisher sind alle Versuche, Kaffee anzubauen oder Kokospalmen in Plantagen zu pflanzen, gescheitert. Was sagt denn Sir Stamford dazu?«

Erleichtert sah Lillian Andrew, Tom und Henrik den Weg heraufkommen. Die Männer lachten, weil eines der Schweine Henrik immer wieder mit der Schnauze stupste.

Sobald sich alle im Soppo versammelt hatten, begann die Frau des Radjas, Essen zu servieren. Sie stellte eine Schüssel mit Curryreis und eine mit Knollen und Fleisch vor die Männer. Sie redete auf Andris ein, der sich erkennbar freundlich bedankte.

»Da sind wir ja gerade zur rechten Zeit gekommen«, sagte Tom, der neben Joseph saß. »Und was sehe ich da? Fleisch! Endlich! Ist das Huhn?«

»Nein, Eichhörnchen.«

Verblüfft starrten alle Andris an. »Ja, Fleisch, also Huhn, Hund, Schwein, Rind oder Büffel, gibt es nur an großen Festtagen. Sonst wird gegessen, was da ist. Das dort«, er wies auf die Knollen, »ähnelt der Kartoffel, allerdings sind die Gadong süßer.«

»Gut, dass du da bist, Andris«, sagte Joseph, während er das Eichhörnchenfleisch probierte. »Wir haben vorhin über den Handel im Dorf gesprochen. Kannst du den Radja bitte fragen, was er davon halten würde, mehr anzubauen und einen florierenden Handel, beispielsweise mit Reis, vielleicht auch Kakao oder Kaffee, zu betreiben?«

Andris wandte sich an den Radja, und die Antwort fiel kurz aus. »Das Dorf handelt auf dem Markt, der zwei Kampongs entfernt stattfindet. Viele der Familien verkaufen dort die Dinge, die sie im Überfluss haben.«

Lillian griff sich ein Stück Gadong und vermied es, Joseph anzusehen. »Ich erwähnte es ja bereits: Die Menschen haben hier alles, was sie brauchen«, sagte sie und ihr entging nicht, wie Henrik erstaunt innehielt und auch Tom sein Gespräch mit Andrew unterbrach.

»Ach«, sagte Joseph, »jetzt nimmst du die Menschenfresser in Schutz, oder was?«

Lillians Augen verengten sich zu Schlitzen. Ob er jemals mit seiner ersten Frau so gesprochen hatte? Noch vor Kurzem hatte er darum gebeten, Geduld mit ihm zu haben. Und nun? Spürte er ihre Wut? Reagierte er darauf? War das seine

Art, damit umzugehen? »Du hast uns in den Dschungel geschleppt und gesagt, uns drohe keine Gefahr durch die Batak. Nun sind wir hier, sie benehmen sich vorbildlich, und jetzt wirfst du ihnen ihre Gebräuche vor?« Sie sprang auf. »Danke für das gute Essen, aber ich bin fertig«, sagte sie an Radja Sulang gewandt. Dann lief sie los. Sie würde nicht weit kommen, aber das war ihr gleich.

»Wo willst du hin?«

»Ich helfe Aninda, und dann gehe ich wieder mit aufs Feld«, rief sie, ohne sich umzuwenden.

Sie hörte, dass Andris sich erhob. »Ich gehe ihr hinterher«, sagte er. »Mr Markers, essen Sie in Ruhe weiter und schonen Sie sich.«

Wahrheiten

»Was hast du Aninda erzählt? Du hast so viel geredet«, sagte Lillian, ohne Andris und die junge Frau anblicken zu können.

»Die Wahrheit.«

»Was ist denn die Wahrheit?«

»Dass Sie ein wenig Kummer mit Ihrem Mann haben und gern Ihre Mittagsruhe hier verbringen möchten.«

Lillian schluckte. Wenn Andris das Ausmaß ihres Elends erfasst hatte, war es auch den anderen nicht entgangen. »Es tut mir leid, dass ich mich eben derart aufgeführt habe.«

»Manchmal lässt sich das nicht vermeiden.«

»Hast du eine Frau?«

»Ja. Bintang, sie ist die Köchin.«

»Die Köchin, die bei uns in Singapur arbeitet?«

»Ja.«

»Das wusste ich nicht. Ich weiß so vieles nicht.«

»Ruhen Sie sich bitte aus. Aninda freut sich, wenn Sie hierbleiben.«

»Ich soll mich ausruhen? Schade, ich dachte, ich könnte ihr beim Weben oder etwas in der Art helfen.«

»Nein, über den Mittag wird hier geruht. Manchmal sollte man nichts tun und nur in sich hineinhorchen.«

»Wo ist eigentlich Anindas Mann?«

»Bei einem Hahnenkampf. Er verspielt regelmäßig ihr Hab und Gut.«

Lillian blickte die Frau an. Bei ihr waren es also Hahnenkämpfe. Wie unterschiedlich die Dinge sein konnten, die einem erfüllenden Zusammensein im Wege standen.

»Sie ist auch nicht glücklich?«

»Ich weiß es nicht.«

Plötzlich beugte Aninda sich vor und redete gestikulierend auf Andris ein. »Sie würde die Ehe gern auflösen. Es gibt eine Regelung dazu in den Hadat, und diese heißt Sei-sei.«

»Ich kenne weder das eine noch das andere.«

»Die Hadat sind vergleichbar mit dem, was die Engländer Gesetze nennen, und eine Regelung davon ist eben Sei-sei. Männer können ihre Frau wegschicken, meist kehrt sie dann ins Elternhaus zurück. Aber Sei-sei ermöglicht es auch der Frau, sich zu trennen und wieder in ihrem Elternhaus zu leben. Aber dann müssen die Eltern der Frau den Preis, den ihr Mann für sie entrichtet hat, zurückzahlen.«

»Die Batak bezahlen für ihre Frauen?«

Andris zog die Augenbrauen in die Höhe. »Ja, natürlich, das ist hier überall so, nicht nur auf Sumatra. Den Eltern fehlen zwei helfende Hände im Haushalt. Anindas Eltern haben drei Töchter, irgendwann werden sie alle weg sein.«

»Ist es nicht gemein, wenn der Mann seine Frau wegschicken kann, doch die Eltern der Frau müssen das Geld zurückgeben, wenn ihre Tochter zurückkehren will?«

»Der Mann hat für seine Frau gezahlt, wäre es nicht ungerecht, wenn es anders wäre?« Andris wirkte irritiert. »Wie ist das bei Ihnen geregelt?«

»Anders, aber sage mir: Musste Aninda seine Frau werden?«

»Nein, Frauen müssen zustimmen, ob ein Mann ihnen

zusagt. Aber Sei-sei findet nur selten Anwendung, sie wird wohl bei ihm bleiben. Entschuldigen Sie, wenn ich nachhake, denn Aninda fragt, ob Sie Mr Markers verlassen wollen.«

Aninda denkt darüber nach, ihren Mann zu verlassen. Und sie spricht darüber. Bisher habe ich nicht einmal gewagt, Derartiges zu denken, erkannte Lillian. »Bei uns gibt es per Gesetz kaum einen Weg, sich zu trennen. Ähnlich ist es bei unserem Glauben, aber das zu erklären, wäre sehr kompliziert.«

Die Frau beugte sich vor, sie wirkte besorgt und strich Lillian über den Arm. »Aninda sagt, Sie leben in einem strengen Land. Sie findet es schade, dass Ihre Hadat diese Möglichkeit nicht bieten.«

Lillian nickte, dann schüttelte sie den Kopf. »Ja, es ist schon möglich, aber schwierig und teuer.« Sie verschwieg, dass das Recht auf Scheidung Männern vorbehalten war und es nur durch Parlamentsbeschluss gewährt wurde.

»Also ist es bei Ihnen nicht gerecht, oder?«

Lillian begann der Kopf zu schwirren. »Das ist ... Ich ... also ich weiß gar nicht, ob ich meinen Mann verlassen wollen würde. Wir haben gerade einen Streit, das wird schon wieder«, sagte sie. Entschuldige bitte, ich sitze hier und belüge dich, dachte sie und wünschte sich, Aninda würde ihre Gedanken lesen können. Joseph und ich, wir haben keinen Streit. Ich wünschte sehnlichst, wir hätten einen über irgendwelche Kleinigkeiten im Alltag, eine Auseinandersetzung, die wir rasch beilegen könnten. Aber über das, was mein Herz belastet, kann ich nicht reden, zumindest nicht, wenn es vom Bediensteten meines Mannes übersetzt wird. Sie berührte Anindas Arm und strich über die hellbraune Haut. »Aber sie hat es richtig erkannt: Den Frauen, die das möchten, bleiben in unserem Land wenig Möglichkeiten.«

»Vielleicht wäre eine weitere Frau gut?«

»Wie bitte?«

»Sie meint, es sei von Vorteil, wenn der Mann eine weitere Frau ins Haus holen würde. Da ihr Mann das Geld bei Hahnenkämpfen lässt, kann er das leider nicht.«

»Warum ist es gut, eine weitere Frau ins Haus zu holen?«

»Aninda hätte gern eine Freundin hier. Eine, die ihr Gesellschaft leistet und die Arbeit mit ihr teilt.«

»Wie viele Frauen kann sich ein Mann denn ...«

»So viele er möchte, wenn er sie denn bezahlen kann.«

»Bei uns ist das anders. Unser Glaube erlaubt nur das Zusammensein von einem Mann und einer Frau.«

Andris kratzte sich am Kopf. »Ach, ich dachte, es wäre angebracht, sie nur in zwei verschiedenen Häusern wohnen zu lassen, weil die erste Frau mehr Rechte hat als die zweite.«

»Was meinst du damit?«

»Viele Engländer nehmen sich eine Malaiin als zweite Frau. Und die meisten versorgen sie gut.«

»Das ist ihnen eigentlich nicht erlaubt, wenn sie bereits verheiratet sind.«

»Dann muss ich meinen ersten Herrn falsch verstanden haben.« Er runzelte die Stirn. »Jetzt wird mir klar, warum er sie nur mir gegenüber erwähnt hat. Ich dachte, er wollte Rücksicht nehmen, weil seine Frau mit der anderen nicht gut auskam.« Er runzelte die Stirn. »Verzeihen Sie mir, das gehört nicht hierher.«

Lillian blickte ihn eindringlich an. Ihr lag die Frage auf der Zunge, ob auch Joseph sich irgendwo ein Kebsweib hielt.

Andris schien die Gedanken in ihrem Gesicht ablesen zu können, denn er hob die Hände in die Höhe. »Nein, nein! Ich ahne, was Sie denken! Mr Markers beachtet die Hadat, die für Sie gelten. Bitte verstehen Sie mich nicht falsch!«

Für einen Moment verspürte sie Erleichterung.

Wenigstens das!

Es gab nur Alice.

Das reichte auch.

»Ich bin sicher, die Frauen in unserem Land würden sich die Augen auskratzen, wenn es denn mehrere in einem Haus gäbe.« Zwei, vielleicht auch drei Atemzüge lang sah sie sich in Josephs Haus in Soho Square, als Zweitfrau neben einer Alice, von der sie nicht wusste, wie sie ausgesehen hatte, die aber in ihrer Vorstellung all das in sich vereinte, was ihr vermutlich fehlte. Eine stets lächelnde Schönheit, die mit gutem Gespür ihrem Mann das Leben angenehm ausrichtete, die bildhübsche Kinder um sich scharte und die, wenn sie Gäste empfing, den strahlenden Mittelpunkt jeder Gesellschaft bildete. Und in all diesen Bildern verlor sie selbst Kontur, löste sich zunehmend auf, bis sie verschwand, einem Nebel gleich.

Andris übersetzte ihre Antwort, und Aninda lachte auf. Ein helles Lachen, das die trüben Gedanken mit sich nahm und Lillian ansteckte. »Wirklich, so ist es: Wir sind nicht darin geübt, andere Frauen neben uns zu dulden«, beteuerte sie.

»Ja, hier streiten sich die Frauen ebenfalls oft, aber meistens wird das mit der Zeit besser. Aninda meint, es macht eben vieles einfacher.«

»Ich könnte es nicht, da möchte ich ehrlich sein. Doch ich möchte noch mal auf die Trennung zurückkommen: Wie läuft das ab? Die Eltern geben dem Mann das Geld zurück, und das war es dann?«

»Fast. Sie können die Summe in Silbergeld oder Ochsen zurückgeben, und meist müssen sie noch einen Ochsen schlachten, damit der Mann das Dorf einladen kann. Zu einem Festschmaus.«

»Der Mann richtet ein Fest aus? Auf Kosten der Eltern der Frau?«

»Ja, das ist ein guter Trost.«

»Erstaunlich, es ist erstaunlich, wie unterschiedlich unsere Welten sind. Wenn sie den Mann getröstet haben und die Frau geht – was ist dann mit den Kindern?«

»Sie bleiben beim Mann, aber Aninda würde sie ja täglich sehen.«

Lillian schluckte. Ich kann weder ermessen, wie es ist, seine Kinder zurückzulassen, noch kann ich nachfühlen, wie es ist, in der Enge eines solchen Dorfes zu leben. Ebenso wenig kann ich den Gedanken ermessen, sich vom eigenen Mann trennen zu wollen. Würde ich es wollen? Dass alle Welt von Mr Markers erfährt, der mit der alten Braut, die er zu seiner zweiten Frau machte, danebengriff? Sie seufzte und bemerkte, dass Andris sie nicht aus den Augen ließ. »Also sind sie doch nicht alle so glücklich, wie ich dachte.«

»Die Batak haben ihre Bräuche, und Sie haben die Ihren. Und in beidem ist viel Platz für Glück und Unglück.«

Walzer auf Sumatra

Joseph saß auf seinen Fersen, die Hände auf den Oberschenkeln abgelegt, im Kreise der Männer. Henriks Schulter berührte die seine, und das Knie des Matrosen drückte sich in seinen Rücken.

Das Soppo war zum Bersten voll. Halb nackte Männer drängten sich aneinander, es roch nach Schweiß, und die Hitze war erdrückend. Sie allesamt verfolgten, wie der Radja einen Tanz darbot. Viel Raum blieb ihm dafür nicht, aber es schien auch nicht vonnöten, denn mit dem, was er unter Tanz verstand, hatte dies wenig zu tun. Der Radja wiegte den Oberkörper hin und her, verdrehte die Arme, und seine Augen starrten entrückt in die Höhe.

Nicht eine Frau war im Soppo. Auch Lillian hatte entschieden, sich dem Abend nicht anzuschließen, um die Gebräuche der Gastgeber zu respektieren. Ob sie ihm auswich? Seinen Protest hatte sie charmant weggelacht und gemeint, er würde sich in bester Gesellschaft befinden. Am Morgen und Nachmittag war sie mit den Frauen aufs Feld hinausgegangen. Beides gegen seinen Willen. Vermutlich wurde es Zeit, andere Seiten aufzuziehen.

Mehrere Männer standen ihm gegenüber, drei hatten Trommeln umgehängt, auf die zwei von ihnen mit den Fäusten einschlugen, der dritte nutzte Hölzer. Neben ihnen drosch ein vierter auf einen kupfernen Kessel ein, der fünfte blies auf einer Flöte herum, deren Töne schrill und kreischend über den dröhnenden Trommelschlägen lagen. Es fiel Joseph schwer, einen klaren Gedanken zu fassen. Lag es daran, dass er sich erst auf dem Wege der Besserung befand? Oder waren es der Lärm, die Enge und die Hitze?

Und dann war da noch dieses Gefühl.

In seinem Magen. Diese innere Unruhe.

Immer wieder kehrten seine Gedanken zu Lillian zurück.

Nie hatte er geglaubt, sie gut zu kennen, inzwischen erschien sie ihm fremder denn je.

Sein Blick fiel auf seine Hände. Die Quaddeln bildeten sich zurück, sie waren inzwischen nicht mehr als rosafarbene Flecken.

Der Tanz endete. Für einen Moment nahm er an, die Vorführung wäre damit beendet. Doch nun begaben sich andere Männer in den Kreis und führten die Verrenkungen weiter. Joseph sank in sich zusammen. Wie lange würde dieses Gezappel noch dauern? Sein Rücken begann zu schmerzen, und er wünschte sich sehnlichst, endlich schlafen zu dürfen.

Neben ihr.

Und da war sie wieder: Lillian.

Seit wann kreisten seine Gedanken immer wieder um sie?

Sie erschien ihm – es fiel ihm schwer, das passende Wort zu finden – auf irgendeine Art aufrechter. War da etwas, das sein Herz in Schwingungen versetzte?

»Mr Markers?«

Die Musik hatte geendet, die Tänzer waren verschwunden, und vor ihm stand der Radja.

»Er fragt, ob Sie zeigen möchten, wie bei Ihnen zu Hause getanzt wird«, hörte er Andris.

Er schaute zum Malaien, dann wieder zum Radja. »Ich soll tanzen?« Erschrocken riss er die Hände in die Höhe. »Bitte ihn um Verzeihung und sage ihm, dass meine Beine dafür noch zu schwach sind.« Hastig zeigte er auf Elliot. »Er wird es ihm gern zeigen. Oder, Elliot, das wirst du doch?«

Der blickte ihn an. Ruhig, fast versonnen. Er war frisch rasiert, und kurz fragte Joseph sich, wie er das bewerkstelligt hatte. Auch sein Hemd musste er gewaschen haben, es wirkte sauberer. In den letzten Tagen, oder waren es schon Wochen, hatte er an Gewicht verloren, und die Konturen seines Gesichtes traten deutlicher hervor. Er wirkte männlicher. Weniger wie ein verkopfter Wissenschaftler, der ... Er schob den Gedanken beiseite. Himmel, wie lange war ich krank?, fragte er sich. Ich habe den Eindruck, alles ist in Bewegung und Veränderung.

Elliot erhob sich, nickte dem Radja freundlich zu, begann zu summen und sorgsam die Schrittfolge eines Walzers zu setzen.

Die Batak verfolgten aufmerksam jeden seiner Schritte. Joseph glaubte, sogar Bewunderung auf ihren Gesichtern zu erkennen.

Henrik griff Elliots Summen auf und begann, den Takt zu klatschen. Sofort fielen Andrew und Tom mit ein. Auch er hob folgsam seine Hände. Das Klatschen schien Elliot zu beflügeln. Er lächelte, summte lauter und baute Sprünge in seinen Tanz ein, die nichts, aber auch gar nichts, mit einem Walzer zu tun hatten. Sollte er beabsichtigt haben, seine Gastgeber damit zu erfreuen, konnte er diese Albernheiten als Erfolg verbuchen. Radja Sulang strahlte und unterhielt sich angeregt mit Panjang. Offensichtlich diskutierten sie die Tanzschritte. Mit einer abrupten Verbeugung beendete Elliot die Vorführung.

Für einen Moment herrschte Stille, dann redeten die Batak durcheinander, und der Radja erhob sich. Er ging auf Elliot zu und dankte ihm.

Sie sehen in ihm den Anführer, durchfuhr es Joseph. Ob Andris den Grund, weshalb ich nicht tanzen wollte, verständlich übersetzt hat? Die Batak haben sich erst an mich gewandt, und nun nehmen sie vermutlich an – wenn der Malaie nicht das weitergegeben hat, worum ich ihn gebeten habe –, ich hätte diese Ehre zurückgewiesen, weil sie Elliot zuteilwerden muss.

Und wieder rumorte etwas in seinem Magen.

Gespräch mit einem Tiger

»Habt ihr gestern noch miteinander gesprochen?«, fragte Elliot und bog die Zweige eines Busches beiseite, die weit ausladend in den schmalen Pfad hineinwuchsen. Während Lillian an ihm vorbeiging, musterte er sie. Er hatte sie nachts weinen hören, da war er sich sicher. Aber nun war ihr – bis auf die Augenringe – nichts von irgendeinem Kummer anzumerken. Sie trug heute wieder die Bluse, den Sarong hatte sie über ihren Rock gebunden. Plötzlich strich sie hastig über den Stoff. Vermutlich war sein Blick zu aufdringlich gewesen.

»Ja, es ist jetzt nicht sonderlich kleidsam, aber es hält den Rock zusammen«, sagte sie verlegen. »Eigentlich wollte ich ihn waschen. Aber als ich hörte, wir würden heute zu einer Exkursion aufbrechen, habe ich darauf verzichtet.«

»Eine Exkursion ist das nicht, und ich versichere dir: Diese Sarong-Rock-Kombination ist die perfekte Bekleidung für unser Vorhaben. Zumindest unter diesen Umständen.«

»Du machst dich über mich lustig.« Sie lächelte spitzbübisch. »Und irgendwie tut es gut, wenn wir uns mal für einen Augenblick nicht so ernst nehmen. Uns und dieses verdammte Elend. Um auf deine Frage zurückzukommen: Ja, Joseph wollte gestern nach der Feier mit mir sprechen. Haben wir dich geweckt? Ich bin auf der Leiter beim Hinabklettern gestolpert und habe, befürchte ich, einen Heidenlärm verursacht.«

»Ja, das hast du, aber ich habe noch nicht geschlafen. Hast du dir wehgetan?«

Sie schüttelte den Kopf.

Elliot wartete, ob sie mehr erzählen wollte. Die Frage, die sich ihm dabei aufdrängte – was er denn hören wollte –, ignorierte er.

»Wir sind einmal durchs Dorf gelaufen. Ich dachte, Joseph wäre wütend, aber er hat versucht, mir zu erklären, wie sehr er sich um mich gesorgt hat. Er hat mir zudem versichert, er wolle für das Dorf und natürlich für England nur das Beste.«

Als die beiden ins Soppo zurückgekehrt waren, hatte Elliot gehört, wie Joseph seine Frau beschworen hatte, sie müssten zusammenhalten. Lillian verschwieg es. Und es war ihr gutes Recht. Aber was sollte er ihr sagen? Dass er Joseph zunehmend als Belastung wahrnahm? Sein Freund war ein hervorragender Handelsagent, einer, der sich sowohl auf dem politischen als auch auf dem kaufmännischen Parkett sicher bewegte. Aber hier, fernab der Zivilisation, zeigten sich Schwächen, die er nie erwartet hätte. »Ich denke, er möchte wirklich und aus vollem Herzen für alle das Beste. Und das gilt auch für dich.«

Lillian legte den Kopf schräg. Sie wollte etwas erwidern, aber Panjang, der ihnen vorausgelaufen war, blieb laut rufend neben einer Erhebung unter einem Merantibaum stehen, dessen Stamm sich aufgefächert aus der Erde hob, als hätte die Natur versucht, ihm Flügel zu verleihen.

»Das ist das Grab eines ehemaligen Radjas«, erläuterte Andris, als sie die Gruppe erreichten.

Interessiert kniete Elliot sich neben die Einzäunung. Vier Bambusstäbe steckten die Grabstelle ab. An den Spitzen der

Stäbe flatterten kleine helle Stofffetzen, die an Wimpel erinnerten.

»Was ist das?«, fragte Lillian mit gerunzelter Stirn und wies auf einen der Stäbe, an den Knochen angebunden waren.

»Das sind Kieferknochen eines Ochsen, darunter hängen Hörner«, sagte Andris mit ernster Miene. »Diese Beigaben zeigen, wie wichtig und mächtig dieser Radja einst gewesen sein muss.«

»Na, dann könnten sie wenigstens mal das Grasgelumpe vom Grab wegzupfen. Das würde besser aussehen«, erwiderte Tom kopfschüttelnd.

Elliot grinste und öffnete den Beutel, den er bei sich trug, zückte eines der Papiere samt einer Hühnerfeder, die er am Morgen notdürftig präpariert hatte. Dann holte er ein verschlossenes Tiegelchen mit Farbe hervor und öffnete es. Während Andris übersetzte, was Panjang erklärte, begann er, erste Striche zu setzen. »Das wird etwas Zeit in Anspruch nehmen. Falls ihr weiterlaufen möchtet, geht gern los, aber nicht zu schnell bitte, damit ich euch folgen kann.«

»Wir werden dort hinten im Schatten des Pisangbaums warten, dann bist du ungestört«, sagte Tom. »Derweil werden wir uns stärken, vielleicht ein Nickerchen machen. Also lass dir gern Zeit, viel Zeit …«

Kaum hatten die anderen sich entfernt, trat Lillian neben Elliot. Sie wirkte unruhig. »Was hast du auf dem Herzen?«, fragte er, ohne aufzusehen.

»Wo liegt eigentlich Alice begraben?«

Er erstarrte. Ein großer Klecks Farbe tropfte auf die Skizze.

»Entschuldige, das ist meine Schuld, ich wollte dich nicht erschrecken.«

»Nein, ich bin nur ungeschickt. Mit dieser Feder geht es

nicht so, wie ich mir das erhofft hatte.« Er wandte sich um und fixierte Lillian. Blass und angespannt stand sie vor ihm. »Und Alice«, fuhr er fort, »ist in Singapur beigesetzt. Warum fragst du das?«

»Was? Seine Frau liegt in der Stadt begraben, in der wir nun leben, und er erwähnt es mit keinem Wort?«

»Du weißt das nicht?«

»Nein!« Sie verschränkte die Arme vor der Brust, und eine tiefe Zornesfalte bildete sich auf ihrer Stirn. »Dann war er also weiß Gott wie oft an ihrem Grab, und ich erfahre es nicht?«

»Er hat mir gegenüber nichts erwähnt. Warum möchtest du das mit Alice wissen?«, fragte er abermals und hoffte, sie mit dieser ebenfalls heiklen Frage von dem selbst ihn erschreckenden Einblick in die Ehe der beiden abzulenken.

»Die Frage sollte doch viel eher lauten: Lillian, du dummes Huhn, warum willst du das mit Alice erst jetzt wissen? Warum hast du nicht früher hingeschaut? Nachgehakt? Ich war so unfassbar dumm. Ich dachte, eines Tages erzählt er es mir. Und so habe ich mich damit begnügt, sehr wenig über sie zu wissen. Genau genommen weiß ich gar nichts über sie. Ein Fehler, ein böser Fehler.«

»Ihr habt nie über seine erste Ehe geredet?«

Sie schüttelte den Kopf.

Elliot nahm seinen Ärmel und tupfte die Farbe auf. Was sollte er ihr erzählen? Sollte er ihr überhaupt von Alice erzählen? Das war Josephs Aufgabe.

»Mochtest du sie? War sie nett?«

»Ja.« Es war Josephs Glück, dass er im Dorf geblieben war. Weil er noch zu erschöpft war, wie er gesagt hatte. Sonst hätte er ihn nun am Kragen gepackt und angebrüllt. Vermutlich ohne ein passendes Wort zu finden.

Es war, als würde sie seine Gedanken lesen können, denn sie erwiderte: »Es gehört sich nicht, dich zu bedrängen. Lass uns zu den anderen gehen.«

Wie betäubt raffte Elliot seine Sachen zusammen und folgte ihr.

»Jetzt wollen wir uns eine Rodung anschauen. Auf der Fläche soll irgendwann ein Reisfeld entstehen«, sagte Henrik und hielt ihnen mehrere Pisangs entgegen. »Es ist nicht weit von hier.«

Panjang sprang auf und verschwand auf einem Pfad, der ebenso eng und zugewachsen war wie der vorangegangene. Die Hitze schien ihm nichts auszumachen.

»Na, bist du erschöpft?« Tom schlug Elliot auf die Schulter. »In der Nähe des Feldes gibt es wohl einen Fluss, da können wir uns erfrischen. Dieser Fluss führt zum Toba-See. Dort soll es hübsch sein.«

»Ich hörte davon.«

»Na, ist nicht jeder so ein Wissenschaftler mit schlauen Büchern, in denen nette Bildchen die Welt erklären. Unsereins muss sich das selbst anschauen.«

Ein Pfeifen ließ sie aufhorchen. Panjang war stehen geblieben und zeigte den Pfad entlang.

Ein Tiger.

Entspannt auf der Seite liegend, beobachtete das Tier die Gruppe.

Und von einer Sekunde auf die andere war nichts mehr wie zuvor.

Selbst der Dschungel schien den Atem anzuhalten.

Die Angst schnürte Elliot die Kehle zu, als würde eine Faust seinen Hals packen und unerbittlich zudrücken.

»Er ist wunderschön«, flüsterte Lillian, »aber ich würde jetzt gern verschwinden.«

Elliots Hand fuhr vor, er packte Lillian und hinderte sie daran, die Flucht zu ergreifen. Und er konnte ihr nur beipflichten: Das Tier war beeindruckend schön. Eine dunkelorange Fellfarbe, die am Bauch und den Innenseiten der Beine in Weiß überging, mit schwarzen Streifen am Leib. Am Kopf war die Musterung gespiegelt, auf den Vorderpfoten schien sie zu fehlen. Die Augen wirkten auf die Entfernung hin grasgrün.

»Bleibt hier«, gab Andris ebenso leise zurück. »Ich verstehe etwas von Tigern. Sie sind gute und gerechte Tiere.« Langsam ging er an Panjang vorbei, auf den Tiger zu, der sich auf den Bauch rollte und aufsetzte.

»Er wird ihn zerfleischen«, schrie Lillian auf, und das Tier zuckte zusammen.

Elliot presste Lillian die Hand auf den Mund. »Bitte, bitte beiß in meine Finger, mache, was du willst, aber schreie nicht«, flehte er sie leise an. Lillian umklammerte seinen Arm, sodass er keine Chance hatte, die Hand von ihrem Mund zu nehmen. »Schließ die Augen«, flüsterte er und lockerte den Griff.

»Was macht Andris?«

»Er hockt sich in einiger Entfernung vor den Tiger.«

»Und jetzt?«

»Er redet mit ihm.«

»Er redet mit ihm?«

»Ja.«

»Man kann doch nicht mit einem Tiger reden.«

»Anscheinend schon. Sieh selbst.«

Lillian starrte auf die Szenerie und schloss die Augen wieder. Elliot spürte, wie sie sich an ihn lehnte. Ihr Haar roch wieder zart nach Kokosöl.

»Und jetzt?«

»Der Tiger steht auf. Er geht.«

Erneut öffnete Lillian die Augen. Tatsächlich hatte sich der Tiger erhoben und trottete gemächlich ins Dickicht seitlich des Weges. Andris hockte weiterhin regungslos auf dem Boden und rührte sich nicht. Er wartete lange. Dann erhob er sich langsam und kam zu den anderen zurück, als wäre nichts geschehen. »Der Tiger sagt, wir dürfen weitergehen.«

In diesem Moment begann Lillian zu zittern, und Tränen rannen über ihre Wangen. »Bist du verrückt? Ach was, ich bin verrückt, ja, ich bin fast verrückt geworden vor Angst um dich. Aber du hast uns gerettet«, schluchzte sie und umarmte Andris. Unbeholfen klopfte er ihr den Rücken. Dabei sah er Elliot an.

Sie wussten beide, dass Lillian nicht nur weinte, weil Andris sich in Lebensgefahr begeben hatte.

(K)eine Sommerfrische

»Nicht weit von hier beginnt das Hochland von Toba, es ist bedeckt von Sawas, also nassen Reisfeldern. Wir wollten eine Rodung anschauen, die dazu dient, ein neues Feld vorzubereiten. Panjang erwähnte, dass das Holz nicht von den Batak genutzt wird. Vielleicht solltest du ihnen ihr Holz abkaufen, anstatt Kakao anzubauen, oder die Grasflächen als Weideland für Viehzucht nutzen«, sagte Tom grinsend und hob das Bambusrohr an, um einen Schluck Tuak zu nehmen. »An das Zeug könnte ich mich gewöhnen. Jedenfalls hast du bei unserem Ausflug was versäumt, Joseph.«

Lillian schaute sich um. Die Palisaden, das geschlossene Tor. Sie fühlte sich sicher, ja geborgen. Als sie das Dorf das erste Mal betreten hatte, hätte sie nie gedacht, dass sie kurz darauf so dankbar sein würde, hier Schutz zu finden. Gemeinsam mit den anderen vor dem Soppo sitzen, die verhärteten Muskeln entspannen, einen Schluck zu trinken – was konnte es Schöneres geben? Die Enge des Dorfes, die sie bisher als eher erdrückend wahrgenommen hatte, fühlte sich nun gemütlich an.

Nach der Begegnung mit dem Tiger waren sie umgekehrt und auf dem Rückweg bei jedem Knacken im Busch zusammengezuckt. Nichts war wichtiger gewesen als der Weg unmittelbar vor ihnen, jeder Schatten hinter einem Busch hatte bedrohlich gewirkt. Nur das Jetzt hatte Platz in Lillians Kopf gehabt, und es hatte die Leerstelle ihres Lebens gefüllt.

Sie erkannte, wie schnell es gehen konnte, die eine Sorge in den Hintergrund und eine andere in den Vordergrund treten zu lassen. Doch nun war die Gefahr gebannt. Und es schien, als hätte der alte Kummer nur darauf gewartet, seinen Platz zurückzuerobern.

Alice.

Wieder war sie da.

Ein Schatten, der über ihrem Leben hing und der sie selbst zur Kebse machte. Nicht zur neuen Gattin, sondern zu einer Art Nebenfrau, die den Verlust der ersten Frau nicht ersetzen und deshalb den ihr zustehenden Platz an der Seite ihres Mannes nicht einnehmen konnte.

»Und überhaupt ist die Gegend hier, wie soll ich sagen, freundlicher«, hörte sie Tom weiterreden. »Nicht ganz so wild, es sieht eher aus wie Schottland im Sommer. Das wird dir gefallen.« Für einen Moment befürchtete Lillian, er würde ihrem Mann nun ebenfalls beherzt auf die Schulter schlagen, aber er unterließ es.

Der Radja, Panjang und mehrere andere Batak gesellten sich zu ihnen. Einige der Kinder standen im Hintergrund und verfolgten, sich dauerhaft belustigend, jede Bewegung der seltsamen Gäste.

»Holz. Wer interessiert sich für Holz? Du solltest lieber erwähnen, warum wir uns das Sawa nicht mehr angeschaut haben.« Henrik hatte seit der Begegnung mit dem Tiger leuchtende Wangen, und seine Augen glänzten noch immer, als würde er fiebern.

Tom lehnte sich zurück, sodass Joseph ihn nicht sehen

konnte. Sein Gesicht zur Grimasse verzogen, versuchte er, Henrik ein Zeichen zu geben, nicht weiterzureden.

Doch Lillian wusste, dass es zu spät war.

Der Junge verbeugte sich gespielt theatralisch, wobei seine Locken in alle Richtungen zu springen schienen, vor Andris. »Das ist er: unser Tigerbändiger.«

Joseph, der gerade dabei war, einen Schluck Tuak zu trinken, begann zu husten und setzte das Bambusrohr ab. Er wischte sich mit dem Ärmel über den Mund, dann fragte er: »Was hast du gesagt? Ihr seid einem Tiger begegnet?«

»Ja, und es war unfassbar, wir hatten gerade die Grabstelle eines Radjas passiert, da sind wir ihm begegnet. Das können Sie sich nicht vorstellen – so ein riesiges Vieh! Und so schön wie furchteinflößend. Das Fell sah weich aus und glänzte in der Sonne. Das hätte ich gern zu Hause vor dem Kamin. Er lag einfach herum, auf dem Weg, den wir entlangmussten. Und dann«, er setzte eine Pause und senkte seine Stimme, »ist Andris auf ihn zugegangen. Und wenn Sie jetzt denken, er hat ihn erschossen, dann liegen Sie falsch. Komplett falsch. Er hat sich hingehockt und mit ihm gesprochen. Also wie wir jetzt, so von Mann zu Mann.«

Andrew lachte auf. »Der Tiger war ein Mann? Das konntest du sehen? Deine Augen möchte ich haben. Und wann willst du Jüngelchen eigentlich zum Mann werden, denn …«

Unwillig fuhr Joseph mit der Hand durch die Luft, um Andrew zu bedeuten, er möge Henrik weiterreden lassen.

»Der Tiger hat sich alles angehört, er hat eine Weile überlegt, und dann ist er aufgestanden, um den Weg freizumachen. Unglaublich, oder? Andris sagt, man muss nur ein reines Herz haben und höflich sein, wenn man den Tiger anspricht.«

Joseph entglitten die Gesichtszüge, verständnislos sah er den Malaien an.

»Bei uns glauben viele Menschen daran. Tiger schützen die Ungläubigen und bestrafen die Bösen.« Er zuckte die Schultern. »Also habe ich es versucht. Sie sehen, es ist gut gegangen.«

»Um Himmels willen! Mache das nie wieder. Natürlich ist der Tiger kein Richter, der weiß, wer sich etwas zuschulden hat kommen lassen und wer nicht. Ich mag mir gar nicht ausmalen, was geschehen wäre, wenn der Tiger dich zerfleischt hätte. Wir würden hier nie wieder wegkommen.«

»Natürlich, die Batak würden Ihnen helfen«, sagte Andris und verschränkte die Arme vor der Brust.

»Oder wenn euch was passiert wäre.« Joseph sah nun Lillian an, dann Elliot. »Ich hätte es nicht ertragen. Ed ist weggelaufen, das ist schlimm genug, aber ich möchte niemanden mehr aus unserem Trupp verlieren. Und diese Tiger haben schon oft zwei, drei Menschen mit einem Angriff getötet! Glaubt nicht, ihr hättet auch nur den Hauch einer Chance gehabt, wenn er sich zum Angriff entschlossen hätte.«

Ich muss ihm zustimmen, dachte Lillian. Die Gefahr war immens.

»Da ich es euch nicht verbieten kann«, fuhr Joseph fort, der sich nun in Rage geredet hatte und mit dem Finger auf Andris, Tom, Andrew, Henrik und Elliot zeigte, »liegt es in eurer Verantwortung. Aber dir«, er sah seine Frau an, »verbiete ich, fortan das Dorf zu verlassen.«

Sosehr Lillian eben noch seine Sorge hatte teilen können, so sehr überraschte sie diese Aussage. »Wie bitte? Wir wollen die Exkursion fortsetzen. Du kannst gern mitkommen, der Toba-See ist von hier aus erreichbar und …«

»Das war keine Exkursion, das war ein lebensgefährliches und unnützes Wagnis. Wir brauchen das nicht zu diskutieren. Ich habe mich deutlich geäußert. Und zu eurer Kenntnis:

Wir werden morgen tatsächlich aufbrechen – nach Medan. Noch mehr Zeit können wir nicht verlieren, wenn ich daran erinnern darf, gibt es einen Grund, warum wir diesen Weg gewählt haben. Wir sind nicht in der Sommerfrische. Panjang wird uns begleiten. Und sollten wir erst übermorgen oder sonst wann aufbrechen – du, meine Gute, bleibst in diesem Dorf!«

Es musste das Fieber sein, dachte Lillian und starrte Joseph ungläubig an. Es schien einen anderen Menschen aus ihm gemacht zu haben. Oder sollte sie in Erwägung ziehen, dass es in den Bergen Sumatras tatsächlich Begus gab? Hatten sie von Joseph Besitz ergriffen und waren nicht in den Baumstamm übergegangen? Oder woran lag es, dass er neuerdings so hart gegen sie vorging? Nun auch noch die Gruppe angriff. »Wenn du dich weiter so aufführst, werden die anderen uns mit Freude allein zurücklassen und sich mit Andris zusammen den Weg suchen«, entfuhr es ihr.

Josephs Mund wurde schmal, doch bevor er zur Antwort ansetzen konnte, hob Andrew beschwichtigend die Hände. »Oh, wie schön: Da kommt das Essen. Ich glaube, wir gönnen uns jetzt alle eine Kleinigkeit, und dann überlegen wir, ob Sie, Mr Markers, schon wieder in der Lage sind, weitere Strecken zurückzulegen.«

»Natürlich bin ich das. Der Radja meint, die Strecke ist in sechs Tagen zu bewerkstelligen, da wir größere Abschnitte mit dem Boot fahren können. Das lässt uns schneller vorankommen und schont unsere Kräfte.«

»Aber meinen Sie, wildfremde Menschen werden uns mit ihren Booten transportieren? Ohne Geld? Denn jede Strecke, die sie auf dem Wasser entlangfahren, müssen sie auch wieder zurück.«

»Keine Sorge.« Er legte seinen Arm um Radja Sulang.

»Dafür werden unsere Freunde sorgen. Ich habe das alles, auch wenn es ohne eine Übersetzung nicht einfach war, geklärt, während ihr herumspaziert seid.«

Abschiede

Das gesamte Dorf war zum Abschied erschienen. Die Hunde, von der Aufregung gepackt, bellten, die Kinder rannten kreischend um die Erwachsenen herum, und alle redeten durcheinander.

Panjang ging umher und hängte den Gästen Beutel um, die mit Pisangs, Papayas und in Blätter eingerollten Reisbällchen gefüllt waren. Radja Sulang überreichte jedem ein mit Wasser gefülltes Bambusrohr.

Irgendwann stand Aninda vor Lillian. Sie hielt wieder eine rote Blüte in der Hand, die sie ihr ins Haar steckte. Lillian tastete mit dem Blick das Gesicht der jungen Frau ab und versuchte, sich jedes Detail einzuprägen. Die weiche Haut, die fein geschwungenen Augenbrauen, den dunklen Haaransatz, das runde Kinn, die lächelnden Lippen. Sie hatten nicht ein Wort miteinander wechseln können, und trotzdem würde ihr diese Frau fehlen.

Joseph gab das Zeichen zum Aufbruch, und zum letzten Mal zwängten sie sich aus dem engen Tor. Mehrfach blickte Lillian sich um. Dann fragte sie Elliot: »Du hast mit dem Radja gesprochen. Stimmt es, dass sie Menschenfleisch verzehren?«

Sein Gesicht verzog sich. »Sie haben Gebräuche, die für

uns abstoßend sind. Aber sie haben ihre Hadat, auf deren Grundlage die Strafen verhängt werden. Andris und ich haben beschlossen, darüber kein Wort zu verlieren. Und ich werde auch deine nächtlichen Träume nicht mit diesen Bildern füllen. Entscheidend ist, was du erlebt hast: Niemand muss sie fürchten, der sich ihnen friedlich nähert. Und man sollte einen Bogen um sie machen, wenn sie im Kriegszustand sind. Alles andere würde nur ausgeschmückt, aufgebauscht und zu einer Vorverurteilung führen.«

»Aber wenn du es nicht erzählst, werden es andere tun, die wenig Wert darauf legen, die Tatsachen so darzustellen, wie du sie beschreibst.«

»Sie machen es bereits. Seit Jahrhunderten legen hier Schiffe an, und seit Jahrhunderten erzählen sich nicht nur die Seeleute die grausamsten Geschichten. Aber sieh, was wir erlebt haben: Wir sollten sie in Ruhe lassen, und falls wir das nicht wollen, empfiehlt es sich, ihnen mit Respekt zu begegnen.«

»Darf ich dir was verraten?« Hastig schaute Lillian sich um, ob jemand lauschte.

»Ja, was denn?«

»Ganz ehrlich, was die Kirche in Europa den Frauen angetan hat, war auch grässlich. Bei meinem Vater habe ich ein Buch gefunden, nun gut, ich habe es absichtlich gesucht. Heimlich. Und später tat es mir leid, denn das, was ich da erfahren habe, war ebenfalls widerlich.«

»Ich sehe, du verstehst, was ich meine. Du kannst hinschauen, wohin du willst: Die Römer haben wilde Tiere auf Gladiatoren gehetzt, in Nord- und Südamerika litten die Einwohner unter den Spaniern, oder überlege, welche Schandtaten in Europa während der zahlreichen Kriege verübt wurden – ach, lass uns nicht weiter darüber reden. Der

Mensch ist grausam, und auch die Batak sind weit davon entfernt, unserem Bild der Edlen Wilden zu entsprechen. Dennoch haben sie uns geholfen.«

Aus den Augenwinkeln bemerkte Lillian, wie Joseph sich umdrehte. Er sah zu ihr, dann zu Elliot. Sofort blieb er stehen und wartete.

»Joseph beobachtet uns. Hast du ihm gesagt, was du darüber denkst?«

»Nein. Und ich bin unsicher, ob er momentan Empfehlungen von mir annehmen würde, die nicht Engländern, sondern anderen Menschen dienen.«

»So, bald erreichen wir deinen Toba-See, noch ungefähr zwei Stunden, vielleicht ein wenig länger, dann sind wir da«, sagte Joseph, als sie ihn erreichten.

Er gesellte sich an Lillians linke Seite, und schon hatte sie das Gefühl, auf sich selbst hinabschauen zu können. Auf die Absurdität der Situation. Sie lief zwischen ihrem Ehemann und seinem besten Freund. Zwischen dem Mann, der ihr fremd geworden war, und dem, der ihr Kraft und Ruhe gab. Dessen Lippen sie so gern noch einmal auf den ihren gespürt hätte. Und ausgerechnet dieser Mann nickte ihnen nun freundlich zu, beschleunigte sein Tempo und schloss zu Andris auf. Sie hörte, wie er ihn fragte: »Und wo werden wir die Nacht verbringen?«

Konzentriert schaute Lillian auf den Boden. Sah ihre Schuhe, die bald auseinanderfallen würden, im gleichen Rhythmus mit Josephs laufen. Zwei Menschen auf einem Weg, der sich unweigerlich trennen würde. Sie zog die Augenbrauen in die Höhe. Mit einem Mal war er da, dieser Gedanke. So klar wie vor wenigen Tagen Anindas Frage.

Trennung.

Ein hässliches Wort, denn es beinhaltete ihr Scheitern. Betonte grell den naiven Traum, dem sie nachgejagt war. Und so sagte sie, ohne weiter zu überlegen: »Wenn wir Singapur erreichen, werde ich nach London zurückkehren. Ich denke, das ist in deinem Sinne?«

Tatsächlich fuhr Joseph zusammen und verlangsamte seinen Schritt. »Wie bitte? Ich denke, dir gefällt Singapur.«

»Mir gefällt es hier sehr gut.« Der Gedanke, Ostindien verlassen zu müssen, fiel ihr schwer. Trotz allem war die Aussicht, in England ihre Eltern und Geschwister wiederzusehen und nicht mehr darauf hoffen zu müssen, dass Joseph sie wahrnahm, eine einzige Erleichterung.

»Warum willst du dann zurück?«

Lillian suchte nach Worten, doch Joseph kam ihr zuvor:

»Es geht um uns?«

Sie nickte.

Nun blieb er stehen und legte die Hand auf ihren Arm. »Ich habe dich um Geduld gebeten, mit jedem Schritt den wir in Richtung Medan vorankommen, nähern wir uns der Zukunft, ebenjenen Zeiten, von denen ich sprach.«

»Es geht nicht um deine Arbeit.« Sie schluckte und sprach den Satz doch aus: »Es geht um Alice.«

Bei diesen Worten zuckte Joseph zusammen, als hätte ein Peitschenhieb ihn getroffen. »Alice? Was hat sie damit zu tun?«

»Du hast mich neulich mit Alice angesprochen.«

»Was habe ich?«

»Du hast mich angeschaut und Alice genannt.«

»Da musst du dich verhört haben. Wann soll das gewesen sein?«

Lillian blieb stehen, darum bemüht, ihre Verärgerung zu verbergen. »Nein, ich habe mich nicht verhört! Es war am ersten Abend im Soppo.«

»Wenn ich das getan haben sollte, dann tut es mir leid! Aber bitte vergiss nicht: Ich hatte Fieber! Du kannst doch jetzt nicht nach London gehen, weil ich dich aus Versehen Alice genannt habe.«

»Nein, das wäre vielleicht überzogen, aber ich habe die Zusammenhänge verstanden – binnen Sekunden. Warum beispielsweise unsere Hochzeit so nebenbei vonstattenging: Du hattest bereits die Ehe mit einer Frau geschlossen, der dein Herz gehört. Du hattest den Tag in deinem Leben, an dem du der Welt zeigen wolltest, wer die Frau an deiner Seite wird. Und ich habe erkannt, warum ich in London im Haus kein Möbelstück umstellen durfte – weil sie es eingerichtet hat. Du warst in Singapur vermutlich auch an ihrem Grab, ohne mir davon zu erzählen. Und du führst auch keine Selbstgespräche, nein – du redest noch immer mit ihr. Du suchst ihren Rat, nicht meinen. Inzwischen weiß ich: Sie ist immer da. Also sage mir, was uns verbindet?«

Sicherlich hat meine lange Abwesenheit euch annehmen lassen, mich würde all das nicht mehr interessieren. Habt ihr gedacht, ich wäre genauso launenhaft wie die Liebe und tauche auf oder verschwinde, wie es mir passt?

Ich kann euch versprechen, dass ich das Schicksal dieses Ehepaares genauestens verfolgt habe.

Mit einer gewissen Verzweiflung.

Denn bei Mr und Mrs Markers ist es nicht einmal zulässig, von einer Entfremdung zweier Menschen zu sprechen, da dieser Prozess zuvor eine gewisse Nähe voraussetzt. Und vielleicht ist mir deshalb diese Geschichte als Beispiel für das Versagen der Liebe eingefallen. Denn diesen Mann hätte sie erst einmal entlassen, ihn aus seinem Leben in schmerzvollen Erinnerungen an eine tote Frau holen müssen. Stattdessen hat sie, um den gesellschaftlichen Erwartungen gerecht zu werden, zwei Menschen durch den Bund der Ehe aneinandergekettet, die chancenlos waren. Und ich betone hier den Begriff »Bund der Ehe«, der oft mit den zweifelsfrei wundervollen Momenten verwechselt wird, die unsere Schöne zu zaubern versteht und die in der Literatur gern immer und immer wieder überhöht werden. Leider ist es nicht allen Menschen beschieden, hier das eine vom anderen, also die Fiktion von der Realität, trennen zu können.

Ja, ich erwähnte soeben auch die gesellschaftlichen Erwartungen, und damit wären wir bei der Frage, was Joseph seinerzeit dazu bewogen hat, ein zweites Mal zu heiraten. Wahrscheinlich ebenjene gesellschaftlichen Erwartungen, gerade in seiner Position hatte ein Mann eine Ehe zu führen, eine vorbildliche bitte dazu. Sicherlich spielte auch – und das ist in der Persönlichkeit dieses Mannes verankert – ein Stück Bequemlichkeit dabei mit, denn ein fürsorgliches Weib im Hause zu wissen, bedeutete, der profanen, aber unerlässlichen Aufgabe, das Hauspersonal zu führen, weniger Aufmerksamkeit widmen zu müssen. Um Sex ging es ihm nicht, das kann ich ganz ehrlich sagen. Er sah zu gut aus, er hätte ihn allerorten haben können (glaubt bitte nicht, dass das Leben seinerzeit so prüde war, wie es heute immer behauptet wird). Kurzum: Sex war für ihn eine nette Nebenerscheinung. Zudem war Joseph bereits in einem Alter, in dem die Dringlichkeit dieses Verlangens sich auf ein erträgliches und händelbares Maß zurechtgerüttelt hatte.

Ja, es gab nicht viele gute Gründe, warum er wieder geheiratet hatte. Wahrscheinlich hatte er, gefangen in seiner Vergangenheit, irgendwo, im Grunde seines Herzens, darauf gewartet, erlöst zu werden.

Und Lillian?

Ihre Beweggründe, den Bund der Ehe einzugehen, kennen wir. Aber inzwischen wollte sie nicht mehr hoffen.

Auf irgendetwas.

Ihr Blick war – so schmerzhaft es für sie auch war – diesbezüglich von überraschender Klarheit. Sie hatte eine Entscheidung getroffen, und das war weit mehr als das, was viele Frauen seinerzeit wagten. Wie ich es eingangs bereits erwähnte – nicht alle Hoffnungen, die Menschen sich machen, sind erfüllbar. Nicht immer liegt es in meiner Hand, über den weiteren Verlauf eines Lebens zu entscheiden, schließlich ist es das Werk mehrerer Beteiligter.

Aber nur wenige der Hoffnungen, die ich trotz besten Willens nicht bedienen kann, sind so unverdient und traurig wie die des Ehepaares Markers.

Elefantenrufe

Die Situation wurde für alle unangenehmer.

Erheblich unangenehmer.

Denn es ließ sich in der kleinen Gruppe schwerlich verbergen, dass die Gefahr bestand, es könnte etwas auseinanderbrechen, das für ein Leben lang angelegt worden war.

Tom, Henrik, Andris und Andrew, sie taten das, was sich in einer derartigen Situation empfahl: Sie hielten sich heraus, solange die Auseinandersetzung nicht eskalierte oder keiner von ihnen um Rat gebeten wurde.

Elliot übte sich ebenfalls in Zurückhaltung, doch ihn zerriss es innerlich. Er wollte, dass sein bester Freund nach dem grausamen Verlust seiner ersten Frau wieder sein Glück fand. Und dass es Lillian gut erging – es gab nicht viel, was ihm gleichermaßen wichtig gewesen wäre. Gern hätte er sich an diesen einsamen Ort der Selbstlosigkeit zurückgezogen, doch es gab in ihm ein brennendes Verlangen, das unablässig forderte: Ich will mehr von Lillian, und ich will sie für mich, für immer!

Als die Gruppe wenig später den Toba-See erreichte, verschlug es Elliot die Sprache. Einem riesigen Kessel gleich öffnete sich die Landschaft, zahlreiche der Berghänge fielen in den weitläufigen See hinab und verschwanden in den Tiefen des silbern glänzenden Wassers. Vor ihnen lief der Hang in eine Ebene aus, die von vielen Reisfeldern und Grasflächen überzogen war. Es wirkte, als wäre er mit grünem Samt bezogen, aus dem sich vereinzelte Bäume als kleine flaschengrüne Tupfen erhoben. Der Himmel war mit weißen watteartigen Wolken überzogen, an denen sich zahlreiche Sonnenstrahlen vorbeischoben. Die einzeln erkennbaren Strahlen warfen hellgrüne Flecken auf den grasgrünen Boden. Kaum hatte Elliot die Schönheit der Landschaft erfasst, beobachtete er Lillian. Wie sie am Hang des Berges stand, die Arme vor der Brust verschränkt, und sich nicht sattsehen konnte. Ihre Augen leuchteten, und sein Herz wurde leicht.

Doch Panjang, der den Toba-See und seine Umgebung in- und auswendig kannte und dieses beeindruckende Wunder der Natur als Selbstverständlichkeit erachtete, drängte darauf, bald weiterzugehen. Er erzählte von der im See gelegenen Halbinsel Samosir, auf der es zwei Seen gab und die nur über eine schmale Landenge mit Sumatra verbunden war.

Sie schliefen auf ihrem weiteren Weg in einem anderen Batak-Dorf, einmal waren sie Gast in einem größeren Ladang, und auch eine Nacht im Freien ließ sich nicht vermeiden, weil sie an einem der Tage ohne ersichtlichen Grund langsamer vorankamen als geplant.

Eine große Strecke fuhren sie auf einem der zahlreichen Flüsse der Gegend. Dicht aneinandergedrängt lagen sie auf dem Boden des Bootes, in Matten gehüllt, und litten, während sie über und durch die schlingernden und brausenden Schnellen des Wassers geschleudert wurden.

Tatsächlich näherte sich der Trupp Medan. Und mit jedem Schritt, den sie vorankamen, schwanden Josephs Sorgen, wer mit wem welche Allianzen bilden könnte. Er fühlte sich siegessicher und seinem Plan, nun endlich Singapur für England zu erretten, ein gutes Stück näher. Den Gedanken an Ed schob er stets beiseite. Für ihn war er ein Deserteur, der eine Gemeinschaft, die aufeinander angewiesen war, heimlich verlassen hatte.

Lillians Wunsch, nach England zurückzukehren, hatte er nach dem Gespräch stehen lassen, weitestgehend unkommentiert. Irgendetwas ließ ihn annehmen, alles würde sich finden, wenn seine Frau wieder Lebensbedingungen genießen konnte, denen jedes Weib zusprach: gutes Essen, Personal, ein hübsches Haus und einen wohlsortierten Kleiderschrank.

So einfach war das.

Doch je stärker der Höhenflug wurde, den Joseph erlebte, desto stärker trieb es seine Frau von ihm weg. Denn ihre Wünsche ans Leben bestanden aus mehr als nur gutem Essen, Personal, einem hübschen Haus und einem wohlsortierten Kleiderschrank. Genau genommen waren aus ihren Wünschen an das Leben inzwischen Forderungen geworden, wie das Verlangen nach Geborgenheit, Gemeinsamkeit und Aufrichtigkeit.

Die Unwägbarkeiten, die unsere unfreiwilligen Abenteurer, auch nachdem sie den Toba-See hinter sich gelassen hatten, treu begleiteten, ähnelten den vorangegangenen. Denn Wildnis bleibt Wildnis.

Aber einen Moment möchte ich euch nicht vorenthalten, und sicherlich werdet ihr seine Bedeutung für den weiteren Verlauf der Leben von Lillian, Joseph und Elliot ermessen können: Als sich abermals ein breites Tal vor ihnen eröffnete – auch wenn es flacher war als viele der vorangegangenen –, seufzte Lillian innerlich auf. Sumatra hatte zahlreiche Gesichter, eines schöner als das andere, aber inzwischen war sie es satt. Denn so entzückend sich hier das Grün auch über die Hügel schmiegte, konnte sie nur noch die vor ihnen liegende Strecke wahrnehmen. Und die Hindernisse, die sich bereits vorab auf dieser Strecke ankündigten, seien es umgestürzte Baumstämme, Felsen oder Stellen, an denen die Pflanzen so dicht wuchsen, dass ein Weiterkommen – zumindest auf die Entfernung hin – unmöglich schien.

Henrik schien es ähnlich zu ergehen, er sank stöhnend auf einen Felsen, zog einen Schuh aus und rieb sich den Fuß. »Ich habe einen Krampf, aber gleich geht es …«

Seine Worte wurden vom Ruf eines Elefanten übertönt.

»Oh«, sagte Andris nur und ließ sich neben Henrik nieder. »Wir sollten warten, bis die Elefanten ihrer Wege gezogen sind. Das kann dauern.«

»Ich denke, das sind friedliche Wesen«, sagte Henrik, der inzwischen wieder in seinen Schuh geschlüpft war und sich auf den Felsen gestellt hatte, um das Tal besser überblicken zu können.

»Sie sind klug«, übersetzte Andris Panjangs Worte, die den Anschein erweckten, der Batak hätte Henrik verstanden. »Ich habe sogar gesehen, wie liebevoll sie einander trösten. Und sie weinen, aber sie sind trotzdem gefährlich. Wenn sie auf einen zurennen, sollte man sich in die Bäume flüchten.«

Lillian bemerkte inmitten des Tals eine Lichtung, auf der die Elefanten zwischen Banyanbäumen hervorkamen. »Da vorne ist der erste Elefant«, rief sie und spürte ihr Herz vor Freude klopfen. »Aber warum hat er keine Stoßzähne?«

»Weil er eine sie ist. In den Herden leben meist die sogenannten Elefantenkühe und Jungtiere. Voran geht immer die erfahrenste und älteste der Kühe.«

»Siehst du, die Elefanten wissen, wie es geht«, erwiderte Lillian grinsend. »Aber wo sind die Männer?«

»Die Jungspunde leben in kleineren Gruppen, während die ausgewachsenen Bullen eher Einzelgänger sind.«

»Siehst du, die wissen auch, wie es geht«, fügte nun Henrik noch breiter grinsend hinzu.

»Männliche Tiere sind nur vereinzelt in einer Herde zu finden. Zumindest ist es so bei vielen anderen Elefantenarten, diese hier sind bisher wenig erforscht«, fuhr Elliot fort.

»Sie sind wunderschön und beeindruckend.« Am liebsten wäre Lillian ihnen entgegengelaufen, um sie aus der Nähe in Augenschein zu nehmen.

»Sie sind verfressen. Sie fallen immer wieder in die Reisfelder ein«, sagte Andris, während er sich stirnrunzelnd erhob. »Irgendetwas stimmt nicht, diese Herde ist unruhig.«

»Woran erkennst du das?«

»Hörst du ihr Rufen? Wir müssen auf der Hut sein.«

Immer mehr der Tiere sammelten sich auf der Lichtung, inzwischen waren es gut dreißig Elefanten, und weitere drängten nach.

»Sie haben ein Jungtier verloren. Ich höre seine Rufe. Es muss dort hinten sein«, rief Panjang und redete so schnell, dass Andris Mühe hatte, seine Worte zu übersetzen.

»Wir müssen es zur Herde treiben, lasst uns ihm helfen«, rief Henrik.

»Das ist viel zu gefährlich«, entgegnete Joseph. »Wenn die Elefanten ein Jungtier vermissen, sind sie angriffslustig und ...«

Lillian und Henriks Blicke trafen sich. Sie nickten einander unmerklich zu. »... dann müssen wir nur schnell auf einen Baum klettern«, ergänzte sie den Satz ihres Mannes und rannte mit Henrik los. »Wartet hier«, rief sie über ihre Schulter hinweg. »Wir können so ein Jungtier nicht im Stich lassen.«

»Lillian, wage es nicht! Komm zurück!«, brüllte Joseph,

doch Lillian lief. Lief hinter Henrik her, während sie versuchte, den erbärmlich klingenden Rufen des Kalbes zu lauschen.

»Ich sehe es.« Henrik beschleunigte seine Schritte noch einmal. »Dort vorn.«

Ein Keuchen.

Direkt hinter ihr.

Lillian wandte sich um und sah Elliot.

Mit verzerrtem Gesicht schlug er Zweige beiseite und folgte ihr. »Himmel, was machst du? Warte doch!«

Nein, antwortete sie ihm in Gedanken und legte alle Kraft in ihre Schritte.

Dieses eine Mal mache ich, was ich will.

Und keiner von euch wird mich daran hindern!

Henrik hatte Elliot inzwischen ebenfalls entdeckt. »Da vorne«, rief er ihm zu, »da ist es. Schneller, bevor es uns entwischt.«

»Das Junge hört seine Herde, sie sind laut genug. Wenn wir es erschrecken, könnte es in die falsche Richtung laufen.«

»Vielleicht haben es andere Tiere abgedrängt.« Henrik verlangsamte sein Tempo, denn der kleine Elefant war stehen geblieben.

Lillians Herz raste vom Laufen und vor Aufregung. »Und jetzt?«, flüsterte sie.

In diesem Moment drehte sich das Kalb um und stürmte in die Richtung zurück, aus der es zuvor gekommen war.

»Verdammt, das meinte ich«, fluchte Elliot. »Henrik, du gehst im Bogen über die rechte Seite, wir beide«, er wies auf Lillian, »hängen uns direkt an das Tier ran.«

»Kommen die anderen auch, um uns zu helfen?«, fragte Henrik mit noch immer pumpendem Atem.

»Ich weiß es nicht, los jetzt. Wir haben keine Zeit«, sagte Elliot und rannte wieder los.

Lillian folgte ihm, den Blick auf seinen Nacken gerichtet, den kleine Schweißtropfen hinabliefen. Silbrig, dachte sie. Wie silbrig schimmernde Perlen.

Selbst wenn er schwitzt, ist er schön.

Das Rufen des Kalbes riss sie aus ihren dahinspringenden Gedanken, es musste hier in der Nähe sein, ganz dicht bei ihnen.

Elliot hielt inne und hob den Zeigefinger an seine Lippen. »Ich kann den Kleinen sehen, er muss nach links weiterrennen«, flüsterte er. »Deshalb werde ich die rechte Seite übernehmen, du kommst auf mein Zeichen von hier aus auf ihn zu. Aber langsam und gehe um Himmels willen nicht zu dicht an ihn heran. Er ist klein, aber immer noch schwer genug, um dich zu verletzen.« Er zog sie zu sich, schob einen Zweig beiseite und zeigte auf den Elefanten, der nur wenige Schritte entfernt verharrte. Jedes Detail war erkennbar: die bewimperten Augen, die runzelige Haut, der runde Rücken, der Rüssel und die runden Beine.

Wir helfen dir, ganz gleich, was die anderen sagen, dachte Lillian, während eine von Elliots Haarsträhnen ihre Schläfe kitzelte.

»Jetzt!«, flüsterte er ihr ins Ohr und verschwand.

Sie richtete sich auf und ging langsam dem Elefanten entgegen. Er stieß erneut einen Ruf aus und setzte einige unsichere Schritte in die Richtung, in der seine Herde wartete. Nun konnte sie auch Elliot sehen, der sich ebenfalls ruhigen Schrittes dem Tier näherte. Es schien erschöpft zu sein, denn sein Gang schwankte.

Ein lauter Ruf ließ Lillian zusammenfahren – ein Elefant, der nicht weit entfernt sein konnte!

Der Kleine antwortete mit grellem Geschrei.

Äste knackten, und der Boden bebte.

Sie fuhr herum und entdeckte die Elefantenkuh, die ihr mit donnerndem Schritt und fliegendem Rüssel entgegengerannt kam. Sosehr sich Lillian in diesem Moment fürchtete, so sehr freute sie sich. Es ist geschafft!, jubelte es in ihr. Der Kleine wird zu seiner Herde zurückkehren.

»Lillian, bist du des Wahnsinns?«, erklang es direkt hinter ihr. Dann spürte sie Elliots Hand, die sie mit sich riss und vor einen Baumstamm schubste. Umgehend fiel Elliot auf die Knie, beugte sich vor und wies auf seinen Rücken. »Rauf da, nimm den Rücken als Tritt!«, brüllte er.

Sie packte in die Äste, stieß sich mit einem Fuß von seinem Rücken ab und zog sich in die Höhe. Elliot folgte ihr hastig. Zwei, drei Atemzüge lang hockten sie dicht aneinandergepresst auf einer Astgabel.

Dann lehnte sich Elliot zurück. Er räusperte sich. »Klettere ruhig noch ein Stück höher.«

Inzwischen hatte die Elefantenkuh das Kalb erreicht. Der Rüssel tastete den Kleinen ab, der sich sofort an den Leib der Mutter schmiegte. Lillian rührte sich nicht und biss sich auf die Lippen, um nicht wieder in Tränen auszubrechen. »Wir haben es geschafft!«

»Du bist ein Gutherz!«, erwiderte er und strich ihr eine Strähne aus dem Nacken.

»Ich konnte nicht anders.« Sie wagte nicht, ihn anzuschauen.

»Jetzt kehren sie zur Herde zurück.«

»Das sollten wir auch machen. Lass uns nur kurz warten, bis die beiden weit genug entfernt sind.«

Lillians Atem hatte sich beruhigt, doch ihr Herz jagte weiter, jede Faser ihres Leibes spürte Elliots Nähe, seine Wärme, so dicht war er bei ihr. Als er sich daranmachte, den Baum hinabzuklettern, war sie fast enttäuscht.

Er erreichte den Boden und hielt ihr die geöffneten Arme entgegen.

Ein Bild, von dem Lillian annahm, es würde sich einbrennen.

Sein weicher Blick, der zerzauste Bart, seine Arme eine Einladung.

Zitternd kletterte sie ihm entgegen, griff seine linke Hand und ließ sich fallen. Ihr Gesicht berührte seinen Hals, ihre Hand lag auf seiner Brust und spürte den Herzschlag. Sie sog seinen Geruch in sich auf, während er die Arme um sie schloss.

Und plötzlich stand er neben ihnen: Joseph. Wie so oft in vergleichbar schicksalhaften Situationen war er schlichtweg aus Zufall just in diesem Moment an diesem Ort. Zusammen mit Tom und Andris hatte er sich aufgemacht, um Lillian, Elliot und Henrik zu suchen und ihnen gegebenenfalls zu Hilfe zu eilen. Er hätte auch Henrik zuerst begegnen können, aber nun stand er, wie aus dem Nichts gewachsen, nur wenige Schritte von den beiden entfernt und begriff, dass sie weder Toms noch seine Rufe gehört hatten. Nun war es an ihm, mit einem Schlag zu verstehen – spät, aber dafür in aller Deutlichkeit.

Und seine Reaktion war denkbar einfach: Die Wucht, mit der ihn diese Erkenntnis traf, ließ ihn vorspringen, dann legte sie sich in seine Faust, die vorschoss, nur knapp an seiner Frau vorbeiraste und Elliot seitlich im Gesicht traf. Mit einer Kraft, die er sich selbst nicht zugetraut hatte und die Elliot zu Boden gehen ließ. Joseph stellte sich breitbeinig über ihn, packte seinen Freund am Kragen und brüllte: »Sie will nach England zurück! Deshalb bist du doch mitgekommen! Du bist hier, im Dschungel, um sie mir zu nehmen. Du bist nicht wegen deiner Käfer und Steine oder gar meinetwegen mitgekommen, stimmt's?«

Tom und Andris traten näher.

»Ganz ruhig, lasst uns das klären …«, versuchte Tom die Situation zu beruhigen.

»Du hältst das Maul, du hast keine Ahnung, von nichts. Diesen Verrat kannst du nicht ermessen.« Mit verzerrtem Gesicht und immer noch geballten Fäusten setzte Joseph sich rittlings auf Elliots Beine, der benommen am Boden lag. »Und du«, brüllte er dabei Andris an, »gibst mir die Muskete.«

Der Malaie schüttelte den Kopf und wich zurück. Er klammerte sich an die Waffe. Plötzlich schoss Joseph in die Höhe, warf sich mit seinem Gewicht gegen ihn und entriss ihm die Muskete.

Lillian konnte nicht glauben, was ihr Mann offenbarte: Raserei. Blanke Raserei.

Elliot richtete sich stöhnend auf und wischte Blut von seiner Lippe.

»Du bleibst sitzen, Elliot, und du, mein wunderbares Weib, bleibst auch hier. Wir haben allesamt was zu klären«, sagte Joseph mit zusammengekniffenen Augen.

»Mr Markers, bitte, die Waffe ist nicht geladen«, gab Andris mit besänftigender Stimme zu bedenken, während er sich aufrappelte. »Es gibt bessere Wege, Probleme zu klären.«

»Ja, und genau aus diesem Grund habe ich mir eine Patrone und ein wenig Schießpulver abgezweigt. Man kann ja nie wissen, wofür man es braucht und welches Problem man damit lösen kann. Und jetzt zieht euch zurück.«

Tom packte Andris am Arm, flüsterte ihm etwas zu, schaute entschuldigend zu Lillian und zerrte den Malaien mit sich.

Kaum verschwanden die beiden aus seinem Blickfeld,

wandte Joseph sich wieder Elliot zu. Die Härte in seinem Gesicht wich tiefster Verzweiflung, und er begann zu schluchzen.

»Du bist mein Freund«, flüsterte Elliot, »seit anderthalb Jahrzehnten, und niemand ist mir näher gewesen als du. Und es ist fast so, wie du es annimmst: Nach Sumatra bin ich ihretwegen mitgekommen, aber ich hätte mir eher die Hand abgehackt, als mich Lillian zu nähern oder sie dir wegzunehmen.«

Joseph riss die Augen auf. »Ich habe es doch gesehen, du hattest deine Arme um sie geschlungen.«

»Wir waren in Gefahr, es war ein Moment der Erleichterung.«

»Lüg mich nicht an, wie lange seid ihr schon …« Er fuchtelte mit der Muskete in der Luft herum.

»Wir sind kein Liebespaar, falls du das meinst.«

Wie erstarrt stand Lillian neben den beiden. Bis auf Josephs Gebrüll erschien ihr der Dschungel seltsam still, selbst das Schreien der Zikaden schien ausgesetzt zu haben. Umso lauter hörte sie sich selbst aufschreien, als ihr Mann abrupt die Muskete anlegte.

Doch ehe sie reagieren konnte, brach Henrik neben ihr aus dem Busch, einen schweren Ast in der Hand. Er hob ihn weit über seinen Kopf und schlug zu. Er traf Joseph mitten auf den Kopf, und das Krachen durchschnitt die Stille.

Joseph sank zur Seite.

Elliot. Lillian. Henrik.

Sie starrten einander an.

Henrik war einmal mehr der Erste, der reagierte. Während er den Ast beiseitewarf und sich die Muskete griff, brachen Tom und Andris durch die Büsche.

»Ist alles gut bei euch?«, rief Tom.

»Ja, ich bin nur gestolpert.«

»Mit einem Ast gestolpert? Ich habe gesehen, was du getan hast.«

»Ja, dann nimm dich endlich in Acht vor mir.«

»Nein, vor dir werde ich mich nie in Acht nehmen müssen, Goldlöckchen. Du bist ein feiner Kerl und mutiger als ich«, sagte er und schlug dem Jungen auf die Schulter, der Rotzblasen zu heulen begann.

»Ist er tot?«, fragte er mit brüchiger Stimme.

Als wollte er ihm antworten, stöhnte Joseph laut auf und öffnete die Augen. Er schaute sich unsicher um und rieb sich den Kopf.

Noch immer war Lillian unfähig, sich zu rühren oder auch nur ein Wort von sich zu geben.

Joseph sah vom Ast zur Muskete, von Elliot zu Lillian. Er schlug die Hände vors Gesicht und begann zu zittern, vielmehr war es ein regelrechtes Beben, das seinen Leib erfasste. »Was habe ich getan?«, rief er. Er stand auf, taumelte an einen Palmenstamm und erbrach sich. Fahrig wischte er sich den Mund ab, sank wieder auf den Boden und schaute jeden Einzelnen an. »Verzeiht mir, ich erkenne mich selbst nicht wieder.«

Der Wind rauschte durch das Blätterdach, Lillian hörte wieder die Zikaden schreien, und das Rufen der Elefanten entfernte sich. Niemand sagte mehr ein Wort.

Falls ich es noch nicht erwähnt habe: Die Liebe kann auch sehr brutal sein.

Caroline

Medan – um keinen falschen Eindruck entstehen zu lassen – war zu der Zeit, in der die Markers lebten, ein Nest von zwei- bis dreihundert, im besten Falle fünfhundert Einwohnern und zählte damit trotzdem schon zu den größeren Ortschaften. Es ähnelte den anderen Dörfern der Insel – schlammige Wege und auf Stelzen stehende Hütten, die aus Bambus und Holz erbaut waren. Die Blütezeit dieser Siedlung stand erst noch bevor. Doch nicht nur die flachere und lieblichere Landschaft unterschied den Osten der Insel vom westlichen Teil: Anstatt am offenen Meer war Medan an der Straße von Malakka, sozusagen an wesentlich ruhigerem Fahrwasser, gelegen. Tatsächlich gelang es unseren Abenteurern schnell, die Überfahrt nach Singapur zu organisieren. Sie begegneten auch hier nicht einem Niederländer, sie schlüpften ihnen, so unglaubwürdig dies auch scheinen mag, durchs Netz.

Lillian war erleichtert, als sie endlich wieder auf einem Schiff Platz nehmen und der Insel den Rücken kehren konnte. Die Wetterverhältnisse waren hervorragend: Die Sonne schien, und eine leichte Brise ließ das Boot über die im Gleichmaß wogenden Wellen hinwegtanzen. Sie saß mit geschlossenen Augen und hatte die Arme um die Beine geschlungen. Endlich, rief es in ihr, endlich sind wir auf dem Weg nach Singapur!

Sie hatte die grüne Hölle überlebt.

Ihre Ehe nicht.

»Darf ich mich zu dir setzen?«

Sie blinzelte und konnte nur Josephs Umrisse im Gegenlicht erkennen. Erst als sie nickte, ließ er sich neben ihr nieder. Einen Fußbreit entfernt, als wäre er darauf bedacht, ihr nicht zu nahe zu kommen. Er musterte sie schweigend. Was denkst du, wenn du mich so ansiehst, fragte sie ihn in Gedanken und hielt seinem Blick stand.

»Wir haben nicht viel Zeit gehabt, um über das zu reden, was geschehen ist«, sagte er nach einer Weile.

»Es ist so viel geschehen, wo sollten wir da anfangen?« Wieder sah sie ihn mit der Muskete herumfuchteln, das Gesicht vor Wut verzerrt. Nicht ein einziges Mal hatte er mit ihr über dieses Grauen gesprochen. Genau genommen hatte niemand mehr ein Wort darüber verloren. Andrew und Panjang hatten nichts davon erfahren. Allesamt waren sie in das, was auf Sumatra ihr Alltag gewesen war, zurückgefallen. Und ein Schweigen hatte sich über alles gelegt, das mit jedem Schritt dichter geworden war.

»Ja, es wird eine Weile brauchen, bis wir das, was uns widerfahren ist, in unseren Köpfen und Herzen sortiert haben. Nehme ich an.« Joseph lehnte den Kopf gegen die Bordwand und ließ sich die Sonne ins Gesicht scheinen. Schmal war er geworden. Er war ein anderer. Ein Fremder.

»Du weißt, dass vieles mir unendlich leidtut?«, fragte er, ohne die Augen zu öffnen.

»Um ehrlich zu sein, nein. Vielmehr, ich weiß es nicht.«

Er hob den Kopf an. War das Entsetzen in seinem Blick? »Was denkst du denn? Denkst du, ich … ich …«

»Ich denke, du bist zufrieden. Wir fahren nach Singapur. Bald bist du wieder am Schreibtisch.«

Er tastete nach ihrer Hand und strich mit dem Finger über ihren Handrücken. Unsicher schaute er sie an. »Darf ich?«

»Was?«

»Dich anfassen?«

Erstaunt nickte sie und sah auf seine Hand, die sich auf ihre legte.

»Wie soll ich zufrieden sein? Noch immer bin ich davon überzeugt, dass es immens wichtig ist, die Direktoren der Company von der Bedeutung Singapurs für den weiteren Handel in und mit der Region zu informieren. Aber der Preis, den ich dafür zahle, ist hoch. Ich habe unser aller Leben riskiert, weil ich die Gefahren unterschätzt habe.«

Mit großen Augen schaute Lillian ihren Mann an, für einen Moment nahm sie an, sich verhört zu haben. »Was hast du gesagt?«

»Ja, so ist es doch. Ed ist verschollen, und ich hoffe inständig, er hat einen Weg gefunden. Mein bester Freund – mein Verhalten war unsäglich –, er spricht nicht mehr mit mir. Berechtigterweise. Und meine Ehe, du weißt selbst, wie es um uns steht und auch schon vor dieser Inseldurchquerung stand. Du denkst, ich sehe das alles nicht.«

»Ja, das dachte ich. Es gab wenig Gründe, anderes anzunehmen.«

Joseph lachte leise auf. »Ich nehme an, meine Bitte, es dir noch einmal in Ruhe zu überlegen, wäre sinnlos?«

»Ja.«

»Vielleicht wird sich etwas ändern.«

Lillian griff fest nach seiner Hand. »Selbst wenn über alles Gras gewachsen ist, haben wir noch ein ganz anderes Problem, das uns im Weg steht. Sei ehrlich: Was soll sich ändern?

Selbst wenn du irgendwann Abschied nehmen kannst, heißt es nicht, dass du eines Morgens erwachst und mich liebst. Mein Leben ist ein einsames, verstehst du?«

Joseph wiegte den Kopf. »Das sind harte Worte. Siehst du das nicht etwas – sagen wir überspitzt?«

»Gut«, Lillian vermied es, tief aufzuseufzen, »dann beantworte mir eine Frage: Hättest du Alice so ein Leben gewünscht?«

»Ich kann dir nicht folgen, was für ein Leben meinst du?«

»Eines ohne Liebe, an der Seite eines Mannes, der sie nicht wahrnimmt, nicht wahrnehmen kann?«

Sie bemerkte, wie er die Augenbrauen zusammenzog und dann in sich hineinzuhören, den Schmerz zu spüren schien. Ihr Herz zog sich zusammen. Erst jetzt versteht er es, dachte sie, nur wenn es um Alice geht, begreift er, was ich meine. »Dann verlange das bitte auch nicht von mir.«

Joseph rutschte näher und zog sie an sich. Er küsste sie mehrfach auf Haar und Stirn, wobei er flüsterte: »Ich wollte das nicht, ich habe gedacht, es würde anders werden. Irgendwie ... du verdienst das nicht. Ich bin ein Idiot.«

Niemals zuvor hatte Lillian diese Nähe in Josephs Armen verspürt. Sie wusste: Hätte es diesen Moment früher gegeben, hätte sie länger gewartet. Gehofft. Vielleicht sogar die Kraft zum Kämpfen gefunden. »Ja«, sie lächelte, »auf irgendeine Art bist du das. Erzähl mir von ihr.«

Sacht wischte Joseph eine ihrer im Wind flatternden Haarsträhnen zur Seite und lehnte seine Stirn gegen ihre. »Warum? Warum soll ich dir von ihr erzählen?«

»Es wäre schön, dich ein wenig besser kennenzulernen. Wir sind bereits einige Tage verheiratet, da wäre das doch durchaus angebracht, oder?«

»Ich weiß nicht, ob das eine gute Idee ist.«

Lillian nickte.

»Gut, auf deine Verantwortung. Alice war klug. Sehr klug, und sie war schön …« Erschrocken hob er den Kopf. »Nein, das kann ich nicht, ich kann dir doch nicht solche Dinge erzählen.«

»Fahre bitte fort.«

»Sie war auch unerbittlich. Darin, und in vielen anderen Wesenszügen wie eurer Klugheit, ähnelt ihr euch. Und selbstverständlich in eurer Schönheit, auch wenn ihr grundverschiedene Frauen seid.«

»Wie sah sie aus?«

»Sie war dunkelhaarig, viel dunkler als dein Haar. Und sie war größer, nicht so zart wie du.«

»Zart? So hat mich noch niemand genannt.«

»Ich finde schon. Und nach den Strapazen der letzten Wochen wirkst du regelrecht zerbrechlich. Und das alles meinetwegen! Bitte verzeih mir …«

»Ja, es ist gut, du weichst vom Thema ab.«

»Ich sage es ja: unerbittlich.«

»Anscheinend hast du ein Händchen für Frauen, die dir nicht alles durchgehen lassen«, erwiderte Lillian und grinste.

Noch einmal strich Joseph über ihr Haar. »Kann sein. Aber sie ist mir zu einer Zeit begegnet, in der mein Herz noch existierte.«

Es ist immer noch da, dachte Lillian. Es ist voller Liebe, trauriger, unerwiderter Liebe. Ein Herz, so einsam wie meines, doch deines hält dich gefangen.

»Wir waren glücklich«, fuhr Joseph fort und starrte in die Ferne, ganz so, als würde er dort noch einmal sein vergangenes Leben sehen. »Sie hat mich nach Ostindien begleitet. Wir haben ein Haus gebaut und ein Kind bekommen.«

Lillian wand sich aus seinem Arm und umfasste sein Gesicht. »Wie bitte? Ein Kind? Du hast ein Kind? Wo ist es?«

»Ja, davon weiß kaum jemand, zumindest in England. Es lebte knapp drei Monate und war unser ganzer Stolz.«

Lillian spürte, wie sich ihre Kehle zuschnürte. »War es ein Junge oder ein Mädchen?«

»Ein Mädchen, schön wie seine Mutter, das war sofort erkennbar. Alle Bediensteten waren in sie vernarrt. Sie hieß Caroline.«

»Das tut mir so leid, ich ahnte nichts davon.«

»Wie solltest du auch?«

»Was ist mit ihr geschehen?«

»Eines Tages bekam sie Fieber. Es grassierte, und ich weiß nicht, wie viele Menschen daran starben. Unzählige. Und dann starb auch unsere Caroline. Vor allem die Kinder und Alten raffte es dahin. Ich kenne Familien, die haben vier von fünf Kindern in diesem Paradies begraben. Wie sie damit weiterleben können – es ist mir ein Rätsel. Und ich weiß nicht, woran es liegt, dass so viele Kinder hier sterben. Vielleicht sind es nicht mehr als in England, vielleicht sind wir Europäer aber auch nicht dafür geschaffen, im Paradies zu leben«, sagte Joseph mit stumpfem Blick, während er nun an seinem Bart herumzupfte.

Mitleid machte sich in Lillian breit. Und Verzweiflung, die Hand in Hand mit Hilflosigkeit einherging. Und auch eine Spur Wut fühlte sie in sich. Ein Gefühl, für das sie sich schämte, aber es war da und flüsterte: Wie konnte er mir all das verschweigen?

»Caroline hatte unser Glück perfekt gemacht, und dann ging sie von uns. Wir mussten zurückbleiben.«

»Wissen Elliot und deine Schwester davon?«

»Nein. Vor lauter Glückseligkeit ließ ich meine Aufgaben

schleifen, immer wieder beschloss ich aufs Neue, meine Briefe aufzusetzen und zu verschicken. Gut gelaunt verschob ich es Tag um Tag. Ich hatte Besseres zu tun. Und so kam es, dass, bevor ich die frohe Kunde per Brief auf den Weg geben konnte, uns dieses kleine Wunder schon wieder entglitten war. Und wir haben nichts unversucht gelassen, sie zu retten. Aber es war umsonst, kein Arzt, keine Medizin, kein Gebet, einfach nichts konnte helfen.«

Lillian strich über seinen Handrücken und hörte ihre innere Stimme: Vielleicht solltest du nicht fragen, warum er es dir verschwiegen hat. Vielleicht solltest du fragen: Habe ich nicht richtig hingesehen, es nicht sehen wollen? Und mit einem Mal war es wieder da, das längst vergessene Bild des Hemdchens in seinem Schrank. »Da war dieses weiße Hemdchen, über das wir gesprochen haben. Weißt du noch? Das ich mit zu Ruths Geburtsgeschenken legen wollte?«

»Natürlich weiß ich das noch. Ich dachte, mein Herz würde stehen bleiben vor Schreck.«

»Es gehörte Caroline.«

Er nickte. »Ich habe es, als ich nach England zurückreiste, mitgenommen, ich konnte es nicht zurücklassen.«

Das Brennen in Lillians Nase stieg hinauf bis in die Augen. Ihr Blick verschwamm. Gern hätte sie die Fassung bewahrt, um Joseph Halt zu geben. Doch der erste Schluchzer entschlüpfte ihr, dann begann sie haltlos zu weinen. Um ihn, die verlorene Familie, das gemeinsame Elend.

»Du weinst. Bitte nicht, ich wollte dich nicht unglücklich machen«, sagte Joseph hastig. »Ich habe doch gesagt, es ist nicht gut, wenn ich von früher erzähle.« Unbeholfen tupfte er mit dem Ärmel seines Hemdes ihre Tränen ab. »Es ist seltsam, dich deswegen weinen zu sehen. Ich kann nicht mehr um die beiden weinen, auch wenn ich es so oft noch wollte.

Und ich kann auch nicht um uns weinen, sosehr ich es mir auch wünschte.«

Lillian hob den Kopf und bemerkte Henrik, er lief auf sie zu, winkte und grinste. Es war ihm anzusehen, dass er irgendetwas zu erzählen hatte. Unterhaltsame Anekdoten, amüsante Belanglosigkeiten, die so weit von diesem Augenblick entfernt waren, wie nur irgendetwas voneinander entfernt liegen konnte.

Sie starrte ihn an. Geh weg, rief sie ihm in Gedanken zu.

Und er schien sie zu hören. Ihr Elend zu erkennen. Denn er verlangsamte sein Tempo, bis er stehen blieb. Dann machte er kehrt und verschwand.

»Alice hat den Verlust nicht verkraftet«, fuhr Joseph fort. »Sie starb an gebrochenem Herzen.«

»Ich dachte, es wäre ein Fieber gewesen.«

»Das habe ich behauptet, damit ihr das letzte Geleit gegeben werden konnte. So wurde ihr Gottes Segen zuteil. Glücklicherweise schaut hier niemand so genau hin. Jeder hätte es sehen können, aber ein letztes Mal habe ich sie beschützt.«

»Deshalb wolltest du mich nicht nach Singapur mitnehmen.«

»Auf irgendeine Art wollte ich dich damit auch beschützen. Es wäre gut gewesen, wenn du all das gewusst hättest.«

»Ja, denn ich war damals so verletzt, ich weiß nicht, ob ich konkret darüber nachgedacht habe, aber ich befürchte, dir unterstellt zu haben, hier würde es irgendeine Schönheit geben, die deine Rückkehr sehnsüchtig erwartet.«

»Nein, mich erwarteten in Singapur nur die Geister der Vergangenheit. Die immer dort sind, wo ich bin. Dementsprechend habe ich sie auch mit nach England gebracht und zugelassen, dass sie in dein Leben kommen.«

»Darf ich in Singapur das Grab der beiden besuchen?«

Joseph vergrub sein Gesicht an ihrem Hals. »Natürlich. Alice und du, ihr hättet euch gemocht. Wie konnte ich so dumm sein, euch voneinander fernzuhalten.«

»Wenn du wieder mit ihr sprichst, sage ihr bitte, wie gern ich sie kennengelernt hätte.«

»Ja, das werde ich machen.«

Kopf an Kopf, Schulter an Schulter gelehnt, blieben sie beieinandersitzen.

Wortlos und endlos erschöpft.

Zu Hause

Keinem unserer Heimkehrer war jemals die Ansicht eines Hafens schöner erschienen als an jenem Tag der von Singapur. Der Himmel über der Stadt glich einem Band schimmernder Gelbtöne, die in ein kräftiges Orange übergingen, durchzogen von ersten Streifen dunklen Rots, ein wahrhaft beeindruckendes Farbspiel, das sich auch auf dem Wasser spiegelte.

Bis das Boot angelegt hatte, dämmerte es bereits. Als Lillian, Joseph, Elliot, Andris, Henrik, Andrew und Tom endlich festen Boden unter den Füßen spürten, brachen sie in Jubel aus, umarmten einander, und jeder von ihnen ergab sich den Tränen des Glücks. Erst dann erkannten sie, welche Aufmerksamkeit sie erregten: Wer waren diese zerlumpten Europäer, die sich derart aufführten, schienen die abschätzenden Blicke der Passanten zu fragen.

Joseph hatte sich während der Überfahrt nach Singapur vorgenommen, seine Begleiter gleich nach der Landung einzuladen und sich mit ihnen im Chinesenviertel nach Herzenslust den Bauch vollzuschlagen. Aber er realisierte, dass sie, trotz aller Versuche, in Medan die Kleidung zu reinigen, immer noch – und er wählte hier die freundliche Formulierung – abenteuerlich aussahen. Also rief er zwei Wagen herbei und lud alle ein, die Nacht in seinem Haus zu verbringen.

Und so rollten kurze Zeit später, in nächtlicher Dunkelheit, zwei Wagen vor sein Anwesen, und noch bevor sie abgebremst hatten, kam die Köchin des Hauses herausgestürmt, als hätte sie hinter der Tür gewartet. Sie riss die Arme in die Höhe, schrie, weinte und lachte zugleich, packte Andris, umarmte ihn, dass die anderen fürchteten, sie könnte ihn erdrücken. Irgendwann konnte Andris sich seiner Frau erwehren und sie den anderen vorstellen: »Das ist Bintang. Meine Frau.«

Lillian musterte die Köchin, die vermutlich um die vierzig Jahre alt war und ihr damit erstmals eine Vorstellung vermittelte, wie alt Andris ungefähr sein mochte. Bevor sie ein Wort sagen konnte, umarmte Bintang sie schluchzend, ihr die Wange streichelnd, über die Haare fahrend, um dann Joseph zu herzen. Niemals zuvor und auch danach nie wieder würde irgendwer diese malaiische Frau derart außer Fassung erleben. Aber während dieses Wiedersehens gehorchten die Gepflogenheiten, ganz gleich welcher Gesellschaft und Kultur, nur denen des Herzens.

Das übrige Personal drängte sich im Hauseingang und traute seinen Augen ebenfalls nicht: Mr und Mrs Markers waren wieder da, trotz aller Gerüchte von ihrem grausamen Tod auf Sumatra. Irgendwann besann sich einer von ihnen und scheuchte die anderen ins Haus, damit auf die Schnelle ein Festmahl bereitet würde.

Ebenso ungläubig hielten sich Andrew, Henrik und Tom im Hintergrund, es war ihnen anzusehen, wie sehr Mr Markers Haus sie beeindruckte. Elliot schien die Zurückhaltung nicht entgangen zu sein: »Nun kommt schon«, hörte Lillian ihn rufen, während sie erneut von Bintang umarmt wurde, »ihr habt es doch gehört: Ihr seid eingeladen. Ihr kennt Singapurs Gastfreundschaft anscheinend noch nicht.«

»Fühlt euch wie zu Hause«, ergänzte Joseph und schlug Tom krachend auf die Schulter.

Und so standen sie allesamt wenige Minuten später in der Eingangshalle des Hauses. Das Personal eilte kopflos umher, Bintang hing inzwischen weinend in Andris' Armen, und für einen Augenblick wusste niemand genau, was nun zu tun war.

Irgendwann lachte Lillian auf. »Wir sehen wirklich scheußlich aus. Die zerrissene Kleidung, eure furchtbaren Bärte …«

»Also, ich finde meinen gar nicht so schlecht«, erwiderte Henrik.

»Ja, weil es dein erster ist«, erwiderte Andrew grinsend. Unter dem Gelächter der Männer, die begannen, sich vor dem Spiegel über ihre verlotterten Haare und zerrupften Bärte zu amüsieren, besann sich Joseph auf seine Gastgeberqualitäten. Er klatschte in die Hände. »Eine Frage: Wollt ihr euch erst erfrischen oder gleich essen?«

»Essen!«, rief Tom fast verzweifelt. »Die Wiederherstellung meines Urzustandes wird Stunden brauchen, und das sagt einer, der sich wenig aus solchen Dingen macht.«

»Hände und Gesicht waschen würde mir auch reichen«, sagte Henrik kleinlaut. »Wenn das ausreicht, auch ich habe Hunger.«

»Ach, wer will, wäscht sich noch, und wer Hunger hat, kommt jetzt gleich mit«, sagte Joseph und stürmte voran ins Esszimmer. Das Personal hatte sich, trotz aufgeregter Planlosigkeit, selbst übertroffen: Auf einer blütenweißen Tischdecke erstrahlten mit Rotwein gefüllte Gläser, blitzten die Teller und das auf Hochglanz polierte Besteck. In Schalen warteten bereits aufgeschnittene Früchte und frisches Weißbrot.

»Bintang, du hast Brot da«, rief Joseph erfreut in den Flur hinaus.

Mit rot verweinten Augen erschien die Köchin und nickte. »Ja, ich habe daran geglaubt, dass Sie wiederkommen. Jeden Tag habe ich es für Sie gebacken, damit Sie nach Hause kommen.«

»Danke, eine bessere Köchin als dich kann man nicht haben«, sagte Joseph. Dann wandte er sich an seine Gäste. »Bitte nehmt Platz und langt zu.«

»Ich gehe meiner Frau helfen«, sagte Andris zögerlich. »Es gibt in der Küche viel zu tun.«

Lillian nahm seinen Arm und führte ihn zum Tisch. »Nein, Andris, heute Abend bist du einer unserer Ehrengäste, und Bintang kann sich auch gern zu uns setzen.«

Entsetzt schüttelte die Köchin den Kopf. »Nein, ich habe Fleisch im Topf, ich muss in die Küche. Bitte«, sagte sie, und schon war sie aus dem Zimmer gehuscht.

Lillian blickte erst Andris, dann Tom, Henrik, Andrew und Elliot an. Sie zögerten, sich an den gedeckten Tisch zu setzen. Und sie erkannte auch, weshalb: Neben all der Pracht wirkte ihr Aufzug noch erbärmlicher. Sie wies auf ihren Rock, dann in die Runde. »Nun gut, da wir nicht stadtfein sind, habe ich eine andere Idee«, sagte sie und öffnete eine Truhe, die neben der Tür stand, die in den Garten hinausführte. Sie hob mehrere Decken hinaus und hielt sie den Männern entgegen. »Wir haben keine Matten, aber die werden es auch tun. Und so, wie ich es gesehen habe, sind draußen bereits Lichter aufgestellt worden.« Dann öffnete sie die Tür. »Los, schnappt euch die Schalen, Gläser und Karaffen, und nichts wie raus mit uns.«

Sie sah die Erleichterung in den Gesichtern, nur Joseph wirkte irritiert. Sie nickte ihm zu, woraufhin er mit den Schultern zuckte, sich den Brotkorb griff und vorausging. Neben dem Mangobaum breitete er die Decke aus. »Ganz wie meine Gäste wünschen«, sagte er und ließ sich nieder.

Henrik sprang neben ihn und pickte sich eine Scheibe Brot aus dem Korb. Noch bevor er saß, war sie in seinem Mund verschwunden.

Tom blieb neben der Decke stehen und blickte zum Hafen hinunter. »Irgendwer nannte Singapur mal die schönste Perle des Ostens. Wer auch immer das gesagt hat, muss ein schlauer Mann gewesen sein. Es stimmt wirklich. Und ihr habt hier eine traumhafte Aussicht auf diese wundervolle Perle. Selbst jetzt in der Nacht. Seht die Lichter, wie sie funkeln.« Er nickte anerkennend und ließ sich dann zwischen Elliot und Andris nieder. »Aber das hier, das ist wie in Sumatra.« Er klopfte auf den Boden. »Steinhart, so muss das sein.«

Lillian schlüpfte zwischen Henrik und Andris, kreuzte die Beine und sah sich zufrieden um. Bintang und zwei der Mädchen erschienen mit ersten dampfenden Schüsseln, in denen Yams und Gadongs lagen. »Sie haben die Teller vergessen«, sagte sie.

»Und das Besteck«, ergänzte Henrik kichernd.

»Ach, wisst ihr was? Macht, wie ihr es wollt, ich habe keine Zeit, mir einen Teller zu holen.« Lillian griff sich eine Gadong und biss genussvoll hinein. Die anderen taten es ihr gleich.

In diesem Moment kam Bintang wieder in den Garten gestürmt, die Teller auf dem Arm. »Warten Sie, warten Sie«, rief sie und blieb keuchend neben der Decke stehen.

Andris schüttelte lächelnd den Kopf. »Es wird noch eine Weile dauern, bis wir wieder richtig angekommen sind. Das brauchen wir heute Abend nicht.«

»Aber das Besteck ...«

Erneut schüttelte Andris den Kopf. Seine Frau stemmte

die Arme in die Hüften und kniff die Augen zusammen, doch dann musste sie lachen. »Gut, ich gebe es auf und hole das Fleisch.«

Joseph kniete sich nun hin. »Vorhin, als wir in den Hafen gefahren sind, habe ich beschlossen, dass ich euch«, er zeigte auf Henrik, Tom und Andrew, »im besten Hotel der Stadt unterbringen werde. Dabei hatte ich nicht berücksichtigt, wie wir derzeit aussehen. Aber ich werde euch morgen mit Teilen meiner Kleidung ausstatten, damit ihr gepflegt in der Öffentlichkeit auftreten könnt. Es wird eine enorme Aufregung in Singapur geben, wenn bekannt wird, dass wir wohlbehalten zurückgekehrt sind. Ihr könnt im Hotel wohnen, so lange ihr das möchtet, nutzt die Zeit, um eure Angelegenheiten zu regeln. Ich habe viel gutzumachen, und deshalb möchte ich mich in aller Form für mein Verhalten entschuldigen. Ich denke, der Beweis ist erbracht: Als Expeditionsteilnehmer bin ich offensichtlich gänzlich ungeeignet. Vielen Dank, dass ihr mich ge- und ertragen habt.« Er hob das Glas. »Vor allem bei dir, Elliot, möchte ich mich entschuldigen, weil ich dich mit der Muskete bedroht habe. Ein unverzeihlicher Fauxpas.«

»Ach, sie war ja nicht geladen.«

»Elliot«, sagte Lillian streng, »du brauchst ihn nicht weiter zu verteidigen, und …«

»Entschuldige bitte, aber ich muss auch noch etwas loswerden«, fiel Henrik ihr ins Wort. »Also, Mr Markers, es tut mir leid, auch ich wollte Sie nicht, Sie wissen schon …«

Joseph winkte ab. »Mir ist es unangenehm, dass das nötig war. Anscheinend habe ich das gebraucht.«

»So sehen Sie das? Wirklich? Das erleichtert mich sehr, vielen Dank!«

Lillian nahm sich ein Brotstück aus dem Korb. »Henrik, höre jetzt auf, dich zu entschuldigen oder gar zu bedanken.

Erzähle doch lieber mal, was du jetzt vorhast? Was wirst du mit den hundertfünfzig Pfund machen?«

»Oh, das weiß ich noch nicht genau. Eigentlich möchte ich nur zurück in die Heimat, zu meiner Familie und von den Abenteuern erzählen, die ich erlebt habe. Wenn ich ankomme, möchte ich sie mit Geschenken erfreuen, dafür werde ich bestimmt einen großen Teil des Geldes verwenden. Und dann werde ich meiner Mutter und meinen Geschwistern das Schwimmen beibringen.«

»Wie viele Geschwister hast du denn?«

»Eine kleine Schwester und zwei Brüder, vielleicht bin ich ja schon Onkel. Als ich in See stach, waren meine Brüder schwer verliebt … Und vielleicht finde ich ja auch ein nettes Mädel, wer weiß.«

»Ach, Goldlöckchen, dir werden sie scharenweise hinterherrennen, mache dir mal keine Sorgen«, sagte Tom und legte den Arm um seine Schultern.

Bintang erschien mit den Platten voller Fleisch. Lillian wies auf die Decke neben Andris. »Nimm doch Platz. Wir reden darüber, welche Pläne wir für die Zukunft haben. Vielleicht verrät uns Andris auch seine?«

»Oh, dann bleibe ich gern, das möchte ich wissen«, sagte Bintang, raffte ihren Rock und setzte sich dicht neben ihren Mann.

»Das ist schnell erzählt: Ich habe mir geschworen, nie wieder in meinem Leben Singapur zu verlassen, und ich werde niemals wieder auch nur einen Fuß auf ein Schiff setzen.« Er hob das Glas und prostete lachend den anderen zu.

»Da geht es mir ganz anders«, sagte Tom. »Ich möchte zu meiner Mannschaft zurück, so schnell wie möglich.«

»Was, du willst schon wieder an Bord eines Schiffes?« Andrew beugte sich vor und sah ihn ungläubig an.

»Mit Kapitän Johnson lassen sich die Weltmeere gut bereisen, und ich habe einen klaren Plan: Ich will so viel Geld scheffeln, wie es einem Seemann möglich ist. Dann leiste ich mir irgendwann ein Häuschen in meiner Heimatstadt Gloucester und verbringe einen sorgenfreien Lebensabend. Was hast du denn vor?«

»Es klingt sicherlich seltsam, aber während das Schiff in den Hafen einfuhr, habe ich gedacht, es wäre gut, meine militärische Laufbahn voranzubringen. Und ich möchte nach Ed suchen. Sollte es in Singapur kein Lebenszeichen von ihm geben, werde ich in England seine Familie besuchen.«

»Warum das?«, fragte Henrik und zog geräuschvoll die Nase hoch. »Kennst du seine Familie?«

»Genau genommen weiß ich nicht einmal, ob Ed Familie hat, aber irgendwen, der ihm nahegestanden hat, werde ich finden, da bin ich sicher. Und bis dahin lege ich mir eine Geschichte zurecht, wie heldenhaft er als Soldat gestorben ist. Sollte ich seiner Mutter begegnen, erzähle ich ihr vielleicht, wenn sie zartbesaitet sein sollte, dass er mit einer Frau und vielen Kindern auf Sumatra lebt.«

»Das ist schöner, so solltest du es machen«, sagte Henrik, hielt inne, um zögerlich fortzufahren: »Ich finde es auch schön, so viel über euch zu erfahren. Warum haben wir uns nicht schon vorher voneinander erzählt?«

Tom schaute zum Himmel hinauf, ließ sich nach hinten sinken und verschränkte die Arme unter dem Kopf. »Weil wir damit beschäftigt waren, zu überleben. Und ich finde, das waren jetzt genug Reden, schaut lieber mal nach oben. Das hat mir gefehlt. Wir haben vor lauter Bäumen viel zu selten die Sterne gesehen.«

Die anderen taten es ihm nach, und schon kurz darauf ertönte leises Schnarchen.

Nur Bintang, sie nahm ihren Mann und brachte ihn dorthin, wo er ihrer Meinung nach hingehörte: ins Bett an ihre Seite.

Glaubt mir, ich habe sie alle noch lange begleitet: Joseph, Andrew, Henrik, Andris und Tom. Keiner von ihnen hat diesen Abend jemals vergessen. Jedem von ihnen gelang es, seinen Traum zu verwirklichen, den er an diesem Abend mit an Land genommen hatte. Ausnahmslos.

Und Lillian und Elliot? Sie waren schweigsam an diesem Abend, nicht ohne Grund. Denn beide wussten nicht, was sie von ihrer Zukunft erwarteten.

Oft heißt es: Die Hoffnung stirbt zuletzt.

Ich versichere euch: Ich sterbe nicht.

Die Stille der Rückkehr

Lillian konnte sich daran erinnern, dass sie nach jeder Sommerfrische das Anwesen ihrer Familie neu erlebt hatte, ihr die Zimmer größer erschienen waren, manches Mal sogar fremd gewirkt hatten. Stets hatte es einige Stunden gedauert, bis sie wieder zu Hause angekommen war und das Gefühl obsiegte, sie würde die Welt um sich herum wieder mit jenem Blick betrachten, der ihr vor einer Reise zu eigen gewesen war.

Auch dieses Mal war der Blick zunächst ein anderer, doch er würde nie wieder der werden, den sie zuvor gehabt hatte: Sie war nicht mehr die Frau, die sich damals an Bord und auf den Weg nach Kalkutta begeben hatte.

Dieses Haus, das Joseph für sie beide hatte erbauen lassen, würde sie fortan als Sinnbild falscher Hoffnungen erleben. Nie wieder würde sie es – wie früher – nur als einladend, hell und geschmackvoll empfinden. Immer wäre auch der Gedanke dabei, wie absurd groß es für zwei Personen war.

Nach dem Abschied der lieb gewordenen Begleiter am Morgen durchwanderte sie die Zimmer, strich über die eleganten Möbel und nahm die Stille wahr. Nur leise war das Singen der Vögel und Schreien der Zikaden zu vernehmen. Ruhe hatte es im Dschungel nicht gegeben, weder am Tag noch in der Nacht. Und sie hatte sich an all die Geräusche gewöhnt. Jetzt vermisste sie sogar das Geschrei der Kinder in den Dörfern, die sie durchreist hatte, und die ihr stets neugierig auf Schritt und Tritt gefolgt waren.

Was gab es hier, in Singapur, nun für sie zu tun? Außer die lindgrünen Kleidungsstücke aus ihrem Schrank zu sortieren? Sie trat auf die Veranda und betrachtete den Garten bei Tageslicht. Auch dort wartete keine Arbeit, das Personal hatte den Garten vorbildlich gepflegt. Die Rosenstöcke und die Orchideen blühten, die Bambussträucher waren gestutzt, und Yams und Mangos standen kurz vor der Ernte. Über die Bambusbüsche hinweg konnte sie das Dach von Elliots Anwesen sehen.

Wie sollte es mit ihm weitergehen? Er hatte am Abend der Ankunft ruhig gewirkt, fast verschlossen. Sie konnte nicht ermessen, ob er Josephs Entschuldigung akzeptiert hatte. Aber musste er das überhaupt? Er hatte die gesamte Zeit über versucht, es jedem recht zu machen, hatte sich zurückgenommen und die Sicherheit aller im Blick gehabt. Stets hatte er seine schützende Hand über sie, über Joseph, ja sogar über das Ehepaar Markers gehalten. Es wäre ihm nicht zu verdenken, wenn er erschöpft wäre. Nicht einmal, wenn er nie wieder etwas von ihnen hören wollte. War es das, was er für die Zukunft wollte?

Es gab so viele Fragen zu klären. Sie sank in einen Korbstuhl und schaute ins Blau des Himmels hinauf. Würde sie nach England zurückfahren, in die Kälte, den Regen? Auch wenn es hier gefühlt weit mehr Regen gab, war es ein Sommerregen, dessen in der Kleidung zurückbleibende Nässe die darauf wieder scheinende Sonne binnen kürzester Zeit wegbrannte. Ja, selbst der Regen war in Ostindien schöner. Und wenn sie heimkehrte, wo sollte sie leben? Bei ihren Eltern? Sosehr sie sich im ersten Moment der Erkenntnis, dass ihre

Ehe gescheitert war, in die vertrauten Gefilde Englands zurückgesehnt hatte, so weit entfernt erschien ihr dieses Leben nun.

Heimkehren.

Sie wiederholte dieses Wort mehrfach. War sie in England noch daheim?

Ein Schwarm hellgrüner Sittiche flog über den Garten hinweg. Die roten Köpfe und gelblichen Bäuche waren auch auf die Entfernung hin zu erkennen.

Nein! Sie war nicht mehr in England daheim. Singapur war ihr Zuhause, ihr Paradies geworden. Aber: Konnte sie hierbleiben? Und wenn ja, wo sollte sie hin? Sie zuckte die Schultern. Die Wahrheit zu kennen und mit Joseph gemeinsam eine Entscheidung getroffen zu haben, war eine Erleichterung, die alles durchdrang.

Sie erhob sich, um Joseph zu suchen, vielleicht war es nun an der Zeit, gemeinsam mit ihm Alice und Caroline einen Besuch abzustatten.

Vom Aufräumen nach der Rückkehr

Essen, viel Essen und gutes dazu. Eine saubere Hose, ein blütenweißes Hemd, die noch immer diesen Geruch in sich trugen, den nur sonnengetrocknete Wäsche aufwies. Auf Hochglanz polierte Schuhe. Joseph betrachtete sich im Spiegel. Das war der Mann, der wieder seinen Aufgaben nachkommen konnte: Mr Markers, Handelsagent der East India Company.

Er hatte an Gewicht verloren, was ihm nicht gut zu Gesicht stand, aber er war sicher, das in wenigen Tagen ausgeglichen zu haben. Und dann würde er nach England reisen, baldmöglichst, und schauen, ob er vor Ort persönlich einen Beitrag leisten konnte, um Singapur zu retten und es den Niederländern vorzuenthalten.

Kurz blickte er auf die Liste, die er, kaum dass Ruhe ins Haus eingekehrt war, zu erstellen begonnen hatte. All die Aufgaben, die nun erledigt werden mussten, und zwar zügig.

Er strich das Hemd glatt. Aber dieses Mal würde er nicht den Fehler machen, den er zeitlebens wiederholt hatte: Sobald Kummer sein Leben überschattete, sich in Arbeit zu flüchten. Obwohl nur dieses Vorgehen ihm geholfen hatte, die Gedanken an Alice und Caroline im Griff zu behalten.

Kurz schaute er sich um. »Du verstehst das, Alice, oder? Wenn ich ausschließlich an euch denke, kann ich nicht arbeiten. Nichts kann ich dann. Ja, dein Einwand ist berechtigt: Ihr gegenüber war das nicht nett. Sie heißt übrigens Lillian, sie würde dir gefallen.«

Es klopfte.

Er war überrascht, als Lillian sich zur Tür hereinschob. Sie hatte sich frisch gemacht, und ihre Augen leuchteten. Ein Anblick, der sein Herz wärmte. »Oh, das ist erstaunlich, ich wollte auch gleich bei dir vorbeischauen.«

»Was wolltest du denn?«

»Wir werden jetzt aufräumen«, sagte er, während er schnell mit einem Tuch noch einmal über die Schuhe fuhr.

»Was willst du hier aufräumen? Du hast haufenweise Personal, das dies für uns erledigt.«

»Ja, aber eines können sie nicht: unsere alten Lasten beiseiteräumen. Den Weg in die Zukunft freimachen. Wir müssen uns genau überlegen, wie es weitergehen soll, denn ich will dich wohlversorgt wissen.« Er hob abwehrend die Hände in die Luft. »Nein, keine Angst, ich will dich nicht wieder bevormunden, aber ich kann auch nicht einfach zum Tagesgeschäft übergehen und dich zurücklassen. Und wieder so tun, als wäre nichts geschehen.«

»Du hast ja gute Laune.«

Plötzlich wurde er ernst. »Ich weiß nicht, wie du das erträgst. Mich erträgst. Aber ich möchte dir sagen, dass es seit den Abschieden von Caroline und Alice nichts gab, was mir so geholfen hat wie das Gespräch mit dir auf der Fahrt nach Singapur. Und ich bin oft ein widerlicher Zeitgenosse, ja, das weiß ich. Aber eines bin ich niemals: undankbar.«

»Ich kann mich erinnern, ganz dunkel, warum ich mich damals in dich verliebt habe.«

»Was willst du damit sagen?« Er ging, ohne es zu wollen, in Habachtstellung.

»Ach, nun bleibe bitte bescheiden, ich mache meine Fehler niemals zweimal«, lachte Lillian auf. »Aber ich habe zwischenzeitlich an mir gezweifelt und mich gefragt, was ich damals in dir gesehen habe, dass ich dich und niemand anderes wollte. Ehrlich gesagt, habe ich mich sogar gefragt, woraus das Band der Freundschaft besteht, welches dich ...« Sie brach ab, und ihre Augen wurden rund. Erschrocken schlug sie die Hand vor den Mund.

»... und Elliot verbunden hat. Sprich es ruhig aus. Was meinst du, hat er gestern meine Entschuldigung angenommen?«

»Ich bin mir da unsicher.«

Joseph seufzte. »Damit werde ich wohl leben müssen. Aber was hat dich eigentlich zu mir geführt?«

»Lass uns gemeinsam Alice und Caroline besuchen.«

»Das wollte ich dir auch vorschlagen.« Er betrachtete Lillian und spürte mit einem Mal, dass er sie liebte.

Von ganzem Herzen liebte.

So wie er nur eine Schwester lieben konnte.

Die Einsamkeit der Rückkehr

Der Garten, die Tiere, die Sammlung. Unter anderen Umständen wäre er vor Glück außer sich gewesen, wieder zu Hause anzukommen. Er hätte jedes Tier begrüßt, sich von seinem Zustand überzeugt, jedes Pflänzchen im Garten ob seiner Blütenstände betrachtet und in seinem Studierzimmer jede Schublade geöffnet, um die Vielfalt seiner Exponate zu bewundern. Deren Schönheit wurde ihm insbesondere nach längeren Abwesenheiten immer wieder gewahr.

Unter anderen Umständen hätte er Hunderte von Exponaten dabeigehabt und sich sofort in die Arbeit gestürzt. Sich reich beschenkt gefühlt, und die stillen Stunden der Arbeit, in denen er sich in die Wunder der Natur vertiefte, wären nur so dahingeflogen.

Aber es waren diese Umstände.

Vor ihm lagen wenige, zum Teil bekleckste Skizzen und mit einer unbrauchbaren Hühnerfeder gekrakelte Notizen. Einige Steine, eine Handvoll Pflanzen, die er mit den Wurzeln dem Boden entnommen und versuchsweise getrocknet hatte, sowie verschiedene Blüten und Samen. Und ein kegelförmiges Schneckengehäuse.

Ihr Geschenk an ihn.

Ihm fehlte jegliche Kraft, auch nur eine sinnvolle Handlung zu beginnen. Vielleicht würde ein Spaziergang durch die Stadt helfen? Vielleicht sollte er Henrik im Hotel abholen, um mit ihm ins Chinesenviertel zu gehen und Geschenke für dessen Geschwister zu spendieren? Dabei könnte er sich selbst stapelweise Papier gönnen, Farben aussuchen und neue Kartons erwerben. Das Besorgen seiner Arbeitsmaterialien konnte ihn sonst stundenlang beschäftigen und im Anschluss ein tiefes Gefühl der Zufriedenheit vermitteln.

Elliot eilte, ohne dem Personal Bescheid zu geben, zum Haus hinaus. Als er den Weg betrat, der eine unvergleichliche Aussicht auf Singapur bot, sah er nur eines:

Lillian und Joseph.

Gemeinsam schlenderten sie den Weg in die Stadt hinab. Sie hatte sich bei ihm eingehakt und sprach auf ihn ein.

Sofort stürzte Elliot ins Haus zurück und ließ sich mit weichen Knien in den erstbesten Rattansessel fallen.

Lillian und Joseph.

Joseph und Lillian.

Wie lange hatten sie seine Gedanken bestimmt? Was hätte er alles für die beiden geopfert? Aber nun würde sein Leben fortan ohne sie weitergehen, mehr konnte er nicht geben. Zwei Pläne schwebten ihm durch den Kopf: Entweder würde er versuchen, eine Expedition nach Sumatra zu unternehmen, um die Strecke noch einmal abzureisen und all die Eindrücke einzufangen, die er hatte zurücklassen müssen, oder er würde seine bisherige Singapur-Sammlung nach England bringen, um für eine Weile in den Schoß der Heimat zurückzukehren.

Doch vorher brauchte er erst einmal Schlaf, viel Schlaf, um zu verkraften, dass er in kurzer Zeit so viel verloren hatte.

Der Banyan

»Wie haben wir das früher ausgehalten?«, fragte Lillian Joseph, als sie außer Hörweite waren. Sie drehte sich um und winkte Mrs und Mr Roberts, die zur Besuchsstunde zum Dinner geladen hatten.

»Ich finde noch immer Gefallen daran. Suppe, Fisch, Braten, ein herrliches Dessert, das war doch ein ganz und gar köstlicher Abend. Auch den Gebrauch einer Gabel weiß ich zu schätzen. Und es ist schön zu erleben, wie erleichtert viele unserer Bekannten und Freunde sind, uns wohlbehalten wiederzusehen.«

»Ach, dir hat doch in erster Linie der Sherry zugesagt.«

»Nein, der Portwein.« Joseph grinste.

Sie bestiegen den zierlichen Wagen und fuhren die Straße entlang, die von festlich erleuchteten Häusern gesäumt war und mit dem sternenklaren Himmel zu wetteifern schien. Sie passierten Flaneure, von Fackelträgern begleitet, und rollten unter vom Licht stimmungsvoll beschienenen Arekapalmen entlang.

»Sei ehrlich, Singapur gedeiht. Gerade in den Abendstunden ist es wunderschön.«

»Jetzt fangen wir aber nicht wieder mit der Arbeit an, der hast du dich den ganzen Abend schon gewidmet.«

»Stimmt! Worüber möchtest du reden? Was meintest du, als du fragtest, wie wir das früher ausgehalten haben?«

»Mrs Roberts war so stolz auf dieses neumodische Zeugs, wie beispielsweise diese Servietten oder das Tischtuch, das nach dem zweiten Gang entfernt wurde. Ganz gleich, ob es Flecken hat oder nicht, es ging darum, das zweite darunterliegende, noch teurere Tischtuch zu präsentieren. Dann die blinkenden Gläser mit Trinksprüchen erhoben, und die Bediensteten, die mir das Essen reichten, als wäre ich selbst nicht dazu imstande, mir Fleisch auf den Teller zu legen. Oder das silberne Wägelchen, das zum Dessert herumgeschoben wurde – aber nur nach links. Und wehe, du vergisst, deiner Sitznachbarin einzuschenken, dann gibt es böse Blicke.«

»Ich habe es nicht vergessen, denn ich kenne die Gepflogenheiten und finde sie gesellig. Aber wie es scheint, willst du dich nur noch an den Tisch setzen und essen.«

»Ja, einfach essen. Gestern habe ich überlegt, ob ich noch mal im Garten die Decke ausbreite und auf dem Boden sitzend esse. Einfach so.«

»Na ja, um konsequent zu sein, müsstest du dir dafür aber langsam mal eine Bastmatten-Ausstattung zulegen.«

»Joseph, du nimmst mich nicht ernst.«

»Gut, ich gebe es zu, es fällt mir schwer, dir zu folgen. Du scheinst noch mit dem Herzen in Sumatra zu sein.«

»Ja, das kann sein.«

»Was ich aber wirklich nicht verstehe: Du hast mir vorgehalten, ich würde den Batak ihre Bräuche vorwerfen, nun wirfst du den Engländern die ihren vor. Da stimmt in deiner Wertung etwas nicht.«

»Vielleicht. Ich liebe Singapur, ganz zweifelsfrei, aber mir erscheint vieles seit der Rückkehr überflüssig und umständlich.«

»Als wir vorhin noch im Salon zusammensaßen, Kaffee tranken, musizierten und ein wenig Whist spielten, da fühlte ich mich gut. So muss das Leben sein.«

Sie schwiegen und lauschten dem gleichmäßigen Klappern der Hufe, den knirschenden Geräuschen der sich drehenden Räder des Wagens.

»Wie geht es dir, wenn du daran denkst, morgen nach England aufzubrechen? Es geht jetzt so schnell«, sagte Lillian nach einer Weile.

Joseph zog sie an sich. »Ich bin dankbar. Für alles, was du getan hast. Ich weiß nicht, wann ich nach Singapur zurückkehre, aber ich hoffe sehr, dass du gefunden hast, was du suchst.«

»Was suche ich denn?«

»Zum Beispiel einen Botaniker, ziemlich gut aussehend und ein durch und durch feiner Mensch, der nur einen Steinwurf von dir entfernt lebt.«

»Ich habe ihn seit unserem Ankunftsabend nicht mehr gesehen.«

»Andris erzählte mir, er sei bereits dabei, die Rückfahrt zu organisieren. Vermutlich werdet ihr in drei oder vier Wochen mit der HMS The Mariner und einem Begleitsegler aufbrechen können. Wenn ich in London bin, werde ich euch besuchen.«

»Joseph, du scheinst mich nicht zu verstehen: Er weicht mir aus. Neulich habe ich an der Tür zu seinem Studierzimmer geklopft, und ich bin mir sicher, er war da. Er hat mir nicht einmal geöffnet, um mir zu sagen, dass er mich nicht sprechen möchte. Ich bin unsicher, ob ich hierbleiben will. Einerseits ja, andererseits nein. Kann ich dich vielleicht begleiten? Es wäre sehr kurzfristig, aber ich würde dann in England zu meinen Eltern ziehen. Also, ich nehme an, das wäre ohne Schwierigkeiten machbar.«

»Mache dir keine Sorgen, hast du an dem Abend nicht bemerkt, wie er dich anschaut? Er wartet!«

»Wirklich? Das hat er gemacht?«

»Ja, glaube einem alten Mann.« Er ließ sie los und zeigte unvermittelt auf einen Baum, der aus zahlreichen Stämmen zu bestehen schien, die den Eindruck erweckten, als wären sie kreuz und quer übereinander- und untereinandergewachsen. Die Krone öffnete sich mit gewaltigen Ästen, die aussahen, als wären sie mit neuen Stämmen verwachsen. »Banyans haben wir auch auf Sumatra gesehen. Diesen hier haben sie trotz aller Bauarbeiten in der Stadt stehen lassen. Er ist wunderschön. Denkst du an mich, wenn du künftig hier vorbeikommst?«

»Gut, mache ich. Aber warum?«

»Der Banyan wächst an einem anderen Baum, ohne den, der ihn stützt, zu schädigen. Seine Luftwurzeln werden immer mehr, und sobald sie den Boden erreichen, wächst der Banyan gewaltig, er schiebt sich in die Höhe, breitet seine Zweige aus und entfaltet diese einzigartige Schönheit. Tja, und dann erdrückt diese wundervolle Pracht den Baum, an dem sie sich entlanggerankt hat.«

»Willst du sagen, du hast mich erdrückt?«

»Ich weiß nicht, vielleicht hätte ich es irgendwann. Es ist gut so, wie es gekommen ist.«

Lillian wandte sich um und schaute sich den Baum aus der Ferne noch einmal an. »Nein, ich glaube nicht, dass du mich kaputt gemacht hättest. Ich bin ...«, sie zögerte, » ... irgendwie aus einem zähen Holz.«

»Niemand kraust die Nase so nett wie du, wenn du frech wirst«, lachte Joseph.

»Ich denke eher, es ist ein bisschen wie mit den Engländern und den Menschen hier, oder?«

»So habe ich das noch nie gesehen, aber so könnte man es auch auslegen. Obwohl wir den Völkern, deren Arbeitskraft wir nutzen, oft vorab schon Schaden zufügen. Da ist uns selbst dieser Baum voraus. Ja, da hast du einen interessanten Gedanken aufgeworfen.«

Sie erreichten das Haus, und Joseph begleitete Lillian in ihr Zimmer. Er öffnete die Verandatür und trat hinaus. »Du bist eine sehr kluge Frau, und auch wenn ich jetzt abreise, musst du nicht denken, dass du mich auf ewig los bist. Was immer dein Herz bedrückt: Ich bin für dich da. Ich war es bisher nicht, aber ich verspreche dir, künftig werde ich es sein. Auf eine bessere Art und Weise.« Er nickte in Richtung von Elliots Haus. »Geh morgen rüber, und wenn du irgendwann das Gefühl hast, es wäre denkbar, dann grüße ihn von mir. Ich habe es nicht mehr gewagt, ihm nach unserem Abend unter die Augen zu treten.«

»Du gehst jetzt?«

»Ja.«

»Bitte versprich mir, dass wir uns wiedersehen.«

»Das werden wir.« Noch einmal küsste er sie auf die Stirn, dann wandte er sich ab.

Lillian blieb stehen und sah ihrem Mann nach, wie er die Veranda entlangging, um in seinem Schlafzimmer zu verschwinden.

Der Mond stand hoch über der Bucht von Singapur.

Der Schatten einer sich schließenden Tür im Mondlicht, dachte sie. Er steht für das Ende meiner Ehe.

Ja, sie hat an diesem Abend noch geweint. Draußen auf der Veranda, in einen Korbstuhl gekauert, blieb sie als ein Häufchen Elend zurück. Auch Joseph erging es, als er sich in sein Bett legte, nicht anders. Beide waren erleichtert, aber ein geplatzter Lebenstraum zieht nicht spurlos an den Betroffenen vorüber. An diesem Abend habe ich neben Lillian auf der Brüstung gehockt und zugeschaut, wie der Mond sein silbriges Licht über das ruhige Meer spielen ließ.

Nein, das Ende einer Ehe ist niemals schön, aber ich war zufrieden.

Und als Lillian sich beruhigte, küsste ich sie sanft auf die Stirn, um ihr Hoffnung für den kommenden Tag einzuhauchen.

Schiffe voller Exponate

Diese Stille. Noch immer war sie das, was Lillian jeden Morgen wieder auskostete. Sie schlug die Augen auf und betrachtete einen Gecko, der durch die Schatten lief, die das erste Sonnenlicht des Tages auf die Zimmerwand warf.

Ob Joseph schon aufgebrochen war? Er hatte angedeutet, sich sehr früh auf den Weg machen zu wollen. Ungekämmt und barfuß lief sie zu seinem Zimmer hinüber, klopfte und lauschte. Leise öffnete sie die Tür und bemerkte sofort den Zettel, der auf seinem Bett lag.

Liebste Lillian,

was machst Du hier? Nun geh schon endlich hinüber – zu ihm. Er wartet!

Es küsst Dich Dein Joseph

Sie lachte, während sie weinte, und rief ins Zimmer hinein: »Ja, ich bin schon unterwegs!« Dann rannte sie los, hinunter an den Bach, um sich zu waschen. Im Anschluss stürzte sie in die Küche und ignorierte Bintangs Empörung, als sie in deren Hoheitsbereich einfiel. Doch bald half die Köchin ihr, ein Frühstück zuzubereiten, mit Rührei, gebratenem Speck, Früchten und was immer ihnen sonst noch in die Finger fiel.

Lillian ordnete die Sachen auf einem Tablett an und machte sich auf den Weg. Wollen wir hoffen, dass die Liebe wirklich durch den Magen geht, dachte sie nur, während sie sich mit dem Tablett durch die Bambusbüsche zwängte.

Er saß auf der Veranda.

Und er hatte nicht mit ihr gerechnet. Das war seinem Gesichtsausdruck deutlich anzusehen. Ohne zu zögern, lief sie auf ihn zu, stellte das Tablett auf den Tisch und zupfte ein Bambusblatt aus dem Rührei. »Guten Morgen!« Mehr fiel ihr nicht ein.

»Äh, guten Morgen. Was ist das?«

»Ein Frühstück.«

»Für wen?«

»Wenn du magst, für uns beide.«

»Also, ja, ich bin jetzt ein wenig überrascht. Das ist sehr freundlich von dir. Warte, ich hole Teller und Besteck.«

»Habe ich dabei.«

Elliot lehnte sich zurück und beobachtete, wie Lillian den Tisch deckte. Dann setzte sie sich auf den Stuhl ihm gegenüber und sah ihn an. Er wirkte müde.

»Ich bin sehr überrascht, muss ich zugeben. Wir zwei an einem Tisch.«

»Was meinst du? Möchtest du dich lieber auf den Boden setzen?«

Jetzt lachte er, ein Anblick, der Wogen des Glücks durch Lillians Leib rollen ließ. Sie nahm einen Schluck Tee, dann fragte sie: »Warum weichst du mir aus?«

Elliot fiel das Rührei, das er zu seinem Mund führte, von der Gabel.

»Ich weiche dir nicht aus. So kann man das nicht sagen. Mir ist aufgefallen, wie gut es euch getan hat, wieder zu Hause zu sein. Schon am ersten Abend war unübersehbar, welche Last euch von den Schultern genommen worden ist. Ihr braucht Zeit, und ich respektiere das. Sicherlich habt ihr viel zu besprechen, weil …«

»Joseph ist heute Morgen abgereist, ich bleibe. Hier, im Haus.«

»Was meinst du damit? Ich glaube, ich kann dir nicht folgen.«

Lillian grinste. »Hättest du mal vorbeigeschaut, dann hätte ich dir erzählen können, wie es uns geht.«

»Wie geht es euch denn?«

»Wir haben auf der Überfahrt nach Singapur über Alice gesprochen und über andere Menschen, die er geliebt und verloren hat. Er hat erkannt, dass kein Platz in seinem Leben für mich ist. Und ich habe verstanden, dass ich schon lange etwas anderes möchte. Deshalb waren wir am Abend der Ankunft so gelöst und friedlich miteinander.«

»Oh. Ach so.« Er stocherte an einer Ananas herum. »Und was hast du jetzt vor, wenn er weg ist?«

»Ich würde zum Beispiel gern mit dir deine Sammlung einpacken.«

Elliot schob die Ananas nun auf seinem Teller mit der Gabel hin und her. »Du möchtest mit mir meine Sammlung einpacken«, wiederholte er gedehnt, als müsste er den Satz aussprechen, um ihn zu verstehen. »Warum? Soll ich auch abreisen?«

»Nein, wenn ich ehrlich bin, möchte ich das nicht, aber wenn es sein muss, dann ist es so.«

»Was möchtest du denn?«

Erneut ging ein Grinsen über Lillians Gesicht. Wie begriffsstutzig so ein kluger Mann doch sein konnte, war erstaunlich. »Ich würde gern noch einmal nach Sumatra reisen. Mit all den Menschen und Materialien, die für eine Expedition vonnöten sind. Und dann möchte ich mit dir jeden Stein umdrehen. Wir können gern erst einmal mit kleineren Strecken beginnen, mit überschaubaren Zeitabschnitten. Die ganze Insel durchqueren muss ich nicht gleich wieder. Und wenn du Sumatra nicht mehr betreten magst, ich begleite dich auch gern nach Pulau Nias, Java, Madagaskar oder wohin auch immer.«

Elliot lehnte sich wieder zurück. Sein Gesicht wurde blass. »Aber wir können doch jetzt nicht, nur weil er weg ist ...«

»Doch wir können! Auch er hat Schuld auf sich geladen, das weiß er. Wenn wir drei aufhören, übereinander zu richten, und einander verzeihen, dann könnte ...«, ihre Stimme begann zu zittern, und die letzten Worte konnte sie nur noch flüstern, » ... alles gut werden. Ich weiß nicht, wie ich es besser ausdrücken kann.«

Elliot sprang auf und war mit zwei gewaltigen Schritten neben ihrem Stuhl. Sie stand auf, und so schnell und ungestüm er um den Tisch geeilt war, so langsam und behutsam nahm er sie nun in die Arme. Ihre Gesichter waren dicht an dicht.

»Du meinst, wir können, wenn wir steinalt sind, mit Schiffen voller Exponate nach England zurückkehren?«, flüsterte er.

»Ja, das meine ich!«

Er seufzte. Beugte sich vor und küsste sie.

Zum zweiten Mal.

Vermutlich brauche ich nicht zu erwähnen, dass dieser Kuss länger dauerte als der erste? Und wenn ihr jetzt denkt, ich wäre zu diesem Zeitpunkt schon vollends zufrieden gewesen, dann täuscht ihr euch. Es gab, um dieses Werk abzurunden, noch eine Aufgabe, die zu erfüllen ich erst Jahre später Gelegenheit erhalten sollte. Zusammen mit der Liebe trat ich in dieser Geschichte noch einmal in Aktion, und dieses Mal machten wir es so, wie ich es wollte.

Epilog

Seht ihr ihn auch?

Dort unten.

Unseren Joseph.

Er ist inzwischen steinalt geworden. Aber er hat, auch wenn er sein Leben lang kränkelt und mit hypochondrischen Tendenzen hadert, eine beneidenswerte Gesundheit.

Und seht ihr die Frau, da neben ihm? Die mit den hochgesteckten Haaren, sie beugt sich gerade vor zu einem der Gräber und stellt einen Topf mit Orchideen darauf.

Es ist Selima.

Er hat sie, als er nach Singapur zurückkehrte, auf seinen weiteren Reisen durch Ostindien kennengelernt. Und tatsächlich war es ihm, mit über fünfzig Jahren, noch einmal vergönnt, den Rausch der Glückseligkeit zu erleben. Nachdem die Liebe sich erbarmt hatte, das Drama seines Lebens endlich auf sich beruhen zu lassen und ihm ihre Gunst ein zweites Mal zu gewähren.

Deshalb lebt er weiterhin in Singapur, hier ist das Zusammenleben zwischen einem Engländer und einer Malaiin der weit kleinere Skandal. Auch wenn er immer noch ausreichend ist. Aber das rührt Joseph wenig.

Nun fragt ihr euch: Ja, was ist denn mit Lillian und Elliot?

Seht doch hin: Es sind ihre Grabsteine, vor denen er steht. Er hat sie nebeneinander beisetzen lassen. Mit über siebzig Jahren starben sie binnen kürzester Zeit, so als hätten sie es abgesprochen.

Elliot hatte zuerst die Augen geschlossen, im Beisein von Lillian, ganz friedlich, fast heiter. Beide waren sich bewusst gewesen, welch erfülltes Leben hinter ihnen lag. Sie waren offiziell immer Nachbarn geblieben, auch wenn sie kaum eine Nacht voneinander getrennt geschlafen hatten. Gleich zu Anfang hatten sie eigenhändig die Bambusbüsche, die ihre Grundstücke voneinander getrennt hatten, entfernt. Ein Spaten, einige Büsche, die anderswo weiterwuchsen – was so simpel klingt, war für die beiden ein Startzeichen in ihre nun durch nichts mehr getrennten Leben gewesen.

Eine Scheidung war weder für Joseph noch für Lillian infrage gekommen. Auch wenn 1857 ein Scheidungsgesetz in England verabschiedet wurde, das auf Privatleute anwendbar war, so ging es von schweren Verfehlungen aus, seien es Untreue, Grausamkeit, Vergewaltigung oder gar Inzest. Taten, die von der jeweiligen Frau nachgewiesen werden mussten.

Das Scheitern der Liebe war in diesem Gesetz weiterhin nicht vorgesehen.

Manchmal frage ich mich, ob unsere Schöne ihre Finger mit im Spiel hatte. Wie kann man sonst erklären, dass Juristen, zumeist pragmatische und detailverliebte Paragrafenreiter, für jeden erkennbare Tatsachen – wie die Fehlbarkeit der Liebe – so lange übersehen konnten? Tatsächlich sollte es noch bis 1969 dauern, bis das Ende einer Ehe, und diese setze ich hier mit der Liebe gleich, gesetzlich so geregelt wurde, dass Mann und Frau sich trennen konnten, ohne sich in Schuldzuweisungen zu ergehen. Und trotzdem brauchte es noch bis ins Jahr 2000: Erst dann wurden die Vermögenswerte gerechter zwischen den Partnern aufgeteilt – denn bis dahin waren in England die Männer des Öfteren bevorzugt worden. Es ist erstaunlich, wie lange manche Entwicklungen brauchen.

Aber nun zurück zu Lillian und Elliot.

Sie waren glücklich gewesen.

Sie waren viel gereist und hatten zusammen an Elliots Forschungen gearbeitet. Fernab der Heimat war ihnen dieses Leben möglich gewesen. Nie halten sie ihre Entscheidung füreinander infrage gestellt, sie wussten, dass sie zueinander gehörten.

Weil ihnen der Kindersegen verwehrt geblieben war, hatte Joseph die Aufgabe übernommen, die Texte für die Inschriften zu verfassen, die auf ihre Grabsteine gemeißelt worden waren.

Da, seht ihr – jetzt wischt er die Schrift sauber und richtet sich auf. Er nimmt die Hand seiner Frau, und beide verlassen die Grabstätte.

Ihr wollt wissen, was auf den Grabsteinen steht?

Joseph ist ein kluger Mann, ohne Zweifel.

Er wählte aus dem immensen schriftlichen Nachlass der beiden, der auch viele private Korrespondenzen enthielt, zwei kleine, schlichte Textzeilen. In Elliots Notizen hatte er einen zerschlissenen Zettel gefunden, auf dem Lillian ihre Gefühle mit geschwungener Schrift verewigt hatte. Und er entnahm einem Brief von Elliot an Lillian eine Zeile, die selbst ihn sehr berührte. Beide Inschriften belegen, dass sie, wenn sie es denn will, eben doch ein Quell der Wunder ist, unsere Schöne, die Liebe:

ELLIOT WILBERFORCE

8.7.1785–2.2.1864

Du warst für mich der Weg in die Freiheit.

LILLIAN MARKERS

21.2.1793–11.4.1864

Weil du mein Leben vervollständigt hast.

Glossar

Alang-Alang: indonesische Bezeichnung für ein Süßgras, das oft als sogenannte Pionierpflanze brachliegendes Ackerland besiedelt

Arekapalme: zählt zur Gattung der Betelpalmen

Arrak: bezeichnet ein alkoholhaltiges Getränk, das aus Palmwein oder Zuckerrohr und Reis gewonnen wird

Bannerman, John Alexander: * 1759, † 1819, Oberst und Gouverneur von Pulau Pinang, auch Prince-of-Wales-Insel genannt

Banyanbaum: Er kann bis zu zwanzig Meter hoch werden und zählt zur Gattung der Feigenbäume. Der Banyan ist eine sogenannte Aufsitzerpflanze, die Luftwurzeln ausbildet und dem Wirtsbaum anfänglich nicht schadet. Sobald die Wurzeln den Boden erreichen, kommt es zu einem Wachstumsschub, und der Wirtsbaum wird auf Dauer regelrecht erdrückt.

Batak: ein aus sechs Gruppen bestehendes Volk, das im Norden Sumatras beheimatet ist

Begu: Die Batak glaubten, Krankheiten würden durch Begu, die der Geisterwelt angehören, entstehen. Die Begu verursachen jeweils unterschiedliche Erkrankungen.

Bencoolen: Das heutige Bengkulu City war eine Niede

sung der Briten auf Sumatra. 1824 ging Bencoolen in niederländische Verwaltung über.

Betelnusspalme/Betelnuss: zählt zu den Palmengewächsen und wird auch Arekapalme genannt. Die unreifen Betelnüsse werden aufwendig aufbereitet und gekaut, ihre Wirkung wird als berauschend beschrieben, auch als Mittel gegen Müdigkeit wird sie oft konsumiert.

Blankwaffe: auch blanke Waffe genannt, umfasst Waffen, deren Wirkung durch den Einsatz von Muskelkraft entsteht. Hierzu zählen unter anderem Hieb-, Stich-, Schlag-, Stoß- und Schutzwaffen.

Bras: von seinen Hülsen getrennter Reis

Canning, George: *1770, †1827, war ein britischer Politiker, der die Verhandlungen zum Britisch-Niederländischen Vertrag führte, der 1824 unterzeichnet wurde und unter anderem die Voraussetzungen für den Handel in Ostasien definierte. Canning bekleidete verschiedene Ministerposten und war für kurze Zeit Englands Premierminister.

Durianbaum/Durianfrucht: Der immergrüne Durianbaum kann bis zu vierzig Meter Wuchshöhe erreichen, seine bis zu vier Kilogramm schwere essbare Frucht riecht unangenehm und schmeckt süßlich.

East India Company: eine am 31. Dezember 1600 gegründete britische Handelsgesellschaft mit Sitz in London, die erste Aktiengesellschaft der Welt. Sie wurde am 1. Januar 1874 aufgelöst.

Echinodermata: Meeresbewohner, auch Stachelhäuter genannt, die bis auf wenige Tiefseearten reine Bodenbewohner sind und vorwiegend im Flachmeer leben

Fagel, Hendrik: *1765, †1838, war ein niederländischer Politiker und Diplomat. Er vertrat in den Verhandlungen zum Britisch-Niederländischen Vertrag, der 1824 unterzeichnet wurde und unter anderem die Voraussetzungen für den Handel in Ostasien definierte, die niederländische Seite.

Farquhar, William: * 1774, † 1839, Erster Kommandant der East India Company in Singapur

Gadong: Sie zählt zu den Dioscorea, den Yams-Wurzeln, die seinerzeit sowohl auf dem Speiseplan standen als auch im Bereich der Heilmittel Anwendung fanden.

Hadat: Der malaiische Begriff bezeichnet die Gebräuche der Batak. Es sind eher Regelungen oder Vorschriften als eine Gesetzessammlung im engeren Sinne.

HMS: eine in vielen Monarchien übliche Abkürzung für His/Her Majesty's Ship – Das Schiff Ihrer Majestät

Indisches Meer: heute nicht mehr gebräuchliche Bezeichnung für den Indischen Ozean

Kampong: bezeichnet ein Dorf, heute wird der Begriff für traditionelle Dörfer verwendet

Kebsweib: heute nicht mehr gebräuchliche Bezeichnung für eine Konkubine, Mätresse bzw. Nebenfrau. Der Begriff Kebsweib wurde lange Zeit wertfrei verwendet.

Kirchspiel: Begriff für einen Pfarrbezirk

Ladang: Der Begriff steht generell für Felder, zur damaligen Zeit wurde er überwiegend auf Felder angewandt, auf denen trockener Reisanbau betrieben wurde. Diese Art des Reisanbaus ist weniger ertragreich, dafür ist er auch in gebirgigen Gegenden möglich.

Lossung: aus Baumstämmen hergestellte Klötze mit Vertiefungen bzw. Löchern, in denen der Reis gestoßen wird

Mangostanbaum/Mangostan: Das Wort Mangostan stammt aus dem Malaiischen. Der immergrüne Baum trägt tomaten- bis apfelgroße Früchte mit süßlichem Geschmack.

Mangrovenbaum/Mangrove: ein salztoleranter Tropenbaum, der aber auch in Süßwasser gedeihen kann. Entscheidend für sein Wachstum ist warmes Gewässer ohne starke Brandung.

Marga: Abstammungsgruppen und kleinere Sippen der Batak, häufig wird der Begriff Clan als Übersetzung genutzt

Merantibaum: ein Laubbaum, der in den Tropen wächst und oft über vierzig Meter Wuchshöhe erreicht. Einer der vermutlich größten Merantibäume wurde 2016 im Regenwald Malaysias entdeckt, er ist rund neunzig Meter hoch.

Minangkabau: eine Volksgruppe auf Sumatra

Obersteuermann: Ein Seeoffizier, der für die Navigation eines Schiffes verantwortlich ist. Er ist, zumindest in der Handelsmarine, nach dem Kapitän der höchste Offizier an Bord.

Offiziersmesse: bezeichnet den Aufenthalts- und Speiseraum der Offiziere eines Schiffes, der auch in Einzelfällen von Gästen genutzt werden durfte

Ostindien: ein nicht mehr gebräuchlicher Begriff, der das heutige Vorderindien, Hinterindien und die Ostindischen Inseln zusammenfasste

Paddi: frisch geschnittene Reisähren bzw. Reis, der sich noch in seinen Hülsen befindet

Pandanus: eine immergrüne Pflanze, die zur Familie der Schraubenbaumgewächse zählt

Pinang: heute Penang, eine Insel, die in der Straße von Malakka liegt. Sie wurde 1786 zu einem britischen Außenhandelsposten, die Malaien nannten sie Pulau Pinang, die Engländer benannten sie um in Prince-of-Wales-Insel.

Pisang: der malaiische Begriff für Banane

Radja: ein Ehrentitel, der mit dem Titel eines Fürsten verglichen werden kann

Reverend: im englischsprachigen Raum die Bezeichnung für einen Geistlichen

Rotang: Diese vielstämmige wachsende Fieder- bzw. Rattanpalme kommt hauptsächlich in den tropischen Regenwäldern Südostasiens vor. Sie umfasst rund 370 Arten.

Sagopalme: Sie gedeiht am besten in feuchtwarmem Klima und an sonnigen Standorten mit sumpfigem Boden. Die Sagopalme kann bis zu zwanzig Meter hoch werden, die jungen Palmen kennzeichnet ein eher strauchartiges Wachstum.

Samosir: Die auf Sumatra im Toba-See gelegene Halbinsel ist in ihrer Größe vergleichbar mit Ibiza, auf ihr befinden sich zwei Seen.

Sampan: ein flaches Ruder- oder Segelboot, das auch heute noch in Teilen Asiens für die Fischerei, den Lasten- und den Personentransport sowie als Hausboot genutzt wird

Sarong: ein Kleidungsstück für Männer und Frauen, das aus einer Stoffbahn besteht und auf viele Arten getragen wird, vor allem als Wickelrock

Sawa: Felder, auf denen nasser Reisanbau betrieben wird

Sepsis: ein bereits in der Antike genutzter Begriff für eine Blutvergiftung

Stamford Raffles, Thomas: *1781, †1826, begann als Jugendlicher in den Londoner Büros für die Britische East India Company zu arbeiten und brachte es bis zum Gouverneur. Er gilt als Gründer des modernen Singapur.

Schlammspringer (Periophthalmus): Sie zählen zu den amphibisch lebenden Fischen, die in der Lage sind, lange Zeiträume außerhalb des Wassers zu verbringen. Ihr bevorzugter Lebensort sind Mangrovenwälder und Brackwasser mit einem geringen Salzgehalt.

Sei-sei: eine Regelung im Hadat der Batak, die es zulässt, dass Paare sich trennen. Sowohl Männer als auch Frauen durften sie in Anspruch nehmen.

Singapur/Singapura: Der Name, der aus dem Sanskrit stammt, bedeutet übersetzt Löwenstadt (*singha* steht für Löwe, *pura* für Stadt). Es gab nie Löwen in Singapur, es wird angenommen, der Name könnte irrtümlich auf eine Begegnung mit einem Tiger zurückzuführen sein.

Soppo: eine Art Audienzsaal bei den Batak, der meist mtten im Dorf gelegen war und zu dem nur Männer Zutritt hatten

Straße von Malakka: Diese Meerenge liegt zwischen Sumatra und der Halbinsel Malaysia, an deren südlichen Spitze Singapur liegt.

Sundastraße: eine Meerenge zwischen Sumatra und Java

Toba-See: Er ist vulkanischen Ursprungs und der weltweit größte See auf einer Insel. Die im Toba-See gelegene Halbinsel Samosir hat ihrerseits zwei eigene Seen.

Tuak: Palmensaft, der durch Gärung zu einem alkoholischen Getränk, dem Palmenwein, wird

Untersteuermann: Er ist der Zweite Steuermann an Bord eines Schiffes und dem Rang nach dem Obersteuermann untergeordnet.

Whist: ein Kartenspiel, das vor allem im achtzehnten und neunzehnten Jahrhundert gespielt wurde

Yams: Die Wurzelknollen vieler Yams-Arten finden als Heilpflanze Verwendung. Die meisten Yams-Arten sind roh gegessen giftig, aber in gekochter Form in der Küche vieler tropischer Länder zu finden, im Geschmack ähneln sie Süßkartoffeln.

Nachwort

Meine bisher erschienenen Romane wurden sowohl durch konkrete historische Ereignisse als auch von Menschen, die Außergewöhnliches geleistet haben, inspiriert. In diesem Fall war es:

Sir Thomas Stamford Raffles
Er bevorzugte es, Sir Stamford genannt zu werden, und er gilt vielen als der Gründer Singapurs. Um seine Biografie gibt es kontroverse Diskussionen: Ist er der Gründer Singapurs, oder müsste dieser Titel nicht eher William Farquhar zugeschrieben werden? Hat sich Sir Stamford aus ethischen Gründen gegen die Sklaverei gewandt? Oder haben eher wirtschaftliche Interessen seinen Vorstoß geleitet? Viele Fragen bleiben offen, sicher ist nur: Er hat sich nie querfeldein durch ganz Sumatra geschlagen – selbst wenn sich Parallelen zu Joseph Markers fiktivem Lebensweg aufdrängen.

Es gäbe zu Sir Stamford noch viel zu erzählen, trotzdem ist in diesem Roman nicht er der Hauptakteur, sondern:

Die Dreiecksgeschichte
Ebenfalls bemerkenswert ist Sir Stamfords erste Ehe mit Olivia Marianne Devenish, und ich denke, einige ihrer Begeben-

heiten dürften, zumindest in groben Zügen, im Anschluss an die Lektüre vertraut klingen: Als sich Olivia in seinen Freund John Caspar Leyden, einen Botaniker, verliebte, legte er ihnen keine Steine in den Weg. Beide lebten miteinander auf Java und verstarben sehr früh. Sir Stamford ließ sie nebeneinander beisetzen und veranlasste auch die Grabinschriften. Auf einem Monument, das er seiner Frau errichten ließ und das noch heute auf Java zu sehen ist, wählte er tatsächlich den Textauszug eines Briefes, den sie an John Caspar Leyden verfasst hatte.

Knapp zweieinhalb Jahre nach dem Tod seiner ersten Frau heiratete Sir Stamford Sophia Hull, mit der er zusammenblieb, bis er im Alter von vierundvierzig Jahren verstarb.

Recherchen zum Ökosystem Regenwald

Schon zu Kolonialzeiten fürchteten erste Stimmen, die unablässige Rodung könnte den Regenwald um Singapur und auf Sumatra vernichten. Das bedeutet: Die Welt des Dschungels, die ich im Roman beschrieben habe, existiert in dieser Form nicht mehr. Von Sumatras Regenwald sind heutzutage nur noch knapp dreißig Prozent erhalten.

Die beständigen Eingriffe der Menschen in dieses Ökosystem minimieren die Pflanzen- und Tierbestände dramatisch. Viele der von mir erwähnten Tiere, wie der Sumatra-Orang-Utan, der Asiatische Elefant und der Sumatra-Tiger, gelten als vom Aussterben bedroht. Selbst der Regenwald dieser Insel steht seit 2011 auf der von der UNESCO geführten Roten Liste des gefährdeten Welterbes.

Auch die Unterwasserwelt ist bereits schwer geschädigt: Meeresbiologen haben festgestellt, dass achtzig Prozent der Korallen vor der Nordküste Sumatras zerstört sind.

Das Fazit meiner Recherchen

Diese bitteren Erkenntnisse haben mich bestärkt, den Roman zu schreiben, mit der Absicht, vielleicht die eine oder den anderen zu weiterführender Recherche anzuregen. Es lohnt sich – und da schließe ich mich mit ein –, das eigene Konsumverhalten zu überdenken und an Organisationen zu spenden, die sich um den Erhalt der Fauna und Flora vor Ort bemühen. So können wir, auch am anderen Ende der Welt, einen Beitrag zur Erhaltung dieses Ökosystems leisten.

Ein riesiges, aufrichtiges und herzliches

an meinen Mann, meinen Sohn, die Familie, Christiane Bär, Ines Barth, Stella Billert, Loni und Malte Brants, Lisa-Marie Dickreiter, Bianca Dombrowa, Christiane Flechtner, Elan Fleisher, Hannelore Hartmann, Faik Hasenfuß, Dr. Maike Kleihauer, Katrin und Carsten Knobloch, Lisa Kuppler, Iris und Clemens Oeltjen, Dr. Astrid Poppenhusen, Ines Seydewitz, Barbara Slawig, Maike Stein, Jenny Zeller und an euch, die Leserinnen und Leser!